Vera

Susan Kenney

Zuchtrosen

Aus dem Amerikanischen von
Sigrid Sengpiel und Brigitta Heinrich

Ariadne Krimi 1030
Argument

Titel der amerikanischen Originalausgabe: Garden of Malice
© 1983 by Susan Kenney
Lektorat: Ariadne-Redaktion

Es gibt viele wunderschöne Landhäuser und Gartenanlagen in England, aber
Montfort Abbey ist unter ihnen nicht zu finden und soll auch nicht an einen
in Wirklichkeit existierenden Ort erinnern. Alle Charaktere in diesem Buch
sind ausgedacht, die geschilderten Ereignisse haben niemals stattgefunden.

Deutsche Erstausgabe
August 1992
Alle Rechte vorbehalten
© Argument Verlag 1992
Verlag: Rentzelstraße 1, 2000 Hamburg 13
Telefon 040 / 45 36 80 — Telefax 040 / 44 51 89
Titelgraphik: Johannes Nawrath
Signet: Martin Grundmann
Texterfassung durch die Übersetzerinnen
Fotosatz: Comptext, Berlin
Druck: Clausen & Bosse, Leck
ISBN 3-88619-530-9

Für meine Mutter
Virginia Fuller Tucker McIlvaine Perkins,
die immer Blumen, Briefe und Geheimnisse geliebt hat

1

Rosamund Howard griff nach der Armlehne, als das Taxi um eine weitere Kurve der alten, gewundenen Straße schlingerte. Ihr Kopf dröhnte von den sechs Stunden im Jet, ihr Rückgrat vibrierte noch immer im Takt der Eisenbahn, und jetzt wurde sie in dem verbeulten, schäbigen Vehikel von einer Seite auf die andere geworfen und durchgerüttelt wie Kleingeld auf der Achterbahn. *Ich werde noch in meine Einzelteile zerlegt, ehe ich überhaupt in Montfort Abbey ankomme,* dachte sie.

Dann hörte das Auto unerklärlicherweise auf zu schlingern und schwankte in eine aufrechte Position. Sie blickte nach vorn und sah, daß sie auf ein langes, gerades Stück Straße gekommen waren, fast eine Allee. Auf beiden Seiten neigten sich die hafermehlfarbenen mittelalterlichen Häuser nach innen und bildeten eine Art Schlucht, die das Dröhnen des Motors in seltsamen Echos wiedergab. Ros setzte sich auf, hievte den größeren ihrer beiden Koffer auf den Sitz zwischen ihre Hüfte und die Tür und klemmte sich fest. Sie fühlte sich benommen, zerschlagen und ungepflegt und sehnte sich nach einer Zahnbürste. Sie war nicht einmal sicher, welcher Tag in England war. Freitag, Samstag — Sonntag? Freitag konnte es nicht sein, sie erinnerte sich genau, daß sie Freitagabend in New York gewesen war. Das war auch das Letzte, an das sie sich genau erinnerte.

Sie betrachtete ihr Spiegelbild in dem schmuddeligen Fenster. Dunkle Schatten um die Augen, dunkelbraunes Haar, das sich in Strähnen aus dem Nackenknoten löste, ihre Haut gespenstisch im Kontrast. Sie fuhr sich mit der Hand über das Haar, um es zu glätten, erreichte aber nur, daß Haarnadeln auf den Sitz rieselten. *Ich hätte im Flugzeug mehr schlafen müssen, statt dauernd über das Wiedersehen mit Giles nachzugrübeln,* dachte sie. Schließlich war es fast ein Jahr her. Sie hatte sich ihre ersten Worte wieder und wieder vorgesagt, den saloppen, aber munter-sachlichen Tonfall. *Oh, hallo, Giles ... Giles, wie nett, Sie zu sehen.* Schon das war ein Problem. Sie hatte ihn niemals mit Giles angeredet. Er war immer noch Mr. Montfort-Snow. *Oh, hallo, Mr. Montfort-Snow ... Halli-hallo, Mr. Montfort-Snow, wie geht's?*

Und als sie nach alledem auf der Bahnstation in Framley angekommen war, stand da anstelle von Giles Montfort-Snow, wie immer man ihn auch anreden mochte, nur eine Person in einer verschlissenen Jacke mit dem Aufdruck *Ralphs Mietwagendienst* und las ihren Namen laut von einem zerknitterten Stück Papier ab.

»Sie woll'n zur Abtei?« hatte er mißtrauisch gefragt und sie gemustert, und als sie nickte, sprachlos vor Überraschung, daß man nach ihr schickte statt sie abzuholen, hatte er gegrunzt »Also, dann kommen Sie«, ihre Koffer ergriffen und war losgestiefelt.

Na ja, dachte sie, *was macht es schon für einen Unterschied?* Sie lehnte den Kopf an die Rücklehne. Sie war auf dem Weg, würde bald da sein, die Begegnung mit Giles überstanden haben und die Arbeit an der endgültigen Ausgabe der posthumen Papiere von Lady Viola Montfort-Snow beginnen. Ros seufzte. Sie konnte es noch immer nicht recht glauben. Sie, eine mehr oder weniger unbedeutende Englischdozentin in Vassar — Publikationen schon, aber nichts Einschlägiges —, ausgewählt aus zahlreichen hervorragenden Wissenschaftlern auf beiden Seiten des Atlantiks, die alle atemlos darauf hofften, an diese Papiere zu kommen. Das war die Chance ihres Lebens, die einmalige Gelegenheit, sich einen Ruf zu verschaffen,

Sicherheit zu erlangen. Der Elfenbeinturm hatte sich schon lange Drehtüren zugelegt und damit einen schnellen Ausgang für alle außer den ganz ausgezeichneten und ehrgeizigen, den produktivsten unter den jungen Wissenschaftlern. Ein Buch und mehrere Artikel hatten ihr ein gewisses Ansehen bei ihren Vorgesetzten verschafft, aber noch keine ordentliche Professur, und die Zeit wurde knapp. Nach diesem Jahr Urlaub für die Edition der Papiere würde sie an der Reihe sein, befördert und fest angestellt zu werden, und wenn sie ihre Sache gut machte, wäre ihre Zukunft gesichert. Seit langer Zeit hatte sie sich nicht mehr sicher gefühlt, nicht, seit ihre Eltern gestorben waren, als sie noch studierte. Sie hatte niemanden, der sich um sie kümmerte. Seufzend schloß sie einen Moment fest die Augen. Andererseits mußte sie auch nur für sich selbst sorgen, hatte keine Bindungen, die sie zurückhielten, niemanden, der sie vermissen würde, während sie wegblieb. Eine unglückliche Liebesaffäre hatte sich zerschlagen. Es war der richtige Augenblick, fortzugehen. Die Dinge hatten eine Tendenz, sich zum Besten zu wenden — oder sich wenigstens besser zu entwickeln, als sie zunächst aussahen.

Ros öffnete die Augen und merkte, daß das hysterische Jaulen des Motors nachgelassen hatte. Sie hatten die Stadt verlassen und befanden sich auf einer Schnellstraße. Sie schaute aus dem Fenster in die Gegend. Flaches Marschland dehnte sich nach allen Seiten, soweit das Auge reichte. Sumpflandschaft, die sich nördlich von Cambridge über Ely hinaus nach Westen erstreckte und nach Osten an Bury vorbei bis zum Meer. Sie kannte es nur von Landkarten. East Anglia, Englands vorgestreckte linke Hüfte. In ihrer Vorstellung befand sie sich hoch über dem kleinen Auto und sah es entlang einer schmalen schwarzen Linie, die sich über eine schachbrettartig flache und unterteilte Landschaft zog, nach Norden kriechen. Ros drehte das Fenster herunter. Schwere, moorige Luft rauschte herein, es roch nach dunkler, feuchter Erde, nach nassen

Wurzeln und Blättern. Oberhalb der Marschwiesen tauchte hin und wieder geisterhaft ein Gebäude oder eine Baumgruppe aus dem Dunst auf und verschwand dann wie eine Fata Morgana. Eine leichte Brise legte das Gras flach und rauhte es in Wellen wieder auf. Im Westen, am Horizont, erschien schemenhaft ein unregelmäßiger blauer Fleck, eine geballte Faust mit einem Finger, der nach oben zeigte. Ros beugte sich interessiert nach vorn, aber genau in dem Augenblick fuhren sie durch einen tiefen Hohlweg, und die hohe Böschung versperrte ihr die Sicht.

Draußen war nichts mehr zu sehen, also lehnte sie sich wieder zurück und versuchte, sich ihren ersten Blick auf Montfort Abbey auszumalen. Sie hatte die Führer gelesen, die Giles ihr geschickt hatte, aber das Bild des Abteiturms, den Lady Montfort so oft erwähnt hatte, wie er hoch und starr aus einer Grundierung rauchigen Nebels herausragte, eingehüllt in seinen Umhang aus Sumpfgespinsten, entfernt und geheimnisvoll, streng und unerreichbar, blieb verschwommen. Ganz ähnlich wie Lady Viola selbst. Ros liebte Lady Violas Gedichte, ihre Gartenbücher, ihre Essays, die zwei merkwürdigen, mystischen Romane — alles Früchte eines langen und produktiven Lebens als Schriftstellerin und Gärtnerin — aber von Lady Viola selbst hatte sie noch immer keine klare Vorstellung, obwohl sie die letzten Monate damit verbracht hatte, sich mit allen von ihr und über sie veröffentlichten Werken vollzusaugen. Keines von ihnen hatte den Inhalt des großen braunen Lederkoffers berücksichtigt, der letztes Jahr von ihrem Sohn Giles auf dem Boden einer kleinen Kapelle auf dem Grundstück gefunden worden war, vier Jahre nach dem Tod von Lady Viola. Dort hoffte Ros den Schlüssel zu finden — in den Stapeln von persönlichen Papieren, Tagebüchern und Briefen. Es würde ihre Aufgabe sein, sie für die Veröffentlichung vorzubereiten. Ros schüttelte den Kopf über die kleine, mißtrauische Stimme, die selbst jetzt noch nervös flüsterte *warum gerade ich? Wirklich, warum du*, schalt sie sich selbst.

Warum fragen? Schließlich war sie auf dem Weg zur Abtei, um diese Aufgabe zu erfüllen, und, nervös oder nicht, sie würde es gut machen.

Ihre Selbstverteidigung bekam einen Stoß. Das Schlingern und Rumpeln fing wieder an. Sie waren von der Hauptstraße abgebogen und schlitterten nun einen Weg entlang, den hohe Hecken auf beiden Seiten zu einer Fahrspur verengten. Einige dieser Büsche waren unten so dick wie Baumstämme. Ros überlegte, ob dies wohl die Hecken von Montfort Abbey sein könnten, Jahre vor der Säkularisierung von Mönchen gepflanzt, lange bevor Gilbert Fotheringay die Abtei von Heinrich dem Achten erworben und sich erst den Namen und dann die Steine angeeignet hatte, mit denen er seinen Tudorsitz baute. Dabei ließ er nur wenige der ursprünglichen Gebäude intakt, als Zeichen seiner Macht über die einst wichtigste religiöse Stätte in diesem Teil Englands. Doch die Abtei hatte den Sieg davongetragen. Heute gab es Gilberts Herrenhaus nicht mehr, die Ruinen aber waren geblieben und von Lady Viola, der letzten der Montforts, und ihrem Mann, Herbert Snow, in den berühmtesten Garten Englands verwandelt worden.

Das Auto rumpelte von dem gepflasterten Weg hinunter und fuhr jetzt auf Kies. Auf einem Schild stand 'Zu den Gärten von Montfort Abbey'. Ros beugte sich vor. Einen Moment lang hatte sie einen klaren Ausblick über sanft gewelltes, flaches Land zu einer Gruppe Zedern, deren lange fiedrige Äste in der Luft zu schweben schienen. Kleinere Bäume und Blattwerk umgaben anscheinend ein einziges, weitläufiges, massives Bauwerk aus honigfarbenem Stein. Ros stutzte. Das konnte nicht stimmen. Wo waren die Ruinen, das verfallene Mauerwerk, die einzelnen Gebäude?

Sie lehnte sich zurück. Das mußte doch eine Täuschung sein. Sie sah noch einmal hin, aber die Aussicht war plötzlich von einer Baumgruppe versperrt. In dem Versuch, einen weiteren Blick auf die Abtei zu erhaschen, bewegte sie sich vor und zurück, während der Wagen eine lange, gewundene Auffahrt entlangfuhr. Und richtig, wie bei dem raffinierten Bühnenbild zu einem Schäferstück erschienen, als sie näher kamen, Zwischenräume in der langen Steinfassade. Die ganze Konstruktion schien vor ihren Augen auseinanderzufallen, bis sie wenigstens fünf verschiedene Gebäude zwischen den Büschen und Bäumen zu erkennen glaubte. Das Eindrucksvollste war der mächtige, viereckige, zinnenbewehrte, drei Stockwerk hohe Turm mit runden, wie fette Bleistifte nach oben zeigenden Türmchen zu beiden Seiten. Er stand zwischen zwei niedrigeren Gebäuden, aber nicht ganz genau in der Mitte, als ob eine Riesenhand ihn zur Seite geschoben hätte. Unter dem Turm war ein Torbogen und etwas, das wie ein Torhaus aussah. Ros blickte nach rechts und war überrascht, einen großen Parkplatz mit mehreren Wagen zu sehen. Sie hatte vergessen, daß die Abteigärten jetzt der Öffentlichkeit zugänglich waren.

Vor dem Torhaus kam das Auto ruckartig zum Stehen. Ros öffnete die Tür und betrat in einer Art Schwebezustand den Kiesweg. Wie von fern sagte die Stimme des Fahrers: »Ich hol' Ihre Koffer, Miss.«

Sie nickte abwesend. »Ja, danke.« Verunsichert stand sie da und sah sich um.

Direkt vor ihr führte ein großer Torbogen wie ein kurzer, dunkler Tunnel unter den Turm. Sie wanderte in seinen Schatten. Zu ihrer Linken war eine Tür, zu ihrer Rechten ein Glasfenster und eine weitere Tür, die in einen kleinen Raum zu führen schien. In einer Ecke des Fensters befand sich ein quadratisches Schild mit der Aufschrift: »Die Gärten sind das ganze Jahr über dienstags bis freitags von 10 Uhr morgens bis zum Einbruch der Dunkelheit geöffnet. An Montagen und Feiertagen, außer Bankfeiertagen, geschlossen. Eintritt 75 Pence. Keine Hunde oder andere Haustiere. Rollstühle nach vorheriger Anmeldung erlaubt.«

Ros schob sich näher heran und versuchte, durch das Glas

in den Raum dahinter zu sehen. Hinter ihrem eigenen Spiegelbild konnte sie mit Mühe einen quadratischen Raum mit einem Schreibtisch, einem Stuhl und einer altmodischen filigranverzierten Registrierkasse erkennen, sowie ein Regal voller Ordner und Bücher. Davon abgesehen war das Zimmer leer. Sie betrachtete den kleinen Schalter und überlegte, ob Giles jemals selbst hier saß und Eintrittskarten verkaufte.

»Sie überlegen gerade, ob ich je hier sitze und Billetts verkaufe«, bemerkte eine tiefe Stimme hinter ihr.

Ros drehte sich schnell um. Giles Montfort-Snow stand als Silhouette in der Öffnung, seine große, schmale Gestalt eingerahmt im exakten Mittelpunkt des Torbogens, das blonde Haar leuchtend, die tiefliegenden haselnußbraunen Augen und die lange Nase im schrägen Licht scharf umrissen. »Das geht allen so«, sagte er ernsthaft.

Sofort verzieh sie ihm alles — die fehlende Begrüßung am Bahnhof, die haarsträubende Taxifahrt, ihre Verwirrung und ihr Mißbehagen. Sie hatte nie jemanden gesehen, der so genau am richtigen Platz war. Der Herr des Hauses. Nach einem winzigen Zögern kam er durch den Torbogen und streckte beide Hände aus, um ihre zu ergreifen.

»Willkommen in Montfort, meine liebe Rosamund. Ich freue mich ja so, Sie zu sehen.«

Ros, im Bewußtsein, daß ihre Hände klebrig und ihre Haare zerzaust waren, daß ihr knitterfreies Reisekostüm in unordentlichen Falten an ihr herunterhing, widerstand dem Impuls, ihre Hände wegzuziehen und sie am Rock abzuwischen. »Hallo, äh … Mr. Montfort-Snow«, stammelte sie.

Noch immer lächelnd gab Giles ihre Hände frei und ging einen Schritt an ihr vorbei. »Wo sind Ihre Koffer? Oh, der Fahrer hat sie. Ich will das nur eben regeln, dann gehen wir gleich hinein. Sie müssen ja vollkommen erschöpft sein.«

Und so seh' ich bestimmt auch aus, dachte Ros, während sie zusah, wie Giles schnell zum Fahrer hinüberging, mit ihm sprach, nickte und ihn davonwinkte. Als das Auto abfuhr, nahm Giles in jede Hand einen Koffer und kam zu ihr zurück. »Ich möchte Ihnen zeigen, wo Sie untergebracht sind. Ihre Bude, wie wir in England sagen.«

Gehorsam folgte Ros Giles um die Ecke auf einen großen offenen Platz, der vorwiegend aus Rasen bestand, umgeben von ziegelgefaßten Kieswegen. Auf der anderen Seite der Wege wuchsen auf breiten Beeten Blumen in Schattierungen von Violett, Blau, Magenta und Burgunderrot, so angeordnet, daß die hinteren Reihen immer höher wurden, bis sie in ein wahres Dickicht von Kletterrosen übergingen. Der Platz war auf allen vier Seiten von Gebäuden und Mauern eingeschlossen, aber alles war so mit Blumen und Kletterpflanzen verhüllt, daß Ros kaum das eine vom anderen unterscheiden konnte. Sie war so eifrig damit beschäftigt, sich überall umzuschauen, daß sie fast in Giles hineinrannte, der stehenblieb, um beide Koffer unter einen Arm zu klemmen, so daß er eine Hand frei hatte, den Riegel einer großen Holztür zu öffnen. Sie sah jahrhundertealt aus, messinggefaßt, mit Angeln groß wie Enzyklopädien, aber sie schwang leicht auf, sobald Giles den Riegel hob. Er trat beiseite und ließ Ros als erste in den dunklen Raum dahinter eintreten.

Nach dem hellen, schräg einfallenden Sonnenlicht im Hof wirkte das Innere finster und lauernd, und Ros zog unwillkürlich den Kopf ein.

»Dies ist das Refektorium«, erklärte Giles hinter ihr, während er die Tür schloß. »Es war einmal das Speisezimmer der Mönche und ihr ... Erholungsraum, könnte man sagen. Als meine Eltern hierherkamen, war es in einem furchtbaren Zustand. Aber sehr solide. Die Wände sind einen halben Meter dick und aus dem gleichen Stein gebaut wie Ely. Hier wohne ich, und hier haben auch Sie Ihr Zimmer.«

Als ihre Augen sich an das dämmerige Licht gewöhnten, erkannte Ros, daß sie sich in einer Halle befanden, die durch einen höchst kompliziert geschnitzten Paravent von einem weiteren, größeren Raum abgetrennt war. Darin konnte sie gerade noch die Umrisse einiger Stühle und eines Sofas ausmachen, sowie einen großen offenen Kamin am entfernteren Ende des Raumes, der von zwei Türen flankiert wurde. Licht filterte durch Butzenscheiben herein, überall war der Duft von Blumen. Sie folgte Giles die Halle hinunter zu einer Treppe.

»Lassen Sie sich Ihr Zimmer zeigen«, sagte er und blieb am Fuß der Treppe stehen. »Ich werde Sie ein Weilchen allein lassen, und dann, dachte ich, würden Sie vielleicht gern eine kleine Runde durch den Garten machen. Es ist noch ziemlich früh, ich werde erst die letzten Touristen loswerden müssen, damit wir ein bißchen unter uns sein können. Ich möchte gern, daß Sie ihn so sehen, wie er war, als Mutter noch lebte, nicht überlaufen von Tagestouristen, die überall wie Totenuhrkäfer mit ihren Kameras klicken.«

Es herrschte ein beklommenes Schweigen. Dann wurde Ros klar, daß Giles sie mit einem höflich fragenden Gesichtsausdruck beobachtete. Trotz ihres leicht benommenen Zustands — kein Schlaf seit mehr als achtzehn Stunden — sagte sie schnell: »Oh ja, das würde ich gern tun.«

Giles nickte, drehte sich dann um und stieg die Treppe hinauf. Ros folgte ihm, wobei sie die Füße sorgfältig in die schüsselartigen Vertiefungen setzte, die in der Mitte jeder Steinstufe ausgetreten waren. Sie gelangten in eine weitere Halle. Links stand eine einzelne Tür angelehnt — »Mein Zimmer«, bemerkte Giles im Vorbeigehen — und nach rechts führte ein langer Korridor mit Fenstern auf einer Seite und mehreren Türen auf der anderen. Giles stieß die zweite Tür auf. »Dies ist Ihr Zimmer«, sagte er. »Es geht auf den Hof, und gleich hier ist das Badezimmer.« Er lehnte sich um die Türecke und stellte ihre Koffer hinein. »Also, dann verlasse ich Sie jetzt einen Augenblick, während ich den Laden dichtmache. Kommen Sie herunter, wenn Sie fertig sind.« Giles lächelte kurz. »Dann kann ich Ihnen meinen Garten vorstellen.« Er nickte und war verschwunden.

Ros hörte die Tür unten zuschlagen. Sie war allein. Sie holte tief Luft und betrat ihr Zimmer. Grobgewebte Schilfteppiche raschelten unter ihren Füßen. Die Wände bestanden aus weißem Rauhputz, kreuz und quer von dicken schwarzen Balken durchzogen. Die kleinen Flügelfenster umrahmten einen großen Pfeilerspiegel, Vorhänge und Bettüberwurf waren aus rotem Stoff, auf dem eine ziemlich grausige Sauhatz abgebildet war. Überall — auf dem zarten Sheraton-Frisiertisch, auf dem kleinen Eichenpult, den winzigen Nachttischen — standen Blumengebinde.

Aber es war der Duft von Rosen, der die Luft durchzog und füllte, und als sie näher an eines der Fenster trat, sah sie, daß es fast vollständig von dichtwachsenden Kletterrosen bedeckt war. Vorsichtig stieß sie das Fenster weiter auf, atmete tief ein und schaute auf den Garten hinaus.

Da lag er im Sonnenlicht, soweit sie ihn überblicken konnte. Die niedrigstehende Sonne hob die Mauern und Hecken, die die verschiedenen Gärten abteilten, deutlich hervor. Ruinen waren von Gebäuden nicht zu unterscheiden, es gab Durchgänge und Torbögen, Türen und Pforten, Kieswege, Ziegelwege und Hecken über Hecken. Aus diesem Blickwinkel wirkte er auf Ros wie ein dreidimensionales chinesisches Puzzle, ein Setzkasten, ein Labyrinth. Sie studierte den Anblick eine volle Minute lang und versuchte, alles in sich aufzunehmen. Unmöglich. Nun ja, dafür blieb ja reichlich Zeit. Inzwischen wartete Giles darauf, sie herumzuführen und ihr alles zu zeigen. *Meinen Garten vorstellen*, hatte er gesagt. *Vorstellen* — ziemlich merkwürdig, eigentlich, als ob der Garten eine Person wäre.

Ros wandte sich vom Fenster ab und ging in das kleine Badezimmer. Sie erfrischte ihr Gesicht mit kaltem Wasser, putzte die Zähne, kehrte dann ins Schlafzimmer zurück und betrachtete sich in dem großen Spiegel. Mit dem verwuschelten Haar, diesen erschreckt blickenden, runden blauen Augen, ihrer langbeinigen Figur, die durch das verknautschte Reisekostüm noch weniger erwachsen wirkte, sah sie ungefähr halb so alt aus wie sie war, nämlich dreißig. Sie sah auch ungefähr so gelehrt und professionell aus wie Schneewittchen.

Seufzend wandte sie sich vom Spiegel ab, streifte sich das Kleid über den Kopf, warf es aufs Bett und zog Jeans und ein langärmeliges Hemd an. Auch nicht gerade akademisch, aber wenigstens die gewohnten Kleidungsstücke. Sie steckte ihr Haar fest in den Knoten zurück, wobei sie alle Strähnen und Fransen glattstrich.

Und dann, als ob der Kleiderwechsel wirklich eine Veränderung bewirkt hätte, löste ein Gefühl der Erregung ihre Besorgnis ab. Sie konnte es nicht erwarten, die Papiere zu sehen. Sie ergriff einen Pullover und eilte in die Halle hinaus. Durch das große Flügelfenster sah sie den jetzt leeren Parkplatz und dahinter die entfernten, tiefer liegenden Marschen diesig im späten Nachmittagslicht. Einen Augenblick lang hatte Ros das Gefühl, sie und die Abtei schwebten wie eine Insel in den Wolken, geborgen und abgehoben. Keine Menschenseele war in Sicht, kein Geräusch zu hören.

Sie trat gerade vom Fenster weg, als sie hinter sich eine Art Rascheln hörte. Schnell drehte sie sich um und sah den langen Gang hinunter. Wieder das Geräusch, ein Rascheln und dann ein dumpfer Schlag, aber aus Giles' Zimmer. Sie ging die Halle hinunter und schob die Tür auf. Ihr Auge nahm eine winzige Bewegung wahr, kaum mehr als eine Störung der Luft, ein Gefühl, als würde etwas schnell weggenommen.

»Mr. Montfort-Snow?« sagte sie versuchsweise.

Am entfernten Ende des Zimmers schwankte die Wand. Ros blinzelte ungläubig. Das Schwanken hörte auf, und alles war still wie zuvor.

Ros ging vorwärts, die Augen auf die Wand gerichtet. Während sie noch hinstarrte, blähte sich die ganze Wand vor und fiel dann mit einem dumpfen Ton zurück. Ros lächelte. Ein großflächiger, gräulicher Gobelin, fast in der Farbe von Stein, über den verblaßte und staubige, mit irgendeinem mittelalterlichen Spiel beschäftigte Figuren wanderten, bewegte sich ganz leicht im Luftzug eines offenen Fensters. Sie streckte eben die Hand aus, um die Stickerei zu berühren, als sie unter dem Fenster Kies knirschen hörte. Sie sah hinunter und erblickte Giles, dessen merkwürdig verkürzte hohe Gestalt durch den Torbogen schritt. Mit einem amüsierten Blick über die Schulter auf den immer noch schwankenden Gobelin eilte sie aus Giles' Zimmer, die Treppe hinunter, und hinaus in den sonnenhellen Garten.

2

»Oh, da sind Sie ja, meine liebe Rosamund«, sagte Giles, als sie aus dem Refektorium kam. »Sehr pünktlich. Sie haben sich umgezogen, wie ich sehe. Also, dann kommen Sie, wir gehen am besten gleich in den Garten, damit Sie sich ein Bild von der Umgebung machen können.«

Ros nickte, aber Giles sah es gar nicht, er ging schon den Kiespfad hinunter zum Torhaus-Turm. Sie hätte lieber erst die Papiere gesehen, aber Giles hielt die Besichtigung des Gartens offenbar für wichtiger.

»Wir wollen hier anfangen«, sagte er und stellte sich mit dem Rücken zum Turm. »Dies ist der Hof. Er liegt auf der Nordseite. Hinter uns ist das Refektorium, wo wir gerade herkommen, und da drüben, wo die Rosa virginiana in Kaskaden herunterstürzt, da ist Ihr Zimmer«, sagte er und deutete mit der Hand in die entsprechenden Richtungen.

»Jenseits der Mauer da hinten sind der Kreuzgang und das Labyrinth, aber darum brauchen wir uns jetzt nicht zu kümmern, dazu kommen wir schon noch früh genug. Der Torhaus-Turm hinter uns ist eines der frühen Gebäude, einstmals der Kücheneingang, alle anderen waren früher Ställe oder Nebengebäude. Das kleine Schalterhäuschen habe ich aus einem alten Schilderhaus zusammengebastelt — ziemlich geschickt von mir, nicht? Der kurze Durchgang da ist alles, was vom alten Dormitorium der Abtei noch übrig

19

geblieben ist. Jetzt wohnt meine Haushälterin da, Mrs. Farthing.«

Ros zuckte überrascht mit den Lidern. Sie hatte nicht gewußt, daß Giles eine Haushälterin hatte, aber es war ja klar, daß er eine haben mußte, um dies ausgedehnte Anwesen in Ordnung zu halten.

»Also, Mrs. Farthing ist das, was wir ein altes Familienfaktotum nennen«, fuhr Giles fort. »Sie ist seit Olims Zeiten hier — hat für mich gesorgt, als ich ein Junge war, und meine Mutter angebetet. Sie hat nie geheiratet, *Mrs.* ist ein Höflichkeitstitel. Sie ist eben da, führt den Haushalt und verkauft Eintrittskarten, obwohl sie, fürchte ich, nicht sehr tüchtig ist. Aber man hat schließlich eine Verantwortung ...«

Giles sprach nicht weiter. Ros erwartete, daß er seinen Satz beendete, aber er tat es nicht. Soviel also zu Mrs. Farthing. Statt dessen zeigte er auf ein Haus auf der gegenüberliegenden Seite des Hofes. Es war mit schweren Kreuzbalken versehen und trug ein steiles Ziegeldach, von dessen Giebel sich vier dürre Schornsteine in den Himmel bohrten. Der Anblick vertrug sich nicht recht mit den anderen niedrigen Steingebäuden.

»Das lange Tudorbauwerk da drüben ist das Burggrabenhaus. Es ist alles, was von Gilbert de Montforts großartigem Herrensitz noch geblieben ist — das und ein kleines Stück Burggraben. Und hier sitze ich, fünf Jahrhunderte später, wohne in den alten Abteigebäuden und fast alles, was er gebaut hat, existiert nicht mehr. Und es heißt immer noch die Abtei.« Giles schwieg einen Augenblick, während er das Grabenhaus betrachtete. »Merkwürdig, nicht?« sagte er schließlich.

»Ja, nicht?« sagte Ros und biß sich verärgert auf die Zunge. Selbst Schneewittchen hätte eine intelligentere Bemerkung zustande gebracht.

Giles schien sie nicht gehört zu haben. »Da hätte ich selbst gern gewohnt«, sagte er, »aber meine Mutter hat es für vierzig Jahre an eine alte Freundin verpachtet, und jetzt hat es der

Neffe übernommen. Heißt Alan Stewart. Ist noch nicht lange hier — erst ein Jahr oder so. Er ist sowas wie ein Künstler, hält sich abseits. Für mich hat er ein paar Bilder und Zeichnungen gemacht, lauter Blumen. Eine Art Hobby, nehme ich an.«

Ros sah das Burggrabenhaus noch einmal an, leicht verwundert beim Gedanken an einen weiteren Bewohner. Woher hatte sie nur die Annahme, daß Giles hier allein wohnte? Hatte er nicht etwas in dieser Richtung gesagt, als er in New York war und sie zum erstenmal miteinander über die Ausgabe sprachen? Sie war sich dessen sicher. Noch einen Moment lang betrachtete sie das Burggrabenhaus, dann ließ sie ihre Augen über den restlichen Teil des Hofes schweifen. War da noch ein Gebäude, versteckt zwischen Ranken und Blumen? Sie glaubte zwei große Fenster und ein Dach zu erkennen. Aber ehe sie fragen konnte, war Giles ihr durch einen kleinen Torbogen in der nächstgelegenen Ecke der Mauer vorangegangen. Noch ein Garten.

Dieser war klein und quoll vor Blumen über — roter Mohn, orangefarbene Chrysanthemen, Ringelblumen, Maßliebchen und gelbe Löwenmäulchen schoben sich wahllos nach oben und taumelten auf die Klinkerwege. Grüne, fingerartige Clematis mit gelben Blüten wie kleine Stückchen Zitronenschale bedeckten die Mauer vor ihr. Ein erheblicher Unterschied zu den zurückhaltenden, etwas kühlen Farben und militärisch-strengen Reihen im Hof.

»Dies ist der Bauerngarten, ein typisch englischer Küchengarten«, sagte Giles. »Überhaupt nicht formstreng — hauptsächlich der Farbe und der Blüten wegen angepflanzt, hier und da ein Topf Würz- oder Heilkräuter dazwischen. Manche Leute finden ihn gewöhnlich und ordinär, aber ich mag ihn ganz gern. Meine Mutter hat ihn neu gestaltet, als sie das Haus da in ein Bauernhaus verwandelte.«

Als ob irgend etwas, das Viola geschaffen hat, ordinär sein könnte, dachte Ros mit dem Blick auf die Mauer vor ihr. Sie konnte eine kleine Holztür ausmachen und, weiter oben, ein winziges Bogenfenster. Dann wurde ihr klar, daß sie auf die Seitenwand des Gebäudes schaute, das mit der Front zum Hof lag.

»Seit ich denken kann, wird es der Kornspeicher genannt«, fuhr Giles fort. »Jetzt ist Cedric North, der Pianist, da zu Hause, noch ein alter Freund von Mutter. Er ist erstaunlich alt, wissen Sie. Mindestens achtzig, würde ich sagen. Wohnt da mit seiner zweiten Frau.«

»Ach wirklich?« Ros beäugte den Kornspeicher mit neuem Interesse. Wenigstens dieser Name klang ihr vertraut. Cedric North. Sie erinnerte sich an eine Plattenhülle — ein alter, rundgesichtiger Mann, dessen weißes Haar die Stirn umrahmte, beugte sich über einen Flügel. Aber ihr war nicht klar gewesen, daß er hier wohnte. Und seine Frau. Das waren drei weitere Bewohner, von Mrs. Farthing ganz abgesehen. Aber warum hatte Giles ihr nicht gesagt, daß es so viele waren? Sie fühlte sich allmählich irgendwie im Hintertreffen. Als sie sich umwandte, sah sie Giles gerade noch durch den anderen Ausgang des Bauerngartens verschwinden.

Als sie ihn einholte, stand er mitten in einer langen Allee. Auf einer Seite wuchsen die Bäume dicht und voll und neigten sich über den Weg, während sie auf der Mauerseite wie von einer Explosion flach gegen die Steine gequetscht waren.

»Der Pflaumenbaumweg«, sagte Giles. »Auf der anderen Seite dieser Mauer ist der Heilkräutergarten, aber da wollen wir jetzt nicht hingehen. Ich möchte vorankommen.« Und schon lief er wieder los, mit schnellen Schritten die Allee hinunter.

Ros hetzte hinter ihm her und fühlte sich dabei ein bißchen wie Alice, die dem weißen Kaninchen nachläuft. »Wie viele Leute gibt es hier noch?« fragte sie etwas atemlos. »Ich meine ... ich wußte nicht ...«

Giles blieb abrupt stehen und wandte sich amüsiert um. Dann zählte er an den Fingern ab. »Außer den Norths und Alan Stewart gibt es noch Cory und Stella, die Gärtnerinnen

— furchtbar gelehrt, wissen Sie, Universität und Royal College of Horticulture und all sowas — sie wohnen in dem umgebauten Stall gleich dahinten. In dieser Ausgeburt viktorianischer Phantasie, die Sie durch die Pappeln hinter dem Dormitorium erspähen können, wohnen Hugh und Beatrice Badgett ...« Während Ros ihn ungläubig anstarrte, fuhr er fort.

»Hugh ist ein ziemlich bekannter Wissenschaftler. Bemerkenswert, eigentlich, wenn man bedenkt, daß er ein Bauernsohn ist. Sein Vater, Humphrey, verwaltete die Hauptfarm für meine Eltern. Die Familie hat dies Land schon seit Generationen bearbeitet. Gute Bauernrasse, aber kaum eine Ausbildung wert, sollte man meinen. S.D.E. nannte meine Mutter sie, wie Sie sich zweifellos erinnern. S.D.E., Salz der Erde. Sie fand Bauern wunderbar. Hugh ging mit einem Stipendium zur Universität — meine Eltern halfen natürlich —, und jetzt ist er ein bekannter Mikrobotaniker. Trotzdem, ich bilde mir ein, daß er ein Sohn der Scholle geblieben ist. Er und seine Frau Beatrice verwalten jetzt die Hauptfarm für mich. Ich glaube wirklich, Hugh könnte es nicht ertragen, das Anwesen zu verlassen.« Giles schwieg einen Moment und starrte scheinbar geistesabwesend vor sich hin. Dann schien er zu sich zu kommen.

»Das sind alle. Schließlich doch nicht gar so viele, nicht? Auf jeden Fall werden Sie sie bald alle kennenlernen. Für übermorgen habe ich Ihnen zu Ehren einen Lunch organisiert.« Damit steckte Giles die Hände in die Taschen und ging die Allee hinunter bis dahin, wo die Bäume aufhörten. Ros blieb mit dem Gefühl zurück, sie habe nicht Finger genug, die Leute daran abzuzählen — von Gärten ganz zu schweigen.

Aber am Ende des Weges stand Giles und wartete auf sie. Er nahm ihren Arm, als sie eine kleine steinerne Brücke überquerten, unter der ein dünnes Rinnsal trüben Wassers floß.

»Der Burggraben, oder was davon übrig ist«, bemerkte Giles. »Aber dies hier — das wollte ich Ihnen unbedingt zeigen.« Er trat beiseite, drehte sich um und machte eine weitausholende Bewegung mit dem Arm, als wollte er ein ganzes Zimmer voller Gäste vorstellen.

»Der Stolz von Montfort Abbey. Der Rosengarten.«

Ros schaute in die Richtung seines ausgestreckten Armes. Und sperrte Mund und Nase auf.

Rosenbüsche, Rosenbäume, Rosenranken in jeder vorstellbaren Farbe dehnten sich vor ihr in geometrisch exakten Mustern aus, Speichen im Rad, Strahlen im Sonnenaufgang — mindestens ein Morgen Rosen, Rosen bis zum Knie, Rosen bis zur Schulter, Rosen höher als ihr Kopf, Blüten so groß wie Teetassen, wie Suppenschüsseln, Miniaturblüten nicht größer als ein Fingerhut, Rüschen und Falten von dunkelrotem Samt, zinnoberrot, rosa, lavendelfarben, violett, weiß, elfenbeinfarben, korallenrot, gelb, rehfarben, scharlach, alle sprühten flammend gegen grüne glänzende Blätter. Die Farben tanzten und zitterten vor ihren Augen, der Duft hüllte sie ein, und plötzlich dröhnte das Summen der Bienen, die sie im Schatten der Blätter glitzernd und trunken ein- und ausfliegen sah, in ihren Ohren. Zeilen, Verse, Schlaglichter von Gedichten und Liedern blitzten in ihrem Kopf auf und wirbelten durcheinander, »Auch preise nicht den dunklen Purpur« ... »Rote Rose, stolze Rose, traurige Rose all meiner Tage« ... »die Tür, die wir nie öffneten/ die in den Rosengarten.«

»Rosamund?«

Ros fuhr erschreckt zusammen. »Was?« sagte sie. Dann merkte sie, wie schroff das klang. »Oh, es tut mir leid ... äh, Mr. Montfort-Snow«, begann sie.

»Macht nichts«, unterbrach Giles in amüsiertem Ton. »Ihre Reaktion ist typisch. Aber hören Sie mal. Finden Sie nicht, daß es langsam Zeit wird, Giles zu mir zu sagen? Schließlich werden wir doch Verbündete sein, nicht?« Er lächelte sie an.

»Gut«, sagte sie. »Und Sie können mich Ros nennen.«

»Ah! Ich glaube, das möchte ich nicht.« Giles drehte sich um und marschierte die nächstgelegene Rosenallee entlang bis zu einem niedrigen, struppigen Busch mit kleinen, rotweiß

gestreiften Blüten, die aussahen, als wären sie aus Pfefferminz-
stangen geformt. »Kennen Sie den Namen dieser Rose?« fragte
Giles, wobei er eine Hand leicht auf eine der kleinen Blüten
legte.

Ros schüttelte mit sinkendem Mut den Kopf. Er mußte ja
denken, daß sie viel mehr über Rosen wußte, als es der Fall
war. Diese sah nach nichts Besonderem aus — klein, mickrig,
die arme Verwandte einer Rose. Giles pflückte eine Blüte und
reichte sie ihr.

»Unter all den Hunderten von Rosen in diesem Garten ist
diese mein besonderer Liebling. Ich weiß nicht genau,
warum, vielleicht, weil sie die älteste ist. Sie ist eine Gallica,
und ihre Herkunft liegt im Dunkel der Zeiten. Sie ist sogar
älter als die York und Lancaster Rose, mit der sie manchmal
verwechselt wird. Älter als 1485, wenn Sie sich das vorstellen
können. Wahrscheinlich sogar älter als die Abtei. Meine Mutter fand sie hier wild wachsend.« Giles pflückte eine weitere
Rose und hielt sie wie ein Glas Wein. »Ihr Name ist Rosa
Mundi. Rose der Welt«, sagte er und betrachtete sie mit einem
merkwürdigen Lächeln.

Ros starrte ihn an. Ihre Nackenhaare fingen an, sich zu
kräuseln.

»Glauben Sie, daß Namen Schicksal sind?«

Oha, sagte Ros im stillen. Sie schaute ihn genau an. Er wirkte
vollkommen ernsthaft.

»Schon bei unserer ersten Begegnung, als ich zuerst Ihren
Namen hörte, wußte ich, daß Sie dazu bestimmt sind, mir
mit den Papieren meiner Mutter zu helfen.«

Ros wandte sich ab. *Wie vollkommen absurd,* dachte sie,
während sie eine tellergroße blaßgelbe Rose anhob, die schwer
an ihrem Stengel hing, und ihre Nase darin vergrub. Sie roch
nach Tee und Sahne. Ros versuchte, ihre Gedanken zu sammeln. Seit Jahren hatte niemand sie Rosamund genannt.
Daran werde ich mich nie gewöhnen, dachte sie und atmete den
süßen Duft der Rose ein. Vielleicht würde er sie gern bei ihrem

alten Kosenamen, Rosie, rufen. Ihr Vater hatte sie so genannt. Ros lächelte bei der Erinnerung. Aber was machte es schon? Welchen Namen er auch benutzte, sie war und blieb Ros Howard. Sie blickte auf.

»Wenn Sie wollen, können Sie mich Rosamund nennen«, sagte sie feierlich.

Zu ihrer Erleichterung warf Giles den Kopf zurück und lachte. »Das klingt nicht, als ob Ihnen der Gedanke besonders gefiele! Ich fürchte, ich habe Sie mit dem ganzen Gerede über Namen in Verlegenheit gebracht. Trotzdem, Ros ist so ein knapper, schroff klingender Name. Paßt überhaupt nicht zu Ihnen. Ich weiß schon, was Sie denken. Was ist schon ein Name — so ein Theater. Na, lassen wir das. Manchmal denke ich, die Rosen sind alles, was mir an Familie geblieben ist. Sie bedeuten mir tatsächlich ziemlich viel. Aber ich werde versuchen, Ros zu sagen, wenn Ihre Freunde Sie so nennen. Ich bezweifle jedoch, daß es mir gelingt. Ich ändere mich nur schwer. Ganz anders als Lawrence Johnstone da drüben.«

Ros blickte hinter sich. Wer war das nun wieder? Aber es war niemand zu sehen.

»Nein, nein«, kicherte Giles. »Die Rose, die Sie gerade bewundert haben. Lawrence Johnstone, vormals Hidcote Yellow. Noch ein Familienmitglied«, sagte er mit erheitertem Gesicht. Er zog sie auf. Ros wollte protestieren, aber Giles nahm lässig ihren Arm und führte sie entlang der Achse des Rosengartens zu einer entfernten Ecke, wo dichte Schleier von korallenrosa Kletterrosen die hohe Mauer vollständig bedeckten.

»Noch eine kleine Freundin von mir, Madame Henri Guillot«, sagte Giles. Ros merkte, daß es ihm ganz ernst war. Na, egal. Wenn er diese Pflanzen als seine Freunde und Verwandten ansehen wollte, ging sie das nichts an. Sie paßte ihren Schritt dem seinen an und war sich des leichten Druckes seiner Finger auf ihrem Ellenbogen deutlich bewußt. Dann hielt er plötzlich inne und erstarrte.

26

»Schsch.« Er lauschte gespannt. Etwas kribbelte Ros leicht an den Ohren. Sie wich zurück, als ein Rosenzweig sich von hinten in ihren Ärmel hakte, wie eine Hand, die an ihr zupfte, um Aufmerksamkeit zu erregen.

Giles ließ ihren Arm los und marschierte zu einem hohen, dichten Rosengebüsch hinüber.

»Raus da«, befahl er.

In einem Gestöber von schlagenden und knisternden Zweigen brach ein mißgestalteter Schatten aus dem Dickicht hervor und hastete mit gesenktem Kopf vorwärts. Ein kleines, runzliges Gesicht von der Farbe und Beschaffenheit einer alten Papiertüte blinzelte ängstlich erst Giles an, dann Ros. Eine Schulter buckelte sich höher als die andere, als die Gestalt sich aufrichtete, die Hände rang und die fleckige Schürze über einem verblichenen schwarzen Kleid in den Händen drehte.

»Ich bitte um Verzeihung, Mr. Giles«, krächzte sie. »Aber da is wer ...«

»Farthing. Was tun Sie hier?« unterbrach Giles.

»Oh, ja, ich ... äh ... ich ...« stammelte die kleine dünne Stimme, aber Giles fuhr ungeduldig fort.

»Was ist Ihnen nur eingefallen, hierherzukommen? Habe ich Ihnen nicht gesagt, daß Sie nicht herumwandern sollen, wenn ich Gäste habe? Gehen Sie jetzt zurück in die Küche und machen Sie uns irgendeinen kalten Imbiß. Miss Howard ist bestimmt ganz ausgehungert nach der langen Reise.«

»Aber Sir, es is ...« Sie schluckte und rang die Hände.

»Das ist alles, Farthing.« Er entließ sie mit einer Handbewegung. *Geliebtes altes Familienfaktotum?* fragte sich Ros, etwas schockiert über seinen Ton. Mit einem verzweifelten Blick auf Ros machte sich die kleine Gestalt davon. Giles beobachtete sie, als ob er sichergehen wollte, daß sie nicht wieder unter die Büsche huschte.

»Ich kann den Anblick dieser Frau nicht ertragen«, sagte er, als sie außer Sicht war. »Sie erinnert mich an ein Wiesel oder ein Frettchen. Aber es ist nicht zu ändern.« Er schaute hinunter auf seine Uhr, dann auf zum Himmel. »Es wird bald dunkel, und da ist noch ein Garten, den Sie heute abend sehen müssen.« Er marschierte los, den Mittelgang hinunter auf die entferntere Mauer zu. Über die Schulter warf Ros einen letzten Blick auf den Rosengarten und folgte ihm dann.

In der Mauer war eine schmale Öffnung, fast versteckt hinter einem Vorhang von Kletterrosen. Giles trat beiseite und ließ sie zuerst durchgehen. Ros duckte sich, aber trotzdem fuhren ihr die Blätter sanft über Gesicht und Haar und zogen ein paar Strähnen heraus. Auf der anderen Seite richtete sie sich auf und strich sich das Haar aus den Augen.

Im schwindenden Licht war ihr erster Eindruck der von gespenstischen Massen von Blau, Weiß, Grau und einem so dunklen Grün, daß es fast schwarz wirkte. Und dann die Blautöne in allen Schattierungen — Saphir, Indigo, Azur, Lila, Lavendel, Himmelblau — sie glühten aus dem gedämpften Hintergrund hervor wie Juwelen, intensiv, schimmernd, über den Boden verstreut in Beeten von Immergrün, schaukelnd auf den hohen Stielen von Delphinium und Rittersporn, in Kugeln von langhaarigem Allium wie ungeblasene Pusteblumen. Wege aus zerstoßenem weißem Marmor wanden sich hindurch, makellos und geometrisch, und die Rosen, die Ros hier zu sehen bekam, waren klein, weiß und vollkommen, wie aus Porzellan. Im Zentrum, wo sich die Pfade kreuzten, wuchs eine Trauerweide, knorrig und mißgestaltet wie ein riesiger Bonsai, deren Zweige wie Eiszapfen müde herabhingen. Die langen, spitzen Blätter waren blaß und durchscheinend wie Seidenpapier und von einer merkwürdigen blaugrünen Farbe. Der dunkle, bizarre Umriß hob sich von den getünchten Mauern ab wie das Mittelbild auf einem Weidenmusterteller. Violas letzte Schöpfung.

»Der Chinesische Porzellangarten«, sagte sie leise.

Giles nickte.

Schweigend standen sie nebeneinander. Die Luft im Garten

schien schwer, wie Nebel. Doch alle Blüten, auch die Blätter, traten scharf umrissen hervor.

»Es ist so schön«, sagte sie. Schön, aber auch beängstigend. Welche Konzentration, welche Beherrschung mußte es gekostet haben, all dies zu erschaffen.

»Auf der ganzen Welt gibt es keine zweite Weide wie diese«, sagte Giles. »Es hat meine Mutter 15 Jahre gekostet, sie aus Mutanten zu züchten. Sie hat Hunderte von Sämlingen vernichtet, bis sie genau die Farbe hatte, die sie wollte.« Ros nickte, streckte die Hand aus und berührte eines der zarten bläulichen Blätter. Sie wandte sich um, den Rest des Gartens zu betrachten. In der Ecke befand sich ein kleines, windschiefes, pagodenartiges Bauwerk, alt und hinfällig, das vage an ein verschwommenes Muschelkalkschlößchen auf dem Grunde eines Aquariums erinnerte. Tatsächlich fühlte man sich in diesem Garten wie in einer Unterwasser-Landschaft. Es war unheimlich, besonders in dem schrägen Licht. Alles war so still. Selbst Giles' Stimme schien von weit her zu kommen.

»Das ist natürlich die Abtskapelle, wo meine Mutter in ihren letzten Lebensjahren gearbeitet hat. Hier habe ich ihre Papiere gefunden, versteckt hinter dem Mauerwerk im Glockenturm. Meine Mutter hat diese kleine Kapelle geliebt und darauf bestanden, daß man sie genauso läßt, wie sie war, als ein *Memento mori*. Sie ist der einzige Teil der alten Abteikirche, der noch geblieben ist. Jetzt arbeite ich selbst hier und erledige all den Kleinkram, der nötig ist, den Besitz in Schuß zu halten. Über der Tür habe ich eine Gedenktafel angebracht.«

Ros trat näher, um die Bronzeplakette lesen zu können. »Lady Viola Montfort-Snow, 1900–1975. *Ave atque vale, mater.* Giles.«

Ros schaute fasziniert die Kapelle an. Hinter sich konnte sie Giles hören, der rastlos den Weg auf und abging, wobei die Marmorstückchen unter seinen Füßen knirschten. Dann plötzlich war der Garten still. Sie wandte sich um. Giles war nicht mehr da.

»Giles?« Keine Antwort. *Wo ist er denn nun wieder hingelaufen,* überlegte sie gereizt. Warum lief er immer weg und ließ sie allein? War ihm denn nicht klar, daß sie sich nicht auskannte? Aber natürlich hatte er sie nicht absichtlich verlassen. Da er den Garten kannte wie seine Westentasche, war ihm bestimmt nicht im Traume eingefallen, daß sie ihm nicht überallhin folgen könnte. Offenbar hatte er sich auf den Rückweg zum Refektorium gemacht, wo Mrs. Farthing mit ihrem kalten Imbiß wartete. Na, macht nichts, es mußte kinderleicht sein, oder er wäre nicht einfach weggegangen.

Sie ging zum Ausgang — oder war es der Eingang? — am Ende des breitesten Marmorweges neben der Abtskapelle und zwängte sich durch die Öffnung. Kleine Korkenzieher-Tentakel einer Kletterpflanze zupften sie am Haar, und eine blaue, sternförmige Blüte klatschte ihr ins Gesicht. Ungeduldig schob sie sie beiseite und trat hinaus auf einen offenen Platz.

An einer Seite lief eine lange Mauer entlang, girlandengeschmückt von den mäandernden Narben einer ehemaligen Arkade. Das mußte der Kreuzgang sein. Direkt vor ihr, knapp 100 Meter entfernt, drohte eine hohe, dunkle Wand aus Hecken. Rechts von ihr dehnte sich eine tiefliegende, flache Wiese. Aus dem Wiesengras erhoben sich hohe, verhüllte Steinsäulen, von Kletterpflanzen ummantelt, die aussahen wie zottige Druiden. Zweifellos die Überreste des alten Kirchenschiffes. Während sie darauf zuging, türmte sie in ihrer Phantasie Steine und Rippen und Gewölbe auf, proportional zu dem, was noch geblieben war. Die geisterhafte Konstruktion füllte den ganzen Raum aus bis zu dem schweren Dickicht vor ihr. Wie riesig sie gewesen sein mußte, diese alte Kirche, deren gewölbtes Innere weit über die Bäume aufragte. Neben ihr schrumpften Bäume und Mauern und selbst der Torhaus-Turm zu Zwergen. Und Gilbert hatte sie eingerissen. Sie stand still und starrte an den Steinsäulen vorbei zum

Horizont. Der Himmel war von blassem, verwaschenem Grau, kaum noch angehaucht vom letzten rosa Glühen der untergehenden Sonne.

Und während sie noch schaute, bewegte sich ein Teil der Steinsäule direkt vor ihr, schüttelte sich frei, gerann für einen Augenblick zu einer selbständigen, beweglichen Figur, einer Gestalt mit Kapuze. Die schien gehört zu haben, wie sie den Atem einsog, schwebte schemenhaft auf den nächsten zottigen Stein zu und verschmolz mit ihm.

Ros stand still und traute ihren Augen nicht. »Wer ist da?« rief sie. »Giles?« Es kam keine Antwort, nur das leise Rascheln des Grases unter ihren Füßen. Mrs. Farthing? Aber nein, sie war ins Refektorium zurückgeschickt worden. Ros starrte die Steinsäulen einen Augenblick an und versuchte, sich an ein paar andere Namen zu erinnern. Kein einziger fiel ihr ein. »Hallo?« rief sie. Nichts. Sie zuckte die Achseln, kehrte den Steinen den Rücken zu und ging entschlossen zu einer Lücke in der Mauer.

Sekunden später war sie wieder auf dem freien Platz, nachdem sie sich unerwartet im Porzellangarten wiedergefunden hatte, den sie doch hinter sich gehabt zu haben meinte. Sie stand wieder im Kreuzgang und blickte auf die hohe, dichte Hecke weiter draußen auf dem Gras. Sie glaubte dort eine Lücke zu erkennen. Darauf ging sie zu und spähte hinein, sah aber nichts als eine weitere Reihe Hecken. Nach jeder Seite zweigte ein Pfad ab, hörte dann aber auf, oder jedenfalls schien es so. Natürlich. Dies war das Labyrinth, das Gilbert de Montfort dem in Hampton Court nachgebildet hatte, an der Stelle, wo früher die Mönche ihren Klostergarten gehabt hatten. *Ha*, dachte Ros. *Ein gemeiner Trick.* Von andächtiger Zurückgezogenheit zu weltlicher Unterhaltung. Gut, aber hier konnte sie nicht weitergehen, nachdem sie sich schon im Garten selbst verlaufen hatte, wollte sie es nicht auch noch mit einem Labyrinth aufnehmen. Sie schob sich rückwärts aus der Öffnung und drehte sich um.

Und dann hörte sie, gedämpft, aber doch erkennbar, den Klang von Stimmen aus dem Inneren des Labyrinths.

»Sie wird nie an dich verkaufen, in tausend Jahren nicht. Wenn irgendwem ...«

»Sprich leise, du verdammter Idiot«, unterbrach eine andere Stimme. Ros stand wie angewurzelt. »Wir werden ja sehen, wie euch allen zumute ist, wenn die Papiere erst herauskommen.«

Es gab ein leises, erschrecktes Geräusch, fast klang es wie Würgen. Dann ein kaum hörbares, ungläubiges Murmeln. Dann zischte die zweite Stimme ärgerlich:

»Ja, ja, die ganze schmutzige Geschichte. Wollt ihr das wirklich riskieren? Alles, wofür ihr immer gekämpft habt?« Die Stimme fuhr fort, grausam, peinigend. »Du kümmerst dich besser darum, sag ihm, er soll noch einmal genau darüber nachdenken.«

Ros stand entsetzt da. Das war doch bestimmt Giles, der da sprach. Aber er klang so drohend, so ärgerlich. Schmutzige Geschichte? Papiere? Meinten sie *die* Papiere?

In dem Moment gab es ganz in der Nähe das Geräusch eines Kampfes, die Hecke vor ihr schwankte. *Laßt mich hier raus,* dachte sie und rannte auf die Mauer des Kreuzgangs zu — direkt gegen eine verbeulte Holztür. Sie hantierte am Riegel, schob die Tür auf und sah zu ihrer Erleichterung die lange, niedrige Silhouette des Refektoriums. Sie schloß die Tür leise hinter sich und eilte über den Hof, ohne sich umzusehen.

3

Nein, es kann doch nicht Giles gewesen sein, der im Labyrinth gesprochen hat, dachte Ros am nächsten Morgen, während sie ihm über den Hof zum Viola-Zimmer im Torhaus-Turm folgte. Als sie gestern atemlos und leicht außer Fassung die Halle betreten hatte, war er gerade aus dem Wohnzimmer gekommen. Die ganze Zeit war er dort gewesen und hatte auf sie gewartet.

»Oh, Rosamund«, hatte er gesagt und erleichtert ausgesehen. »Sie haben also doch hierhergefunden. Ich dachte, Sie wären direkt hinter mir, aber als ich hier ankam, waren Sie nirgends zu sehen. Ich wollte schon einen Suchtrupp losschicken. Aber da sind Sie ja, also erübrigt sich das.« Er schien selbst atemlos und ein bißchen außer Fassung, als ob er sich wirklich Sorgen um sie gemacht hätte. Sie waren in die Küche gegangen und hatten sich zu Tisch gesetzt. Es gab reichlich Tee, kleine, in Blumenmustern arrangierte Sandwiches, Brot, Käse, Wurst und Obst. Als sie sagte, daß ihr Kaffee lieber wäre, war Giles sofort aufgesprungen und hatte ihr selbst eine Tasse gemacht.

Während sie aßen, überlegte Ros, ob sie ihm etwas über die Stimmen sagen sollte. Er könnte ja denken, sie hätte absichtlich gelauscht. Aber die Papiere waren erwähnt worden, also erzählte sie ihm zögernd die ganze Geschichte, als sie mit dem Essen fertig waren.

Sie hatte erwartet, daß es ihn aufregen würde, aber er machte nicht den Eindruck. Er wirkte nur leicht erstaunt und saß gedankenverloren einen Augenblick da. Dann schien er plötzlich zu sich zu kommen und sah sie direkt an.

»Oh, Rosamund — Ros — wie gräßlich für Sie«, sagte er. »Das hatte ich schon befürchtet. Man braucht die Papiere hier bloß zu erwähnen, schon passiert sowas. Und alles wegen ...« Er zögerte. »Na ja, je weniger Worte man im Augenblick darüber verliert, desto besser, glaube ich.«

Ros hatte ihn verwirrt angestarrt. Weswegen? Besser als was? Aber Giles wollte offensichtlich nichts sagen — jedenfalls nicht zu diesem Zeitpunkt. Sie hatte ihn eine Weile beobachtet, wie er still dasaß und aus dem Fenster in die Dunkelheit schaute. Dann waren ganz plötzlich die Anspannung und die Müdigkeit ihrer langen Reise über sie hereingebrochen, und nach einem hastigen Gutenachtgruß war Ros zu ihrem Zimmer hochgewankt und auf ihr weiches Bett gefallen. Sie hatte tief geschlafen und so lebhaft von Blumen geträumt, daß Rosenduft den ganzen Traum durchzog.

* * *

Jetzt stand sie ganz oben im Torhaus-Turm im Eingang zum Viola-Zimmer. Die Wände waren mit Bücherregalen bedeckt, Aktenschränke standen seitlich davor, und es gab zwei Schreibtische mit je einer Schreibmaschine unterhalb der tief in die Mauer eingelassenen Kreuzfenster. Ein tragbares Kopiergerät stand an einer Seite, der Steinfußboden war mit einem abgetretenen, aber farbenfrohen Orientteppich bedeckt. Und in der Mitte des Teppichs — eher auf dem ganzen Teppich — waren mehrere Dutzend grünmarmorierte Dokumentenschachteln gestapelt, eine Reihe Pappkartons sowie ein Stapel Faltmappen, von einem Gummiband zusammengehalten.

»So, da wären sie«, sagte Giles, der mittendrin stand. »Die Lady-Viola-Papiere. Alles durcheinandergewürfelt, Briefe, Lesenotizen — die Tagebücher stehen im Regal — alles mögliche. Wir werden also reichlich zu tun haben.«

Aber er machte keine Bewegung auf die Kartons zu, statt dessen ging er zu den Fenstern hinüber und blickte auf den Parkplatz hinunter.

Ros nickte, ganz unfähig, ihre Ungeduld noch länger zu bezähmen. Sie ging einen Schritt vorwärts.

Aber Giles Stimme bremste sie mitten in der Bewegung. »Rosamund, ich habe über das nachgedacht, was Sie gestern gehört haben. Und ehe wir anfangen, sollten wir am besten jetzt vereinbaren, daß wir den Inhalt der Papiere bis zur Veröffentlichung geheimhalten. Ich möchte nicht, daß Sie irgendjemandem ein Wort darüber sagen.«

Ros schaute ihn überrascht an.

»Und«, fuhr Giles fort und betrachtete sie ernst, »wenn Sie hier jemandem begegnen sollten, der wissen möchte, wer Sie sind und was Sie hier tun, sagen Sie gar nichts. Auf diese Weise können wir viel lästige Fragerei vermeiden.«

Ros starrte ihn an. »Was?« sagte sie.

»Ich möchte nicht, daß Sie hier irgendwem sagen, was Sie tun. Ich möchte nicht, daß Sie mit einem der anderen Bewohner sprechen. Wenigstens vorläufig.«

Ros starrte ihn weiter an. Sie traute ihren Ohren kaum.

»Es sind die andern, wissen Sie«, sagte Giles. »Kein Mensch weiß, was sie anstellen könnten. Sie dürfen es einfach nicht wissen.«

Ros holte tief Luft. »Ich glaube wirklich nicht, daß Sie mich und die Papiere geheimhalten können, Giles, auch nicht die Tatsache, daß Sie und ich zusammen an den Papieren arbeiten. Ich werde gern diskret sein — schließlich weiß ich nicht einmal, was in den Papieren steht — aber ich glaube nicht, daß ich so arbeiten kann. Diese 'anderen', von denen Sie reden — die müssen doch wissen, daß ich hier bin und warum, und ich muß über sie Bescheid wissen. Ich hoffe, Sie verstehen, daß das notwendig ist, sonst ...«

Sie unterbrach sich, weil sie das 'sonst' nicht in Worte fassen wollte.

Zu ihrer Erleichterung nickte Giles nur. »Meine liebe Rosamund, so habe ich das überhaupt nicht gemeint. Natürlich wissen die, daß Sie hier sind, wenn auch nicht, warum — jedenfalls noch nicht. Mein einziger Gedanke war, daß sie versuchen könnten, sich einzumischen, Sie durcheinander zu bringen und zu beeinflussen, ehe wir überhaupt angefangen haben. Ich hatte nicht vor, Sie auf Dauer versteckt zu halten. Haben Sie die Lunchparty vergessen, die ich Ihnen zu Ehren für morgen arrangiert habe? Bei der Gelegenheit werden Sie alle kennenlernen und umgekehrt. Ich möchte eine förmliche Verlautbarung daraus machen«, schloß er höchst vernünftig. »Das ist alles.«

Ros errötete. War das alles, was er gemeint hatte? Sie schaute zu Boden und schwieg.

»Aber Sie werden mich doch mit der Vorstellung warten lassen bis zu dem Lunch, nicht? Und nichts über sich oder die Papiere sagen, bis ein Uhr morgen mittag?«

Ros überlegte und zog dabei mit dem Fuß die geometrischen Muster des Teppichs nach. Ach, warum eigentlich nicht? Das bißchen Geheimniskrämerei schien ja ganz harmlos. Sie blickte zu Giles auf und nickte. »Das geht in Ordnung.« Sie machte eine winzige Pause und sah ihm dann direkt ins Gesicht. »Und dürfte ich jetzt, wo das erledigt ist, die Papiere sehen?«

Aber Giles schien sie nicht gehört zu haben. Er schaute weiter aus dem Fenster, die Hände auf dem Rücken gefaltet. »Da kommen sie«, sagte er. »Die Touristen. Es war schrecklich für mich, als ich zahlendes Publikum in die Gärten lassen mußte, aber bei den räuberischen Erbschaftssteuern — erst für Vater, dann für Mutter — und den ständig steigenden Preisen gab es wirklich keine Alternative ... Früher einmal war hier alles Montfort-Land, soweit das Auge reichte.

Aber natürlich wird es immer schlimmer, immer schwieriger, über die Runden zu kommen. Sie können sich die laufenden Unkosten nicht vorstellen, zwei hochbezahlte Vollzeit-

Gärtnerinnen, die Hilfskräfte aus dem Ort gar nicht gerechnet, und die Instandhaltung. Schon allein die Insektenvernichter! Ich habe die Gärten immer häufiger öffnen müssen, und jetzt sind es sechs Tage pro Woche, von 10 Uhr morgens bis zum Einbruch der Dunkelheit, und es bleibt uns kaum Zeit fürs Umgraben und Jäten. Und immer noch sind wir so knapp dran, daß zwei Tage Regen pro Woche uns für einen Monat in die roten Zahlen bringen. Wir sind vollkommen abhängig von den Einnahmen durch Ausflügler und Reisebusse, um die Nase über Wasser zu halten.« Giles' Gesicht war unbewegt, als er sich umdrehte, um sie anzusehen, aber im rastlosen Scharren seiner Füße auf dem abgetretenen alten Teppich und in der Haltung seiner Schultern zeigte sich seine Anspannung.

»Die Britannia Treuhandgesellschaft will den Besitz haben. Das kleine Dorf Effam Priory gehört ihr schon, und der größte Teil des Landes drumherum, das einmal zum Anwesen gehört hat. Ich nehme an, sie wollen die Abtei, um das Set zu vervollständigen«, sagte er bitter. »Mutter hat es nie verwunden, den Landbesitz der Vorväter zu verlieren, obwohl sie damals erst acht war, also können Sie sich vorstellen, was das für ein Gefühl für sie war, die Abtei zurückzubekommen.« Giles schwieg kurz. »Ich möchte nicht alles verlieren, was sie gewonnen hat.« Giles fixierte Ros mit einem so durchdringenden Blick, daß sie unwillkürlich zurückwich.

»Deshalb zähle ich gewissermaßen auf diese Ausgabe von Mutters Briefen — ich hoffe, daß sie uns ein für allemal aus den roten Zahlen hilft, wissen Sie. Wenn sich das Buch gut verkauft, könnte es den Unterschied zwischen ...« Hier zögerte Giles und wurde so abwesend wie am vorigen Abend. »Ich möchte die Abtei nicht verlieren«, sagte er abschließend.

Ros wußte nicht, was sie sagen sollte. Was für eine verlorene Hoffnung. Die Papiere würden nie auf die Bestsellerliste kommen, selbst bei ihrem erwiesenen literarischen Wert — es sei denn, sie enthielten einen sensationellen, bisher unbekannten

Skandal, irgendeine unglaubliche Enthüllung oder ein düsteres Bekenntnis. Aber in Lady Violas Tagebüchern und Briefen würde es dergleichen nicht geben. Sie war sanft gewesen, freundlich, liebreich, der Erde zugetan. Wenn nicht ... Ros erinnerte sich plötzlich an die Unterhaltung, die sie am Abend zuvor gehört hatte. Schmutzige Geschichte?

Aber ihr Gedankengang wurde unterbrochen, als Giles sich plötzlich durch das Zimmer bewegte.

»Ja. Nun ja. Ich finde eigentlich, daß Sie erstmal ein Gefühl für das alles bekommen sollten, ehe wir weiter gehen. Denn genau aus dem Grund habe ich Sie natürlich hierhergebracht.«

Ros bemerkte das 'hergebracht' sehr wohl. Sie beobachtete Giles, wie er sich auf die Hacken niederließ, einen der Kartons aufmachte, ein Stück Papier herauszog und es ihr gab. Begierig streckte Ros die Hand nach der ersten echten Autographie von Lady Viola aus. Das Papier in ihrer Hand fühlte sich klamm an, es war graufleckig, als ob man es mit Asche gepudert hätte. Verblüfft starrte sie darauf.

»Das ist eine Fotokopie!«

»Selbstverständlich«, sagte Giles ruhig. »Macht das was?«

Er suchte weiter in den Papieren im offenen Karton herum. Dann blickte er kurz zu ihr hoch und hielt inne. »Oh je«, sagte er. »Stimmt was nicht?«

Ros antwortete nicht. Sie wandte sich ab und ging mit der Kopie in der Hand zum Nordfenster. Fotokopien. Wo waren die Originale? Vertraute Giles ihr nicht? Bitterlich enttäuscht starrte sie auf den struppigen Setzkasten unter ihr. Sie sollte die Originale nicht einmal sehen. Konnte sie so überhaupt arbeiten? Einen Augenblick erwog sie, ihre Sachen zu packen und nach Hause zu fahren.

Aber Moment mal. Er hatte nicht gesagt, sie dürfte die Originale nicht heranziehen, oder? Wenn sie ihm klar machen könnte, wie wichtig das war ... Es war einen Versuch wert.

»Nun ja«, sagte sie beherzt, »aus den unterschiedlichen

Schattierungen und Stärken der Tinte, Unterschieden in der Druckstärke, der Schriftneigung, an Ausradierungen, Eindrücken auf der Seite und solchen Sachen lassen sich immer Schlüsse ziehen. Beim Datieren sind sie unschätzbar, und von einer Kopie lassen sie sich nicht ablesen.«

»Meine Mutter hat ihre Briefe immer sehr sorgfältig datiert«, sagte Giles. »Da gibt es kaum Fragen. Dann ist es doch kein wirkliches Problem, oder? Aber das ist natürlich alles sehr interessant.« Giles hielt inne und lächelte. »Es macht Ihnen doch nicht wirklich etwas aus, oder?«

»Nein«, sagte sie langsam und wandte sich vom Fenster ab, um ihm ins Gesicht zu sehen. »Es macht mir nichts aus, solange wir Zugang zu den Originalen haben.«

»Selbstverständlich werden Sie Zugang zu den Originalen haben, meine Liebe. Sie sind in der Duke's College Bibliothek in Cambridge sicher untergebracht. Aber genügen denn diese nicht für den Anfang und zum Weitermachen? Außerdem dachte ich, wir könnten sie als Arbeitskopien benutzen, direkt Notizen darauf machen und so weiter. Viel bequemer, finden Sie nicht?«

Ros seufzte. Vielleicht war es ganz gut so. Schließlich arbeiteten Wissenschaftler wirklich manchmal auf diese Weise, um die Originale zu schonen. Trotzdem, normalerweise lagen die Originale vor und waren bei Bedarf erreichbar. Sie setzte sich an den Schreibtisch am Fenster.

»Ich bin natürlich nur ein Amateur«, sagte Giles, »Aber manchmal finde ich, daß es wirklich besser ist, nicht so rigide zu sein. Gelehrte — und damit meine ich nicht Sie, Sie sind wirklich ziemlich anders, das spüre ich, und deshalb habe ich Sie gewählt — können sich dermaßen in lächerliche Details verbeißen, daß sie den Überblick über das Ganze verlieren ... deswegen müssen wir vorsichtig vorgehen. Unsere erste Aufgabe wird es sein, zusammenzustellen und zu kommentieren.« Giles, der auf und ab gegangen war, hielt jetzt an und sah auf sie hinunter. »Hören Sie zu?«

»Ja — ja, ich höre«, sagte Ros schnell.

»Hier, sehen Sie mal, was Sie damit anfangen können«, sagte Giles und gab ihr einen weiteren Brief. Sie schaute aufs Datum. 11. Juni 1915.

Liebster Grim-Grummel,
diesmal hat sich Dein albernes Schlaufüchschen aber in die Bredouille gebracht. Gestern abend, als ich ganz verloren herumwanderte — kennst Du die Hopfendarre hinter den Ställen im Westen? — und im Hemd, und vor mich hinträumte (Ich hatte Tess gelesen), über wen stolpere — nein, purzele ich? Über Langley, den Wildhüter, der in alkoholischem Vergessen flach aufs Gesicht gefallen war und nach Bier stank ...

Ros ging zu dem Karton, in dem der Brief gewesen war, und fing an, den Rest der Briefe herauszuziehen.

»Was tun Sie da?« sagte Giles scharf.

»Ich suche nach dem Rest der Godwin-Korrespondenz. Ich dachte, ich sollte das erst einmal alles lesen, um den besonderen Tonfall kennenzulernen, den Viola benutzte, die Art ihrer Beziehung, und wie sie sich im Lauf der Jahre verändert hat ...«

Ein steinernes Schweigen füllte den Raum. Ros sah zu Giles hinüber. Er setzte sich, faltete die Hände über den vor ihm liegenden Papieren, und starrte sie an.

»Nein«, sagte er einen Augenblick später. »Ich bedaure, aber so werden wir nicht vorgehen.«

Ros hockte sich auf die Fersen zurück, und ihr wurde ganz kalt.

»Wir werden Jahr für Jahr vorgehen, am Anfang anfangen und chronologisch fortfahren. So möchte ich es machen. Werde ich es machen.« Er schwieg unvermittelt.

»Ich halte es für keine gute Idee, einfach so voranzustürmen«, fuhr er fort. »Mal angenommen, Sie finden etwas Schockierendes außerhalb des Kontexts, sozusagen. In der richtigen

Perspektive könnte es eine ganz andere Bedeutung haben. Darum ist es so wichtig, daß Sie nichts verraten, während wir auf halbem Wege sind, und daß wir chronologisch vorgehen, so, wie die Dinge sich ereignet haben. Und darum dürfen Sie niemandem — *niemandem* — jemals erzählen, was wir in den Papieren finden. Das kann ich nicht genug betonen. Die Dinge können so völlig übertrieben und verzerrt und mißverstanden werden. Bestimmt wollen Sie uns nicht zum Gespött der literarischen Welt machen, vom allgemeinen Publikum ganz zu schweigen, indem Sie Enthüllungen machen, Vermutungen anstellen und dann irgendwann in der Zukunft alles zurücknehmen müssen. Also werden wir vorsichtig vorgehen, Jahr für Jahr, und das Bild sich langsam entwickeln lassen.«

Das war's also, die Karten lagen endlich offen auf dem Tisch. Kontrolle. Giles suchte nicht jemanden, mit dem er arbeiten konnte. Er wollte jemanden, dem er genau vorschreiben konnte, was er zu tun hatte. Sie hätte es wissen sollen. Die ganze Geschichte mit ihrem Namen, und Mrs. Farthing. Er war seiner Mutter in Wirklichkeit überhaupt nicht ähnlich. Lady Viola war immer so tolerant erschienen, so sanft. Aber Giles war daran gewöhnt, das Sagen zu haben, und wenn Ros diese Briefe herausgeben wollte, würde sie sich eben daran gewöhnen müssen.

Natürlich konnte sie jetzt aussteigen, ihre Koffer packen und gehen. Aber sie brauchte diesen Job. So einfach war das, und Giles schien es zu wissen.

»Also gut«, sagte sie zu Giles. »Wir werden es machen, wie Sie wollen.«

Und zusehends wandelte sich der verschlossene, mißtrauische, strenge Ausdruck zu heiterer Offenheit. »Prima«, sagte er. Dann lehnte er sich zurück, verschränkte seine langen, eleganten Finger hinter dem Kopf und schloß die Augen.

»Lesen Sie mir doch einfach den ersten dieser Briefe vor, und ich sehe mal, was ich als Kommentierung zustandebringe.«

Ros nahm den ersten Brief auf und begann, laut zu lesen, die Stimme gleichmäßig, die Hände so ruhig wie möglich, mit gezücktem Bleistift, bereit, alles aufzuschreiben, was Giles sagen mochte.

4

Am nächsten Morgen wachte Ros früh auf. Ihr Kopf war außergewöhnlich klar, alle Spuren von Verwirrung und Desorientierung schienen endlich verschwunden. Sie freute sich darauf, ernsthaft mit der Arbeit anzufangen. Schließlich war es doch nicht so schlecht gegangen. Sie hatte trotz allem noch reichlich zu tun.

Sie ging in die Küche hinunter und traf zu ihrer Überraschung auf Mrs. Farthing, die sich einen Augenblick hinter den Gasofen duckte und dann auf die Tür zuschoß, als sie Ros sah. Aber Ros stand ihr im Weg.

»Hallo, Mrs. Farthing«, sagte sie freundlich.

Die kleine Gestalt blieb stehen, nickte mit dem Kopf, ergriff den Saum ihrer Schürze und fing an, ihn zu verdrehen. Ihre hohe Schulter zuckte, und beide Füße, flach wie Pfannkuchen in den ausgeleierten Filzschlappen, rutschten unentschlossen auf dem Klinkerboden hin und her. Sie legte ihr kleines, runzliges Gesicht schräg und schielte Ros an.

»Äh. Hallo, Miss ... Ah. Äh ... Mr. Giles war da und is wieder weg. Ich hab' Ihre Frühstückssachen da hingestellt«, sagte sie, offenbar eifrig darauf bedacht, selber wegzukommen.

»Danke, Mrs. Farthing«, sagte Ros und trat beiseite, um die Frau vorbeizulassen. »Ach, und Mrs. Farthing«, fuhr sie fort, »lassen Sie mich doch wissen, wenn ich Ihnen irgendwie helfen kann. Bei dem Lunch, meine ich. Sie haben ja sicher auch so schon genug zu tun.«

Schon halb aus der Tür, kam Mrs. Farthing mit einem Ruck zum Stillstand, drehte sich um und glotzte. »Lunch, Miss? Lunch? Ich weiß gar nix über kein Lunch. O nein, Miss, wenn Sie entschuldigen ...« Das Gesicht von Mrs. Farthing entrunzelte sich in einer Parodie plötzlicher Erleuchtung. »Aha! Wegen *dem* ist Mr. Giles so früh weg, die andern rausklopfen.« Mrs. Farthing leckte sich die Lippen. »Um denen Bescheid zu sagen. Und dann Fisch holen. Wir ham immer Fisch bei seinen Lunchen.«

»Wollen Sie damit sagen, Sie wußten nichts davon?« fragte Ros ungläubig.

Mrs. Farthing schüttelte den Kopf. »Erste, was ich höre. Aber das heißt nix. Passiert dauernd. Mir sagt Mr. Giles nie nix.« Mrs. Farthing nickte so heftig mit dem Kopf, daß ihr das schüttere Haar ums Gesicht stand wie ein abgenutzter Flederwisch. Dann schaute sie Ros neugierig an. »Isses also für Sie, Miss?«

»Ja«, erwiderte Ros, und unterbrach sich in Erinnerung an Giles' Befehle.

Mrs. Farthing stand da und umklammerte die verkrumpelte Schürze mit ihren kleinen knorrigen Pfoten, wobei sie Ros mißtrauisch betrachtete. Ros konnte fast hören, wie sich die Wörter in ihrem Kopf formten. *Und wer sind Sie überhaupt, Miss?* Ros ertappte sich bei dem Wunsch, Mrs. Farthing möge schließlich doch lieber ihren üblichen Trick anwenden und verschwinden.

»Is was nich in Ordnung, Miss?« quiekte Mrs. Farthing. Ihr Gesicht verklumpte sich vor Neugier zu einer Art Blumenkohl.

»Was? O, nein, nein, es ist alles in Ordnung, danke«, sagte Ros und wandte sich unentschlossen dem Eisschrank zu. Sie mußte etwas zu essen haben.

»Hier, Miss, das lassen Sie mir man machen«, sagte Mrs. Farthing, indem sie Ros den Weg zum Herd abschnitt. Sie fuhrwerkte herum, machte Feuer unter dem Teekessel und zog einen Stuhl vor. Glotzend wie ein Frosch stand sie da, als Ros sich an den gescheuerten Kiefernholztisch setzte, um ihre Cornflakes mit kalter Milch zu essen.

Während sie aß, sah Ros sich in der Küche um — nach allen Richtungen, bloß nicht auf Mrs. Farthing. Die Küche war modern und ländlich zugleich. Karottenbündel, Lauch, Wurzeln, Zwiebeln, Trockensträuße aus Kräutern und Blumen hingen von den niedrigen Eichenbalken. Ebenso einige sehenswerte Spinnenweben. Ros wandte ihre Blicke wieder von der Decke ab — Mrs. Farthing starrte sie immer noch gespannt an.

»Vielen Dank, Mrs. Farthing«, begann sie. In dem Augenblick wanderte ein Schatten über den Tisch — jemand bewegte sich am Fenster in ihrem Rücken.

Mrs. Farthings Lider zuckten, und sie wurde blaß. »Ich ... ich ...« murmelte sie und hielt die Schürze als zerknautschten Packen fest an sich gepreßt. Ros starrte sie an. »Was ist denn, Mrs. Farthing?« fragte sie. »Stimmt etwas nicht?«

Aber gerade als Mrs. Farthing heftig Luft holte und zum Sprechen ansetzte, erschien drohend eine Gestalt hinter ihr im Türrahmen.

»Vielen Dank, Farthing, das ist alles«, sagte Giles. »Warten Sie im Schalterhaus auf mich. Ich komme sofort nach.«

Mrs. Farthing schien noch kleiner zu werden, krümmte sich seitlich unter Giles' Ellenbogen durch und rannte fort. *Sie lebt in schrecklicher Angst vor ihm,* dachte Ros.

Giles ging quer durch die Küche zum Eisschrank. In der Hand hielt er einen ziemlich großen, in Papier gewickelten und durchweichten Gegenstand, der nach Seewasser roch.

»Lassen Sie sich nicht stören, Rosamund«, sagte er. »Ich räume dies nur schnell weg, und dann muß ich mit Farthing reden wegen der Vorbereitungen. Heute arbeiten wir natürlich nicht.«

Ros nickte, aber Giles hatte sich schon abgewandt. »Ich sehe Sie dann pünktlich um eins.« Mit einem eiligen Winken verließ er die Küche, und die trockenen Gemüse- und Kräuterbündel raschelten in seinem Kielwasser.

Na ja, dachte Ros. *Das ist ja bald vorbei. Danach kann ich aufhören, darüber nachzugrübeln, was ich den Leuten sagen soll, und mich nur noch auf die Papiere konzentrieren.* Nachdem sie ihr Geschirr ins Spülbecken gestellt hatte, verließ sie die Küche und ging hinaus in den Hof.

Es war immer noch ziemlich früh am Morgen, und die leuchtenden Regenbogenfarben der Beete verschwammen im Schatten der hohen östlichen Mauern zu Teichen von sanfter, unbestimmter Farbe. Ros ging den Weg neben dem Refektorium entlang zum Torhaus-Turm und blieb einen Moment vor dem Torbogen stehen. Hinter sich fühlte sie die fest aufragende Gegenwart des Turms, dessen schräge, zinnenbewehrte Schatten seitlich über den Hof fielen. Aus dem Inneren des kleinen Schalterhäuschens hörte sie Stimmengemurmel. Giles und Mrs. Farthing beim Verhandeln. Sie wandte sich ab und ging in die entgegengesetzte Richtung über den Hof zum Kornspeicher. Mit seinem schweren Schieferdach und den großen Fenstern, die aus den flachen Steinmauern vorstanden, sah er aus, als ob er jeden Augenblick nach vorne auf den Kiesweg rutschen könnte. Ein großes PRIVAT-Schild hing an der Eingangstür. *Ganz schön einschüchternd,* dachte Ros, und änderte die Richtung ein wenig, ohne eigentlich zu wissen, wohin sie wollte. Ohne die Aussicht, an den Papieren arbeiten zu können, wußte sie nicht recht, was sie mit sich anfangen sollte.

Vielleicht sollte ich eine der Gärtnerinnen suchen gehen, dachte sie. Giles hatte von den beiden Gärtnerinnen, Cory und Stella, mit Respekt gesprochen. Richtige Fachleute, am Royal College of Horticulture ausgebildet und schon seit mehr als 20 Jahren hier in Montfort. So lange, daß sie sowohl Lady Viola und Sir Herbert gekannt, als auch bei der langwierigen Verwandlung eines Berges von Schutt und Ruinen in einen der raffiniertesten Gärten Englands geholfen haben mußten. Ros überlegte, ob es die Gärtnerinnen wohl stören würde, wenn sie sich heute morgen an ihre Fersen heftete und ihnen bei der Arbeit zusah.

In diesem Augenblick erschien eine magere, drahtige Gestalt mit kurzen rötlichen Haaren wie nasse Hobelspäne und einer Stahlbrille, die ihre Nasenspitze herunterrutschte, durch eine Tür im Mauerwinkel beim Burggrabenhaus. Mit gesenktem Kopf mühte sich die Gestalt Ros entgegen, leicht vorgebeugt unter dem Gewicht eines schweren und aus allen Nähten platzenden Segeltuchsacks, den sie über eine Schulter geworfen hatte. Wurzeln, Blätter, Ranken und Zweige stachen nach allen Richtungen daraus hervor. Die Frau sah Ros' Schatten und blickte schnell auf, ging langsamer, blieb aber nicht stehen.

»Hallo, kann ich Ihnen helfen? Ich hoffe, Sie sind keine Besucherin, denn der Garten ist montags geschlossen«, sagte die Frau nicht unfreundlich. Ein erdbrauner Finger zeigte sich und schob die Brille auf ihrer Nase zurück, einen Schmutzstreifen hinterlassend. Sie betrachtete Ros genau, wobei sie sich beim Schleppen seitwärts drehte. Ros paßte sich ihrem Tempo an und ging neben ihr her.

»Nein, ich bin keine Besucherin — das heißt, das schon, aber nicht im üblichen Sinne. Das heißt ...« Ros zögerte. »Ich heiße Ros Howard, und ich bin eine Freundin von Giles aus Amerika«, schloß sie lahm. »Sind Sie die Obergärtnerin?«

»Eine davon. Ich bin Cory Small.« Die Frau ließ ihren Sack zu Boden gleiten und streckte eine schmuddelige braune Hand aus. »Freut mich, Sie kennenzulernen. Stella ist die andere, sie ist hier auch irgendwo. Wo genau weiß ich nicht, wahrscheinlich unten bei Giles' Teich.« Während Cory dastand, hielt sie immer noch mit einer Hand den Sack fest. »Haben Sie extra nach mir gesucht?«

»Nein, nicht direkt. Ich meine, heute ist alles leer hier, und ich dachte, es wäre eine gute Gelegenheit, mal herumzuschlendern, mir einen Überblick über die Gärten zu verschaffen und zu sehen, wie alles gemacht wird ...«

»Aha.« Cory ergriff den Hals des Sacks mit beiden Händen. »Normalerweise würde ich ja sagen, aber Giles ist gerade vorbeigekommen und hat uns für heute zu einem Lunch eingeladen, und es ist wirklich keine Zeit. Montags rennen wir immer herum wie die Verrückten und versuchen aufzuholen, was wir in der Woche nicht schaffen können, weil wir da unauffällig sein müssen. Anweisung von Giles. Will, daß jeder glaubt, der Garten bleibt von allein in Ordnung.« Sie machte eine Pause und sah dann Ros genauer an. »Sagen Sie mal, ist dieser Lunch für Sie arrangiert worden? Ziemlich kurzfristig, muß ich schon sagen.«

Ros nickte und hoffte, Cory würde nicht noch mehr Fragen stellen.

»Typisch«, sagte Cory in bitterem Ton. »Na ja. Damit wäre ein Rätsel gelöst.« Sie beugte sich hinunter, um ihre Last aufzuheben. »Giles und seine Geheimnisse.« Sie richtete sich auf und zuckte mit den Schultern, aber ob wegen Giles oder um ihre Last zurechtzurücken, konnte Ros nicht sagen. Cory schob den Sack mit geübtem Schwung auf ihrem Rücken zurecht, nicht ein Blatt oder ein Klumpen Erde waren beim Aufheben auf das Gras gefallen. Dann lächelte sie Ros unerwartet an, und ihr staubiges, wettergegerbtes Gesicht krauste sich zu Myriaden feinster Linien. »Sie können gern mitkommen, wenn Sie möchten. Jetzt gehe ich direkt zum Reisighaufen, das werden Sie also nicht sehr erleuchtend finden. Andererseits sind Sie herzlich eingeladen, auf eigene Faust herumzuschlendern. Die andern sind hier irgendwo, also wissen Sie nie, wem Sie zufällig begegnen.« Und mit einem munteren 'bis dann' trottete sie durch den Torbogen davon.

Ros sah ihr nach. Das war also Cory. Und Stella war unten bei Giles' Teich, wo immer der sein mochte. Und die anderen waren irgendwo, wer immer die sein mochten. Ros stand einen Augenblick still, unsicher, in welche Richtung sie gehen sollte.

Und ganz plötzlich wollte sie überhaupt niemanden treffen, mit niemandem reden und niemandem erklären, wer sie war. Sie drehte sich auf dem Absatz um, ging schnell über den Hof zurück zum Refektorium, öffnete die Tür in die dunkle Halle, marschierte ins Wohnzimmer, nahm ein Buch mit Hochglanzfotos herrschaftlicher Landsitze vom Couchtisch und setzte sich im dämmrigen Licht zurecht, um bis ein Uhr zu warten.

Punkt eins stand Ros allein beim riesigen steinernen Kamin im Wohnzimmer und fühlte sich äußerst fehl am Platz. Giles hatte sie den ganzen Morgen nicht gesehen. Von ihrem Platz in einer Ecke des Wohnzimmers war sie von einer hektischen Mrs. Farthing aufgescheucht worden, die fahrig murmelte: »Oh, macht gar nichts, Miss, bleiben Sie nur, wo Sie sind«, und dann mit dem Staubtuch über alles fuhr, was in Sicht war, Ros inklusive. Ros hatte das JAHRBUCH HERRSCHAFTLICHER LANDSITZE zugeklappt und war auf ihr Zimmer gegangen, wo sie, ganz untypisch, eine geschlagene Stunde damit verbrachte, sich über Kleider und Frisur den Kopf zu zerbrechen. Sie hatte beschlossen, ihr schulterlanges braunes Haar nicht zum Knoten zu schlingen. Normalerweise steckte sie es zurück, weil es ihr ins Gesicht fiel, wenn sie sich über ihre Bücher beugte, aber dies war eine Party, also nahm sie die Haarnadeln heraus, toupierte es und zog ein leicht gekräuseltes Kleid aus blassem, duftigem indischem Stoff an, das von einem Kordelgürtel gehalten wurde, von dessen Enden kleine Seemuscheln baumelten. Dann ging sie raschelnd und klimpernd nach unten, und ihre Nerven zuckten im Takt mit den klickenden Muscheln.

Sie war gerade ins Wohnzimmer gekommen, als ein Lichtkeil hinter der durchbrochenen Wand erschien, breiter wurde und Cory Small zeigte. Eine weitere braungebrannte, nach Arbeit im Freien aussehende Frau folgte ihr. Cory umging die Wand und streckte eine geschrubbte, schwielige Hand aus. Im

andern Arm hielt sie ein riesiges Bouquet aus rosa Löwenmäulchen, purpurnen Astern, Rittersporn, Ranunkeln,
Ringelblumen und Schleierkraut. »Nochmal hallo. Dies ist
Stella«, sagte Cory. »Stella Langsir, Ros Howard. Eine Freundin von Giles aus Amerika.« Mit ihrer freien Hand schob sie
Stella vorwärts und fing an, im Zimmer herumzustöbern und
suchend in die Schatten zu schauen.

Stella war klein, etwas untersetzt, mit glattem dunklem
Haar, das ihr offenes Chorknabengesicht wie eine Kappe umrahmte. Sie sah Ros aus großen, rautenförmigen, veilchen-
blauen Augen an und lächelte schüchtern.

»Wo ist meine Vase?« sagte Cory ärgerlich. »Giles hat mir aufgetragen, Blumen mitzubringen, und eine Vase versprochen,
ich kann doch dies Zeug nicht den ganzen Nachmittag her-
umtragen wie eine blöde Opernsängerin.«

In diesem Augenblick betrat Giles eiligen Schrittes das Zimmer, warf einen Blick auf Ros, die zwischen Cory und Stella
stand, blinzelte viermal in schneller Folge, drehte sich auf
dem Absatz um und stelzte hinaus.

»Da ist er«, sagte Ros schwach. »Oder war.«

»Kümmern Sie sich nicht um Giles«, sagte Cory gleichmütig.
»Wahrscheinlich ist es Ihr Haar. Sie tragen es im allgemeinen
nicht offen, oder? Als ich Sie heute morgen gesehen habe, war
es zurückgekämmt.«

»Mein Haar?« sagte Ros.

»Sie haben ihn einfach erschreckt. Plötzliche Veränderungen stören ihn furchtbar, wissen Sie. Er ist jetzt nur gegangen,
um sich mit der Vorstellung vertraut zu machen, nehme ich
an. Er wird wiederkommen.«

Ros starrte sie ungläubig an.

»Ach, so ist Giles eben«, sagte Cory. »Er hat es gern, wenn
Menschen und Dinge immer gleich bleiben. Damit haben wir
die ganze Zeit im Garten zu kämpfen. Es ist ihm dermaßen
wichtig, wie etwas aussieht. Häßlichkeit und Deformierung
kann er auch nicht ertragen.« Ros zuckte mit den Lidern.

»Nicht, daß das bei Ihnen der Fall wäre«, fügte Cory hastig hinzu. »Aber Sie haben vermutlich bemerkt, daß Elsie Farthing herumläuft, als wollte sie am liebsten im Erdboden verschwinden. Giles kann ihren Anblick nicht ausstehen, also ist er so eklig wie möglich zu ihr, damit sie ihm nicht unter die Augen kommt.«

Ros blickte von Cory zu Stella und wieder zurück. Eine Zeile aus einem der Gedichte Violas schoß ihr durch den Kopf: »Nicht Makel, Fleck, noch Krüppelzweige / Verfallsgeruch, der Rosen Neige ...« Sie erinnerte sich, wie Giles unbewußt deformierte Blätter abgerissen und kaum verwelkte Blüten geknickt hatte, während er die Gartenpfade entlangging. »Ich kann den Anblick dieser Frau nicht ertragen«, hatte er im Rosengarten von der armen Mrs. Farthing gesagt. Aber mein *Haar?*, dachte sie. Sie bewegte sich ungeduldig. »Wo mag er wohl hingegangen sein?« fragte sie Cory.

»Wen interessiert das schon?« sagte Cory. »Aber ich werde ihn für Sie aufstöbern. Ich muß sowieso eine Vase finden. Stel, bleib du hier bei Miss Howard.« Damit schüttelte Cory ihre Korkenzieherlocken und war verschwunden, den süßen, karottenartigen Duft von Blumen hinterlassend.

Ros stand neben Stella und überlegte, was sie jetzt sagen sollte. Erwartete man von ihr, daß sie Gastgeberin war oder Ehrengast? Stellas schwerfällige Gegenwart war auch nicht hilfreich. Wie albern sie wirken mußten, Seite an Seite am Kamin aufgereiht und so schwatzhaft wie zwei Feuerhaken. Sie holte tief Luft und wollte die schweigende Stella gerade ansprechen, als wieder ein Lichtkeil durch die Wand drang und vier weitere Leute die Halle betraten.

Mit einem Lächeln des Wiedererkennens und — zweifellos — der Erleichterung blickte Stella auf. In diesem Moment kam Cory mit einer riesigen blumengefüllten Vase aus geschliffenem Glas zurück. Plötzlich waren sechs Menschen im Raum, die sich alle gegenseitig begrüßten, für Ros lauter Fremde. Und immer noch kein Giles.

Da wurde Ros abgelenkt durch den Anblick eines älteren Mannes, der sich in ihre Richtung bewegte. Weißes Haar, so zart wie Pusteblumenflaum, stand um sein freundliches Gesicht, als er sich auf sie zu bewegte, und er nickte zum Zeichen des Wiedererkennens, wie sie hoffte. Aber nein. Sie kannte ihn, aber er kannte sie nicht.

»Wie geht's, meine Liebe«, sagte er und streckte eine langfingrige, gut gepflegte, merkwürdig jugendlich wirkende Hand aus. Er verbeugte sich leicht, und seine Hemdbrust knatterte wie eine Pappschachtel. »Ich bin Cedric North. Und dies ist Florence, meine Frau.«

Eine winzige, zerbrechlich wirkende Frau mit einer Haut wie welke Rosenblätter und zartem weißem Haar sah hinter seiner Schulter vorbei und streckte eisige Finger aus. Die kleine Frau hob den Blick nicht, und die Fingerspitzen wurden zurückgezogen, fast ehe Ros sie berühren konnte. Klein, gepflegt und in sich ruhend, sahen die beiden alten Leute aus, als ob sie zusammengehörten, wie gute Royal Doulton Salz- und Pfefferstreuer. Obwohl Ros sie nie vorher gesehen hatte, kam Florence North ihr irgendwie bekannt vor.

»Hallo, ich bin Ros Howard«, sagte sie.

»Sehr erfreut.« Florence sah Ros kurz in die Augen und dann schnell wieder weg.

»Wer sind *Sie*?« wollte eine schneidende weibliche Stimme an Ros' rechter Schulter wissen. Ros machte beinahe einen Satz nach rückwärts in den Kamin, sie hatte angenommen, daß Stella immer noch da wäre. Sie wandte sich um und sah einen Mann und eine Frau dort stehen. Der Mann schaute augenblicklich woanders hin, aber die Frau fuhr fort, Ros von oben bis unten zu mustern. Sie waren jünger als die Norths — Anfang Vierzig vielleicht. Der Mann war mittelgroß, kaum größer als Ros, leicht gebeugt, mit braunem Haar, das oben dünn wurde, einer großen Nase, vorstehenden Zähnen und fliehendem Kinn, so daß sein Gesicht eine unselige Ähnlichkeit mit dem Schienenräumer einer altmodischen Lokomotive hatte.

Die Frau mit der durchdringenden Stimme bildete einen exotischen Kontrast nicht nur zu ihm, sondern zu allem im Raum. Mit ihrem glänzend schwarzen Haar, das sie zu Zöpfen geflochten und in Schnecken um die Ohren gesteckt hatte, den riesigen Ohrringen, dunklen, unzufriedenen Augen, den von Rouge blanken Wangen, und in einem scharlachroten Kleid, das wie beim Flamenco um ihre Waden schwang, während sie unruhig von einem Fuß auf den anderen trat, sah sie aus wie eine Tänzerin, die gleich ihren Auftritt hat. Ihr fehlte nur die Rose zwischen den Zähnen — damit sie ihren Nebenmann nicht beißen konnte.

»Wer sind Sie?« wiederholte sie mißtrauisch und funkelte Ros an.

»Ich bin Ros Howard, eine Freundin von Giles aus Amerika«, sagte Ros, ihre eigene Litanei wiederholend. »Und wer sind Sie?«

Die zigeunerhafte Frau öffnete den Mund zum Sprechen, aber ehe sie antworten konnte, schob der braunhaarige Mann seinen Kopf dazwischen und sagte schnell: »Ich bin Hugh Badgett, und dies ist meine Frau Beatrice. Wir freuen uns sehr, Sie kennenzulernen.«

»Was hat Giles jetzt wieder vor?« sagte Beatrice laut, wobei sie ihren Arm so heftig aus dem Griff ihres Mannes losriß, daß sie Ros beinahe in die Rippen stieß. Ros dachte gerade, daß diese Frau wohl die unhöflichste Person sei, der sie je begegnet war, als am entfernteren Ende des Raumes eine heftige Bewegung entstand. Mit breitem Lächeln und einer weiteren Blumenvase im Arm kam Giles hereinmarschiert. Für einen Augenblick ruhten seine Augen auf Ros, als ob nichts geschehen wäre.

»Ach, wie schön, euch alle zu sehen, ich bin so froh, daß ihr kommen konntet«, sagte er liebenswürdig. Er stellte die Vase ab und ging umher, seine Gäste zu begrüßen, wobei sich seine große Gestalt jedem einzelnen vertraulich zuneigte. »Cory, Stella, wie entzückend ihr ausseht ... Cedric, so nett von dir,

53

daß du gekommen bist. Florence, Hugh, ich bin froh, daß ihr einen Augenblick erübrigen konntet ... Beatrice, mein Schatz ...« Giles schob sich an Mrs. Badgett vorbei und stellte sich neben Ros.

»Sie haben ja wohl alle kennengelernt«, sagte er. Er sah Ros nicht an, sondern schaute sich statt dessen im Zimmer nach den andern um. Er runzelte die Stirn. »Wo ist Alan?«

»Er hat gesagt, wir sollten schon ohne ihn anfangen«, sagte Stella leise aus einer Ecke. »Er wollte das letzte Morgenlicht noch ausnutzen. Er kommt jetzt bestimmt gleich, nehme ich an.«

»Ah, gut«, sagte Giles und rieb sich die Hände, als ob sie kalt wären. »Dann wollen wir uns alle einen kleinen Sherry genehmigen, ja?«

Sie standen alle verlegen im Zimmer herum und nippten an ihrem Sherry, als der Riegel an der Tür zum Hof laut klapperte und die Tür weit aufschwang. Eine breite Gestalt in zerknautschten Kordhosen, einem am Hals offenstehenden Hemd und einem formlosen Tweed-Jackett erschien. Ungebärdiges, dunkel mahagonifarbenes Haar mit grauen Strähnen fiel in ein dreieckiges Gesicht. Der Ausdruck ironischer guter Laune darin erinnerte fast an einen Faun.

»Hallo«, sagte er fröhlich. »Komm' ich ganz furchtbar zu spät?«

Alle lächelten ihn an, während er durch das Zimmer ging, und die gespannte Atmosphäre schien sich einen Augenblick zu lockern. Ros dachte: *Alles wird gut werden. Alle mögen ihn. Ich mag ihn. Und ich habe ihn noch nicht mal kennengelernt.*

»Oh, Alan, gut. Komm, trink was und lerne unseren Gast kennen«, sagte Giles, indem er ihm ein Glas Sherry in die Hand drückte, fast ehe er sie aus der Tasche ziehen konnte. Alan nahm das Glas ohne hinzusehen, die grauen Augen in offener Neugier auf Ros gerichtet. Er stand neben Giles, und es überraschte Ros, daß sie die gleiche Größe hatten, etwas über einsachtzig. Alan war ihr kleiner vorgekommen, als er hereinkam, vielleicht, weil er breiter gebaut war oder wegen seiner verknautschten Kleider. Er streckte seine freie Hand aus und ergriff die ihre mit Wärme.

Giles schob seinen Kopf zwischen sie. »Rosamund, dies ist unser Nachbar im Burggrabenhaus, Alan Stewart«, sagte er. »Alan, Rosamund Howard, meine Freundin aus Amerika.«

»Ros«, berichtigte sie und lächelte Alan Stewart strahlend an. Sie unterdrückte den Impuls hinzuzufügen: 'ich arbeite hier'.

»Wo …«, begann Alan und neigte sich zu ihr, aber da klingelte ein höfliches Glöckchen aus der Richtung des Speisezimmers auf der andern Seite der Halle, und Mrs. Farthing erschien in der Tür. Sie wirkte steif und elend in einer weißen gestärkten Schürze und einer Art weißer Karteikarte quer über der Stirn.

»Lunch ist serviert«, stieß sie hervor und verschwand.

Die Gäste sammelten sich, wieder merkwürdig still, und drängten sich durch die Tür zur Halle, an der Treppe vorbei, und ins Speisezimmer. Mrs. Farthing war nirgends zu sehen, aber der Durchgang in der Walnußtäfelung stand offen, und hinter der Wand konnte man das Klappern von Tellern hören. Giles bedeutete Ros, sie möge vorangehen. Als sie sich auf den langen Tisch mit der reichhaltigen Ansammlung von Kristall, Porzellan, Silber, Leinen und Speisen zubewegte, blickte Ros über die Schulter zurück und sah, wie Alan Stewart sie sinnend betrachtete, aber ohne die Feindseligkeit oder Besorgnis, die sie so unerklärlicherweise bei den anderen spürte. Und dann erklärte Giles eifrig allen, wo sie sitzen sollten, und unter dem Klirren von Glas und Silber begann sein Lunch.

5

Nach einer Zeit, die Ros wie eine Ewigkeit vorkam, in Wirklichkeit aber nur zwei Stunden dauerte, war der Lachs zur Seite geschafft worden wie ein Schiffswrack, man hatte die anderen Gänge ordnungsgemäß aufgetragen und verzehrt, und endlich saß die Gesellschaft bei Tee und Gebäck um den langen Tisch.

Die Unterhaltung war sporadisch gewesen, und Ros dachte grimmig, daß sie noch nie eine lange Mahlzeit erlebt hatte, bei der ein Austausch von Platitüden so mühselig hingedehnt wurde. Noch hatte Giles seine Ankündigung nicht gemacht, und Ros war Gegenstand verstohlener Blicke und abschätzender Überlegungen. Was sie betraf, so hatte sie heimlich von einem Gesicht zum andern geschaut und versucht, eines davon mit den Stimmen in Einklang zu bringen, die sie zwei Abende zuvor im Labyrinth gehört hatte. Aber es war aussichtslos.

Zwischen Giles und Hugh hatte es ein merkwürdig geladenes Wortgeplänkel gegeben. Angefangen hatte es damit, daß Giles eine launige Schilderung seiner Begegnung mit Rosa Mundi und der von Ros mit ihrer Namensvetterin zum besten gab, woraufhin er und Cedric zu einer amüsanten Abhandlung über die Aussprache bestimmter altenglischer Namen übergingen — Cholmondeley = Tschamli, Featherstonehaugh = Fuhn und so weiter.

»Wußten Sie, daß Farthing eine korrumpierte Form von

Fotheringay ist?« hatte Giles gesagt. »Das macht einen stutzig, wie?«

Während Ros noch überlegte, warum und wen es stutzig machen sollte, war Giles fortgefahren und hatte Hugh direkt angeredet. »Da wir gerade davon sprechen, Hugh, warum nimmst du deinen ursprünglichen Namen Bagehot nicht wieder an? So viel angemessener für einen Mann deiner Fähigkeiten, findest du nicht? Und auch nicht ohne Präzedenzfall« — Giles machte eine Pause, in der er Hugh bedeutungsvoll ansah — »in deiner Familie.«

»Also wirklich, Giles ...« hatte Hugh gemurmelt, sich im Kreise umgesehen und war rot geworden.

»Halt's Maul, Giles«, sagte Beatrice.

Giles hatte gelacht, und die Unterhaltung war zu einem anderen Thema übergegangen, aber Ros war das Gefühl nicht losgeworden, daß etwas Verschleiertes und Gemeines durchgebrochen war. Hugh hatte ihr leid getan und Beatrice gegenüber hatte sie freundlicher empfunden — aber nicht viel.

Der Nachmittag und die Unterhaltung zogen sich hin, und noch immer erklärte Giles nicht, warum Ros in Montfort war. Sie fragte sich allmählich, ob sie trotz ihres Versprechens schließlich doch noch gezwungen sein würde, selbst etwas dazu zu sagen. Worauf wartete er? Steif saß sie an ihrem Ende des Tisches und hörte Cedric zu, der eintönig immer weiter die amerikanischen Konzertsäle abhandelte, die er kannte, sein reizend unerschütterliches altes Babygesicht vom wechselnden Licht unterschiedlich beleuchtet. Aus dem Augenwinkel konnte sie sehen, wie Alan Stewart sie beobachtete, das Kinn in die Hand gestützt, die Ellbogen fest auf den Tisch gepflanzt. Er schien mit den Augen Maß zu nehmen, aber merkwürdigerweise machte ihr das nichts aus, er strahlte eine Gelassenheit aus, die Ros beruhigend fand. Aber bis dahin hatten sie kaum ein Wort gewechselt.

Von allen Gästen wirkten nur Alan und Cedric gelöst. Rechts von Giles saß Florence und kaute an ihrer Unterlippe.

Ihre Frisur hatte sich fast vollständig aufgelöst, und sie war sehr blaß. Hugh saß gebeugt neben ihr, das Kinn auf der Brust, die Schultern bis zu den Ohren hochgezogen, ein sanfter, gelehrter Mann mit soviel persönlicher Ausstrahlung wie ein leerer Gartenschlauch. Giles zur Linken saß Beatrice Badgett, deren flammend rote Wangen und auffallendes Haar in bemerkenswertem Kontrast zur Blässe von Hugh und Florence standen. Mit ihrem Basiliskenblick beglückte sie Giles, Hugh und Ros zu gleichen Teilen. Cory und Stella saßen einander gegenüber in der Mitte und sahen sich auch wirklich meist nur gegenseitig an. Ihre Gesichter waren unbewegt und ihre Bewegungen bewußt und beherrscht, als ob sie fürchteten, etwas umzuwerfen. Einmal im Verlauf der Mahlzeit hatte Ros nach unten gesehen und bemerkt, wie die Muskeln in Corys braunen Unterarmen arbeiteten. Ob sie wohl unter dem Tisch die Hände rang?

Und die ganze Zeit hindurch hatte Ros das Gefühl, jeder warte auf etwas, das ungesagt geblieben war, warte gespannt darauf, daß etwas geschehen sollte. Sie merkte, daß sie immer aufrechter saß, mit gespitzten Ohren und erwartungsvoll gehobenen Augenbrauen, nach vorn geneigt, während ihre Finger die Serviette zu einem kleinen Turban für ihren Finger drehten. Dabei beobachtete sie all die Gesichter, die verstohlen ihres beobachteten, während Cedric immer weiterredete. Ihre Gedanken kehrten zurück zu den wenigen Briefen, die sie bisher gelesen hatte, zurück zu allem, was sie von und über Viola gelesen hatte, zu dem, was diese Menschen Viola bedeutet hatten, zur Abtei ...

Plötzlich wurde sie gewahr, daß das eintönige Murmeln neben ihr verstummt war. Sie sah auf, Alan Stewart beobachtete sie. Er nickte ihr über den Tisch zu. Cedric war fest eingeschlafen, eingelullt von seiner eigenen Litanei, das Kinn fest zwischen die Kanten seines altmodischen gestärkten Kragens geklemmt.

»Und jetzt stehen wir alle auf und rücken einen Platz nach

rechts«, sagte Alan. »Aber den armen Cedric stopfen wir nicht in die Teekanne. Es ist Violas eigene Coalport-Kanne, außerordentlich wertvoll.«

Ros grinste ihn anerkennend an.

»Ah, gut. Ich versuche schon seit Stunden, Ihren Blick zu erhaschen. Aber Sie waren ganz in Gedanken verloren.« Seine Stimme war tief, rauh, mit einem Anflug von schottischem Akzent. »Jetzt, da ich Ihre Aufmerksamkeit erregt habe, gilt es, keinen Augenblick zu verlieren. Wann sind Sie angekommen, wie gefällt es Ihnen hier, und warum hat Giles Sie versteckt?«

»Ich habe New York Freitag abend verlassen und bin Samstag nachmittag hier angekommen. Dann war Sonntag, und heute ist Montag. Glaube ich.« Sie unterbrach sich, plötzlich verwirrt. Erst Montag? »Irgendwie scheint das nicht ganz zu stimmen.«

»So lange schon?« erwiderte Alan und hob die Augenbrauen. »Sagen Sie mal, sind Sie wirklich irgendwo in einen Turm gesteckt worden? Oder in einem Schrank versteckt? Ich habe Sie überhaupt nicht gesehen. Das hätte ich doch bemerkt.«

»Ich bin hier gewesen«, sagte Ros. »Aber mehr oder weniger inkognito.« *Au weh*, dachte sie, *jetzt ist die Katze aus dem Sack.*

»Ach, wirklich? Als was?« fragte Alan, die Augenbrauen ganz spitz vor Neugier.

Ros ignorierte seine Frage. »Es gefällt mir hier sehr gut. Es ist so still und friedlich, und der Garten ist so schön.« *Giles und seine Geheimnisse sollen verdammt sein*, dachte sie. *Ich bin einfach nicht der Typ für Intrigen.*

»Oh ja«, sagte Alan und sah sie merkwürdig an. »Hier ist es sehr still und friedlich. Genau deswegen gefällt es mir — uns — hier so gut. Alles bleibt so ziemlich beim Alten. Dieselben alten Gärten, dieselben alten Pflanzen, dieselben alten Leute. Oder jedenfalls hat es den Anschein. Sehr tröstlich, vermute ich.«

»Wir?« wiederholte Ros und überlegte, ob Alan verheiratet

wäre. Aber Alan deutete nur beiläufig mit einer Hand auf die übrigen Gäste.

»Wir. Die Bewohner. Was Giles gern seine kleine Kolonie nennt.« Er machte eine Pause und fuhr dann in neutralem Ton fort. »Werden Sie lange bleiben?«

O nein, dachte Ros. *Nicht schon wieder. Giles!* telegrafierte sie. *Hilfe!* Zu Alan sagte sie: »Nein — ich meine, ja. Nicht dauernd, aber un... für unbestimmte Zeit. Jedenfalls den ganzen Sommer, und den größten Teil des Herbstes. Ich bin beurlaubt ...« Sie zögerte.

»Ach wirklich?« fragte Alan unschuldig. »Von wo?«

Ros schluckte und hob ihre Stimme in der Hoffnung, Giles möge sie hören und ihr aus der Verlegenheit helfen, indem er endlich seine verdammte Ankündigung machte.

»Ja. Nun. Tatsache ist, daß ich englische Literatur unterrichte, und zwar in Vassar, Poughkeepsie, New York.«

Und nach all ihrer Vorsicht, all ihren Bemühungen um Diskretion, fuhren plötzlich alle im Zimmer alarmiert zusammen, als ob es das wäre, worauf sie gewartet hatten.

»Sie sind Professorin für Englisch?« kreischte Beatrice. »Ein *Prof?* Das kann doch nicht Ihr Ernst sein.« Sie wirbelte zu Giles herum und starrte ihn anklagend an. »Was tut sie hier?«

Aber Giles sagte nichts. Beatrice schaute Ros wieder antwortheischend an. Alle anderen sahen Ros auch direkt an, offensichtlich verblüfft.

Sie fühlte ihre Wangen glühen. *Okay, Giles,* dachte sie und empfand die erwartungsvollen Blicke fast wie physischen Druck. *Hier ist also deine Überraschung. Was immer sie erwartet haben, dies nicht.* Sie sah ihn über den Tisch hinweg an, an all den glotzenden Gesichtern vorbei, und flehte ihn stumm an, alles zu sagen. Er erwiderte den Blick, die Augen fast geschlossen, den Kopf leicht zurückgeneigt, so daß die Nase scharf hervortrat, die Mundwinkel herabgezogen, nur die äußersten Ecken zu einem seltsamen, archaischen Lächeln hochgebogen. *Du liebe Zeit, er sieht ja richtig finster aus,* dachte

Ros. Sie starrte ihn erschreckt an. *Es muß eine Täuschung sein, am Lichteinfall liegen.*

»Es handelt sich um diese elenden Papiere, nicht wahr, Giles?« forschte Beatrice.

»Scht, Beatrice«, sagte Hugh.

»Ach du meine Güte«, japste Florence, und ihre Hände flogen zum Mund.

»Eine Freundin von Giles aus Amerika«, murmelte Cory und schaute Ros prüfend an, die daraufhin wieder errötete.

Und Giles sagte noch immer nichts.

Ros konnte es keine Minute länger ertragen. Sie mochte keine Ausflüchte. Es lag ihr nicht, Leute im Ungewissen zu lassen, sie auf die Folter zu spannen, besonders, wenn das eine so bizarre Wirkung hatte. Sie warf einen kurzen Blick auf Florence, besorgt, daß die kleine Frau gleich in Ohnmacht fallen würde.

»Also, Tatsache ist, ja, ich bin hier, um Giles bei der Edition der Papiere seiner Mutter zu helfen — der posthumen, die in der Kapelle gefunden worden sind — zur späteren Veröffentlichung. Wir haben gerade damit angefangen.«

Schweigen.

Obwohl sie ihre Augen nicht von Giles abgewandt hatte, spürte Ros, daß alle wie vom Donner gerührt waren und sie im Brennpunkt der allgemeinen Aufmerksamkeit stand. Sie fühlte sich merkwürdig losgelöst, als ob sie in einem fahrenden Zug gerade 'Feuer' in den Korridor gerufen hätte und jetzt ruhig dastünde und die Reihen erschreckter Gesichter betrachtete, die aus den aufgerissenen Türen schauten. Cedric erwachte mit einem Schnarchlaut und blinzelte erst die andern und dann Ros an. Florence war weiß wie Papier geworden, ihr Gesicht schlaff, die Lippen in Bewegung, sie sah aus, als ob sie zu Staub zerfallen und davonwehen würde. Hugh saß erstarrt und mit zusammengebissenen Zähnen da. Beatrice verschoß flammende Blicke, und Cory und Stella starrten ausdruckslos vor sich hin. Alan schaute verwirrt von einem

Gesicht zum anderen. Alle starrten mit offenem Mund auf Ros und dann, als ob ein Spiel Karten umgedreht würde, richtete einer nach dem andern die Augen auf Giles. Der saß ruhig am andern Ende des Tisches, je einen Ellenbogen zu beiden Seiten des Tellers und formte mit den Händen einen Blasebalg, der sich genau im Rhythmus der tickenden Wanduhr hinter ihm aus- und einbewegte.

Dann fingen alle gleichzeitig an zu sprechen.

»Aber Viola hat doch versprochen ...« brachte Florence zitternd heraus.

»Giles, das darfst du nicht tun«, sagte Hugh klagend.

»Du widerliches Scheusal«, sagte Beatrice mit unheimlich ruhiger Stimme. Ihr Gesichtsausdruck hätte einen Vulkan mitten im Ausbruch tiefgefroren.

Cedric saß aufrecht, zog ungeduldig seine verrutschte Hemdbrust herunter und sah sich um. »Meine Güte! Wozu der Aufruhr! Bloß ein alberner Haufen Papier. Altes Gepäck, das herumsteht, bis es abgeholt wird. Bedeutet doch nicht, daß irgendwas dran ist. Die Zeit ist also abgelaufen. Nichts, worüber man sich aufregen müßte, oder? Na, kommt schon!« Er beugte sich vor und schaute den Tisch entlang bis dahin, wo Florence bleich und zittrig saß. »Florrie, trink einen Schluck Wasser. Du siehst aus, als ob du gleich in Ohnmacht fällst.« Florence streckte die Hand nach ihrem Wasserglas aus, erreichte aber nur, daß es umfiel und sich auf die Tischdecke ergoß.

Hugh fuhr hoch, als ob er unter dem Tisch heftig ins Schienbein getreten worden wäre. So war es wohl auch. Beatrice warf erst ihm, dann Giles zorngeladene Blicke zu. »Welche Daten haben diese Papiere?« fragte er.

»1915 — 1975.«

»Inklusive? Bestimmt?«

Giles nickte. Seine Lider flatterten.

»Aber du kannst doch nicht ... wir werden alle ...« Abrupt klappte Hugh den Mund zu, und sein Gesicht rötete sich in plötzlicher Panik. Ros starrte ihn an.

Dann sprach Giles. »Aber mein lieber Hugh. Ziehst du nicht voreilige Schlüsse? Was könnte dich denn deiner Meinung nach davon betreffen?«

Dann sprach Florence mit einer Stimme, so dünn und substanzlos wie Magermilch. »Oh Giles, willst du damit sagen, daß schließlich doch nichts drinsteht über ...« Sie zögerte und warf dann Giles einen flehenden Blick zu.

Giles langte herüber und tätschelte ihr die Hand. *Oh gut,* dachte Ros. *Er wird sie beruhigen.* »Also, Florence«, sagte er. »Das habe ich nicht gesagt. Das muß man erst sehen. Du mußt Geduld haben, wie alle andern auch.« *O nein,* dachte Ros, als sie sah, wie Florences Gesicht vor Enttäuschung lang wurde.

»Die Papiere werden veröffentlicht«, sagte Giles mit leicht erhobener Stimme, »und zwar vollständig. Ich glaube nicht, daß ich diese Entscheidung vor irgendeinem von euch rechtfertigen muß. Sie sind von nachweislichem literarischem Wert und von großem wissenschaftlichem und allgemeinem Interesse. Und offen gestanden, meine lieben Freunde, brauche ich das Geld. Montfort und ich können nicht mehr lange so weitermachen, mit nichts als den Einnahmen aus den Eintrittsgebühren. Das Andenken an meine Mutter und Montfort Abbey müssen erhalten werden.«

Schweigen. Dann ein dünner Ton, fast ein Flüstern. »Miss Howard.«

Es war Florence, die sie mit ihrer sorgfältig artikulierten, blassen Stimme ansprach. »Ich frage Sie, als einen Mitmenschen, eine Frau, vielleicht eine Ehefrau und Mutter, was wäre, wenn — wenn Sie dächten, daß die Veröffentlichung von Lady Violas Papieren ...« Sie hielt inne, als ob sie nach Worten suchte. »Von gewissen versteckten Tagebüchern und Briefen denjenigen, die noch am Leben sind, großen Kummer bereiten würde? Sie bloßstellen könnte, niederreißen ...«, sie holte zitternd Luft, »... oder auf andere Weise den Lebenden Schaden zufügen würde? Finden Sie, daß lebendige Menschen bloßgestellt, der Lächerlichkeit preisgegeben werden sollten ...«, ihre dünne Stimme zitterte und brach dann. Hugh beugte sich hinüber und legte seinen Arm um ihre Schultern, während sie eine bebende Hand an die Augen führte.

Ros wußte nicht, was sie sagen sollte. Aber ganz gleich. Dies hatte lange genug gedauert. Ohne Giles anzusehen, begann sie: »Aber Mrs. North, selbstverständlich muß auf die Lebenden Rücksicht genommen werden —«

»Die Papiere werden in aller Vollständigkeit veröffentlicht«, unterbrach Giles. Klar und scharf, mit der Endgültigkeit einer Guillotine, fiel seine Stimme in das Schweigen. »Geschichte, meine liebe Florence. Das Leben der Großen muß Vorrang haben vor dem Leben der Unbedeutenden.«

Florence stieß einen maunzenden Verzweiflungsschrei aus und ließ den Kopf auf die Hände sinken. Hugh schlug mit beiden Fäusten auf den Tisch und wollte aufstehen, aber was immer er sagen wollte, ging unter in einem lauten Aufschrei aus der Küche, gefolgt vom Getöse zerbrechenden Geschirrs. Die Stimme von Mrs. Farthing ließ sich vernehmen, hysterisch quiekend.

Dann wurde die Tür zur Halle krachend aufgerissen. Schritte klapperten die Halle entlang. Eine große blonde Frau erschien in der Tür, in ein lose sitzendes, sehr schickes schieferblaues Kostüm gekleidet. Ihre blauen Augen tanzten von einem Gesicht zum anderen, und sie lächelte unbekümmert, wobei ihr breites Gesicht mit den hohen Wangenknochen vor Aufregung glühte.

»Überraschung, alle miteinander!« rief sie mit heiserer, aufregender Stimme und breitete zur Begrüßung die Arme weit aus. »Überraschung! Franziska ist wieder da!«

Mit einem erstickten Schrei erhob sich Florence halb. Ihr hochlehniger Stuhl verfing sich auf dem unebenen Klinkerboden und fiel scheppernd um. Sie starrte die große Gestalt in der Tür an. »Oh, mein Gott«, japste sie. Ihre Augäpfel drehten sich nach oben, und sie glitt zwischen Hughs Füßen und dem Stuhl zu Boden. Nun war sie schließlich doch in Ohnmacht gefallen.

»Mutter!« rief Hugh.

Cedric erhob sich schnell, und plötzlich dröhnte der ganze Raum vom Getöse zu Boden krachender Stühle, klapperndem Silber und klirrenden Gläsern. Alle waren aufgesprungen und redeten wild durcheinander.

Hugh kniete sich hin und bettete Florences Kopf auf einen Arm.

»Mutter«, sagte er wieder.

Mutter? Ros blickte von einem Gesicht zum anderen. Aller Augen waren auf Florence geheftet. Hugh schaute über die Schulter zurück und winkte Franziska außer Sicht. Beatrice umrundete die Tischecke und kniete auf Florences anderer Seite, wobei sie einen Kobrablick auf die blonde Gestalt abschoß, die erstarrt im Eingang stand, einen weiteren auf Giles. Cory, Stella und Cedric versammelten sich um die Dreiergruppe am Fußboden. Nur Giles, Alan und Ros blieben sitzen. Franziska verschwand rücklings durch die jetzt offene Küchentür und stieß gegen eine aufgelöste Mrs. Farthing, die mit offenem Mund mitten in der Küche stand, wie ein eben aus einem Berg zerbrochenen Geschirrs geschlüpftes Hühnchen.

»Ich seh ihr durchs Fenster kommen, Sir, aber ich konnt ihr nich aufhalten«, jammerte sie. »Hat mich so erschrocken.« Mrs. Farthing fächelte sich die Stirn mit der Karteikarte, die jetzt nicht mehr an ihr haftete.

Giles warf ihr einen Blick zu, sagte aber nichts.

»Ich werde Dr. Neville anrufen«, sagte Cory, schob Franziska beiseite und umging große Scherben wappengeschmückten Eßgeschirrs. »Stella, hilf doch Elsie mit diesem Durcheinander!« Stella schob sich an Franziska vorbei in die Küche und nahm Mrs. Farthing mit sich. Hinter ihnen schwang die Küchentür zu.

»Ist sie tot?« sagte Franziska unter Anspannung. »Ich wollte nicht ...«

»Diesmal noch nicht«, sagte Hugh.

Florence murmelte etwas und drehte ihren Kopf in Hughs Arm von einer Seite auf die andere. Giles saß unbewegt und starrte Franziska rätselhaft an. Alan stand ruhig auf, legte seine Hand kurz auf Cedrics Schulter und arbeitete sich dann um den Tisch herum, wobei er die umgefallenen Stühle aufrichtete. Florence öffnete die Augen, sah sich verloren um und brach in Tränen aus. Die kleine Gruppe um sie herum zog sich enger zusammen.

Ros bestaunte die ganze Szene mit der benommenen Distanz des einzig unverletzten Fahrgasts bei einem Zugunglück.

Dann stand sie auf, klopfte ihren Rock ab, sagte in die leere Luft »Entschuldigen Sie mich«, und ging.

6

Also, was jetzt? überlegte Ros, während sie in tiefen Zügen die saubere, würzige Luft einsog. Sie befand sich in einem quadratischen, tiefliegenden Garten, vorwiegend in Grün, mit unebenen Klinkerwegen. Sie beugte sich hinunter und las die Namen der Pflanzen: Oregano, Lavendel, Majoran. Der Kräutergarten. Sie betrachtete die fedrigen blauen Blütenkugeln von Zwiebeln und Knoblauch, die wie fragile Minarette schwankten, den knorrigen Thymian zwischen den Steinplatten. Obwohl sie vorsichtig umherging, konnte sie doch nicht vermeiden, einige Blätter unter ihren Füßen zu zertreten, und ein frischer, pfeffriger Geruch erfüllte die Luft. Es war so still und friedlich hier, sie fühlte, wie das schnelle Hämmern ihres Herzens nachließ.

Also wirklich, was jetzt? *Giles ist eine Art Monstrum, und du bist im Begriff, seine Komplizin zu werden. Die Leute da drin sind geradezu versteinert vor Angst bei dem Gedanken, daß die Briefe veröffentlicht werden, und Giles läßt das völlig kalt. Also warum gehst du nicht auf dein Zimmer, packst deine Koffer und nimmst das nächste Flugzeug nach Hause?*

Weil du, meine liebe Rosamund, dann nicht nur ohne diese Arbeit bist, sondern ohne Arbeit, Punkt, antwortete sie sich selbst. *Und außerdem ist das nicht so einfach.* Die Sache mit den Briefen mochte ja ein Schock gewesen sein, aber das plötzliche Auftauchen von Franziska war ja wohl kaum ihre

Schuld — nicht mal die von Giles, was das betraf. Überhaupt, Franziska wer? Was hatte sie hier zu suchen, außer Leute aufschreien und in Ohnmacht fallen zu lassen?

Ros hob die Hände und bedeckte ihr Gesicht einen Augenblick. Sie versuchte nachzudenken. Was war mit Giles? Er war so eisern gewesen, so unnachgiebig, so gefühllos. Aber war er völlig im Unrecht? Er hatte seine Absichten ganz deutlich gemacht, das hatte etwas für sich. Er ließ sich nicht erweichen, selbst durch Hysterie nicht. Aber er war so ... überheblich. Das Leben der Großen und das Leben der Unbedeutenden, also wirklich. Warum das noch betonen? Schließlich gab es so etwas wie Takt.

Sie nahm an, sie hätte auf etwas Derartiges vorbereitet sein müssen. Seit sie ihn kannte, war Giles — na ja, wenn nicht direkt herablassend, dann aber sehr förmlich gewesen. »*Ich* habe Sie hierhergebracht«, hatte er gesagt. »Wir werden auf *meine* Art vorgehen.« Er hatte sie vollkommen eingeschüchtert. So mußte auch Hugh und Florence zumute sein.

Hinter sich hörte sie einen Schritt und wandte sich schnell dem Geräusch zu.

»Oh, hier sind Sie«, sagte Giles. »Ich sah Sie hinausschlüpfen. Kann Ihnen das nicht verdenken. War ein bißchen derb, nicht?«

Mit leichtem Lächeln schlenderte er an ihr vorbei, holte tief Luft und streckte sich. Ros bemerkte, wie eckig seine Schultern unter dem modern geschnittenen Anzug wirkten. Alan Stewarts verknautschte Erscheinung fiel ihr ein, seine merkwürdigen grauen Augen und seine Direktheit, die das Unheil in gewisser Weise beschleunigt hatte, oder jedenfalls einen Teil davon.

»Ist Florence ...?«

»O ja. Jetzt ist alles vollkommen in Ordnung. Florence ist nicht halb so zerbrechlich, wie sie wirkt. Sie sollten sie mal sehen, wenn sie wild wird. Sie wird sich wunderbar erholen. Hugh und Cedric haben sie nach Hause gebracht. Es ist also alles im Lot.«

Bildete sie sich das nur ein, oder schien er wirklich ein wenig angeschlagen — wenn nicht sogar verstört? Sie sah ihm zu, wie er rastlos auf den Klinkerwegen umherwanderte.

»Und jetzt wissen sie's natürlich. Also das ist vorbei und erledigt.« Abrupt wandte er sich um und duckte sich unter einem weiteren niedrigen Torbogen durch. »Warum gehen wir nicht in den Rosengarten? Er ist um diese Tageszeit so schön.«

Seine Stimme verlor sich, als er die steinerne Miniaturbrücke in den Rosengarten überquerte. Ros folgte ihm. Unter ihr strömte dunkel der Burggraben. Giles wandte sich um und wartete auf sie.

»Arme Rosamund. Ich habe Ihnen wirklich nicht sehr viel Zeit im Garten gegönnt, nicht wahr? Besonders in diesem Garten, dem wichtigsten von allen.«

Ros schaute den Rosengarten an. Der schwere Duft alter Rosen, die Farben, das Summen der Insekten, der Friede hüllte sie ein. Giles schlenderte vor ihr die Wege entlang, die Hände in den Taschen. Er wirkte völlig entspannt. Jetzt schien er von den Ereignissen beim Lunch nicht mehr im geringsten betroffen zu sein. Sie war es aber. Sie wußte nur einfach nicht, wo sie anfangen sollte.

»Giles? Wer ist Franziska?« rief sie ihm nach.

Giles' Rückenmuskeln spannten sich, als ob sie ihm plötzlich einen Stock zwischen die Schulterblätter gestoßen hätte. Ros wünschte, sie könnte sein Gesicht sehen. Aber als er sich umdrehte, waren sowohl sein Gesicht wie auch seine Stimme völlig ausdruckslos.

»Also, das ist eine ziemlich komplizierte Angelegenheit. Franziska ist eine Art Verwandte der Badgetts. Sowas wie eine Schauspielerin, Franziska Fotheringay nennt sie sich. Sie war ziemlich lange weg. Und diesen Augenblick hat sie — ziemlich unseligerweise, möchte ich sagen — ausgewählt, um ihre überraschende Rückkehr an die Stätte ihrer Jugend zu inszenieren. Wir dachten alle, daß sie noch in den Staaten sei

— wenn wir überhaupt an sie dachten, heißt das — und daß sie hier so unerwartet auftauchte ... nun, es hat alle ziemlich erschüttert, wie Sie gesehen haben.«

Alle außer dir und Alan Stewart, dachte Ros.

Giles fuhr fort. »Sie wird eine Weile bei Farthing wohnen, im Dormitoriums-Flügel. Einigermaßen lästig, aber ich werde dafür sorgen, daß sie uns überhaupt nicht in die Quere kommt.« Er warf Ros ein kurzes, undefinierbares Lächeln zu, drehte sich um und ging schnellen Schrittes davon. Im Vorbeigehen pflückte er eine welke Rose von ihrem Stengel, zerfetzte sie in kleine Stücke und warf die Reste unter einen Busch.

»Kommen Sie mit, Rosamund«, sagte er über die Schulter. »Ich habe Ihnen noch etwas anderes zu zeigen. Etwas, das wir neulich abend ausgelassen haben.«

Sie holte Giles ein, als er gerade an einer struppigen Eibenhecke vorbei in einen anderen Garten ging. Ros hielt inne und sah sich um. Sie konnte sich nicht erinnern, hier schon gewesen zu sein. Zu ihrer Linken erhob sich das spitzgieblige, mit Kreuzbalken versehene Ende des Burggrabenhauses kahl jenseits der efeubedeckten Mauer. Der Efeu kam Ros bekannt vor — dreiblättrig, glänzend, rotgestielt. Aber nein, sie mußte sich irren. Wer würde denn Gift-Efeu an einer Gartenmauer kultivieren?

Der Garten bestand vorwiegend aus fetten grünen Gewächsen in verschiedenen Formen und Schattierungen: glänzende, steife Blätter, gefleckte, wie grüne Elefantenohren, spitze Blätter, große Stiele mit schwertartigen Blättern, Blätter mit rosigen Adern, grün und weiß gefleckte Blätter. Er war wirklich nicht besonders attraktiv. Ein muffiger, fast ekelhafter Geruch ging von den Pflanzen aus.

»Hier haben wir noch einen der besonderen Einfälle meiner Mutter«, bemerkte Giles beiläufig. »Ein Garten mit ausschließlich giftigen Pflanzen.«

Ros blieb wie angewurzelt stehen, als ob sie in ein Schlangennest getreten wäre. Giles beobachtete sie und lächelte. »Er ist sehr beliebt bei morbiden Typen, die sich vorkommen wie der letzte Borgia. Interessiert es Sie? Soviel Zeit haben wir noch.« Er marschierte einen gewundenen Pfad entlang ins Zentrum. »Schwarze Nieswurz, Daphne, Fingerhut, Stummenrohr, Tollkirsche, Schierling, Oleander — der wächst hier in Töpfen«, sagte er und zeigte dabei auf eine hohe, sparrige Pflanze mit spinnenartigen, böse aussehenden gelben Blüten. »Bilsenkraut, Stechapfel, Christrose, Rizinusstrauch. Hier gibt es Arten, die sonst nirgendwo in England wachsen. Ganz zu schweigen von den Pilzen.«

Während Ros ihn noch in fasziniertem Entsetzen anstarrte, beugte sich Giles hinunter und teilte einige der dunkelgrünen, häßlichen Blätter, die sich dicht über die Erde breiteten. Darunter war ein Nest weißer Pilze, geformt wie halbgeöffnete Regenschirme. »Amanita, der Todesengel«, sagte er leise.

Ros überlegte kurz, was Alan Stewart wohl davon halten mochte, daß tödliche Dünste durch sein Fenster hereinwehten. Dann bemerkte sie, daß das Burggrabenhaus auf dieser Seite keine Fenster hatte.

»Alan ist es, der hier seine Studien treibt. Er ist, unter anderem, ein richtiger kleiner Amateur-Botaniker«, sagte Giles. »Ist es nicht verwunderlich, wie viele davon blaue oder weiße Blüten haben?«

Blau und weiß. Ros dachte an den Porzellangarten. Und *diese* kleine Scheußlichkeit hatte Viola auch geschaffen?

»Die Kräuter natürlich auch«, fuhr Giles fort. »Diese hier sind ja auch Heilkräuter. Nur tödliche.« Giles streckte die Hand aus und berührte eine hohe, fiederblättrige Pflanze mit intensivblauen, löwenzahnähnlichen Blüten. »Dies ist mein besonderer Liebling — Aconitum oder Mönchskraut. Ziemlich pfiffig für einen Klostergarten, finden Sie nicht? Auch ziemlich tödlich.« Er pflückte eine der Blüten und kicherte dann über ihre Reaktion.

»Na, na, jetzt schauen Sie mal nicht so entsetzt drein. Ich bin ja nicht Rappaccinis Tochter, ich will sie nicht essen. So ist es wirklich ganz ungefährlich, man müßte sie zerquetschen oder kauen, um das Gift zu extrahieren. Hören Sie mal, fehlt Ihnen was? Atmen Sie nicht so schnell, davon werden Sie ohnmächtig.«

»Alles in Ordnung«, sagte Ros. Sie schaute auf die kleinen bronzenen Friedhofstafeln, die unter den Blattpflanzen fast verborgen waren. »Warnung! Giftpflanzen! Nicht berühren!« *Ich muß hier raus,* dachte sie.

Auf der anderen Gartenseite, gegenüber der Wand vom Burggrabenhaus, bemerkte sie ein Eisengitter und jenseits davon eine freie Fläche. Schnell ging sie durch den Garten auf das Gitter zu. Eine frische Brise kam durch die Gitterstäbe, aber das Gitter selbst war abgeschlossen. Sie schaute zu Giles zurück. Der war noch immer über die giftigen Pflanzen gebeugt, zupfte welke Blüten ab und kleine Unkräuter aus dem Boden.

»Giles, ich glaube, ich möchte weiterarbeiten.«

»Jetzt?« Er stand auf, klopfte sich die Hosen ab und sah sie am Gitter stehen. Er sah auf seine Armbanduhr und warf ihr dann einen Blick zu. Sein Gesichtsausdruck dabei war sehr merkwürdig.

»Selbstverständlich, Rosamund, gehen Sie vor«, sagte er. Ärger flammte in Ros auf. Er wußte doch bestimmt, daß sie weder wußte, wo sie war, noch, wie man zum Turm kam, der verdammte Kerl. Sie würde lernen müssen, sich allein im Garten zurechtzufinden, damit er sowas nicht mehr mit ihr machen konnte.

»Also dann, hier lang«, sagte er und neigte den Kopf unter dem Torbogen. Ros bemerkte, daß auch dieser gerundet war, genau wie der Bogen, der vom Hof in den Kräutergarten führte. Einander entsprechende Gärten, blau und weiß.

Und plötzlich drehte sich das Bild der Gärten in ihrem Kopf, und sie wußte genau, wo sie war. Sie blickte über den Hof zurück auf das Refektorium und den Torhaus-Turm. Giles schlenderte lässig über das Gras.

Ros holte ihn ein.

»Giles«, sagte sie, »warum war Florence so erschüttert bei der Aussicht, daß die Tagebücher und Briefe herausgegeben werden?«

Giles hielt an, wandte sich um und sah sie ausdruckslos an. »Ich dachte, das hätten wir schon besprochen. Ich habe wirklich keine Ahnung.«

»Glauben Sie, Florence denkt sich das alles nur aus, oder gibt es wirklich etwas in den Papieren, was sie verletzen könnte?«

Giles starrte sie weiter an.

»Wenn da nämlich etwas ist«, sagte sie langsam, »dann werden wir uns früher oder später damit auseinandersetzen müssen, und ich würde das am liebsten gleich tun.«

Da, jetzt hatte sie seine volle Aufmerksamkeit, sei es zum Guten oder zum Bösen. Sie wappnete sich. Aber Giles' Ausdruck änderte sich nicht, und als er sprach, klang seine Stimme ruhig und vernünftig.

»Meine Güte, Sie sind aber hartnäckig! Aber Rosamund — Ros — wie kann ich Sie nur überzeugen, daß ich wirklich nicht die leiseste Ahnung habe, was Florence — oder sonstwer — fürchtet? Ich weiß lediglich, wie wichtig es ist, daß Sie und ich damit weitermachen, trotz dieses ärgerlichen kleinen Zwischenfalls.«

Sie und ich. Er hatte *Sie und ich* gesagt. Trotz ihrer Herausforderung hatte er sie nicht gefeuert.

Giles fuhr fort. »Ich finde nicht, daß wir unsere Arbeit von etwas beeinträchtigen lassen sollten, das pure Hysterie sein kann. Florence und Hugh haben kein Recht auf diese Papiere. Aber ich. Und ich kann nicht zulassen, daß ihre Ängste bestimmen, was erscheinen darf und was nicht.« Giles seufzte. »Das ist alles, was ich ihnen beim Lunch klarmachen wollte. Vielleicht war ich ein bißchen — unbeugsam. Aber was immer geschieht, ich weiß, daß ich mich auf Sie verlassen kann wie Sie sich auf mich, und daß wir tun werden, was wir für richtig halten.«

»Warum haben Sie beim Lunch die Ankündigung nicht gemacht?«

»Aber meine Liebe, das haben Sie mir doch so ziemlich aus der Hand genommen, nicht? Ich versichere Ihnen, ich wollte es gerade tun.«

Ros schaute ihn skeptisch an, aber seine Aufrichtigkeit schien echt. Bis zu diesem Augenblick war ihr nicht bewußt gewesen, wie gern sie das Beste von Giles glauben wollte. Aber das war eben ihre Art, jedermann die besten Motive zu unterstellen. Bisher hatte er seine Verpflichtung ihr gegenüber erfüllt, sie mußte die ihre ihm gegenüber erfüllen. Und gegenüber Viola.

Und die anderen? Sie würde abwarten müssen, was geschehen würde, wenn die Zeit kam. Greifen Sie nicht vor, hatte Giles gesagt. Vermeiden Sie Spekulationen. Man mußte erst mal sehen. Und zu sehen war schlicht und einfach die Arbeit, für die sie hergekommen war.

Aber Giles wartete auf sie. Sie lächelte ihn an, und gemeinsam gingen sie über den Hof auf das Turmzimmer zu.

7

Am Dienstag wachte Ros später auf als gewöhnlich. Sie gähnte und streckte sich schläfrig. Sie und Giles hatten bis weit nach Mitternacht an den Briefen gearbeitet, von der Szene im Speisezimmer fast zwanghaft vorangetrieben. Sie hatten Bezüge aufgespürt, Namen, Orte und Ereignisse identifiziert, über zwanzig Briefe zusammengestellt und in die richtige Reihenfolge gebracht. In ihrer Konzentration darauf hatte Ros alles außer Viola vergessen. Sie war von den Briefen nahezu hypnotisiert worden, und während sie weiterlas, schien sich jedes Wort, jede Zeile in ihr Gedächtnis zu graben. Schon entstand ein Bild von Viola, der jungen Viola der frühen Briefe — strahlend, tatendurstig, hier- und dorthinfahrend, lesend, Freunde anflehend, sie möchten doch schreiben, vorbeischauen, zu Besuch kommen, fragend, was sie von einem Gedicht oder einer Zeile Prosa hielten. Es war eine ganz andere Viola als die Frau in den schon veröffentlichten Büchern, viel verletzlicher, zutraulich, bezaubernd. Giles hatte alle Mühe gehabt, Ros zum Aufhören zu bewegen.

Nun zog sie Jeans und ein Baumwollhemd an, streifte einen Pullover über — im Turmzimmer war es immer kühl — und ging hinunter. Mrs. Farthing war nicht zu sehen, aber die Küche war von den Resten der gestrigen Zerstörung freigekehrt. Ein Fenster stand offen, und die getrockneten Pflanzen raschelten leicht an den dunklen Balken. Ros schlang ihr

Frühstück schnell herunter und eilte dann über den Hof zum Turmzimmer.

Sie erwartete, den Schattenriß von Mrs. Farthing hinter den Scheiben des Schalterhäuschens zu sehen, aber der Raum war leer. Wo war sie? Es war fast zehn gewesen, als Ros aus dem Refektorium kam, die Touristen parkten sicher schon ihre Autos und wollten herein, sobald die Pforte geöffnet wurde.

Sie stieg gerade die Treppe zum ersten Stockwerk hoch, als sie von der anderen Seite der Mauer ein Murmeln hörte. Eine Tür schlug schwach, und dann rasselte das Schiebefenster im Schalterhäuschen zurück. Zweifellos war Elsie Farthing pflichtgetreu zur Stelle und keinen Augenblick zu früh. Dann bemerkte Ros durch den schmalen Fensterspalt zum Hof einen flüchtigen Farbfleck, eine vorüberwirbelnde Gestalt, ein Wehen von langem blondem Haar. Nein, das war nicht Elsie. Jemand Interessanteres. Ros wandte sich vom Fenster ab und stieg die Treppe wieder hinunter.

Franziska stand am offenen Schiebefenster und rückte das Schild zurecht. Sie stand im Schatten des Torbogens, groß und blond, und schillerte wie ein Paradiesvogel. Ihr Haar lockte sich in langen, glänzenden Korkenziehern um ein ausgeprägtes Gesicht mit breiten Wangenknochen. Sie trug ein hauchdünnes flatterndes Hosenkleid in Saphirblau, die Absätze waren so hoch, daß sie auf Ros' Scheitel hinuntersehen konnte, und ihr Make-up war sorgfältig und farbenfroh genug für einen Auftritt im Nachtclub.

»Hallo«, sagte Ros.

Es riß Franziska herum.

»Oh«, sagte sie. Sie richtete ein hartes, buntes Auge auf Ros. »Kann ich Ihnen helfen?« fragte sie höflich, mit dem Rücken zur Kasse.

Ros, die sie gerade dasselbe hatte fragen wollen, sagte einfach: »Ich bin Ros Howard.«

Franziska bewegte sich leicht und klimperte mit langen

Wimpern. Ros erwartete, daß ihre blauen Stoffbahnen um sie herumwehen würden wie ein riesiger Federschweif.

»Ich bin Franziska Fotheringay. Wir kennen uns noch nicht, glaube ich. Sind Sie Touristin?« Ihre Stimme war tief und rauh mit einem merkwürdigen Beben darin. Es war eine Art vibrierende, rastlose Energie in ihr, die sie irgendwie größer und lebendiger erscheinen ließ als gewöhnliche Menschen.

»Nein, wir kennen uns noch nicht«, erwiderte Ros. »Jedenfalls nicht offiziell. Ich bin hier, um mit Giles an den Papieren seiner Mutter zu arbeiten.«

Franziska riß die Augen auf. »Sie sind Giles' amerikanischer Blaustrumpf?« Sie musterte Ros von oben bis unten. »Ich muß schon sagen, mir kommen Sie nicht gerade wie ein Prof vor. Sie sind viel zu jung und hübsch.«

Ros wurde rot, sie ließ sich nicht gern von oben herab behandeln, schon gar nicht von jemandem wie Franziska. Inzwischen starrte die blonde Frau sie weiter an. Plötzlich schnalzte Franziska mit den Fingern, schüttelte das Haar zurück und lächelte.

»Sagen Sie mal. Waren Sie nicht gestern beim Lunch? Sie kommen mir bekannt vor.«

»Da war ich«, sagte Ros steif. »Aber kurz nachdem Sie gekommen sind, bin ich gegangen. Es wurde alles ein bißchen verworren, ich konnte offenbar nichts Sinnvolles dabei tun, also hab' ich mich aus dem Staub gemacht.«

Franziska schüttelte wieder die Haare, klappte zwei wunderbar geschminkte, wachsame Augen auf und zu und grinste. »Du liebe Zeit. Ja, ich hätte sie wohl vorwarnen müssen, aber ich war gerade aus den Staaten zurück und wollte alle überraschen.« Sie lachte, ein leises Glucksen. »Das ist mir auch gelungen, nicht? Ich hatte keine Ahnung, daß die arme« — Franziska zögerte, sah einen Augenblick weg, als ob sie nach einem Namen suchte — »die arme Florence so zusammenklappen würde, aber alle sagen, daß sie schon die ganze letzte

Zeit fix und fertig war. Giles' neuester Plan — die Papiere —, nehme ich an. Es muß ein ziemlicher Schock gewesen sein, auch wenn damit zu rechnen war, daß sich so etwas anbahnte ...«

Franziska verstummte und sah Ros forschend an. Die war so eifrig damit beschäftigt zu sortieren, welche Schocks und Pläne welche waren, daß sie nur ausdruckslos den Blick erwidern konnte.

»Aber darüber wissen Sie natürlich sehr viel mehr als ich«, schloß Franziska überraschend. »Nicht wahr?«

»Ach ja ... nun«, stammelte Ros. »Ich hatte wirklich keine Ahnung, daß Florence — Mrs. North — sich bei der Vorstellung, die Papiere würden veröffentlicht werden, dermaßen aufregen könnte. Oder sonst irgendwer. Ich war sehr überrascht davon. Und Giles auch, glaube ich.«

Franziska betrachtete sie mit Augen wie Straßsteinchen. »Na, früher oder später wird sie sich dran gewöhnen müssen. Wir alle müssen das«, sagte sie. Sie lehnte sich zurück und breitete ihre geflügelten Arme auf der Fensterbank vor der Kasse aus. Die Haltung war lässig, aber ihr Tonfall war fast höhnisch. »Und lieber früher als später, wie es jetzt scheint.« Stirnrunzelnd blickte sie über den Hof. »Obwohl es doch ziemlich merkwürdig ist, muß ich schon sagen, daß diese Papiere nach all den Jahren so plötzlich auftauchen. Und Giles sie findet. Ich hätte schwören können ...« Sie unterbrach sich plötzlich und blickte Ros aus schmalen Augen an. »Sagen Sie mal, da *sind* doch tatsächlich Papiere, oder? Ich meine, Sie haben sie tatsächlich *gesehen*, ja? Es ist nicht bloß einer von Giles' typischen Scherzen, oder?«

Ros fühlte, wie sie vor Ärger rot wurde. »Selbstverständlich nicht«, sagte sie nachdrücklich. »Es ist eine ziemlich umfangreiche und komplette Sammlung von Briefen und eine vollständige Reihe Tagebücher.« Welche Daten hatte Giles beim Lunch erwähnt? Sie wollte ihm nicht widersprechen. »Von 1915 bis zu Violas Tod 1975.«

Franziska blinzelte einmal, noch einmal. Dann verlor ihr Gesicht alle Farbe, und sie sah einen Moment grotesk aus, wie ein angemaltes Gipsmodell, mit starrem Kiefer und leeren Augen. Während Ros sie noch verblüfft anstarrte, erholte sich Franziska.

»Ach wirklich«, sagte sie bedächtig. »So viele. Und haben Sie schon alle durch?«

»Nein, nein, nicht direkt. Wir haben gerade erst angefangen. Wir gehen chronologisch vor. Bisher haben wir nur sortiert und zusammengestellt, Anmerkungen gemacht und dergleichen.« Und was ging sie das überhaupt an? Ros machte einen Schritt auf das Treppenhaus zu. Franziska folgte ihr.

»Ich verstehe. Und von wem sind die Briefe?«

»Von einer ganzen Anzahl verschiedener Leute.« Ros machte noch einen Schritt. »Wenn Sie mich jetzt entschuldigen wollen ...«

Franziska beugte sich näher zu Ros und zielte mit einem lanzenartigen Fingernagel auf sie. »Badgetts? Irgendwelche Badgetts? Humphrey Badgett? Florence? Erkennen Sie diese Namen wieder?« Franziska bewegte sich vorwärts, näher und näher, so daß Ros sich mit dem Rücken dicht an die Tür zur Turmtreppe gedrängt fand.

»Das kann ich wirklich nicht sagen«, antwortete Ros.

»Haben Sie sie gesehen, tatsächlich gesehen?« drängte Franziska.

»Nein«, gab Ros zu. »Ich habe sie nicht gesehen. Nur die bis 1920.«

Franziska starrte Ros mit blitzenden Augen ins Gesicht. Ros fühlte sich plötzlich unterlegen und wandte die Augen ab, hin zur anderen Seite des Torbogens. Eine Gruppe Touristen marschierte vom Parkplatz her zielstrebig auf sie zu.

»Entschuldigen Sie, aber da kommt jemand«, sagte sie. »Ist Mrs. Farthing nicht da?«

Franziska wirbelte herum. Ihre Aufmerksamkeit war abgelenkt. »Elsie? Oh ... ich hab' wirklich keine Ahnung.« Sie schüttelte sich ein bißchen, arrangierte ihre Stoffbahnen und sah Ros rätselhaft an.

»Lassen Sie sich nicht aufhalten«, sagte sie. »Sie haben bestimmt einen Haufen Arbeit. Ich geh' mal eben da rein und hüte das Tor, bis Elsie auftaucht. Das habe ich vor Jahren oft getan, ich bin dran gewöhnt.«

Damit wandte sie sich um und betrat das Schalterhäuschen, wo sie sich auf einem hohen Schemel niederließ. Kurz ehe sie die Tür schloß, warf sie Ros einen listigen Blick zu. »Wir müssen irgendwann noch mal miteinander reden.«

Darauf kannst du wetten, dachte Ros, während sie weiter die Treppe hinaufstieg. *Du wirst reden, und ich höre zu.*

Als sie in der Tür zum Viola-Zimmer erschien, war Giles schon da. »Da sind Sie endlich«, sagte er und wedelte mit einem Stapel Papiere. »Ich bin auf weitere Briefe an Sir Herbert gestoßen. Aus der Zeit ihrer ersten Begegnung — ganz bezaubernd. Sie passen genau in unser zeitliches Schema — nicht später als 1920 — also brauchen Sie heute nicht herumzustöbern. Setzen Sie sich doch.«

Und ehe sie ihm von ihrer Begegnung mit Franziska erzählen konnte, war er mit dem ersten Absatz schon halb fertig. Sie ergriff ihren Bleistift, um mit ihm Schritt zu halten, und machte Notizen, wo es erforderlich war.

Bis Mittag lasen und kommentierten sie weiter. Die Briefe *waren* bezaubernd, zurückhaltender als die an Grummel, aber doch lebhaft, fast wie von einem Backfisch. Während Giles weiterlas, ließ Ros Lady Violas Stimme in sich eindringen, ließ sie zu sich sprechen, als ob sie die Adressatin wäre, so daß Violas Geist sie zu umschweben schien, redend, gestikulierend, scherzend, bittend, lachend — heiter und großzügig und herrisch, abwechselnd phantasievoll und praktisch. Ros mochte Viola lieber und lieber. Und Giles wußte so viel über das Leben seiner Mutter, bisher hatte es keine Fragen gegeben, die er nicht beantworten konnte.

Ros nahm alles in sich auf, sortierte es ein, lernte soviel sie konnte über diese Frau, die fünfzehn Bücher geschrieben, geheiratet, einen Sohn bekommen, einen exquisiten Garten geschaffen und jeden Tag mindestens eine Seite Tagebuch geschrieben hatte, sowie mehrere tausend Briefe. Sie konnte es nicht erwarten, an das Tagebuch zu kommen, dem sie ihr innerstes Wesen anvertraut hatte, wie den Briefen das gesellschaftliche. Der Kontrast würde interessant sein. Aber sie wunderte sich doch, wo Viola die Zeit hergenommen hatte. Und warum hatte sie alle diese Papiere versteckt? Wie war es gekommen, daß Giles sie fand? Verträumt saß sie da und ließ ihre Gedanken schweifen.

»Heh.« Giles' Stimme schreckte sie auf. Sie blickte hoch.

»Was? Am Steuer eingeschlafen? Arme Rosamund, ist es wirklich so langweilig? Kommen Sie, es ist nach Mittag, wir wollen etwas essen. Ich verhungere gleich.«

Dankbar stand Ros auf und streckte ihre verkrampften Beine. Giles ging vor ihr die Treppe hinunter, und Ros wartete gleich draußen beim Torbogen, während er schnell den Kopf ins Schalterhäuschen steckte und kurz mit Mrs. Farthing sprach.

Sie schaute hinaus über den Garten, er schien ziemlich leer. Hinter sich hörte sie Mrs. Farthing sagen: »Ich versteh's nich, Mister Giles. An einem Tag wie heute sollten sie nur so strömen. Ich weiß nich, was los is.«

Als er wieder zu ihr trat, war Giles' Stirn gerunzelt. »Keine zahlenden Besucher heute. Das ist sehr merkwürdig. Nach dem Lunch muß ich mich darum kümmern.«

Sie hatten gerade die Sandwiches aufgegessen, die Mrs. Farthing ihnen hingestellt hatte, und Ros machte sich eine Tasse Kaffee, als sie hörte, wie die große Eichentür sich öffnete. Schnelle Schritte waren in der Halle zu hören. Echos von gestern. Sie schaute erwartungsvoll auf. Hugh Badgett erschien im Kücheneingang, rot und atemlos, mit unordentlichen Haaren und zerknautschtem Anzug. Er wirkte, als ob er gerade einen weiten Weg gegangen wäre. Der sanfte Mann sah zum Äußersten entschlossen aus.

»Giles, ich muß mit dir reden«, sagte er. »Unter vier Augen.«

»Aber das ist wirklich nicht ...« begann Giles, aber Ros hatte ihre Kaffeetasse schon genommen und war auf dem Weg zur Tür.

»Bis später«, sagte sie.

Kaum hatte sie sich im Wohnzimmer mit ihrem Kaffee und einer alten Ausgabe von *Landleben* häuslich niedergelassen, da wechselte der Ton der Stimmen nebenan von leisem, taktvoll unverständlichem Gemurmel zu einem ausgewachsenen Krach. *Oh, nicht schon wieder,* dachte sie, in Erinnerung an den scheußlichen Streit, den sie an ihrem ersten Abend im Garten mitgehört hatte. Das waren aber nicht Giles und Hugh gewesen, denn sie hatte Giles drinnen vorgefunden. Aber vielleicht war Hugh einer davon gewesen. Vielleicht war er trotz seiner vornehmen Unauffälligkeit im Geheimen ein Streithammel. Er mußte ja wenigstens zu Hause ein Tyrann sein, damit er sich gegen Beatrice mit dem Schaugepränge und den Ohrengongs behaupten konnte. Aber Hugh — und wer noch?

In dem Augenblick hörte sie seine Stimme. »Giles, verstehst du denn nicht? Mutter ist einfach außer sich vor Sorge, daß nach so vielen Jahren alles herauskommt.«

Giles murmelte etwas Kurzes, Unverständliches. Ros hoffte, es möge etwas Tröstliches sein.

»Nein, nein, Giles«, sagte Hugh flehentlich. »Du verstehst nicht. Es könnte sie sogar umbringen. Cedric weiß überhaupt nichts, und dann die Familie von Beatrice.« Es gab eine schmerzhafte Pause. »Von Frankie ganz zu schweigen.«

»Frankie ist ein Scheusal.«

Schweigen.

»Dann wirst du es dir nicht noch einmal überlegen.«

»Wird er das denn?«

Es gab keine Antwort. Das Schweigen dauerte. Ros beugte

sich lauschend vor. Endlich erklang Hughs Stimme, müde und erschöpft. »Dann kann ich für die Konsequenzen keine Verantwortung übernehmen.«

Plötzlich gab es ein wildes Krachen. Ros sprang auf. Hugh marschierte an den Paneelen vorbei hinaus, mit bleichem Gesicht und geballten Fäusten. Sie starrte ihm nach. Er war ihr so sanft vorgekommen, fast schüchtern, sie konnte kaum glauben, daß dies der gleiche Mann sein sollte, dem sie vorher begegnet war. Er sah sie nicht an, sondern stürmte durch die Halle zur Tür hinaus, ohne sie hinter sich zu schließen.

Giles erschien in der Tür zum Speisezimmer, völlig ungerührt. Er sah Ros. »Haben Sie's gehört?« sagte er.

Ros nickte.

»Das Geschirr wird uns ausgehen, wenn das so weitergeht. Hugh ist ziemlich erregt, wie Sie sicher bemerkt haben. Glaubt, daß die Veröffentlichung der Papiere seine Mutter umbringen wird. Und Beatrice hat mit Auszug gedroht.«

Ros sagte nichts. Giles stand da, groß, einschüchternd, das Profil vom Licht der offenen Tür scharf umrissen. Es kam ihr in den Sinn, daß es genausogut Giles gewesen sein konnte, der das Geschirr zerschmissen hatte.

»Vollkommener Quatsch, natürlich«, sagte er. »Sie werden sich einfach damit abfinden müssen, genau wie jeder andere auch. Manchmal frag' ich mich wirklich, was sie sich eigentlich einbilden, wer sie sind«, fügte er hinzu und sah Ros forschend an. »Sie nicht auch?« Dann ging er vorwärts und legte eine Hand auf die Klinke. »Ich muß nachsehen, was am Eingang los ist. Wir sollten mehr Besucher haben, vielleicht ist etwas nicht in Ordnung. Es dauert nur einen Augenblick.«

Als Ros ihm in den sonnenhellen Hof folgte, wandte er sich ihr zu und sagte: »Warum spazieren Sie nicht ein bißchen im Garten herum? Ich komme Sie dann gleich suchen.«

Sie stand noch zögernd an der Tür zum Refektorium, als sie auf der anderen Hofseite eine flüchtige Bewegung bemerkte. Florence North stand gebückt vor der Tür zum Kornspeicher

83

und fegte eifrig eine Staubwolke von den Steinstufen. Sie trug ein geblümtes Hauskleid und weiche Segeltuchschuhe und war offensichtlich beim Großreinemachen. Ros ging über den Rasen bis auf Sprechweite heran.

»Hallo«, sagte sie heiter.

Florence versuchte sich gleichzeitig umzudrehen und auf-zurichten, verlor die Balance und fiel ziemlich schwer gegen einen der großen Eibenbüsche, die den Eingang flankierten. Ros eilte hinüber, ihr zu helfen, aber die zähen Eiben hatten die Frau fast aufrecht gehalten.

»Oh, oh«, japste sie totenbleich. »Oh, Sie sind's, Miss Howard. Einen Augenblick dachte ich, Sie wären ein Tourist. Was ist mit meiner Kehrschaufel passiert?« Sie wandte sich ab und stöberte in den Büschen herum. »Manchmal kommen sie bis hierher und gucken in die Fenster, trotz des Schildes.« Dabei bewegte sie ihre Hand vage in Richtung des großen PRIVAT-Schildes an der getäfelten Tür. Ros überreichte ihr die Kehrschaufel. Florence blinzelte, duckte den Kopf und strich sich über das Hauskleid. *Wo habe ich das schon gesehen?* über-legte Ros mit einem eigenartigen Gefühl des Déjà-vu.

»Ah«, fuhr Florence fort. »O je, o je. So lächerlich und überflüssig. Sie haben ja keine Ahnung, wie lästig sie sind«, fuhr sie in verschwörerischem Ton fort. »Natürlich kommen sie, um ihn zu sehen — Cedric, meinen Mann — wissen Sie. Eines Tages spielte Cedric, mein Mann, Tonleitern, ziemlich komplizierte allerdings für meine Begriffe, also wenn man sich nicht richtig auskannte, konnte es schon Bach oder Vivaldi sein, und er sah auf und fand ein — ein … *Publikum* im ganzen Zimmer, im Flur, unten im Wohnzimmer. Im ganzen Haus. Ich habe sie natürlich rausgejagt. Er hätte das nie getan. Er hat keinen Sinn für seine eigene Bedeutung. Auch Giles, denke ich oft … aber es ist ja egal.« Florence run-zelte plötzlich die Stirn und senkte den Kopf, um Ros' Blicken auszuweichen. *Mrs. Farthing,* dachte Ros. *Die ist es.* Obwohl zwischen den Frauen offensichtlich ein himmelweiter Unterschied bestand, Florence hatte nichts Serviles an sich.

Dann blickte die kleine Frau auf.

»Ah, dann arbeiten Sie also nicht, Sie und Giles? An den ... an den ...« Florences Stimme erstarb. Ros bemerkte eine flatternde Bewegung. Sie schaute nach unten und sah, wie Florence ihre schmächtigen Hände rang. Tatsächlich zitterte sie am ganzen Körper. Ros streckte eine Hand aus, aber in dem Moment trat Florence in den Hauseingang zurück.

»Ah, Miss Howard«, sagte sie leise. »Ich muß wirklich mit Ihnen reden. Könnten Sie gleich jetzt hereinschauen? Es ist ziemlich dringend.«

»Natürlich«, sagte Ros.

Sie wollte Florence gerade ins Haus folgen, als die Frau den Blick hob und ihre Augen mit einem seltsamen Schaudern auf einen Punkt irgendwo hinter Ros' rechter Schulter einstellte.

»O ja, o ja«, wiederholte Florence, während ihr Blick an Ros hinunterglitt bis auf die Füße. »Vielen Dank, Miss Howard, vielen Dank. Vielleicht ein andermal«, sagte sie laut. Ros starrte sie an.

»Hallo, Florence«, sagte Giles.

Ros wandte sich um. Er stand im Hof, mitten auf dem Rasen, die Haare zerzaust, die Hände in den Taschen, Schweißperlen auf der Oberlippe, aber sonst vollkommen beherrscht.

»Und Rosamund«, sagte er mit einem Nicken. Er kam auf sie zu.

Ros blickte Florence an. Ihr Gesicht war so ausdruckslos wie ein geschlossener Fensterladen. Sie stand ganz starr vor der Tür zum Kornspeicher und starrte Giles an. Ros versuchte, ihren Blick zu erhaschen und sagte: »Wir werden das Gespräch, das Sie wollten, also bald nachholen, Mrs. North.« Florence sah sie in absolutem Entsetzen an. Dann wandte sie sich um und ging hinein. Die Tür klickte zu und Ros hörte, wie ein Riegel vorgeschoben wurde.

»Na«, sagte Giles.

»Na«, sagte Ros. Sie stellte sich neben ihn. »Haben Sie herausgefunden, ob etwas nicht stimmte?« fragte sie.

»Das habe ich allerdings. Jemand hatte am Weg das 'Geschlossen'-Schild angebracht. Und am Kassenfenster. Wir haben mehr als die halben Tageseinnahmen verloren. Eigentlich die ganzen, weil die meisten Touristen früh kommen und den Tag hier verbringen wollen.«

»Irgendeine Ahnung, wer das war?« Sie gingen langsam auf das Torhaus zu.

»Es könnte jeder von ihnen sein. Niemand hier mag es gern, wenn die Touristen überall herumstromern, wissen Sie. Das war bestimmt nur ein kleiner Scherz, um es mir für gestern heimzuzahlen. Den Lunch, meine ich.« Giles machte eine Pause. »Was wollte Florence?«

»Och, sie hat mir bloß eins ihrer kleinen Scharmützel mit den Touristen geschildert«, sagte Ros leichthin. »Ich konnte mir gut vorstellen, wie sie sie hinausscheucht, genau wie das Bauernweib.«

Unerwartet grinste Giles sie an. »... 'und die schnitt ihnen die Schwänze vom Leib.'« Er kicherte. »Ach, wie das paßt. O ja. Florence nimmt ihre Aufgabe als Cedrics Frau sehr ernst. Der große Künstler muß beschützt werden.«

»Das merkt man«, sagte Ros.

»Sie hat ihre Aufregung darüber, daß sie im Leben so hoch gestiegen ist, nie ganz überwunden. Sie *war* das Bauernweib, wissen Sie.«

»Eine Bauersfrau — tatsächlich?« fragte Ros abwesend. Sie dachte an Florences Hände, wie sie rangen und rangen. Worüber hatte Florence mit ihr reden wollen? Die Papiere, zweifellos. Und sie hatte nicht gewollt, daß Giles davon wußte. Ros überlegte, ob es wohl anständig wäre, oder mit ihrer Aufgabe vereinbar, wenn sie einige der anderen zu Rate zöge, ohne daß Giles davon wußte.

»Nein, *nein*«, sagte Giles. »Nicht irgendeine Bauersfrau. *Die*

Bauersfrau. Sie war Florence Badgett, die Frau von Humphrey, der für meine Eltern die Hauptfarm verwaltet hat. Haben Sie nicht gehört, wie Hugh sie gestern *Mutter* nannte? Sie waren alle Bauern. Salz der Erde. Sie und Cedric kannten einander jahrelang, aber nicht auf der gleichen gesellschaftlichen Ebene, natürlich. Cedric verehrte meine Mutter, und nachdem Vater gestorben war, zog er in den Kornspeicher. Wir haben alle ein bißchen gehofft, daß er und Mutter heiraten würden, aber Mutter hatte ... andere Interessen. Also, um es kurz zu machen, Humphrey starb, Florence war etwa ein Jahr lang Witwe, und dann gingen sie eines Tages einfach miteinander durch. Was für ein Aufruhr. Seitdem arbeitet Florence hart daran, Cedrics würdig zu werden. Manchmal frage ich mich, ob Mutter ihr je vergeben hat. Natürlich dafür, daß sie kein Salz der Erde mehr war.«

»Ach so«, sagte Ros nachdenklich, war aber nicht ganz sicher, ob sie es wirklich verstand. In Giles' Ton und Benehmen lag etwas Undefinierbares. Etwas Unfreundliches, Mißbilligendes — oder amüsierte er sich bloß? Sie erinnerte sich an Corys Worte, »er kann Veränderungen nicht leiden.« Vielleicht war es das. Aber wichtiger noch, konnten Florence und die anderen diese Enthüllung fürchten? Ihre einfache Herkunft? Um Cedric zu schützen? Beatrice? Aber das wußte doch bestimmt sowieso jeder. Darüber brauchte man sich doch nicht dermaßen aufzuregen.

»Wollen wir an den Schauplatz des Verbrechens zurückkehren?« sagte Giles.

»Wie bitte?« Ros blickte erschreckt auf.

Giles lachte.

»Die Papiere, meine liebe Rosamund. Die Papiere. Wir sind jetzt schon furchtbar hintendran, und es ist kein Augenblick zu verlieren, nicht?« Und damit stampfte er Richtung Torbogen davon.

Ros folgte der sich entfernenden Gestalt mit den Augen. Kein Augenblick zu verlieren? Bisher war von Zeitdruck noch nichts zu spüren gewesen, so gemächlich, wie sie vorgegangen waren. Sie würde ja gern weiterkommen, aber Giles hatte auf chronologischem Vorgehen bestanden. Sie waren noch Jahre — Jahrzehnte sogar — von Violas Kauf der Montfort Abbey entfernt, von der Ankunft der jetzigen Bewohner ganz zu schweigen. Langsam folgte sie Giles in den Schatten des Torbogens, zuckte dann zurück, als sie ihn ärgerlich brüllen hörte:

»Hab' ich Ihnen nicht gesagt, Sie sollen hier verschwinden? Ich möchte Sie nicht noch einmal hier in der Nähe sehen! Das absolut Letzte an Schwachsinn ...« Die Stimme drosch auf Mrs. Farthing ein, und Ros verschloß ihre Augen vor ihrem flehenden und blinzelnden kleinen Gesicht. Sie trat vor.

»Giles«, sagte sie laut.

Giles wirbelte herum und sah sie. »Ah, Rosamund«, sagte er in völlig normalem Ton. »Ich wollte gerade hinaufgehen. Kommen Sie doch mit.« Es war, als ob nichts geschehen wäre. Giles verschwand im Treppenhaus. Ros hörte das Echo seiner Schritte die Treppe hinauf. Sie spähte durch das Fenster im Schalterhäuschen. »Fehlt Ihnen was, Mrs. Farthing?« fragte sie.

Zu ihrem Schrecken schien Mrs. Farthing in sich zusammenzufallen, den Kopf auf den Armen, die Arme auf dem Fensterbrett. Tränen strömten aus ihren Augen und fielen auf den Steinboden. »Ach, Miss, es war ja nich meine Schuld, das Schild war da, und ich hab' nich dran gedacht, Mr. Giles zu fragen, er mag's ja nich! Oh, oh ...« Ihr schrumpliges kleines Gesicht zog sich noch mehr zusammen, und sie bohrte sich ihre beiden knorrigen Fäuste in die Augen. Ros langte durch die Öffnung und tätschelte eine zitternde, knochige Schulter.

»Natürlich ist es nicht Ihre Schuld, Mrs. Farthing. Giles weiß das doch auch bestimmt.«

»Sie sind zu freundlich, Miss, aber es ändert ja nix. Er wird manchmal so wütend, daß ich vor Angst ganz lahm werd. Und jetzt noch das obendrein. Er würde mich gern loswerden, bloß er kann nicht wegen ...« Mrs. Farthing hielt den Atem an, rollte die Augen und ließ ihr zitterndes Kinn auf die Brust fallen. Ros stand da und tätschelte geistesabwesend ihre Schulter. Warum war Giles so hart mit der armen Mrs. Farthing? Es war doch bestimmt nicht ihre Schuld gewesen, bloß ein Mißverständnis ...

»Hören Sie mal«, sagte Ros. »Warum gehen Sie nicht hinein und machen sich eine Tasse Tee? Ich bleibe hier und achte auf das Fenster. Es kommt ja sowieso niemand.« Giles konnte warten, im Augenblick war sie recht ärgerlich auf ihn.

Mrs. Farthing schlurfte davon. Ros sah sie in den Schatten verschwinden, die rechte Schulter hochgezogen, so daß sie mehr denn je aussah, als ginge sie an einer Wand entlang und versuchte, sich hineinzuquetschen und zu verschwinden.

Servil, dachte Ros. *So sieht servil aus.* S.D.E. Salz der Erde, hatte Viola sie genannt: servil. »Bauern, Dienstboten, Arbeiter, unvermeidlicher Abstieg der Gene, nichts Höheres anstrebend als den Hügel dort, zufrieden mit ihren simplen Ritualen der Erde, ihren Maibäumen und ihrem Mummenschanz, ihren Dialekten, die ihre Emotionen so gut ausdrücken, die sie doch kaum bewußt fühlen, unartikuliert, unbewußt, aber so eins mit der Erde, den Jahreszeiten ... wie ich sie beneide.« Violas Worte. Sie hatte sie gerade gelesen. Anders als Giles, eher akzeptierend, nicht so von oben herab, so zornig. Aber schließlich hatte sie Viola niemals in Aktion erlebt.

Aber wer konnte es sagen? Während sie in dem kleinen Schalterhäuschen saß und darauf wartete, daß Mrs. Farthing zurückkäme, fühlte sie, wie ihre Gedanken vor und zurück schnellten, vor und zurück, zwischen Vergangenheit und Gegenwart, zwischen Viola und den augenblicklichen Bewohnern von Montfort.

8

In den nächsten paar Tagen schien sich, einigermaßen zu Ros' Überraschung, nach der Serie von heftigen Zusammenstößen zwischen Giles und den anderen Bewohnern alles zu beruhigen, und die Arbeit ging glatt voran. Bis spät abends arbeiteten sie stetig an den Papieren und unterbrachen die Arbeit nur für die Mahlzeiten oder einen kurzen Spaziergang im Garten. Zu ihrer Erleichterung manifestierte sich das fortgesetzte Vorhandensein von Mrs. Farthing in regelmäßigen Abständen im Erscheinen warmer Mahlzeiten in der Durchreiche, aber nicht durch das Auftauchen von Mrs. Farthing selbst. Ros sah auch von den anderen Bewohnern sehr wenig, und wenn, dann nur aus der Ferne. Es schien fast, als hätten sie Anweisung, sich fernzuhalten.

Trotz ihrer früheren Vorbehalte nahm Violas Leben Ros doch wieder ganz gefangen. Sie wurde immer vertrauter mit seinem Rhythmus und seinen Strukturen, mit den Namen, Daten und Orten, die sie jetzt fast auf Anhieb identifizieren konnte.

Giles ließ sie länger und länger allein an den Briefen arbeiten, während er seinen eigenen Geschäften nachging, und Ros begrüßte dieses Anzeichen von Vertrauen. Im Garten traf sie selten jemanden, den sie kannte, und wenn, dann waren die Begegnungen höflich und oberflächlich. Eine gewisse innere Unruhe, die sie spürte, ein Gefühl, daß etwas auf den Ausbruch wartete, schrieb sie einfach den langen Stunden zu, die sie über den Schreibtisch gebeugt im Turm verbrachte und in scheinbarem Schneckentempo Tag um Tag, Monat um Monat, Jahr um Jahr Violas Leben folgte. Später, wenn sie eine genauere Vorstellung von dem hatte, was kommen würde, konnte sie zurückblättern. Inzwischen hatte ein friedliches und professionelles Eintauchen in eine gemütliche, wenn auch etwas eng begrenzte Routine einiges für sich.

Eines Morgens, etwa eine Woche nach dem Lunch, wachte Ros früh auf, fast gleichzeitig mit der Sonne. Sie lag im Bett und sah zu, wie die geisterhaften Nebelgestalten sich von den Rosenblättern, die ihr Fenster einrahmten, zurückzogen, während die Sonne über die niedrigeren Mauern stieg. Schließlich stand sie auf, obwohl es noch so früh war, angetrieben von einem Gefühl der Unruhe und der Spannung. Am vorigen Abend waren Giles und sie endlich zu der Stelle gekommen, wo Viola und Sir Herbert darüber debattierten, ob sie die Abtei kaufen sollten oder nicht, und sie wollte so schnell wie möglich wieder an die Papiere.

Als sie in die Küche kam, war weder von Mrs. Farthing noch von Giles etwas zu sehen. Sie setzte den Kessel auf und schaute zum Fenster hinaus auf den Hof, während sie an einem Brötchen knabberte. Die Reihen der winterharten Stauden, die den Hof einfaßten, lagen noch im Schatten, aber die Sonne schien hell auf den Tau im Gras, und Ros hatte plötzlich das Bedürfnis, nach draußen zu gehen. Sie stellte den Kessel ab, ging aus der Küche und öffnete leise die Tür zum Hof.

Erst dachte Ros, das grelle Sonnenlicht hätte sie vorübergehend geblendet. In der Luft lag ein fauliger Geruch, die kranke Ausdünstung verrottender Vegetation. Als sie die Hand über die Augen hielt und sich auf den Beeten umsah, kamen sie ihr merkwürdig flach und farblos vor. Sie sah genauer hin.

Und konnte vor Schreck die Augen nicht abwenden.

Die Fülle von Blüten und Blattwerk, von der die rauhen Steinmauern weich verhüllt gewesen waren — die Zinnen und Kugeln und Scheiben aus Purpur, Blau, Lila, Lavendel — es gab sie nicht mehr. Im ganzen Hof lagen ausgerissene Pflanzen herum, zu unordentlichen Haufen getürmt, Klumpen trocknender Erde hingen noch an den blassen Wurzeln, die schon in der Sonne schrumpften. Die größeren, stärkeren Pflanzen — die zäheren Geranien, Fingerhüte und schwertblättrigen Iris — lagen zertrampelt im Schatten, der sich immer noch unter der Ostmauer beim Kornspeicher hielt. Die Beete waren zerwühlt und pockennarbig, zertreten und zerstampft, gewaltsam zerstört.

Ros hatte das Gefühl, nicht mehr am selben Ort zu sein. Ihre Augen verschleierten sich, und die Gartengeräusche — summende Bienen, zwitschernde Vögel — schienen von weit her zu kommen, gedämpft, als ob sie Watte in den Ohren hätte.

Sie schüttelte den Kopf, um ihn klar zu bekommen, und sah dann auf, weil plötzlich Stimmen schwach über die Mauer jenseits des Burggrabenhauses zu ihr drangen. Sie rannte über den zerstörten Hof in den Kräutergarten, wo sie erleichtert feststellte, daß die niedrigen Kräuter noch ungestört in den Beeten standen. Wenigstens die waren noch intakt. Sie atmete den würzigen Duft der Erde tief ein.

Nein.

Da stimmte noch etwas nicht.

Das zarte Aroma der Kräuter wurde überlagert von einem Gestank, der noch schlimmer war als der Geruch nach faulenden Pflanzen im Hof. Sich Mund und Nase zuhaltend, ging Ros schnell durch die Hecke auf die Burggrabenbrücke. Das bereute sie sofort. Hier war der Gestank so überwältigend, daß sie fast erstickte.

Sie hielt die Luft an und schaute in den Burggraben hinunter. Das ganze Wasser war weg. Zurückgeblieben war ein zwei

Meter breites Rinnsal von öligem Schleim, das von einem Ende des Rosengartens zum anderen reichte. Der blanke Schleimfaden dampfte, und eine dünne Linie grünlichen Schaums bewegte sich langsam in seiner Mitte, wobei der Schlamm gelegentlich kleine Knallgeräusche von sich gab, wenn wieder eine Gasblase an die Oberfläche gestiegen war und platzte. Dabei blieben kleine Krater zurück, die sich schnell mit glitschigem Modder füllten. Einen Augenblick starrte Ros den blubbernden Dreck fasziniert an, dann rannte sie von der Brücke mitten in den Rosengarten und schnappte nach Luft.

Sie atmete ein paarmal tief durch. Als sie nicht mehr zu ersticken drohte, sah sie sich um. Cory und Stella standen am anderen Ende des Burggrabens, dicht bei der Mauer vom Porzellangarten. Die Arme untergeschlagen, schauten sie mit unbewegten Gesichtern hinunter auf die Reste des Burggrabens. Ros eilte hin.

»Hallo«, sagte sie. »Was geht hier vor?«

Beide Gärtnerinnen warfen ihr einen Blick zu. »Nicht viel«, sagte Cory nach kurzem Besinnen. »Jemand hat den verdammten Stöpsel rausgezogen, das ist alles.« Stella entfernte sich am Burggraben entlang, die Hände in die Hüften gestemmt, und blickte kopfschüttelnd hinunter.

»Was für ein Dreck«, sagte Ros. »Und dann die Beete. Wer —«

»Was für Beete?« unterbrach Cory.

»Na, die im Hof. Alles liegt ausgerissen auf dem Rasen herum.«

Sie schaute zu, wie Cory im Eiltempo durch den nächsten Torbogen verschwand, mit Stella dicht auf den Fersen. Einen Augenblick später lief Ros ihnen nach.

Als sie in den Hof kam, lag Stella auf den Knien und hielt einen welken Rittersporn hoch.

»Das ist doch einfach nicht zu fassen!« stöhnte sie. »Jede einzelne verdammte Pflanze.« Sie warf die schlappe Blume ins

Gras, rieb die Hände an den Oberschenkeln und hockte sich auf die Fersen.

»Es tut mir leid«, sagte Ros. Sie wußte nicht, was sie sonst sagen sollte.

»Schon gut. Ist ja wohl kaum Ihre Schuld«, sagte Cory.

»Vandalen«, knurrte Stella. »Gottverfluchte Vandalen.«

»Ist etwas Derartiges schon mal passiert?«

»Nein«, antwortete Stella. Cory hatte sich entfernt und wanderte rastlos zwischen den Beeten umher. »Nein, noch nie. Sicher wird gelegentlich das eine oder andere gezockt ...« Stella sah errötend auf und fügte schnell hinzu, »ich meine gestohlen, es kommt schon mal vor, daß jemand eine oder zwei Pflanzen klaut und sie in der Handtasche oder im Mantel herausschmuggelt — eine wilde Orchidee oder eine andere kleine seltene Pflanze. Darum verkaufen wir jetzt Ableger, um das Klauen zu verhindern.« Stella schüttelte den Kopf. »Wenn wir bloß heute morgen hierher gekommen wären, statt direkt den Pflaumenweg hinunter zum Burggraben zu gehen, dann hätten wir vielleicht ein paar retten können.«

»Der Gestank war eindeutig«, sagte Cory von der entfernteren Mauer herüber. »Wer hätte schon gedacht, daß noch was los war? Außerdem hätte es sowieso nichts gebracht. Diese sind schon vor Stunden ausgerissen worden. Sie sind längst hinüber.«

»Wenn er bloß die Finger davon gelassen hätte«, sagte Stella. »Wenn er es bloß der Britannia Trust überlassen hätte, dann wäre jetzt alles erledigt und in Ordnung, und dies ...«

»Scht«, sagte Cory und stellte sich neben Stella. »*Wenn doch nur* und *Hätten wir* pflanzen keine Pflanzen. Wir sollten loslegen. Ein Tag verloren, und nicht nur das. Seine Lordschaft werden nicht erfreut sein.«

Sie wandte sich zu Ros. »Die Situation ist folgende. Der Damm vom Teich ist glatt eingerissen worden. Restlos verschwunden. Ein halber Tag, um das in Ordnung zu bringen, dann weitere zwei Tage, bis der Teich wieder aufgefüllt ist und in den Burggraben überläuft und den Schlamm zudeckt. Natürlich können wir Besucher nicht Eintritt zahlen lassen, bloß damit ihnen schlecht wird. Verflucht, es stinkt wie in einer Kloake.«

»Inzwischen könnten wir diese Beete mit dem bepflanzen, was in den Treibhäusern ist«, fügte Stella hinzu. »Dann müßten wir die umliegenden Gärtnereien abklappern und nachschauen, was die Passendes haben. Das könnten wir wahrscheinlich an einem Tag schaffen, nachdem wir uns um den Damm gekümmert haben.«

Cory rieb sich mit einer schmuddeligen Hand die Stirn. »Das wird Hunderte kosten, Giles wird die Ausgaben genehmigen müssen. In der letzten Zeit hat er so sehr den armen Mann gespielt ...«

Die Gärtnerinnen gingen zusammen fort. Sie schlossen Ros nicht absichtlich aus, aber sie redeten fast, als ob sie eine Person wären, die versuchte, das vorliegende Problem zu lösen. Ros fühlte sich überflüssig.

»Kann ich irgend etwas tun?« rief sie hinterher. »Oder soll ich mich lieber verziehen?«

Cory und Stella schauten gleichzeitig zurück, als ob sie sich eben erst an ihre Gegenwart erinnerten.

»Oh, danke, aber ...« fing Cory an, unterbrach sich jedoch. »Moment mal eben, vielleicht doch.« Sie runzelte die Stirn. »War Giles da, als Sie aufgestanden sind?«

»Ich weiß nicht. Ich hab' ihn nicht gehört. Wir haben gestern bis spät gearbeitet, also schläft er vielleicht noch.«

»Ja, wir haben im Turm das Licht gesehen.« Cory fuhr mit einer Hand durch die bronzenen Locken. »Na, wir können nichts machen, bis der Meister aufwacht. Könnten Sie ...«

In dem Augenblick schlug die Refektoriumstür zurück und Giles erschien, frisch rasiert und stadtfein. Wohin wollte er denn jetzt wieder? Ros hatte angenommen, sie würden den ganzen Tag arbeiten.

Giles machte noch einen Schritt, blieb ganz plötzlich wie

angewurzelt stehen, sog die Luft ein, rümpfte die Nase und schaute sich fassungslos um. Dann ging er weiter über den Rasen auf sie zu, einen spöttischen Ausdruck im Gesicht.

»Geheimnisvoll sind Gärtners Wege, wie Wunder er vollbringt«, sagte er mit ausgesuchter Höflichkeit. »Ich gehe doch recht in der Annahme, daß zur Öffnungszeit alles wieder an Ort und Stelle ist?«

Stella starrte finster zu Boden. Cory hob das Kinn und sagte ruhig: »Sie wissen, daß es nicht so ist, Giles. Das hat man mit Absicht gemacht. Und gründlich. Jemand muß nachts reingekommen sein. Es besteht keine Hoffnung, das vor dem Wochenende wieder hinzukriegen.«

Giles blickte auf die Pflanzen, zu Haufen getürmt wie Abfall.

»Das soll wohl ein Witz sein«, sagte er.

»Und außerdem«, fuhr Cory fort, »ist vermutlich derselbe Jemand hingegangen und hat den Damm auseinandergerissen. Das ganze Wasser ist aus Ihrem Teich gelaufen, und der Burggraben ist eine stinkende Masse fauliger Matsch. Das ist es, was Sie riechen, falls Sie sich wundern sollten.«

Einen Moment standen alle stockstill, dann fingen Giles und Cory und Stella alle gleichzeitig an zu reden, schüttelten die Köpfe, gestikulierten, klagten, Giles erhob Anschuldigungen, Cory und Stella verteidigten sich, so gut sie konnten. Aufgeregt debattierend entfernten sich die drei Richtung Burggraben.

Ros stand mitten im Hof und wußte nicht recht, was sie als nächstes tun sollte. Dann tauchte Giles' Gesicht am Eingang zum Kräutergarten noch einmal auf. »Oh, Rosamund!« rief er laut. »Gehen Sie doch einfach und fangen Sie schon mal mit dem Programm für heute an, ja? Bei mir kann es noch dauern!«

Ros schaute ihm kurz nach. Dann wandte sie sich um, versuchte, nicht auf den Boden zu schauen, und bahnte sich vorsichtig einen Weg durch die Haufen von Grünzeug, bis sie den Turm erreichte.

Eine Stunde später, kurz nach neun, erschien Giles endlich im Viola-Zimmer. Seine Krawatte hing schief, und die Hosenbeine seines eleganten Nadelstreifenanzugs waren bis zum Knie matschig und formlos. Er hatte sie offenbar als Gummistiefel benutzt. Ros war ganz gerührt bei dem Anblick, er bestätigte ihre Vermutung, daß der Garten Giles mehr bedeutete als alles andere, sein eigenes Aussehen eingeschlossen.

Er stand mitten im Zimmer. Sein Gesicht glänzte von Schweiß, war schlammverschmiert, und eine lose Haarsträhne fiel ihm in die Stirn. Ungeduldig schob er das Haar zurück und hinterließ einen grünlich-braunen Streifen, der sich schräg über die ganze Stirn zog.

»So«, verkündete er.

»Sie sehen aus, als kämen Sie aus dem Schützengraben.«

»So ist es auch.« Giles hockte sich vorsichtig auf die Kante seines Schreibtisches. Kleine Erdklumpen fielen von ihm ab zu Boden. Er schaute hinunter. »O je.«

»Macht nichts, das kann ich schon saubermachen.«

»Tut mir leid, daß ich so lange gebraucht habe. Wir haben den Damm wieder aufgebaut, und ich habe beschlossen, den Burggraben zu reinigen, während der Teich gefüllt wird, alle Schokoladenpapiere und Orangenschalen rauszufischen — was für Paviane die Leute doch sind«, sagte er angeekelt. »Ich muß aber helfen. Cory und Stella schaffen das nicht allein. Also werde ich mich ein oder zwei Tage im Dreck wälzen müssen. Den Garten mußte ich natürlich schließen. Eine andere Möglichkeit gibt es nicht.«

»Was wird aus den Beeten?«

»Cory und Stella sind schon zu Duck's Gärtnerei in Newmarket gefahren. Sie werden Topfpflanzen holen, um so viel zu ersetzen wie möglich — aber es wird nicht so aussehen wie früher, nicht annähernd ...« Giles schwieg kurz. »Wir können vermutlich in zwei Tagen wieder aufmachen. Wir müssen. Es ist eine horrende Ausgabe.« Er ließ die Schultern hängen und starrte auf den Boden. »Das wird — zusammen mit dem ganzen anderen Theater — alle meine Reserven vollständig aufbrauchen.«

»Können Sie herausfinden, wer das getan hat? Könnte das eine einzelne Person gewesen sein?«

Giles seufzte. »Ich fürchte, das spielt kaum eine Rolle, jedenfalls im Augenblick.«

Ros sah ihn ungläubig an. »Keine Rolle?«

»Was geschehen ist, ist geschehen«, erwiderte er. »Das einzig Wichtige ist, alles sobald wie möglich wieder herzurichten. Ich werde die Gärten erst wieder öffnen, wenn alles wieder beim Alten ist. Mutters ganze Arbeit, der Garten, die ganze Atmosphäre von Montfort Abbey —« Giles hielt inne, entfernte sich innerlich und hing seinen Gedanken nach. Dann kam er abrupt wieder zu sich und wandte sich an Ros. »Wie auch immer, nichts davon betrifft Sie, meine Liebe. Was ich Ihnen sagen wollte ... ich meine, worum ich Sie bitten wollte ... ob es Ihnen wohl furchtbar viel ausmachen würde, allein mit den Briefen weiterzumachen, während ich die Sanierungsmaßnahmen beaufsichtige. Ich fürchte, es läßt sich nicht ändern.« Er zuckte bedauernd die Achseln.

»Aber natürlich, Giles. Sie wissen, daß ich tue, was ich nur kann.«

Giles stand auf. »Danke, meine Liebe«, sagte er leise, drehte sich um, ging ohne ein weiteres Wort aus dem Zimmer und entschwand die Treppe hinunter. Ros lehnte sich zurück und klopfte nachdenklich mit einem Bleistift auf ihre Handfläche. Die Bedeutung dieses neuen Zwischenfalls mißfiel ihr, es mußte eine der Folgen sein, vor denen Hugh Giles gewarnt hatte. Die Dinge gerieten mehr und mehr außer Kontrolle, und sie würde sich über ihr künftiges Verhalten klar werden müssen. Sie konnte jetzt sofort abreisen — einfach packen und gehen — oder sie konnte bleiben und an den Papieren arbeiten, zu Giles' Bedingungen. Sie dachte an das blasse, ängstliche Gesicht von Florence, an Hugh, der sich in der Küche leidenschaftlich mit Giles stritt. *Die* waren es, die Hilfe brauchten, nicht Giles. Wenn sie blieb, konnte sie vielleicht einschreiten — nicht gleich, aber zu gegebener Zeit. Wenn die Zeit je kommen würde. Vielleicht stand ja wirklich nichts in den Papieren, worüber Florence und Hugh sich Sorgen machen mußten, das war doch schließlich immer noch eine Möglichkeit, oder nicht? Sollte sie das nicht herausfinden? Und wenn es etwas gäbe, würde Giles ja vielleicht auf ihren Rat hören, besonders wenn sie bis dahin unentbehrlich für ihn geworden war.

Ich bleibe, entschied sie. *Ich bleibe und sehe, was ich tun kann.* Sie würde natürlich vorsichtiger mit ihm sein müssen, nicht zu viel als selbstverständlich voraussetzen. Seit ihrer Ankunft war sie so damit beschäftigt gewesen, den Garten und Viola genauer kennenzulernen, daß sie nicht genug darauf geachtet hatte, wie Giles eigentlich war. Aber inzwischen hatte sie schon ein genaueres Bild von ihm, besonders, nachdem sie ihn mit den anderen gesehen hatte. Sie wußte auch, wieviel der Garten und die Papiere ihm bedeuteten. *Das mache ich,* dachte sie. *Ich bleibe und passe auf und warte ab, was ich tun kann, um zu helfen.*

Sie machte sich wieder an die Arbeit, nicht ganz ohne böse Ahnungen.

9

Ros war gerade mit einem Stapel Briefe an Bär — Lady Ursula Drottingholm, eine Freundin aus Violas Kindheit — fertig geworden, als sie leichte Schritte auf der Treppe hörte. Beim Aufblicken sah sie einen dunklen, zerzausten Haarschopf in der Kurve auftauchen, gefolgt von einem gescheiten Faunsgesicht, einer zerknautschten Hausjacke und abgetragenen Kordsamthosen. Alan Stewart blieb in der Tür kurz stehen, schaute über die Schulter auf die Treppe zurück und lächelte Ros dann triumphierend an.

»Grüß' Sie«, sagte er, stopfte seine Hände tiefer in die Taschen und hob leicht die Schultern. Ros hatte die Luft angehalten, jetzt atmete sie aus. Trotz der Störung war sie froh, ihn zu sehen, seit dem mißlungenen Lunch waren sie einander nicht mehr begegnet. Als er näher kam, sah sie, daß seine Jacke und sein Hemd hier und da mit Farbklecksen bespritzt waren, einige noch ganz frisch und glänzend. Vor seinem rechten Ohr befand sich ein winziger blauer Fleck, den er offenbar beim Waschen übersehen hatte.

»Hallo«, sagte sie lächelnd.

»Ich bin Alan Stewart. Wir haben uns neulich kennengelernt.«

»Ja, ich weiß. Sie sind der Künstler.«

Alan blinzelte sie an, sah dann auf sein Hemd und seine Jacke hinunter und lächelte. »Richtig. Das heißt, wenn ich dazu komme. Aber ich bin aus meiner Bude vertrieben worden, wissen Sie.« Er blickte sie genau an. »Sie wissen es, nicht? Ein Geruch nach verfaultem Hoppe-hoppe-Reiter, fällt er in den Graben, was? Einfach widerlich.«

Ros nickte mitfühlend und überlegte, wo Alan wohl die ganze Zeit gewesen war. Er bewegte sich durchs Zimmer, balancierte wippend auf der äußersten Ecke von Giles' Schreibtisch, legte die Knöchel seiner ausgestreckten Beine überkreuz und hielt die Hände locker vor sich gefaltet. Da die formlose Jacke von seinem Körper zurückgeschoben war, wirkte er immer noch breit, aber schmalhüftiger und athletischer, als er auf den ersten Blick erschienen war, und nicht halb so verknautscht. *Es muß an der Malerei liegen,* dachte Ros. Sie stellte ihn sich als Expressionisten vor — ruhelos, ständig in Bewegung, schnelle Gesten, mit dieser anstrengungslosen Behaglichkeit, die ihn gedrungener erscheinen ließ, als er war. Bei aller schnellen Anmut und Energie seiner Bewegungen ging eine innere Ruhe von ihm aus, die Ros schon das letztemal so tröstlich gefunden hatte.

»Siebenhundert Leute — sämtliche Truppen des Königs, nehme ich an — platschen im Burggraben herum, Giles bellt Anweisungen und macht mit einem kleinen Röhrchen Riechsalz Wiederbelebungsversuche. Der Gestank ist wahrlich bemerkenswert, und er wird von den Abflußrohren angesogen — gescheites System haben wir hier in England, die Rohre sind alle draußen, so daß man drankommt, denke ich — gelangt in mein Badezimmer und die Küche, und von da überallhin. Von dem Gestank ist sofort das Silber angelaufen, die Buchrücken zerfallen und meine Eitempera ist geronnen. Und die Fenster kann ich nicht aufmachen, weil es zu laut ist, mit dem ganzen Geschrei und Getue. Ich habe mir nie träumen lassen, daß Abflußrohre auch andersrum funktionieren können, aber die Theorie, daß Krankheit aus giftigen Dünsten entsteht, wird doch glaubhafter, finden Sie nicht auch?«

Er grinste sie kurz an und sah sich dann gründlich und ganz offen abschätzend im Zimmer um.

»Das ist also das geheimnisvolle Lady-Viola-Zimmer. Wußten Sie, daß von uns keiner hier herauf darf? Das wurde uns unmißverständlich klar gemacht — insbesondere, wie ich rückblickend mit wunderbarer Klarheit erkenne, seit Ihrer Ankunft.«

»Oh?« sagte Ros und beobachtete sein Gesicht. Wenn er doch wußte, daß er hier oben nicht sein sollte, warum war er gekommen?

»O ja. Nicht alle haben es gut aufgenommen, einige weniger als andere. Mir macht es nicht sonderlich viel aus, aber« — Alan unterbrach sich und drehte den Kopf zur Tür, als ob er intensiv horche — »ich muß gestehen, ich fühle mich hier oben etwas unbehaglich, als ob ich mich nicht erwischen lassen dürfte. Wirklich albern. Aber dieser Ort hat so was. Weiß gar nicht, warum eigentlich, außer es liegt an ...« Er schwieg und musterte sie genau.

Ros grinste plötzlich. Denn offensichtlich übertrug sich alles, was in Alans Kopf vorging, sofort auf sein offenes, bewegliches Gesicht. Er hatte 'Giles' sagen wollen, und er wollte herausfinden, ob sie es gemerkt hatte. Ros lehnte sich im Stuhl zurück und lächelte ihn an.

»Giles«, beendete sie den Satz für ihn. »Ich wette, Sie sind bei Schach und Poker eine Niete.«

Alan starrte sie verblüfft an. »Richtig, das bin ich. Selbst von meinem sechsjährigen Neffen werde ich unweigerlich hereingelegt. Aber woher wußten Sie das?«

»Ihr Gesicht.«

»Ach, das. Das sagt Derek — mein Neffe — auch.« Er zuckte die Achseln und lächelte entschuldigend. »Na, es läßt sich nicht ändern.«

Sie schwiegen beide.

»Tja«, sagte Alan einen Augenblick später.

»Tja«, wiederholte Ros. »Was kann ich für Sie tun?«

»Was? Ach, Sie meinen, warum ich hier bin, trotz der schrecklichen Gefahr, Giles' Zorn auf mich zu ziehen? Neugier, natürlich. Nachdem Florence neulich beim Lunch in Ohnmacht gefallen ist und Sie sich so taktvoll zurückgezogen haben, hat Giles uns Verhaltensmaßregeln erteilt und jedem verkündet, daß Ihre Arbeit strikt vertraulich sei. Niemand anders ist dabei erwünscht, und er würde äußerst wütend, wenn einer von uns Sie belästigte. Da fragt man sich doch, oder?«

»Haben Sie eine Ahnung, warum?«

»Ich glaube, er möchte verhindern, daß irgend jemand bei dem Skandal den Rahm abschöpft«, sagte Alan sachlich. »Ich stell' mir vor, er hat eine riesige Pressekampagne geplant, Vorab-Publicity, Interview mit dem Sohn der Verfasserin, der gibt nichts preis etcetera etcetera, schockierende Enthüllungen über hochgespieltes aristokratisches Affentheater, und so fort ...« Alan gestikulierte großzügig, malte eine plakatgroße Zeitung in die Luft, beschrieb sie mittels Daumen und Zeigefinger mit riesigen knalligen Schlagzeilen, schielte, kniff die Augen zu und riß sie wieder auf mit dem Ausdruck schockierten und gierigen Entsetzens.

»Natürlich verkauft sich das waggonweise«, schloß er und nahm seine entspannte Haltung wieder ein.

»Aber was ist der Skandal?« bohrte Ros weiter, die sich von Alans guter Laune nicht ablenken lassen wollte.

»Ist mir völlig schleierhaft«, sagte er schlicht. »Die arme Florence und Hugh sind überzeugt, daß irgendwas Furchtbares über sie in den Briefen steht, und Giles weigert sich, das zu bestreiten. Da sind sie schon eine ganze Weile dran — seit die Papiere aufgetaucht sind — aber erst seit kurzem, seit finanziell alles so schlecht steht und Giles angefangen hat, von Veröffentlichung zu reden, sind alle so verängstigt. Das ganze hier verwandelt sich allmählich in ein Heerlager. Aber das wissen Sie schon seit dem herrlichen Fiasko von einem Lunch letzte Woche.«

»Wissen Sie, warum Beatrice so wütend war?« fragte Ros.

Alan verlagerte sein Gewicht, schlug die Arme übereinander und lächelte. »Ah, Beatrice. Beatrice ist immer wütend, das ist ihre Natur. Außerdem gefällt es ihr hier nicht. Ihre Familie findet, daß sie unter ihrem Stand geheiratet hat, und es macht die Sache nicht gerade besser, daß Giles Hugh herumkommandiert. Giles hat ihn immer ziemlich schäbig behandelt. Sie haben gehört, wie er ihn beim Lunch mit der Verfälschung seines Familiennamens getriezt hat. Beatrice hat die Nase voll, denke ich. Aber Hugh will hier nicht weg.«

»Weil seine Mutter hier ist?«

Alan hob die Augenbrauen. »Oh, das haben Sie mitgekriegt? Meist halten sie es geheim, obwohl ich keine Ahnung habe, wieso. Vielleicht ist die Neigung zur Geheimniskrämerei ansteckend — sitzt in der Luft oder in den Wänden. Wie Geheimgänge, nur im Kopf. Ich weiß nicht. Die familiären Beziehungen hier in Montfort gehen über mein Begriffsvermögen, fürchte ich. Ich versuche immer noch mit beiden Händen dahinterzukommen, aber mit den Heiraten untereinander und Wiederverheiratungen und dem Sohn der Schwester der verstorbenen Frau und so weiter — es geht nicht.«

»Was ist mit Franziska?«

»Nicht die leiseste Ahnung. Sie ist einfach aus dem Nichts aufgetaucht.«

»Eine Wirkung hat sie aber erzielt. Leute fallen in Ohnmacht, Geflüster und Schreie ...«

»Richtig. Aber wissen Sie, ich glaube fast, daß Giles' Verhalten — all die Geheimniskrämerei, das Abwartenmüssen — an einem guten Teil dieser unterdrückten Hysterie schuld ist. Alle waren wegen der Papiere sowieso genervt, und Franziskas überraschendes Auftauchen brachte dann das Faß zum Überlaufen.« Alan zuckte die Achseln. »Aber damit bin ich endgültig in einer 'Welt von Spekulationen' gelandet, wie Eliot das nennt. Nur Giles weiß etwas Bestimmtes.«

»Und Sie?«

»Das ist eine gute Frage. Aber mich betrifft das eigentlich nicht, es sei denn, Viola hatte das zweite Gesicht. Ich bin erst seit ungefähr zwei Jahren hier. Durch reinen Zufall. Eine ältere Verwandte — meine, nicht ihre — hatte die Pacht, und ich hab' sie übernommen. Für mich war es die ideale Lösung.«

Ros sah Alan nachdenklich an. Er wirkte vollkommen frei und offen, mitfühlend, aber selbst nicht sonderlich betroffen. Und offenbar hatte er nichts dagegen, ihr mitzuteilen, was er wußte. Bisher.

»Was halten Sie von Giles?« fragte Ros.

Alan kratzte eifrig an einem Fleckchen trockener Farbe auf seiner linken Manschette. »Ich finde Giles äußerst faszinierend, aber nach dem, was ...« Er unterbrach sich mitten im Satz.

Zum erstenmal seit ihrer Begegnung hatte Ros das Gefühl, er hielte mit etwas zurück. Dann sah er auf und begegnete ganz sachlich ihrem Blick. »Und was ist mit Ihnen?« fragte er. »Was halten Sie von alledem?« Er deutete auf das Zimmer und seine Einrichtung.

»Der Traum jedes Wissenschaftlers«, sagte Ros mit ruhiger Stimme.

»Aha. Die Chance im Leben. Natürlich, das muß sie wohl sein. Es ist Ihr Job, nicht? Ich meine, Ihr Beruf?«

Ros nickte, sagte aber nichts.

»Offensichtlich möchten Sie gern weitermachen, und ich habe Sie lange genug aufgehalten.« Alan richtete sich auf und schüttelte seine Kleider zum üblichen Zustand lässiger Unordnung zurecht. »Der eigentliche Grund meines Besuchs war allerdings nicht, Sie zu stören, sondern zu fragen, ob Sie nicht eines Abends mal zu einem Drink und einem Abendessen mit mir ausgehen wollen. Etwas von der Gegend sehen. Cory sagt, Sie haben die Abtei bisher noch nicht verlassen.«

Ros starrte ihn an. Also jemand behielt sie tatsächlich im Auge. Vielleicht viele jemande.

»Nun?« insistierte Alan. »Mir gefällt der Gedanke nicht, daß Sie Tag für Tag in diesem düsteren Turm gefangen sind — auch noch bis spät in die Nacht, wenn ich nicht irre. Sie werden käseweiß und kurzatmig werden, wie die Lady von Shalott. Also, was ist?« Er grinste liebenswürdig. »Das heißt, wenn es Ihnen erlaubt ist.«

Ros lächelte. »Das würde ich sehr gern tun, Alan«, sagte sie ernsthaft.

»Gut. Also dann morgen?«

Ros zögerte. Die Papiere — und Giles nicht da ... Aber — erlaubt, na sowas. Wer sollte sie wohl hindern? Impulsiv nickte sie.

»Morgen paßt es gut«, sagte sie.

»Also, das ist dann abgemacht. Sie bringen es mit Giles in Ordnung, wenn das nötig ist. Ich komme Sie um fünf abholen. Und jetzt überlasse ich Sie Ihrer Arbeit.« Und mit einem schnellen Blick über die Schulter ging Alan zur Tür hinaus und die Treppe hinunter.

Ros stand auf und ging zum Fenster. Direkt unter sich sah sie Alan über den gefegten und aufgeräumten Hof gehen. Er blieb kurz stehen und blickte sich nach allen vier Beeten um, wo die Erde ordentlich glattgerecht mit kleinen Tuffs und Schleifen von Farbe dekoriert war, die man gegen die nackte Erde kaum erkennen konnte. Kopfschüttelnd ging er weiter zum Burggrabenhaus.

Gedankenverloren starrte Ros eine ganze Weile auf die kahle Fassade des Burggrabenhauses. Alan war ein äußerst attraktiver Mann, heiter, sachlich, ohne Verlegenheit selbst in Bezug auf seine eigene Neugier. Sie hatte eingewilligt, mit ihm zum Dinner auszugehen, ohne Giles zu Rate zu ziehen. Doch bei aller Offenheit, aller Geradlinigkeit, bei aller Aufrichtigkeit in Ausdruck und Benehmen konnte sie das Gefühl nicht loswerden, daß er ihr schließlich doch nicht alles erzählt hatte, was er wußte. Es gab da etwas Unbestimmbares ... Aber das war Unsinn. Hatte *sie* ihm alles erzählt, was sie wußte? Natürlich nicht. Aber sie wußte so wenig und hatte tatsächlich eher das Gefühl, von Tag zu Tag weniger zu wissen.

Sie wandte sich um und schaute die Stapel von Briefen auf ihrem Schreibtisch finster an. Sie waren bis 1930 gekommen. Zehn Jahre. Fünfhundert Briefe. Es ging so furchtbar langsam. Es mußten wenigstens noch fünftausend mehr sein.

Sie seufzte. Und an irgendeiner Stelle verbarg sich ein schreckliches Geheimnis in ihnen. Oder vielleicht auch nicht. Nur Giles wußte das. Oder nicht? Irgend jemand? Sie klopfte ungeduldig mit dem Fuß auf den Boden.

Dann schoß ihr der Gedanke durch den Kopf, daß vielleicht die beste Art, mit diesem ganzen Durcheinander von Ereignissen und Persönlichkeiten umzugehen, nicht die wäre, Briefe Jahr um Jahr aufzustapeln, sondern wieder nach draußen in den Garten zu gehen und von demjenigen, den sie dort antreffen würde, soviel wie möglich über die Leute herauszubekommen, die noch lebten, statt sich in diesem literarischen Büro für unzustellbare Briefe zu vergraben.

Sie lehnte sich ans Pult und kämpfte mit dieser neuen Versuchung, einfach zur Tür hinauszugehen, die Treppe hinunter, und an Türen zu klopfen. Einfach mit der ersten Person reden, die sie traf. Jede wußte wahrscheinlich mehr als sie.

Sie schüttelte den Kopf. Nein, so ging das nicht. Die Papiere — alles stand in den Papieren. Die Briefe lagen fertig da, alle schon geschrieben. Die Toten blieben, wo sie waren, sie widersprachen nicht oder änderten ihren Text. Irgendwo in diesen Stapeln mußte die Antwort sein. Früher oder später würde sie unweigerlich darauf stoßen — wenn sie tatsächlich existierte.

Ros richtete sich auf und konzentrierte ihre Aufmerksamkeit auf den obersten Brief in dem Stapel vor ihr.

»Lieber Bär«, fing er an. »Ich bin so einsam in diesem Schutthaufen von einer ehemaligen Abtei. Willst du nicht über ein Wochenende zu mir kommen? Herbert ist für die Sitzungsperiode nach London gefahren, und ich habe nur Rasputin als Gesellschaft. Aber ich habe die wundervollsten Neuigkeiten ...«

Rasputin. Violas Barsoi, 1927 gekauft. Bertie im Parlament. Er benutzte die Londoner Wohnung. Montfort im frühen Stadium, Viola allein. Ros' Bleistift flog nur so, als sie Notizen an den Rand der Kopie machte. Viola, Bertie, Bär, seit so vielen Jahren tot. Und Rasputin, mit all den anderen Haustieren am entferntesten Ende der Koppel begraben. Die Chance eines Lebens, hatte Alan gesagt.

Und das war es auch — ein ganzes Leben. Sie las schnell weiter, konzentrierte alle Aufmerksamkeit auf die Arbeit vor ihr und wollte jetzt nichts weiter, als nur wissen, was Violas wunderbare Neuigkeit war.

10

Am nächsten Morgen wachte Ros wieder früh auf, mit einem angenehmen Gefühl von Vorfreude. Sie war allein mit den Briefen ganz gut vorangekommen und hatte sich durch die dreißiger Jahre bis zum Beginn des Zweiten Weltkriegs durchgearbeitet. Es hatte Hinweise auf die Badgetts und auf die Hauptfarm gegeben, auf Giles und Hugh, wie sie als kleine Jungen miteinander gespielt hatten, und Ros hatte das Gefühl, endlich dem — falls überhaupt vorhandenen — dunklen Geheimnis näherzukommen, dessen Veröffentlichung für Hugh und Florence ein so schrecklicher Gedanke war. Die Unmittelbarkeit des Lebens in den Briefen hatte in ihrem Gedächtnis fast die Erinnerung an die gestrigen Schwierigkeiten im Garten ausgelöscht. Und Giles zufolge waren die auch bald beseitigt.

Während Giles' kontinuierlicher Abwesenheit war es ihr auch gelungen, leicht von dem vereinbarten Vorgehen abzuweichen und den ganzen Rest der Lady Ursula-Briefe zu Ende zu lesen. Bis 1943 waren es nur noch etwa 50 gewesen, und Ros hatte sich beim Lesen gewundert, daß eine so kultivierte und witzige Intelligenz bis weit in ihre Dreißiger so überschwengliche, gefühlsbetonte Briefe schreiben konnte. Ihrem lieben Bärchen gegenüber hatte Viola niemals ganz den anbetenden, flehentlichen Tonfall des heranwachsenden Mädchens verloren, das für eine sehr bewunderte ältere Frau schwärmt, obwohl in den späteren und selteneren Briefen der

Tonfall durch die respektvolle Förmlichkeit modifiziert wurde, die einer alten und geschätzten Freundin üblicherweise entgegengebracht wurde. Und diese Veränderungen waren es, die Giles mit seiner Vorgehensweise zu übersehen riskierte, überlegte Ros, als sie im Bett lag. Darüber würde sie mit ihm reden müssen, sobald diese Gartengeschichte erledigt war. Inzwischen gab es eine Menge, worauf sie sich heute freuen konnte. Mehr Briefe, und dann das Dinner mit Alan ...

Sie setzte sich auf, streckte sich und atmete tief ein. Der schwere Rosenduft wehte zum Fenster herein, süß und kräftig. Sie hatte Rosen immer geliebt, es waren sogar ihre Lieblingsblumen. Sie atmete den starken Duft noch ein paarmal tief ein. *Der Rosengarten,* dachte sie. *Warum nicht? Die Briefe können warten. Als erstes gehe ich heute morgen dorthin, noch ehe irgend jemand auf ist, schlendere herum und schaue sie an.*

Mit leisen Schritten, damit sie Giles nicht weckte, ging sie an seiner geschlossenen Tür am Ende der Halle vorbei, die Treppe hinunter und hinaus in den Garten.

Die Abtei war zwar in einiger Entfernung vom nächsten Moor auf einer Bodenerhebung erbaut worden, aber die Morgenluft war doch immer diesig. Nebelschwaden hielten sich in den Schatten des ummauerten Hofes, schwammen um die neu angelegten Staudenbeete, und flossen durch die Torbögen, Pforten und Durchgänge, die von einem Garten in den anderen führten.

Der Rosengarten hatte sie immer angezogen, von allen Gärten hier war er derjenige, in dem sie sich am liebsten aufhielt. Sie pflegte zwischen den Hunderten von Rosen umherzuwandern, von denen jede einzelne ihren eigenen Namen, ihre eigene Persönlichkeit und die ihr eigentümliche Farbe besaß. Zusammengehalten wurden sie alle von dem keltischen Kreuzmuster, das Viola so mühevoll ausgearbeitet hatte — vier Pfade, die von einem gerundeten Mittelteil wegführten. Viele von den Briefen, die sie gestern gelesen hatte, handelten vom Rosengarten: »*Die scharlachrote Allen Chandler, etwas formstreng, aber so korrekt*«, hatte Viola geschrieben, »... *die gestreifte Variegata di Bologna, knallig wie ein Sonnenschirm, die sanfte Roger Lambelin, die dunkle, geheimnisvolle Deuil de Paul Fontaine, die aristokratische Prince Camille de Rohan.*« Ein Name nach dem anderen, wie eine lange Liste von Freunden oder Korrespondenten: Zéphyrine Drouhin, Honorine de Brabant, La Reine Victoria, Souvenir de la Malmaison. *Es gäbe eine beachtliche Gartenparty*, dachte Ros, *wenn alle diese Rosen Gäste wären. Was sie ja vielleicht auch sind.*

Sie erschauerte leicht, als sie durch einen kniehohen Nebelschleier in den Kräutergarten ging. Die Luft trocknete schnell, als die Sonne höher stieg, aber in den Nebeltröpfchen hielt sich noch die ganze Frische des frühen Morgens. Während sie ein paarmal tief einatmete, bemerkte sie, daß der Rosenduft an diesem Morgen merkwürdig stark war, fast überwältigend. Aber natürlich kamen sie jetzt in volle Blüte, und ihr Duft würde den ganzen Garten erfüllen. Ein Glück für uns, dachte sie, wenn man bedenkt, wie es gestern hier gerochen hat.

Sie beschleunigte ihre Schritte und verließ den Kräutergarten an der entfernteren Stelle zum Pflaumenweg hin, um den immer noch leeren Burggraben zu umgehen. Es wäre hübsch, den Rosengarten vom anderen Ende her zu betreten, wie sie ihn beim ersten Mal gesehen hatte, so daß sie all die verschiedenen Formen und Schattierungen und Strukturen, die Hunderte von Blüten in ihren Kränzen von Laub wieder alle auf einmal sehen könnte, in einem einzigen Rausch der Farben.

Langsam und mit gesenktem Kopf ging sie an der Mauer entlang, die Augen am Boden, bis sie dachte, sie müßte jetzt genau auf der Achse des längsten Kreuzpfades stehen. Tief atmete sie die rosenduftende Luft ein und sah auf.

Es war nicht eine Rose zu sehen.

Ros stockte der Atem, sie zwinkerte und sah noch einmal hin.

Alle Rosen waren weg.

Der ganze Garten war vollständig kahl. Er war jetzt nur noch eine Masse buschigen Grüns, aus dem hin und wieder ein dorniges Zweiglein verloren in die Luft ragte. Ros schaute lange hin, ging dann langsam näher heran und suchte mit Fingern und Augen zwischen den Blättern, wobei sie sich fragte, ob etwas mit ihren Augen nicht stimmte. War sie plötzlich farbenblind?

Sie streckte die Hand aus und berührte den nächstgelegenen Strauch, bückte sich dann und suchte darunter nach abgefallenen Blütenblättern. Der Boden war dick damit bedeckt, als ob all die Rosen ihre Blütenblätter gleichzeitig hätten fallen lassen. Aber das konnte es nicht sein, das konnte selbst sie feststellen. Es gab keine schrumpeligen braunen Hagebutten, die aufs Abschneiden warteten. Nur Stengel, die abrupt endeten, offensichtlich abgeschnitten.

Eine kleine Bronzeplakette, die in weißen Blütenblättern, Rosenblüten, Teilen von Knospen und Stengeln fast begraben war, zog ihren Blick auf sich. »Rosa f. White Wings«, stand darauf. Eine Stelle aus einer Kindheitsmelodie ging ihr durch den Kopf: *»Weiße Flügel, nie werdet ihr müde, ihr tragt mich treulich über das Meer ...«*

Tränen brannten in ihren Augen, als sie sich umschaute. Überall war der Boden mit Blüten, Blättern, Knospen, Laub, abgeschnittenen Stengeln bedeckt — Rosen in jedem Entwicklungsstadium, selbst die kleinsten grünen Knospen, nicht größer als eine Bleistiftspitze. Sie beugte sich hinab und hob eine winzige, vollkommene Knospe auf. Nicht genug Stengel dran, um sie ins Wasser zu stellen.

Sie richtete sich auf und rieb sich ungeduldig mit dem Handrücken die Augen. Der Geruch nach verendenden Rosen wurde stärker, als die Sonne höher stieg. Die Klinkerpfade zwischen den Beeten waren so dicht mit Blüten bedeckt, als wäre es Herbstlaub. Ros ging vorsichtig den Pfad entlang zum Zentrum, wobei sie absurderweise versuchte, so wenig Blüten zu zertreten wie möglich. Sie streckte die Hand aus, um ein kleines, spitzes, glänzend purpurnes Blättchen zu berühren. Sie kannte seinen Namen — es war einer der ersten Namen, die sie gelernt hatte, *Rosa rubrifolia:* Rose Rotblatt, wie ein Name aus dem Märchen. An die Farbe ihrer Blüte konnte sie sich nicht einmal mehr erinnern.

Sie wandte sich ab und rannte blindlings den Pfad hinunter, heraus aus dem Rosengarten, den Pflaumenweg entlang, am Kräutergarten vorbei, am Kornspeicher, am Bauerngarten, an der Ecke zum Turmflügel vorbei direkt zur Wohnung von Stella und Cory im umgebauten Stall.

Die Tür war fest geschlossen. Ros schlug wild dagegen. Stella kam in Sicht, in khakifarbene Shorts und ein dazu passendes Hemd gekleidet, eine Kaffeetasse in der Hand. Sie erblickte Ros, neigte den Kopf neugierig zur Seite, und kam den schmalen Flur hinunter, um die Tür aufzumachen. Eine große Schwarzwälder Kuckucksuhr oben an den Wand öffnete sich rasselnd, der kleine Kuckuck rief siebenmal in die Stille und schleuderte sich dann in sein kleines Lebkuchenschlößchen zurück.

»Aber Ros, was in aller Welt ist passiert? Wie sehen Sie denn aus!« Stella setzte ihre Tasse hart auf. »Cory!« Corys Kopf erschien um die Ecke, die Korkenzieherlöckchen noch feucht. Wie Stella war sie in Khaki gekleidet, bereit zur Tagesarbeit.

»Der Rosengarten! Ich komme gerade von da und ... er ist weg.«

Beide Gärtnerinnen starrten sie einen Augenblick offenen Mundes an. Dann schob sich Cory wortlos an Ros vorbei, Stella dicht hinter sich. Die Tür schlug bis an die Angeln zurück, und die Kuckucksuhr darüber gab ein protestierendes Schnarren von sich. Die Gärtnerinnen rasten den Fahrweg hinunter, und Ros lief ihnen nach.

Als Ros im Rosengarten ankam, standen Cory und Stella fast an der gleichen Stelle, von der aus Ros den verwüsteten Garten zuerst gesehen hatte. Stellas eine Hand ruhte leicht auf einem der beraubten Rosenbüsche. Die andere beschattete ihre Augen.

»Na«, sagte Cory grimmig. »Und wie gefällt dir dieser kleine Ärger?«

»Überhaupt nicht«, antwortete Stella.

»Damit ist der Rosengarten für die Saison erledigt, meinst du nicht auch?«

Stella nickte. »Und noch für einige Zeit danach.«

Cory wandte sich ab, verschränkte die Arme und kehrte dem Garten den Rücken. In ihren Khaki-Reithosen und Hemd, die Baumscheren im Lederfutteral ums Bein geschnallt, sah sie aus wie eine Wüstenkämpferin. Ros starrte sie an. Sie schien ganz unbewegt.

»Aber wie konnte jemand bloß etwas Derartiges tun?« fragte Ros verzweifelt. »Wer ...«

»Jeder Beliebige mit einer oder zwei messerscharfen Baumscheren, einem kleinen Wetzstein und ungefähr drei Stunden Zeit — natürlich mitten in der Nacht«, erwiderte Cory. »Schnipp-schnapp, Rosen ab. Das Aufsammeln dauert immer so lange, und das haben sie ja offensichtlich uns überlassen. Es war eine klare Nacht heute und der Mond fast voll. Genug Licht, um gut zu sehen und nichts auszulassen, und gute Schatten, um sich drin zu verkriechen, wenn jemand zufällig vorbeikäme.« Mit grimmigem Gesicht wandte sich Cory dem Garten wieder zu.

»Nichts auszulassen«, wiederholte sie. Ros dachte an die winzig kleinen Knospen, wie Babyfinger, die winzigen, weichen Blättchen eben erst geöffnet, nicht einmal gegen die Luft abgehärtet.

Stella beugte sich vor und betastete einen der Stiele, der aus den Blättern hervorragte. »Glatt abgesäbelt. Jede einzelne. Es ist einfach unvorstellbar.« Sie griff nach unten und fuhr mit den Händen langsam durch die zarten Blütenblätter unter dem Busch. Ros beobachtete die beiden Frauen. Keine von beiden hatte deutliche Gefühle gezeigt, nicht einmal Ärger, wie sie es beim Burggraben und den Beeten getan hatten. Aber was sollten sie schließlich tun — schreiend herumlaufen und sich die Haare raufen? Sie waren Berufsgärtnerinnen und unpersönlich und unsentimental stolz auf ihre Arbeit. Zweifellos dachten sie schon daran, wie sie den Schaden verringern könnten. Ros hingegen, als sentimentale Amateurin, fühlte sich, als ob ihr jemand Zehen und Finger abgeschnippelt hätte.

»Wird er wieder werden?« fragte sie.

Mit zusammengekniffenen Augen wandte sich Cory ihr zu. »Dies Jahr? Keine Chance. Eine oder zwei mögen vielleicht blühen. Die meisten werden das im nächsten Jahr tun, wenn wir Glück haben. Einige wird man ersetzen müssen.« Sie seufzte und schüttelte den Kopf. »Vierzig Jahre Arbeit. Na ja. Es ist kein totaler Verlust. Aber warten Sie bloß, bis Giles davon Wind kriegt. Was die Touristen betrifft, bedeutet dies das Ende. Der Rosengarten ist immer die Hauptattraktion gewesen, besonders um diese Jahreszeit.«

»Jemand wird es Giles beibringen müssen«, sagte Stella. »Ich würde das sehr ungern tun.«

Ros beachtete sie einen Moment nicht, obwohl sie wußte, daß sie der Jemand war, den Stella meinte. Sie dachte immer noch über die Rosen nach. »Warum hat es niemand gehört?« fragte sie. »Alan, oder die Norths, oder ... ach, irgendwer?« Sie konnte wirklich nicht begreifen, wie eine Person in einer kurzen Nacht soviel Schaden anrichten konnte, ganz gleich was Cory sagte.

Cory und Stella hätten es jedenfalls ebensogut selbst getan haben können. Es sah nicht aus wie das Werk eines Amateurs. Und sie waren so ruhig.

»Baumscheren machen keinen Lärm«, sagte Cory geduldig. »Besonders, wenn sie sehr scharf sind.« Als ob sie es beweisen wollte, nahm sie ihre eigene heraus, öffnete sie und schnitt geräuschlos einen kahlen Zweig entzwei. Sie steckte die Schere in den Gürtel zurück. »Sehen Sie, die Stengel sind nicht einmal gequetscht. Wer immer es gewesen ist, hat vermutlich am anderen Ende bei der Allen Chandler angefangen, es sieht aus, als ob auch die Kletterrosen heruntergezogen worden sind. Aber eine Trittleiter würde genügen. Das Wasser, das in den Burggraben hinunterrauscht, übertönt eine Menge Lärm. Dann haben sie sich einfach Busch für Busch weitergearbeitet ...« Und Cory schlug mit der geballten Faust gegen ihren Oberschenkel. »Verdammt«, murmelte sie.

Stella wandte sich ab. »Nicht doch«, sagte sie.

»Ach, ist schon gut, Stel«, sagte Cory. Sie legte ihr verlegen eine Hand auf die Schulter. »Komm jetzt. Wir haben einiges aufzuräumen.«

»Wenigstens brauchen wir heute keine verwelkten Blüten abzuschneiden«, sagte Stella mit zittriger Stimme.

»Und auch so bald nicht wieder«, sagte Cory. Sie nahm ihre Hand von Stellas Schulter. »Also dann«, fuhr sie munter fort. »Ungefähr acht Mülltonnen, meinst du nicht auch? Willst du die Aushilfen dabeihaben?«

»Nein«, sagte Stella. »Ich finde, wir sollten das selber machen.«

Sie blieben noch einen Moment stehen und schauten über das unnatürlich stille und farblose Grün des Rosengartens. Selbst die Bienen waren nicht mehr da.

Cory wandte sich an Ros.

»Könnten Sie Giles auftreiben und ihm sagen, was passiert ist? Er wird uns dann wahrscheinlich sehen wollen, aber inzwischen können wir schon anfangen.«

Ros nickte. »Natürlich. Ich tue alles, was ich kann«, fügte sie lahm hinzu, im Bewußtsein, gar keine andere Wahl zu haben, als schlechte Nachrichten zu überbringen. Bis zum Eingang des Kräutergartens ging sie neben den beiden Gärtnerinnen her, drehte dann ab und beobachtete sie, wie sie schweigend auf die Treibhäuser zugingen.

Nein, dachte sie beim Anblick ihrer hängenden Schultern und gebeugten Köpfe, die sich den Pflaumenweg hinunterbewegten. Cory und Stella nicht. Der Garten bedeutet ihnen zu viel. Sie hatten Auseinandersetzungen mit Giles deswegen,

aber sie würden ihre Feindseligkeit nie am Garten selber aus-
lassen. Am Rosengarten am allerwenigsten.

Ros sah ihnen nach, bis sie außer Sicht waren, und machte
sich dann durch den Kräutergarten und über den Hof auf den
Weg zum Refektorium.

* * *

Giles saß am geschrubbten Küchentisch und aß ein Schüssel-
chen Cornflakes. Er sah zu ihr auf, den Löffel zum Mund erhoben.

»Was? Schon wach und munter? Ich dachte, Sie schlafen
noch.«

»Giles, es ist wieder jemand im Garten gewesen. Sie haben
alle Rosen abgeschnitten. Ich komme gerade von Cory und
Stella.«

Giles' Löffel fiel auf die Cornflakes hinunter und rutschte
klappernd von der Schüssel. Er sah sie ungläubig an. »Wie
bitte?«

»Alle Rosen sind weg. Jemand hat sie in der Nacht alle abgeschnitten.«

Giles stand auf, warf seine Damastserviette hin, wischte die
Schüssel mit den Cornflakes zu Boden und stelzte an ihr vorbei aus der Küche hinaus. Ros hörte die große Eichentür an
die Wand schlagen und wieder zuknallen. Der eiserne Riegel
klinkte ein. Absurderweise erinnerte sie das an die Kuckucksuhr der Gärtnerinnen. Durchs Küchenfenster sah sie Giles'
große Gestalt über den Hof rennen. Sie bückte sich und hob
die Scherben der zerbrochenen Fayence-Schüssel auf, wischte
die Milch mit der Serviette weg und legte alles in den Ausguß.
Sie fühlte sich leicht benommen. Dann machte sie sich selbst
ein paar Cornflakes, Toast und Kaffee zurecht und setzte sich.

Während des Essens versuchte sie, nicht an den Rosengarten
zu denken, sondern lieber an die Papiere, aber eins führte
unweigerlich zum anderen und drehte sich im Kreise, bis
in ihren Gedanken schließlich alles eins war. Sie hätte gern

gewußt, ob einige der Rosen überleben würden. Soviel Arbeit, soviel Hingabe, selbst wenn es sich nur um eine bestimmte Sorte Pflanze handelte, die in einem bestimmten Muster gepflanzt war. Aber es war Violas Muster gewesen, und Giles hatte es fortgeführt und versuchte es zu erhalten, mit allen Mitteln, die ihm zur Verfügung standen. Eins davon war die Veröffentlichung der Briefe seiner Mutter. War das so schlimm? Mußte man ihn dafür so strafen? Für ihn war der Garten etwas Lebendiges. Er hatte seine Mutter geliebt, und er liebte den Garten, den sie geschaffen hatte. Diese Angriffe auf den Garten waren von jemandem verübt worden, der das wußte. Die Frage war also nicht warum, sondern wer? Oder schlimmer, wie viele, wenn nicht gar alle? Bis zu ihrem Gespräch mit Alan gestern nachmittag war ihr das Ausmaß der Feindseligkeit, die schon vor ihrer Ankunft bestanden hatte, gar nicht bewußt gewesen. Die Luft in Montfort vibrierte vom Jaulen der Streitäxte auf dem Schleifstein. Aber so war es offenbar schon immer gewesen. Die geplante Veröffentlichung der Briefe hatte nur alles ans Licht gebracht.

Ros brütete über Möglichkeiten und kam zu keinem Ergebnis. Ihre Informationen reichten nicht einmal für eine fundierte Vermutung. Wenn sie nur den richtigen Anfang finden könnte, den Knoten am Ende der Schnur, dann könnte sie das ganze Knäuel entwirren. Aber es gab so viele Knoten — zu viele.

Als Giles einige Zeit später in die Küche kam, atemlos und zerzaust, saß sie immer noch am Tisch. Er ließ sich ihr gegenüber in einen Stuhl fallen.

»Guten Morgen, Rosamund.«

Ros staunte. Es gab wohl keine Situation, in der er die Höflichkeitsformen außer acht ließ. Aber sie war dankbar für die Chance, ihre Gedanken zu sammeln.

»Guten Morgen, Giles«, sagte sie.

»Kein ganz gewöhnlicher Morgen, nicht? Noch ein besonders guter, wie es aussieht«, sagte Giles und grub einen Fingernagel in die weiche Holztischplatte. Mit glitzernden Augen sah er sie an. Aber wovon glitzerten sie? Ärger, Aufregung, Tränen? Tränen doch bestimmt nicht, nicht bei Giles ... Ros forschte in seinem Gesicht. Kein Hinweis.

»Zweifellos fragen Sie sich — und es ist sehr taktvoll von Ihnen, daß Sie nicht mich fragen — was geschehen soll.«

Ros nickte.

»Ja, genau.« Giles schaute auf die Kerbe, die sein Daumennagel in die Tischplatte gegraben hatte. »Der Garten wird heute natürlich wieder geschlossen bleiben. Wie Sie sicher erraten können, brächte ich es nicht fertig, irgendwen die ... Überreste besichtigen zu lassen.«

Ros fühlte einen Stich des Mitleids mit ihm.

»Tatsächlich wird der Garten jetzt dichtgemacht«, fuhr er fort, wobei sich seine Lider über die merkwürdig funkelnden Augen senkten, aber sie sah, daß er sie noch immer scharf beobachtete. »Auf unbestimmte Zeit.«

11

Ros starrte ihn an. Den Garten ganz schließen? Wie konnte er? Wovon wollte er denn leben? Giles grinste über ihre Verblüffung. Aus der Innentasche seiner Jacke holte er einen langen, dicken, aufgerissenen Umschlag und schob in ihr über den Tisch zu. Ros öffnete ihn und zog eine eindrucksvolle Sammlung amtlich aussehender Dokumente hervor.

»Dies ist mit der Post gekommen. Der Vertrag über die Veröffentlichung der Papiere meiner Mutter. Mit einem Scheck über eine wahrhaft umwerfende Geldsumme, die ich auf meinem Konto deponiert habe. Garten oder nicht, das reicht für eine ganze Weile.« Er lehnte sich zurück, kreuzte die Beine und trommelte mit den Fingern auf die Tischplatte, unfähig, seinen triumphierenden Blick zu verbergen.

»Oh Giles, wie wunderbar!« sagte Ros, aber ihre Stimme klang hohl in ihren eigenen Ohren. Sie fragte sich, warum sie seine Erleichterung — seinen Triumph — nicht mitfühlen konnte. Sein schmales, wie gemeißeltes Gesicht — jetzt so lebendig, geradezu verwandelt durch die gute Nachricht — erinnerte sie immer noch an etwas, das sie in Stein gesehen hatte oder in einem Gemälde, etwas, das straff gespannt und fixiert war. Das Lächeln einer Statue, ein urzeitliches, langsames und schillerndes Grinsen. Was würde jetzt mit dem Garten geschehen?

Ros versuchte, an ihrer früheren Wahrnehmung festzuhalten,

daß für ihn die Beziehung zum Garten ein persönliches, ja emotionales Engagement bedeutete, die Erhaltung eines Erbes, mehr noch: eine Liebe. Darin konnte sie sich nicht geirrt haben. *Mein* Garten, der Garten *meiner Mutter, mein* Haus; sein Anblick, wie er unbewußt pflückte und zurechtschnitt und sich kümmerte, durch den Schlamm watete, seine Kleider schmutzig machte, wo er doch sonst so penibel war. Aber die Papiere ja auch — ein heiliges Erbe, sie mußten peinlich genau behandelt, in Form gebracht und erhalten werden. Hatte er beschlossen, den Garten um der Papiere willen aufzugeben? Oder hatte sie seine emotionale Beziehung zum Garten mißverstanden, indem sie ihre eigenen Gefühle wachsender Zuneigung auf ihn projiziert hatte? Sie seufzte. Es war ein altbekannter und sentimentaler Irrtum zu glauben, ein Garten sei mehr als ein Stück Land mit Pflanzen drauf. Und von jetzt an bedeuteten die Papiere Geld auf der Bank. Immerhin, er konnte doch nicht die Absicht haben, den Garten vollständig fallenzulassen, ihn für immer zu schließen?

»Ich möchte nicht, daß das Publikum erfährt, was hier geschehen ist, jedenfalls im Augenblick nicht. Aber wenn die Veröffentlichung des ersten Bandes kurz bevorsteht, können wir, glaube ich, die Geschichte bekanntwerden lassen, wegen der Publicity ...« Er unterbrach sich und saß einen Moment still da. »Aber damit greife ich vor. Vorläufig werden wir einfach die Geschichte in Umlauf setzen, daß der Garten neu hergerichtet wird, daß wegen der Trockenheit einige Umpflanzungen nötig sind. Das Publikum weiß, daß solche großen, streng angelegten Gärten wie Häuser sind, hin und wieder müssen sie renoviert und erneuert werden. Pflanzen leben nicht ewig, und der ganze Quatsch. Die Rosen müssen noch weiter zurückgeschnitten werden, um den Sträuchern wieder Form zu geben, damit sie im nächsten Jahr wieder richtig wachsen können. Das werden sie natürlich tun. Der Verlust ist nur vorübergehend. Trotzdem ...«

Giles beugte sich vor, räusperte sich und legte die Finger-spitzen zu ihrem charakteristischen gotischen Spitzbogen zu-sammen. Der Bogen wurde enger und weiter, die Hände be-wegten sich vor und zurück, während er Ros ununterbrochen ansah. Während sie Giles' rätselhaftes, ironisches Lächeln be-obachtete, dämmerte ihr plötzlich, daß sie ihm nicht traute. Und ihm auch nie getraut hatte. Fühlte sie sich deswegen, trotz seines guten Aussehens und seiner Aura von überragen-der Fähigkeit, physisch überhaupt nicht von ihm angezogen?

Sie erwiderte seinen Blick und schwieg. Endlich senkte er die Augen und schlug beide Handflächen auf den Tisch. Als er sprach, war sein Tonfall ganz sachlich.

»Die Frage ist: welches Ziel haben diese Attacken wirklich? Scheinbar ist es der Garten. Wirklich eine außergewöhnliche Idee, einen Garten zu ermorden. Warum? Der Garten hat nichts getan, er ist einfach da. Nochmal: warum? Eifersucht? Rache? Hunderten von Rosen die Köpfe abzuschlagen, ist ein Akt äußerster Brutalität. Aber solche Emotionen gibt es nur in menschlichen Beziehungen.«

»Wenn man Menschen angreift, kommt man ins Gefäng-nis«, meinte Ros.

»Genau. Was die Handlungsfreiheit einschränkt. Ein paar geköpfte Rosen würde man vor Gericht wohl durchgehen las-sen. Bloßen Besitz zu zerstören, und nicht einmal wirklich zu zerstören, sondern ihn nur vorübergehend außer Gefecht zu setzen, ist kein wirklich schweres Vergehen. Bloßer Vandalis-mus. Natürlich ist uns klar, daß die *Idee* des Gartens das ei-gentlich Verletzliche ist, aber das könnte man vor Gericht un-möglich durchfechten. Es liefe auf Dollars und Cents hinaus, die Kosten des tatsächlichen physischen Schadens. Was sind schon ein paar Pflanzen? Sie wachsen ja wieder. Im Laufe der Zeit.«

Giles stand auf, streckte sich und wanderte zum Fenster hinüber, das auf den Hof ging. Er stand sehr gerade, das Haar vom Sonnenlicht vergoldet. Sein Gesicht lag jetzt im Schatten.

»Man will mich zwingen, Montfort zu schließen, mir die Geschäftsgrundlage entziehen, so daß ich verkaufen muß und alles der Britannia Treuhand überlasse. Und wenn es so weiterginge, würde auch genau das passieren.« Er machte eine Pause und schaute auf den Garten hinaus. »Ganz davon zu schweigen, daß auch die Veröffentlichung der Papiere für lange Zeit aufgehalten würde.

Aber selbstverständlich darf diese Zerstörung nicht weitergehen. Es läuft auf Folgendes hinaus: die weitere Existenz von Montfort Abbey, der Garten meiner Mutter und die Veröffentlichung ihrer Tagebücher und Briefe — ein höchst wichtiger Beitrag zur modernen Biographie — stehen gegen die Gefühle von ein paar Nullen für ihren jämmerlichen Ruf. Diesen Leuten muß klargemacht werden, daß wir trotz der jüngsten Störmanöver weitermachen. Und genau deswegen gehe ich von hier aus zu den Gärtnerinnen, den Norths, Hugh und Beatrice, zu Alan — zu allen — und erzähle ihnen von dem Vertrag. Jetzt können sie uns nicht mehr aufhalten. Montfort und ich sind frei. Ich werde den Garten in Ordnung bringen, ihn genau so wiederherstellen, wie er gewesen ist. Und die Papiere werden veröffentlicht, genau wie wir es geplant hatten.« Giles unterbrach sich und sah sie an. »Und Sie und ich können uns wieder mit der Herausgabe beschäftigen — wozu Sie ja schließlich hier sind«, sagte er.

Er stand auf und steckte den Vertrag in die Jackentasche. Er betrachtete sie liebenswürdig. »Da wir davon sprechen, wie weit sind Sie ohne mich gekommen?«

»Oh, bis 1940 oder so«, erwiderte Ros abwesend und betrachtete die Narben auf der Tischplatte. Nullen. Jämmerlicher Ruf. Trotzdem, wenn sie nichts Gegenteiliges herausfand, mußte sie ihm, wenn auch zögernd, zustimmen. Das Leben war kurz und die Kunst lang. Und es war schließlich und endlich der Sinn ihrer Anwesenheit hier, das Leben seiner Mutter als literarisches Werk herauszugeben. Wenn sie durchhielt.

Und apropos durchhalten überlegte sie, ob sie ihm erzählen sollte, daß sie von ihrer Vereinbarung abgewichen war. Im Prinzip hielt sie es für richtiger. Sie holte tief Luft. »Morgen oder übermorgen abend bin ich vermutlich bei 1943.« Sie sah auf.

Mit blassem Gesicht starrte Giles auf sie hinunter.

»Fühlen Sie sich nicht gut?« fragte sie.

Er bewegte sich nicht, starrte nur weiter auf sie hinunter, als sähe er sie zum ersten Mal. Ros fühlte sich entschieden unwohl. Sie erwiderte seinen Blick so ruhig sie konnte.

Endlich sprach er. »So weit? Das ist ja sehr unternehmungslustig von Ihnen.« Er starrte sie noch ein paar Sekunden an. Dann lächelte er leicht, wobei sich die Linien um Mund und Nase scharf abzeichneten.

»Dann wird es Ihnen ja nichts ausmachen, noch etwas länger allein weiterzumachen, oder?« Sein Lächeln wurde breiter. Ros gefiel das nicht. Er benahm sich ziemlich merkwürdig. Aber in den letzten paar Tagen war ja auch eine Menge geschehen. Wer wäre da nicht etwas aus dem Gleichgewicht?

Giles fuhr fort. »Ich habe einige ziemlich dringende geschäftliche Dinge in der Abtskapelle zu erledigen, wenn ich meine Runde gemacht habe. Aber nur heute, da bin ich ganz sicher.«

»Nein, es macht mir nichts aus«, sagte Ros, indem sie sein Gesicht studierte. Er sah sie unbewegt an.

»Gut. Aber eines noch. Ich möchte, daß Sie alles noch einmal durchgehen und überprüfen, was Sie schon gemacht haben. Gehen Sie ohne mich nicht weiter vor.«

Ros starrte ihn ausdruckslos an.

»Einverstanden?«

»Also, Giles, um die Wahrheit zu sagen ...« Die Worte blieben ihr im Halse stecken. Giles sah nicht mehr unbewegt aus, sondern einfach furchterregend.

»Ich würde es vorziehen, wenn Sie ohne mich nicht über 1940 hinausgingen. Ist das klar?«

Ros nickte. »Wie Sie wünschen.«

Plötzlich entspannte er sich, sein schmaler Mund verzog sich zu einem freundlichen Lächeln. »Das ist also abgemacht. Bis morgen.« Er wollte zur Tür gehen, blieb dann stehen und drehte sich um. »Ach, der Schlüssel. Ich habe nachgedacht. Würden Sie so nett sein und meinen Viola-Schlüssel in Ihre Obhut nehmen? Wir müssen jetzt noch vorsichtiger sein, bei diesen ... Vorkommnissen. Vom Vertrag ganz zu schweigen. Ich möchte nicht zu viele davon herumliegen haben.« Er griff in seine Tasche, holte ein Bund Schlüssel hervor und löste einen davon. »Hier«, sagte er und übergab ihn ihr. »Für alle Fälle. Lassen Sie ihn nicht aus den Augen. Man weiß nie, was als nächstes passiert.«

Und mit einem leichten Winken entschwand er, mit langen Schritten und seiner ganzen alten rastlosen Energie. Eher noch mehr. Ros sah ihm zu, wie er den Hof überquerte. Sie hatte vergessen, ihm zu erzählen, daß sie später mit Alan ausgehen wollte. Ach, na ja, sie konnte ihm ja einen Zettel hinterlassen. Sie stopfte Giles' Schlüssel zu ihrem eigenen in die Jeanstasche, verließ das Refektorium und ging über den Hof zum Turm.

Die zwei Schlüssel rasselten ungemütlich in ihrer Tasche, als sie die Treppen hinaufstieg, also nahm sie Giles' Schlüssel heraus und legte ihn auf seinen Schreibtisch, sobald sie das Viola-Zimmer betreten hatte. Da war er sicher genug. Sie überlegte, ob sie sich einschließen sollte, beschloß aber, es sein zu lassen. Schließlich waren sie hinter dem Garten her, nicht hinter ihr.

Die Hände in den Taschen und nicht sehr begierig, mit der Überprüfung anzufangen, ging sie zum Fenster hinüber, kurbelte es auf und schaute aus dem Turmfenster über die Mauern bis auf die Felder dahinter. Kleine gebückte Gestalten plagten sich mit Mistgabeln und Spaten oder Schaufeln ab, räumten und kratzten den halbgefüllten Teich aus und schaufelten drumherum. Sie konnte Giles' große, hellhaarige Gestalt in der Gruppe nicht ausmachen. Außer Cory und Stella schienen noch mehrere andere dabei zu sein. Hilfskräfte aus dem Dorf vielleicht. Eine kleine Pfütze glitzerte in der Nachmittagssonne, der übrige Teich sah nackt und bloßgelegt aus, glatt und rund, wie mit einem riesigen Löffel ausgekratzt.

Was sie vom Rest des Gartens erkennen konnte, wirkte friedlich. Ihre Blicke glitten schnell über Mauerkronen und Häuserfronten, ruhten aber länger auf der von Balken durchkreuzten Tudorfassade des Burggrabenhauses, wobei sie überlegte, ob Alan Stewart wohl wieder malen konnte. Ein Farbblitz zog ihren Blick auf sich, in der Hofecke direkt unter ihr, nahe beim Bauerngarten. Sie quetschte sich in die Fensterecke und reckte den Hals, so daß sie den Eingang zum Garten sehen konnte.

Und da standen Florence und Franziska: Franziska mit dem Rücken zu Ros, das Haar wie einen Turban aus goldfarbener Zuckerwatte um den Kopf gewickelt. Florence, deren weißes Haar in Büscheln abstand, drehte ihr kleines Gesicht angestrengt zu Franziska hoch, die mindestens einen Kopf größer war. Und auf diesem nach oben gewandten Gesicht lag ein Ausdruck solcher Qual, daß Ros unwillkürlich der Atem stockte.

Dann sprach Florence, und ihre Worte wurden nach oben geweht.

»Ich kann es einfach nicht ertragen, nach all den Jahren. Oh bitte, warum könntest du nicht einfach ...«

Franziska unterbrach sie. »Ich habe meine Rechte, die gleichen wie er. Damit kommt Giles nicht durch, wenn ich es verhindern kann. Du wirst schon sehen. Ich habe immer noch den Schlüssel. Das andere macht mir nicht wirklich etwas aus. Soll es doch rauskommen.« Franziska wandte sich ab, und Ros hätte beinahe nach ihr gerufen, denn sie war sicher, daß Florence in Ohnmacht fallen würde. Ihr Gesicht wurde weiß wie Papier, und ihre kleinen Hände tasteten danach.

»O nein, das kannst du nicht«, sagte sie schwach. »Ich könnte nicht ...« Und sie bedeckte das Gesicht mit den Händen und fing an zu schluchzen. Franziska legte den Arm um die Schultern der älteren Frau und zog sie in den Schatten des Torbogens.

Ros ging schnell auf die andere Seite des Zimmers hinüber und spähte aus dem Fenster, von dem aus man die andere Seite des Torbogens sah. Florence und Franziska kamen darunter hervor und gingen den Fahrweg entlang zur Garage. Einen Augenblick später schoß ein Auto heraus. Ros stand noch ein kleines Weilchen beim Fenster, und ein merkwürdiges Verslein aus einem Kinderreim ging ihr durch den Kopf. *Ihr Messer schnitt ihnen die Schwänze vom Leib / ist das nicht ein seltsamer Zeitvertreib ...'* Sie hatte noch nie einen solchen Ausdruck von Verzweiflung gesehen wie jetzt eben auf dem Gesicht von Florence.

Also, dachte sie, genug ist genug. Niemals wird ein Stück Papier dich mit einem solchen Gesichtsausdruck ansehen. Gut und schön, es mag ja ganz wichtig sein, Briefe und Papiere zu erhalten, aber wenn es drauf ankommt, sind die Lebenden wichtiger. Es war Zeit, einzuschreiten.

Ros wandte sich vom Fenster ab und sah sich im Zimmer um. Schachteln mit Korrespondenz lagen in allen Ecken, an allen möglichen Stellen im Zimmer. Violas vollständiges Tagebuch stand gebunden in langen Reihen im Bücherregal. Sie erblickte Giles' Schlüssel auf seinem Schreibtisch, und plötzlich wußte sie genau, was sie zu tun hatte.

Schnell durchquerte sie das Zimmer, nahm ihren eigenen Schlüssel heraus, machte die Tür zu und schloß ab. Niemand konnte hereinkommen, nicht einmal Giles. Besonders Giles nicht. Sie warf einen Blick auf die Uhr. Gerade halb neun. Wenn sie sich beeilte, hatte sie reichlich Zeit. Was hatte er gesagt? *Was bilden sie sich ein, wer sie sind?* Es war ihr gleich, was er gesagt hatte. Jetzt, in diesem Augenblick, würde sie alle Papiere durchsehen, wie sie es von Anfang an hatte tun wollen, und endlich herausfinden, worin das schreckliche Geheimnis bestand, auf das Giles zählte, um die Auflage zu steigern, das Geheimnis, das alle anderen so fürchteten. Und dann würde sie ein für allemal wissen, was zu tun war.

12

Zuerst arbeitete Ros fieberhaft und horchte dabei auf Giles' Schritte auf der Treppe. Alle Schachteln waren offen, die Briefe ordentlich aufgestapelt in der Reihenfolge, wie sie einen nach dem anderen gelesen hatte — er würde sofort merken, daß sie gegen seine Befehle verstoßen hatte. Aber nach einer Weile überkam sie eine merkwürdige Zuversicht und beruhigte ihr schlechtes Gewissen, daß sie etwas tat, wobei sie nicht erwischt werden durfte. Er war sehr bestimmt gewesen, geradezu diktatorisch, aber ihre Gründe waren wichtiger. Selbst wenn es sie den Job kosten sollte, sie mußte es tun. Also wie weiter? Sie ging zu ihrem Schreibtisch hinüber. Zweihundert Briefe an Bär waren schon durchgesehen, und eine parallel dazu verlaufende Korrespondenz mit Grummel, von der sie schon viel mit Giles zusammen gelesen hatte.

Sie suchte den Rest der Grummel-Briefe heraus und war überrascht, daß es so wenige waren, nur ungefähr hundertfünfzig, die 1965 aufhörten. Ros war schmerzlich enttäuscht. Wann war Grace Godwin gestorben? Die Grummel-Briefe, die sie gesehen hatte, waren in Ton und Inhalt ganz verschieden von den Bär-Briefen und fügten Violas Persönlichkeit eine ganze Dimension hinzu. Sie wünschte sich mehr davon.

Damit blieben drei umfangreiche Korrespondenzen durchzusehen: Violas dreihundertundsoundsoviele Briefe an ihre Cousine Hester, die die Jahre von 1915 bis 1958 umfaßten und damit die größte Gruppe Briefe aus einer einzelnen Korrespondenz darstellten, sowie etwa zweihundert Briefe an Sir Herbert, geschrieben während ihrer seltenen Trennungen, aus der Zeit kurz vor ihrer Hochzeit 1920 bis zu Sir Herberts plötzlichem Tod 1965. Dann gab es noch hundertfünfzig Briefe an Giles, seltsam distanziert und förmlich, meist während er in der Schule oder auf dem College war, von 1940, als er sechs war, bis 1955, als er in Cambridge Examen gemacht hatte und zurückgekommen war, um bei Viola in Montfort zu leben.

Diese blätterte Ros durch, überflog sie auf der Suche nach Namen und Orten, die ihr bekannt waren. Damit kam sie recht schnell voran, und im Laufe des Vormittags arbeitete sie sich durch eine ganze Anzahl der Stapel und Schachteln. Es gab noch weitere Gruppen von Briefen, davon fünfunddreißig an Violas Mutter, die in Violas dreißigstem Lebensjahr gestorben war. Ferner eine sporadische Korrespondenz, aus dem Ausland an die verschiedenen Gärtner geschrieben, die Montfort inzwischen verwalteten, ehe die lange Dauerstellung von Cory und Stella 1960 begonnen hatte.

Diese Garten-Briefe waren überraschend detailliert und ziemlich herrisch im Tonfall. Viola gab aus dem Ausland sehr spezifische Anweisungen. Sie mußte den Garten im Kopf mit sich herumgetragen haben. Tatsächlich kam der Garten seit 1934, dem Jahr, als sie und Sir Herbert Montfort endgültig erworben hatten, in fast jedem Brief vor. Gärten, Gärten, und fast nichts über Giles, der ja auch 1934 geboren war. Sicher, diese Briefe waren an Gärtner gerichtet. Aber es war doch überraschend, wie wenig Giles in irgendwelchen Briefen vorkam — es war fast, als wären der Garten und die Bücher ihre Kinder, nicht der kleine Junge.

Der Tag verging, und niemand kam in die Nähe des Turmzimmers. Ros beschloß, den Lunch auszulassen, die Entdeckerfreude war stärker als ihr Appetit, und, wichtiger noch, sie glaubte nicht, daß sie je wieder so eine Gelegenheit bekäme. Wenn Giles es herausbekam, würde er sie wahrscheinlich sowieso davonjagen.

Ansonsten fühlte sie sich allmählich besser. Die Briefe waren eine zwar interessante, aber schwerlich erschütternde Lektüre. Sie hatte nichts Skandalöses oder Bedrohliches entdecken können, nicht einmal etwas besonders Auffallendes. Außer dem Leben und der Epoche der freundlichen, großzügigen, intelligenten, witzigen, demokratischen Lady Viola und dem Leben und Gedeihen der Gärten von Montfort Abbey gab es wenig zu entdecken. Gelegentlich war ein Hinweis auf das Weltgeschehen eingestreut. Keine Überraschungen. Viele Briefe waren amüsant, farbig, und wertvoll als Spiegel des englischen Landlebens zwischen den beiden Weltkriegen. Andere, voller praktischer Anweisungen und Dienstbotenprobleme, waren erstaunlich langweilig.

Aber Viola war eine begabte und beliebte Schriftstellerin. Interesse würde vorhanden sein. Und schließlich war es Violas Stimme, ihre Ansichten, die Entwicklung ihrer Persönlichkeit, die Aufmerksamkeit erweckten, nicht irgendein besonderes Ereignis oder eine spezielle Gruppe von Briefen. Auf das Ganze kam es an, und nach einem halben Tag Arbeit hatte Ros dafür ein besseres — wenn auch immer noch vorwiegend intuitives — Verständnis entwickelt. Aber Skandal? Wohl kaum.

Immerhin hatten ihre bisherigen Nachforschungen mehr Fragen aufgeworfen als beantwortet. Ros unterbrach sich, um darüber nachzugrübeln, was Viola wohl bewogen hatte, diese Briefe überhaupt erst zu verstecken. Und warum regten sich Florence und Hugh, Franziska und Beatrice bei der Aussicht auf die Veröffentlichung der Briefe derartig auf? Hatte Giles ihnen tatsächlich gesagt, die Briefe enthielten etwas, das ihrem Ruf schade? Ihnen also gedroht? Sie hoffte, das wäre nicht wahr. Giles hatte ihr gegenüber die ganze Zeit die Behauptung aufrechterhalten, daß er selbst nicht genau wüßte, was in den Briefen und Tagebüchern stünde, aber damals beim Lunch hatte er recht schnell gesagt, sie reichten von 1915 bis 1975. Und hier hielt Ros inne. 1915 bis 1975.

Sie war ganz sicher, daß Giles gesagt hatte, die Aufzeichnungen gingen bis 1975. Jetzt wurde ihr klar, daß sie sich nicht erinnern konnte, einen einzigen Brief gesehen zu haben, der später als 1965 datiert war, dem Todesjahr von Sir Herbert, zehn Jahre vor Violas eigenem Tod. Ros sah sich um. Eine Schachtel Korrespondenz war noch übrig. Vielleicht waren die Briefe aus diesem letzten Jahrzehnt darin zusammengefaßt.

Als sie sich an diese letzte Schachtel machte, dachte Ros über die eher zufällige Art nach, in der die Briefe eines Menschen aufbewahrt wurden. In Violas Fall war es erstaunlich, daß die Aufzeichnungen so vollständig waren, daß soviel intakt geblieben war. Und in so geordnetem Zustand, jede Korrespondenz für sich — kaum ein Brief am falschen Platz, alle datiert, fast so, als ob schon jemand daran gearbeitet hätte. Aber vielleicht hatte Viola selbst einige vernichtet, und andere nicht. Das könnte das Fehlen der Briefe von 1965 an erklären. Nur, warum gerade diese zehn Jahre? Vielleicht handelte es sich bloß um einen relativen Mangel an Stoff, nachlassende Energien, häufigeren Gebrauch des Telefons, Aufgeben der Gewohnheit, sich ständig Notizen zu machen, Niedergeschlagenheit nach dem Tode Sir Herberts, ihr eigenes fortschreitendes Alter.

Ros zog einen weiteren Stapel Briefe heraus. Maschinegeschrieben. Briefe an Cory und Stella, die letzten von 1965. Ganz unten ein kleines Bündel — der Name sprang ihr ins Auge — Humphrey Badgett, Verwalter der Hauptfarm. Gestempelt in London, wo Viola und Herbert während der Kriegsjahre einen großen Teil ihrer Zeit verbracht hatten. Schnell blätterte sie sie durch und hockte sich dann enttäuscht auf die Fersen. Es waren so wenige. Und keiner später als 1965 datiert. Eine kleine Gruppe von zwölf Briefen umfaßten das Jahr 1944 — vier am Anfang, und acht am Ende.

Ros las sie einen nach dem andern durch. Humphrey war bei der Infanterie in Frankreich gewesen und hatte Florence und ihren kleinen Sohn Hugh allein auf Montfort zurückgelassen. Die Briefe waren beruhigend, unverbindlich und schwatzhaft, ohne zu persönlich zu werden. Florence ging es gut, und Hugh ging es gut. Der Ton war nicht im geringsten herablassend, und Ros fand es sehr freundlich von Viola, diese Briefe an einen einsamen Frontsoldaten zu schreiben, der sein Heim und seine Familie vermißte.

Aber zwischen März und Oktober 1944 gab es überhaupt keine Briefe. Und der letzte Brief verwirrte Ros völlig. Es gab eine Bemerkung über 'das entzückende Baby.' Wessen Baby? Ein Badgett-Baby? Giles war ein Einzelkind, das wußte sie, und es schien keinen Hinweis darauf zu geben, daß Hugh Geschwister hätte. Hugh war so alt wie Giles — 1944 zehn. Aber vielleicht hatten die Badgetts ein weiteres Kind gehabt? Falls ja, was war aus ihm geworden? Außer Hugh waren keine anderen Badgetts in Erscheinung getreten, von denen sie wüßte. Das bedeutete aber nicht, daß es keine gäbe. Vielleicht enthielten andere Briefe Hinweise, etwa an Sir Herbert oder an die eine oder andere ihrer Freundinnen, Bär oder Grummel oder Cousine Hester. Ros ging zu den anderen Stapeln zurück, blätterte jeden durch und suchte dann gründlicher.

Die Bär-Briefe hörten 1943 auf, aber daran war nichts Merkwürdiges, denn in dem Jahr war Lady Ursula Drottingholm laut *Burkes Adelskalender* gestorben. Die Grummel-Briefe waren nicht kontinuierlich, zum Beispiel gab es fast keine Briefe aus den Dreißigern oder aus der Zeit, nachdem die Snows Montfort Abbey übernommen hatten bis weit in die vierziger Jahre, aber dann gab es ziemlich regelmäßig etwa zwei Briefe im Jahr bis 1965.

Außer den Monaten zwischen März und Oktober 1944 waren die Briefe an Herbert vereinzelt, denn sie waren meist zusammmen gewesen, aber 1944 war eine Zeit des Getrenntseins und auch diesmal — Ros prüfte die Daten der Briefe wieder und wieder — gab es keine Briefe aus der Mitte des Jahres 1944. Sie wandte sich den Briefen an Cousine Hester zu.

Wieder fehlten die Briefe zwischen März und November 1944. Ebenso etwaige Briefe an die Gärtner, die in der Zeit hätten geschrieben sein können, es gab keine Briefe an Verleger, Herausgeber oder irgendwen. März bis November 1944 war eine vollständige Lücke in Violas Leben, soweit es ihre Briefe betraf. Ebenso die Jahre nach 1965.

Wie eigenartig, dachte Ros. Hatten die Briefe je existiert? Wenn ja, warum waren sie herausgenommen, eventuell sogar vernichtet worden? Wovon hatten sie gehandelt? Und, wichtiger noch, wußte Giles, daß sie fehlten? Falls ja, warum hatte er es ihr nicht gesagt? Warum hatte er ihr und allen anderen gesagt, die Briefe gingen bis 1975?

Aber da waren ja noch die Tagebücher. Geheimnisse vertraute man doch viel eher einem Tagebuch an, und Viola hatte ihres gewissenhaft geführt.

Ros ging zum Regal und betrachtete die lange Reihe von 65 gleich eingebundenen Bänden. Wie die Briefe waren diese Tagebücher Kopien — Faksimiles, genauer gesagt, denn Giles hatte sich die Mühe gemacht, beide Seiten zu kopieren und alles originalgetreu binden zu lassen.

Ros nahm den Band für 1944 aus dem Regal. Er war dünner als die meisten, aber es war ja Krieg gewesen — eine arbeitsreiche, hektische, konzentrationsfeindliche Zeit. Sie schlug den Band auf und begann, ihn durchzublättern, warf flüchtige Blicke auf die Seiten, merkte sich Daten, überflog den Inhalt. Januar. Februar. Kriegsnotizen, Gartennotizen. Florence krank. Humphrey und Sir Herbert fort. Viola in Montfort. Ende Februar, schon ein Versprechen des nahenden Frühlings in der Luft. Ros schlug die nächste Seite auf und las weiter.

Spätherbst im Garten. Probleme in Griechenland. Ros überschlug ein paar weitere Seiten. Die Schlacht in den Ardennen. Herbert aus Europa zurück. Dann war Weihnachten.

Die Lücke in dem Band von 1944 stimmte genau mit der

Zeit der fehlenden Briefe überein. März bis November 1944. Die kopierten Seiten folgten kontinuierlich aufeinander, und ohne die Originale zu sehen konnte Ros nicht entscheiden, ob die Seiten herausgeschnitten waren oder nie existiert hatten. Es gab keine Seitenzahlen, nur Daten. Sie suchte in ihrem Gedächtnis nach einer Antwort. Hatte Viola eine Art Zusammenbruch gehabt? Aber dann würde es doch irgendeine Bestätigung geben, einen Hinweis auf Genesung? Nicht einfach diese plötzliche Kluft, als ob man von einer Klippe in dünne Luft stürzte und sich dann unversehrt auf festem Boden wiederfand, kein Haar gekrümmt?

Nein, sie glaubte nicht, daß Viola zu schreiben aufgehört hatte. Tatsächlich fiel ihr wieder ein, daß ein großer Teil der zweiten Fassung von *Die Rose und der Dorn* im Sommer 1944 fertiggestellt worden war. Viola war eindeutig gesund gewesen und hatte in diesem Jahr geschrieben, und sie hatte ihren Büchern nie erlaubt, ihre Korrespondenz oder ihre Tagebücher zu beeinträchtigen.

Ros beugte sich hinunter und blickte an den Tagebüchern entlang. Drei Reihen, 22 Bände in den zwei oberen Reihen, 21 in der untersten. Sie seufzte vor Erleichterung. Die Bände waren deutlich mit 1955-1975 gekennzeichnet. Sie nahm den Band für 1966 heraus, ging zu ihrem Schreibtisch und setzte sich zum Lesen hin.

Als sie einige Zeit später den letzten Band der Tagebücher zurückstellte, war Ros verwirrter als je zuvor. In den früheren Tagebüchern, außer dem von 1944, hatte Viola täglich einen Eintrag gemacht, wenn auch kurz. Die späteren Bände wiesen zwischen den einzelnen Daten große Lücken auf, und wie der Band von 1944 waren sie nicht paginiert. Ganze Monate fehlten am Stück, und die Einträge waren sporadisch und fragmentarisch, was für Violas ziemlich ordentliches Gemüt völlig uncharakteristisch war.

Ros stand mitten im Zimmer, kaute an ihrem Daumennagel und dachte über die Möglichkeiten nach.

Viola war vielleicht zwischendurch immer mal krank gewesen, zu krank, um Tagebücher oder Briefe zu schreiben? Daran wäre nichts Skandalöses. Eine Neuigkeit, aber keine Sensation. Und ganz bestimmt nicht wichtig genug, um herausgeschnitten zu werden. Aber Ros hatte die Chronologie von Violas Leben im Gedächtnis und wußte von keiner Krankheit, die so lange Schweigeperioden erklären könnte. Außerdem gehörten diese Jahre zu ihren produktivsten. Mindestens fünf Bücher in zehn Jahren — drei Bände Gedichte, *Ein liebenswertes Ding, Von Eichen und Oleander, Das Klostergärtlein*; ein Roman, *Shebas Klage*; und ein Buch mit Garten-Essays, *Mond für Mond in Montfort*, von *Lady Violas Tag- und Stundenbüchlein* ganz zu schweigen. Von Nachlassen keine Spur. Also wo waren die Briefe und Tagebucheinträge?

Ros ging zu ihrem Schreibtisch und setzte sich. Sie konnte Giles fragen, ob seine Mutter eine in Schüben auftretende Krankheit gehabt habe, die jedes Arbeiten unmöglich machte. Es wäre denkbar, daß er sie einfach anstarrte und sagte: »Natürlich, ich dachte, Sie wüßten das.« Trotzdem wäre das dann nur seine Aussage, denn es gab kein anderes Anzeichen dafür in Violas Büchern, ihren Briefen, im Lokalklatsch, in Erinnerung oder Memoiren, daß eine solche Möglichkeit existierte.

Die andere Möglichkeit, und zwar die verwirrendere und problematischere, war, daß entweder Viola oder Giles oder sonst jemand systematisch Teile des Tagebuches entfernt hatte, sowie gewisse Briefe, die weder gelesen noch veröffentlicht werden sollten. Daraus ließ sich schließen, daß es etwas zu verbergen gab — obwohl Ros sich nicht vorstellen konnte, was heutzutage so schockierend und unerhört sein könnte, daß irgend jemand sich die Mühe machte, es geheimzuhalten. Viola nicht, warum sollte sie erst die schockierenden Teile entfernen und dann die vollkommen harmlosen verbergen?

Giles auch nicht, denn der suchte ja nach etwas Scheußlichem, das den Verkauf des Buches fördern und ihm aus seiner finanziellen Krise helfen sollte. Einen Skandal würde er begrüßen, besonders, wenn er weder ihn noch seine Mutter direkt beträfe — vorzugsweise einen so sensationellen, daß die Leute sich auf der Straße gegenseitig umrennen würden, um zuerst im Buchladen zu sein.

Wie sollte sie das herausbekommen? Wenn sie Giles fragte, dann würde er wissen, daß sie sich seinen strikten Anweisungen widersetzt und vorausgelesen hatte. Andererseits, wenn er jetzt hereinkäme ...

Sie drehte sich um und überprüfte die Stapel von Briefen, die Tagebücher. Alle waren sorgfältig an ihren Platz zurückgestellt. Niemand brauchte zu merken, daß sie auf eigene Faust weitergelesen hatte. Und jetzt zappelte sie hier — in ihrem eigenen Netz. *Entweder muß ich den Mund halten, oder ich muß ihm sagen, was ich herausgefunden habe. Nämlich gar nichts. Oder eher das Fehlen von etwas.*

Ros überlegte. Sie würde es ihm wohl eher sagen. Täuschungsmanöver mochte sie nicht. Schließlich war sie Wissenschaftlerin und verpflichtet, unter allen Umständen die Wahrheit zu finden, so konnte sie sich rechtfertigen. Die Frage war nur: war ihr das ihren Job wert, dies schöne Prinzip? Hatte sie eine Wahl?

Sie stand auf und wanderte unruhig zur Tür. Es war schon nach drei Uhr. Sie stand mit dem Rücken zur Tür und dachte fieberhaft nach.

Es gab nur einen Weg, festzustellen, ob an den Tagebüchern manipuliert worden war, nämlich die Originale zu sehen. Sie würde erkennen können, ob die Seiten herausgeschnitten, ausgetauscht oder die Seitenzahlen ausradiert worden waren. Die anderen Tagebücher waren paginiert, die von 1965-1975 mußten es auch gewesen sein. Sie mußte Giles dazu bringen, ihr die Originale zu zeigen. Und dann, wenn sie ganz sicher war ...

Sie fuhr zusammen, aufgestört durch das Geräusch von jemandem, der eilig die Treppe hinaufstampfte.

Giles, dachte sie und sah sich ein letztes Mal um. Alles war bestens in Ordnung. Sie drehte den Schlüssel im Schloß und öffnete die Tür. Stella stand schnaufend und außer sich auf der obersten Stufe und hatte zwei leuchtend rote Flecke auf den Wangen.

»Wo ist Giles?« wollte sie wissen. »Ich muß mit ihm reden.«

»Hier ist er nicht. Er brauchte eine Verschnaufpause, um alles zu überdenken. Stimmt was nicht?«

Stella beugte sich vor, mit keuchender Brust, die Hände auf den Hüften. »Ich fand die Tür zum Vorratsschuppen im Gewächshaus unverschlossen, als ich eine Schubkarre holen wollte. Ein Fünfgallonen-Kanister Insektenvernichter fehlt, ein nagelneuer, den wir noch nicht geöffnet hatten. Außerdem einer der Zerstäuber.«

»Sind Sie sicher, daß Cory das nicht benutzt?«

»Nein, nein. Sie verstehen nicht. Das Zeug ist tödlich. Wir benutzen es nach einem genauen Plan, einmal wöchentlich ganz früh am Morgen, ehe die Brise aufkommt. Es ist ein selektives Nervengift — Allothane 4-x-d. — ein Paralytikum, das nur kriechende Insekten wie Maden und Läuse angreift, Bienen und andere nützliche Insekten aber verschont. Aber für Menschen ist es gefährlich. Wir tragen Schutzanzüge und Masken, wenn wir es benutzen, und passen auf, daß alle Fenster geschlossen sind. Es ist *immer* eingeschlossen. Oh ...« Stella schleuderte ihre Hände vom Körper weg und ballte sie plötzlich zu Fäusten.

»Die Sache ist die: Cory ist auch weg, aber ihr Schutzanzug nicht, und sie wäre auch nicht gegangen, ohne es mir zu sagen und ... oh, warum stehen wir hier herum? Wo *ist* Giles?« Sie drehte sich hilflos herum. »Sagen Sie mir bloß, wo er ist. Und ich muß Cory finden ...«

»Giles ist in die Abtskapelle gegangen, um für sich zu sein ...« begann Ros, aber noch ehe sie ausgesprochen hatte, klapperte Stella schon die Treppe hinunter.

»Schließen Sie alle Fenster!« tönte das Echo ihrer Stimme. »Wenn das Zeug in den Wohnbereich geblasen wird, müssen wir alle evakuieren.«

Während Ros das Fenster zudrehte, konnte sie Stella diagonal über den Hof zum Klosterrasen sprinten sehen. Sie knallte die Tür hinter sich zu, schloß sie sicher ab und eilte dann die Treppen hinunter und quer durch den Garten hinter Stellas entschwindender Gestalt her. Als sie am Refektorium vorbeikam, sah sie hoch. Alle Fenster waren fest geschlossen. Mißtrauisch sog sie die Luft ein. Sie schaute zum Fenster ihres Schlafzimmers hinauf, weil sie sich genau erinnerte, es offengelassen zu haben. Aber jetzt war es fest geschlossen.

Beim Rennen schaute sich Ros nach den Fenstern an den anderen Gebäuden um — alle geschlossen, alle reflektierten nur unbewegt die Sonne. Sie rannte an den efeuumwundenen Steinbögen entlang, die die Reste des alten Kreuzgangs darstellten, bis sie den Eingang zum Porzellangarten erreichte.

Mit der gespannten Vorsicht einer Katze, die sich rückwärts aus einem nassen Abflußrohr arbeitet, bewegte sich Stella gerade von der Kapellentür weg. Ros drängte sich durch die Clematis, rannte den Pfad hinunter und hielt neben ihr an. Stella hielt die Hand über Mund und Nase. Ihre Augen richteten sich auf Ros. »Atmen Sie nicht!« sagte sie mit erstickter Stimme. »Rollen Sie die Ärmel runter und ziehen Sie das Hemd über den Kopf, um sich so gut wie möglich zu bedecken. Ich werde die Fenster einschlagen. Dann müssen Sie hineingehen und ihn herausziehen.«

O nein, dachte Ros. *Er ist tot.*

»Ros! Hören Sie mir zu!« schrie Stella. »Ich würde reingehen, aber ich kann's nicht riskieren. Man nimmt das Zeug durch die Haut auf.« Sie deutete auf ihre nackten Arme und Beine. »Nachdem ich das Fenster aufgebrochen habe, warten Sie einen Augenblick, und dann gehen Sie hinein. Und kommen so schnell wie möglich wieder heraus. Aber *atmen* Sie nicht.« Damit sauste sie um die Ecke der Kapelle, und Ros hörte das

Klirren zerbrechenden Glases. Durch die offene Tür sah sie die kleinen, pastillenförmigen Kreuzfenster in einer plötzlichen Kaskade von Glas nach innen fallen. Dann sah sie, wie Stella abgewandten Kopfes mit einem großen Terrakotta-Topf auf die verbliebenen Überreste einhieb.

»Lassen Sie es sich einen Moment verdünnen, dann gehen Sie rein!« rief Stella von der Seite.

Ros zögerte kurz, dann holte sie tief Luft und stieß die Tür auf.

Giles lag zusammengesunken über seiner Schreibmaschine und atmete langsam und unregelmäßig. Zu langsam. Mit angehaltenem Atem hetzte Ros zu ihm. Wie sollte sie ihn herausbekommen? Sie zog ihn hoch, indem sie eine Hand unter seinen Kopf und die andere um seinen Brustkorb legte. Was immer er getippt hatte, verfing sich zwischen ihrer Hand und seinem Hals. Ungeduldig schüttelte sie die Seiten ab, und sie schwebten ziellos zu Boden. Giles fiel gegen die Stuhllehne zurück, und ehe sie ihn noch halten konnte, rutschte er der Länge nach auf den Boden. Ros ergriff seine Füße, hievte sie um ihre Taille, richtete sich auf und schleifte ihn über die unebenen Steine, indem sie ihr ganzes Gewicht einsetzte.

Trotz seiner Schlankheit war er erstaunlich schwer. Sie kämpfte sich rückwärts, gegen sein schlaffes Gewicht gelehnt, mit berstenden Lungen, als ob sie unter Wasser wäre, bis sie fast an der Tür war. Dann war Stella neben ihr, und zusammen zogen und zerrten sie Giles durch die Tür nach draußen, weg von der Kapelle. Mit einem Schnaufen wie ein Schwimmer, der an die Oberfläche kommt, stieß Ros die Luft aus und atmete die frische, saubere Luft tief ein.

»Bleiben Sie da«, sagte Stella und rannte weg.

Ros starrte auf Giles' bleiches, eckiges Gesicht hinunter. Die Erschlaffung brachte die ganze Schärfe seiner Knochenstruktur zum Vorschein, sein Gesicht wirkte ausgemergelt und eingesunken wie das eines alten Mannes. Dann war Stella zurück. Ros zuckte zusammen, als Stella einen gurgelnden

Schlauch mit vollem Druck auf Giles' Körper richtete. Giles stöhnte, aber seine Augen öffneten sich nicht.

»Ziehen Sie ihm so viele Kleider aus, wie Sie können«, befahl Stella. »Ein Glück, daß er so gut bedeckt war.«

Ros beugte sich hinunter und zerrte an Giles' Jackett und Hemd, wobei sie ihn von einer Seite auf die andere rollte, während Stella Wasser auf ihn spritzte. Vage und unangenehm spürte sie, daß sie selbst auch mit eisigem Wasser durchtränkt wurde. Giles hustete, spuckte und stieß einen erstickten Laut aus. Stella hielt den Schlauch zur Seite und schaute ihn genau an. Giles öffnete blinzelnd die Augen. Die Lider flatterten unabhängig voneinander. Seine Augen schielten, richteten sich gerade, kreuzten sich im Bemühen, sich auf einen Punkt zu richten. Dann schlossen sie sich wieder.

»Giles, können Sie mich hören?« rief Ros.

»Klah, türlich kannich. Nich taub. Kein Sinn ... brülln ...« lallte er. Er sprach langsam und schlecht artikuliert, und seine Lider bebten. »Kann Sie aber nich sehn. Drei, vier, schließ die Tür.«

Stella stand hinter seinem Kopf und ließ das Wasser aus dem Schlauch über ihre bloßen Arme und Beine laufen. Sie wirkte erleichtert. »Der wird wieder. Wenn er eine tödliche Dosis abgekriegt hätte, könnte er jetzt überhaupt nicht sprechen, geschweige denn die Augen aufkriegen. Oder atmen. Bleiben Sie hier, ich gehe einen Krankenwagen rufen.«

»Und die Polizei«, fügte Ros hinzu, tief über Giles geneigt.

Giles öffnete ruckartig die Augen. »Nein, nein, keine Ambulanz, keine Polizei. Blöder Unfall«, murmelte er, während seine Augen langsam wieder zufielen.

»Giles! Giles!« brüllte Ros ihm in die Ohren. »Sagen Sie uns, was geschehen ist!«

Giles rollte den Kopf von einer Seite auf die andere. »Cory«, sagte er ganz deutlich. »Cory.«

Ros riß die Augen auf. Das war doch bestimmt nicht Cory gewesen? Aber wo *war* Cory? Stella stand da wie gelähmt und starrte mit einem Ausdruck des Entsetzens auf Giles hinunter. Ros trat zwischen sie und die halb bewußtlose Gestalt. Cory oder nicht, es war kein Augenblick zu verlieren.

»Wo ist Ihr Auto?«

Stella fuhr zusammen. »Was?« sagte sie betäubt.

»Ich glaube, wir bringen ihn besser ins Krankenhaus. Keine Zeit, erst einen Krankenwagen zu bestellen. Über die Polizei können wir uns später den Kopf zerbrechen.«

»Richtig«, sagte Stella und kam wieder zu sich. »Bleiben Sie hier.«

Sie wirbelte herum und rannte, Wassertropfen verspritzend, den Pfad hinunter. Die Pflanzen bebten, wo sie vorbeistürmte.

Ros setzte sich kurzerhand auf eine kleine Steinbank unterhalb der blauen Weide und holte tief Luft. Zu ihren Füßen lag Giles und schnarchte leise, die Augen verwirrenderweise halb geöffnet und glitzernd hinter dem Lidspalt. Eines stand weiter offen als das andere. *Merkwürdig*, dachte Ros, *man sollte meinen, daß Schlafende friedlich aussehen, kindlich, unschuldig, aller Sorgen für eine Weile ledig, aber Giles sieht verhärmt und elend aus, und — hinterhältig, korrupt.* Ros verschloß ihre Augen vor dem Anblick und ließ ihre Gedanken durch die Weidenzweige davontreiben. Ihre Blätter winkten mit durchsichtigen Fingern in der leichten Nachmittagsbrise. Sie und Giles hatten falsch getippt. Die schreckten nicht davor zurück, Menschen anzugreifen.

Plötzlich fühlte sie sich sehr müde. Sie fragte sich, ob noch genug von dem geruchlosen, farblosen, tödlichen Gift in der Luft wäre, um ihr eigenes Nervensystem anzugreifen. Der Garten lag in tödlicher Stille. Wo waren alle anderen? Sie fühlte sich sehr allein.

Sie saß immer noch auf der Bank und atmete kurz und flach, als Stella an einer kleinen Pforte in der entfernteren Mauer erschien, die einst Teil der alten Kathedrale gewesen war. Sie steckte einen alten eisernen Schlüssel in das Gitter, und die

Pforte sprang mit quietschenden Angeln auf. Dahinter lagen die Wiesen und Weiden, die in sanften Hügeln bis zu den flachen Fens im Hintergrund reichten.

»Ich habe das Auto die alte Wagenspur hochgefahren. Glauben Sie, wir könnten ihn zusammen hineinkriegen? Sonst habe ich niemandem davon erzählt, es könnte eine Panik geben.«

Oder die Sache für Cory noch schlimmer machen, dachte Ros. Aber es war schon recht so. Sie beide konnten damit fertig werden. Stella hatte sich umgezogen und trug einen langärmeligen grünen Overall. Sie wirkte jetzt vollkommen gefaßt. »Eine von uns sollte ihn ins Krankenhaus fahren. Die werden wissen, was zu tun ist. Wenn wir ihn bloß ins Auto kriegen.« Stella deutete auf einen dunkelgrünen Austin Marina, der mit laufendem Motor dicht vor der Pforte im Gras geparkt war. Die linke Beifahrertür stand offen.

»Okay, versuchen wir's«, sagte Ros und stand auf. Stella kam herüber und stellte sich neben sie. Sie blickte auf den schlaff daliegenden Körper von Giles hinunter und sah dann Ros von oben bis unten prüfend an, als wollte sie ihre schlanke Gestalt abschätzen im Vergleich zu Stellas eigener kurzer und kräftiger Figur. »Ich nehme Kopf und Schultern, Sie nehmen die Beine«, sagte sie schließlich. Zusammen beugten sie sich hinab, griffen zu, hievten ihn hoch und gelangten mit weniger Schwierigkeiten durch die Pforte, als Ros befürchtet hatte. Sie manövrierten Giles zur offenen Beifahrertür hinüber, und Ros verstaute seine Beine so gut sie konnte, verlagerte dann ihren Griff weiter nach oben zu seiner bloßen Brust und schob ihn auf den Sitz. Er hing schlaff da und murmelte:

»Keine Polischei. Privatange..leneit, dumm. Fenschter offen, Unfall ... nich sagen ...« Sein Kopf taumelte. Ros beugte sich besorgt näher zu ihm hin. Es schien ihm schlechter zu gehen. Und dann, direkt vor ihrem Gesicht, klappten seine Augen plötzlich auf, blickten sie direkt an. Ganz deutlich sagte er: »Vergessen Sie nicht, was ich über die Papiere gesagt habe.«

Während Ros wie vom Donner gerührt hinstarrte, rollten seine Pupillen nach hinten, die Lider fielen langsam zu, und sein Mund wurde schlaff und klappte auf. Er schnarchte. Stella war auf die andere Seite gegangen und setzte sich gerade auf den Fahrersitz.

»Soll ich mitkommen?« fragte Ros. »Ich fürchte, ich kann ihn nicht selbst fahren, aber ich komme mit, wenn Sie möchten.«

Stella zögerte unsicher. Offensichtlich wollte sie gern bleiben und Cory finden, sichergehen, daß ihr nichts fehlte oder — daß sie sicher beschäftigt war. Aber das war unmöglich. Ros hatte noch nie ein Auto mit dem Steuer auf der rechten Seite gefahren, und sie wußte auch den Weg nicht. Stella sah sie betrübt an und seufzte dann.

»Nein, ich fahre. Ich schaff' das schon. Es sind etwa 20 Kilometer bis zu dem Krankenhaus in Dorting. Sagen wir mal, eine halbe Stunde. Bleiben Sie nur hier und kümmern sich um Giles' kostbare Papiere, wenn es das ist, was er will«, sagte sie, wobei sie den Mund verzog. »Aber versuchen Sie doch bitte, zuerst Cory zu finden und dieses Insektenmittel aufzutreiben. Es sollte nicht herumliegen, Unfall oder nicht. Und wenn Sie sie finden, sagen Sie ihr, sie möchte mich im Krankenhaus anrufen, damit ich weiß, daß ihr nichts fehlt, ja?« Damit stieg Stella ins Auto und knallte die Tür zu. Ehe sie den Gang einlegte, beugte sie sich quer über den bewußtlosen Giles.

»Wenn Sie Hilfe brauchen, bitten Sie Alan Stewart«, sagte sie. »Er ist absolut zuverlässig und stark wie ein Ochse.«

Giles stöhnte. Stella legte den Gang ein, der Wagen schoß vorwärts und hinterließ zwei naßgrüne Streifen zermatschten Grases.

»Versuchen Sie, sich keine Sorgen zu machen«, rief Ros ihr nach, aber zu spät.

Sie sah dem Auto nach, wie es die alte Wagenspur hinunter rumpelte, bis es im hohen Gras außer Sicht war, dann wandte sie sich um und ging durch den Garten zurück auf der Suche nach Cory. Oder sonst irgendwem.

13

Auf der anderen Turmseite hinter dem Stall standen zwei große Gewächshäuser nebeneinander, und als sie sich dem ersten davon näherte, hörte Ros ein schwaches, rhythmisches Klopfen am Glas, das an Intensität zunahm, bis es klang wie das fieberhafte Trommeln von Fingern. Beim Näherkommen sah sie, daß es nur der Sprinkler drinnen war, der mit Wasser an die Scheiben trommelte, dann zu einem leichten Tip-Tap verebbte, wenn er zur anderen Seite rotierte. Die Tür war offen, und den langen Anzuchtkästen sah man an, daß in der Erde gearbeitet und Pflanzen erst kürzlich entfernt worden waren.

Ros schaute hinein. Da war Cory. Sie stand im mittleren Gang, als ob nichts geschehen wäre, in einen beigefarbenen Overall gekleidet, die Füße fest auf den Boden aus festgestampfter Erde gepflanzt, das lockige Haar mit einem roten Tuch zusammengebunden, und sortierte Tontöpfe der Größe nach. Schweiß glänzte auf ihrer Oberlippe. Sie warf Ros einen Blick zu, schüttelte aber den Kopf, während ihre Lippen weiter Zahlen formten. *Sie kann nicht wissen, daß etwas geschehen ist,* dachte Ros. *Offensichtlich hat sie sich die ganze Zeit um ihren eigenen Kram gekümmert. Aber wieso konnte Stella sie dann nicht finden?*

Ros sah schweigend zu, wie Cory die verschiedenen Tontöpfe je nach Größe stapelte und wegstellte. Dann wandte sie sich Ros zu.

»Tut mir leid. Ich wollte mich nicht verzählen. Von Nummer zwei muß ich mehr bestellen.« Sie deutete auf einen niedrigen Stapel kleiner, umgedrehter Töpfe. Dann lehnte sie sich an den Arbeitstisch, schlug die Arme unter und lächelte. »Nicht noch mehr schlechte Nachrichten, hoffe ich.«

Ros holte tief Luft. »Stella hat festgestellt, daß ein Insektengift fehlte, aus dem ...« Von wo? Was hatte Stella gesagt? »... wo immer es hingehört, und sie konnte Sie nicht finden, also kam sie nach oben auf der Suche nach Giles, aber der war weg, also gingen wir zusammen zur Abtskapelle, um nach ihm zu suchen, und wir fanden ihn bewußtlos, und Stella hat ihn ins Krankenhaus nach ... nach ...«, Ros fuhr sich mit der Hand über die Stirn, verwirrt und peinlich berührt von ihrer scheinbaren Unfähigkeit, die Tatsachen klar zu erfassen, vom plötzlichen Versagen ihres Vokabulars ganz zu schweigen. Hatte sie doch etwas von dem Sprühzeug abgekriegt?

Cory stand aufgerichtet, angespannt und ausdruckslos da. »Hat Stella gesagt, welches Insektengift es war? Und wieviel fehlt?«

»Allo-sonstwas. Als wir Giles herausgezogen hatten, hat Stella ihn mit dem Schlauch abgespritzt. Mich auch.« Ros deutete vage auf ihre durchnäßten Kleider.

Cory nickte. »Allothane-4-x-d. Es ist hauptsächlich ein Kontaktgift, aber wasserlöslich. Ziemlich übel, wenn es sich auf der Haut festsetzt und aufgenommen wird, aber es läßt sich abwaschen. Sagen Sie mal, Stella hat sich doch selbst auch abgewaschen, nicht? Sofort?«

Ros nickte. »Sie hat sich abgespritzt und sich dann umgezogen, ehe sie ins Krankenhaus gefahren ist. Und sie wollte auch nicht in die Kapelle gehen, weil sie Shorts anhatte. Ich hab' ihn rausgezogen.« Ros sah, wie sich Corys Schultern unter dem unförmigen Overall entspannten. Aber es war Stella, um die sie sich gesorgt hatte. Nach Giles hatte sie nicht mal gefragt.

Cory wandte sich um und begann, in einer Schublade herumzusuchen. »Einatmen ist nicht so schlimm, das meiste wird mit Wassertröpfchen wieder ausgeatmet. Aber Sie sollten sich auch umziehen, wissen Sie.«

Als Ros sie entsetzt anstarrte, fügte Cory ruhig hinzu: »Natürlich nicht wegen des Gifts. Ich meinte, weil Sie naß sind. Sie werden sich den Tod holen.«

Einen Schlüsselbund schwenkend, winkte sie Ros. »Wir heben das Zeug in einem verschlossenen Schuppen im anderen Gewächshaus auf. Werkzeuge hier«, sagte sie und wies mit dem Kopf auf eine eindrucksvolle Reihe nach Größe geordneter Okuliermesser mit Horngriffen, rasiermesserscharf und blitzend, die mit den Hacken, Spaten, Grabgabeln und Handschaufeln an der Wand aufgereiht waren. »Sprüh- und Düngemittel und dergleichen drüben. Erst letzten Freitag haben wir den neuen Kanister bekommen. Ich habe ihn selbst weggestellt.«

Soviel über Fingerabdrücke, dachte Ros und zupfte an ihrem Hemd, während sie Cory ins andere Gewächshaus folgte. Sie machte einen Bogen um den Sprinkler, weil sie nicht noch nasser werden wollte, aber es nützte nichts. Sie zitterte vor Kälte.

Cory war direkt zum anderen Ende durchgegangen und öffnete ein riesiges Vorhängeschloß. Sie nahm es ab und schob dann einen langen Stahlriegel zurück, der eine schwere, verstärkte Metalltür verschloß. Ros stand im Eingang, als Cory die einzige nackte Glühbirne anknipste.

»Also, Sie haben recht. Es ist nicht da«, sagte sie. Die Hände in die Hüften gestemmt stand sie direkt hinter der Tür im Schuppen. Ein kompliziertes Arrangement von Blechdosen, Kanistern, braunen Flaschen, Zerstäubern und beschrifteten Gießkannen stand auf den Regalen in dem fensterlosen Raum. Cory warf noch einen langen Blick auf die Reihen von Regalen, machte dann energisch das Licht wieder aus und kam heraus, wobei sie die Tür sorgfältig hinter sich verriegelte und das Schloß vorlegte. Als sie den Schlüsselring wieder in die Overalltasche steckte, überlegte Ros, wer wohl noch einen

Schlüssel hätte. Aber ehe sie noch fragen konnte, war Cory schon eilig den Gang hinunter gegangen und schüttelte an der Tür den braunen Overall ab. »Nächste Frage, wo ist es? Wir können es nicht einfach so rumliegen lassen. Am besten sehe ich mal nach.« Sie hängte den Overall an einen Haken dicht an der Gewächshaustür, zögerte einen Augenblick, drehte sich dann um und sah Ros fragend an.

»Sie haben doch gesagt, daß es Giles soweit ganz gut ging, nicht?«

Ros schaute die andere Frau an. *Höchste Zeit, daß du fragst*, dachte sie bei sich. Zu Cory sagte sie schlicht: »Er war bewußtlos, als wir ihn fanden, kam aber bald zu sich. Er war sehr benommen, aber Stella meinte, er würde wohl durchkommen.« Sie beobachtete Corys Gesicht.

»Dann ist's ja gut«, murmelte Cory, aber es war keine Erleichterung in ihrer Stimme, sie blieb ganz unbewegt. »Wär ja nichts, wenn Giles ausgerechnet jetzt abkratzte, wo alles nach seinem Kopf geht.« Aus ihrem Ton konnte Ros nicht entnehmen, ob das ironisch war oder nicht. Nach dem wenigen, was sie über die Beziehungen zwischen Giles und den Gärtnerinnen wußte, war beides denkbar.

Einen Augenblick später sagte Cory: »Ich nehme an, daß Giles wie üblich dagesessen und vor sich hin geklappert hat. Er würde nichts hören, nicht mal, wenn er die Fenster offen hätte.«

»Hatte er nicht«, sagte Ros. »Stella hat die Fenster eingeschlagen, ehe wir ihn herausholten.«

»Nun, das wundert mich nicht«, sagte Cory. »Diese alten Fensterflügel sind teuflisch schwer aufzukriegen. Wahrscheinlich war es ihm zu mühsam. Außerdem liebt Giles seine Heimlichkeiten. Wir wissen nie, was er da drin so treibt. Die Tür war wohl auch zu?«

»Ja.« Ros erinnerte sich, wie sie sie langsam aufgedrückt und Giles' Gestalt auf dem Boden ausgestreckt gesehen hatte. »Zu, aber nicht abgeschlossen.«

»Hm, das ist merkwürdig. Normalerweise schließt er ab«, sagte Cory nachdenklich. »Giles haßt es, wenn jemand sich anschleicht. Erst anklopfen, ist sein Motto. Befolgt es allerdings selbst nicht immer. Ein Glück, daß sie diesmal nicht abgeschlossen war. Na ja, ist ja egal. Wir können ihn ja fragen, was passiert ist, wenn er wiederkommt. Vorausgesetzt, er kann sprechen. Doppeltsehen und undeutliches Sprechen sind die häufigste Wirkung von dem Zeug, und meist dauert das eine Weile.«

Cory stand einen Moment nachdenklich da. »Die Fenster werde ich wohl mit Brettern vernageln müssen — nachdem ich den Kanister mit dem Insektenvernichter gefunden habe, natürlich. Es ist mir völlig unklar, wieso sie den ganzen Kanister da rausschleifen mußten. Entweder hatten sie keine Zeit, den 2-Liter-Zerstäuber im Gewächshaus zu füllen, oder sie dachten, das würde nicht ausreichen für den Zweck. Was es ja auch offensichtlich nicht getan hat.«

Es entstand eine verlegene Pause. Endlich sprach Ros.

»Cory?«

»Ja?« Ihre braunen, sehnigen Arme bewegten sich auf und ab, die Schlüssel rasselten. Ros holte tief Luft.

»Hätte Giles sterben können?«

Cory überlegte. »Ich denke schon. Aber es hängt davon ab, wie gut der ... äh ... Täter das Gift kannte. Ich würde es für wahrscheinlicher halten, daß er von jemandem getötet worden wäre, der nicht wußte, was er tat, als von jemandem, der es wußte.«

»Und was glauben Sie?«

»Oh. Na ja.« Cory zögerte kaum. »Ich nehme eher das Letztere an, Sie nicht? Jemand, der Bescheid wußte und Giles genau so viel gegeben hat, daß er sich ganz bestimmt eine Weile einfach gräßlich fühlen muß und fürchterliche Angst bekommt.«

»Aber warum?«

»Ich habe keinen blassen Schimmer. Ich selbst mag Giles nicht besonders, ewig wurstelt er da im Garten herum, wo man ihn nicht gebrauchen kann, und diese Masche von ihm, immer alles selbst zu bestimmen, treibt Stella und mich zum Wahnsinn. Eine Zeitlang haben wir gehofft, er ginge einfach zur Britannia Treuhand und basta. Was glaubt er denn schließlich, was passiert, wenn *er* nicht mehr ist?« Cory hielt inne und sah Ros dann gerade in die Augen. »Aber so ein Risiko eingehen? Nie im Leben. Wir können abwarten.« Ihr Tonfall klang abschließend.

Ros sah auf die Schlüssel in Corys Hand. »Wer hat sonst noch einen Schlüssel zu dem verschlossenen Schrank?«

»Stella, Giles und ich. Drei Schlüssel. Aber das führt Sie nicht weiter. Giles hat die blöde Gewohnheit, seine Schlüssel herumliegen zu lassen, wo jeder sie aufheben kann. Wenn man bedenkt, wie mißtrauisch er in letzter Zeit gewesen ist, besonders im Hinblick auf diese kostbaren Viola-Papiere, ist das verdammt dumm. Aber vielleicht kuriert ihn das jetzt.«

Cory griff hinter sich, öffnete eine kleine Werkzeugschublade, nahm einen Schlüsselbund an einer silbernen Kette mit einem großen Familienwappen heraus und warf ihn auf den Frühbeetkasten neben Ros. »Die wollte ich ihm zurückgeben, sobald ich mit dem Töpfezählen und der Aussaatliste fertig war. Ich habe sie hier drin gefunden, als ich vom Hauptweg zurückkam, wo ich das Touristenschild abgemacht habe. Und da, falls Sie das wissen wollen, bin ich seit Mittag gewesen. Scheußliche Arbeit, ich mußte die Zedernpfosten selbst ausgraben. Und die waren halbwegs in China. Aber Rufus Salt aus dem Dorf wird sich daran erinnern, er ist dageblieben, um mir zu helfen. Hingegangen bin ich sofort, nachdem Giles angeordnet hatte, daß die Gärten geschlossen werden. Ich bin gerade erst zurück.«

Ros trat von einem eingeschlafenen Fuß auf den anderen. Also erwähnte Cory jetzt ihr Alibi. Sie wußte, daß Ros sie verdächtigt hatte — zu Unrecht, wie sich jetzt zeigte. »Stella hat sich um Sie gesorgt«, sagte sie entschuldigend. Aber warum hatte Stella nicht gewußt, wo sie zu finden war?

Warum hatte Cory ihr nicht gesagt, wo sie sein würde? Log Stella? Hatte sie es die ganze Zeit gewußt?

Cory studierte die hölzernen Pfosten des Gewächshauses. »Das tut mir leid. Die arme Stella. Ich habe Giles gebeten, ihr zu sagen, wo ich bin. Offensichtlich hat er das nicht getan. Natürlich hatte ich keine Ahnung, daß etwas Derartiges passieren würde. Obwohl es, denke ich, unter den gegebenen Umständen unvermeidlich war.« Ganz uncharakteristisch seufzte Cory.

Ros beobachtete sie genau, immer noch mißtrauisch. Es klang, als wollte Cory Stella decken. Und was für Umstände? Sie wollte gerade fragen, als Cory eilig fortfuhr:

»Wenn das alles ist, gehe ich jetzt los und finde das Beweismittel.« Sie klopfte ihre Hände an den Khakishorts ab und nahm dann Giles' Schlüssel in die Hand. »Die behalte ich dann mal, wenn Sie sie nicht in Verwahrung nehmen wollen. Es sind fast nur Gartenschlüssel«, sagte sie und hielt sie ihr hin.

Ros schüttelte den Kopf. Die anderen Schlüssel waren ihr egal, solange die Schlüssel zum Viola-Zimmer in Sicherheit waren. »Nein, das ist schon gut so«, sagte sie.

Förmlich nickend trat Cory zurück und wartete, bis sie das Gewächshaus verlassen hatte, kam dann selbst heraus und schloß die Tür hinter sich. »Stella wird Sie wissen lassen, wie es Giles geht, wenn sie nach Hause kommt. Und vergessen Sie nicht, sich umzuziehen. Tschüß.« Und damit ging Cory den Fahrweg hinunter auf den Garten zu.

Ros stand mitten auf dem Fahrweg und überlegte, was sie als nächstes tun sollte.

Sie konnte herausfinden, wer sonst noch da war, das war's. Die Schlüssel hatten wer weiß wie lange unbeaufsichtigt herumgelegen, jeder konnte sie genommen haben. Offenbar hatten sie alle Motive, wer hatte die Gelegenheit? Sie ging vom Treibhaus zur Garage. Florence und Franziska hatte sie heute morgen wegfahren sehen. Waren sie zurück?

Die Garage mit den fünf Stellplätzen stand weit offen. Zwei davon waren leer. Einer mußte für das Auto gewesen sein, das Stella zum Krankenhaus gefahren hatte. Das andere war wohl Franziskas, das bedeutete, daß sie und Florence den ganzen Tag nicht dagewesen waren. Eins von den Autos, die noch da waren, mußte Giles gehören, wem also gehörten die beiden anderen? Hugh und Alan? Alan sollte sie ja um fünf abholen. Wie spät war es jetzt? Sie warf einen Blick auf ihre Uhr. Das Zifferblatt war völlig beschlagen. Egal, so spät konnte es ja noch nicht sein.

Sie sah auf. Das Pächterhaus stand vor ihr in seiner ganzen schäbigen, aufgeblasenen viktorianischen Glorie, hinter einer Eibenhecke nicht weit von der Garage. Sie ging den Fahrweg entlang. Auf dem Rückweg zum Refektorium konnte sie dort vorbeischauen, den Badgetts Bericht erstatten und nebenbei herausfinden, ob Hugh zu Hause war. Und Beatrice. Sie atmete tief durch und schlug beherzt den Weg zum Lebkuchenhäuschen ein.

Die Tür stand weit offen, nicht einmal eine Fliegentür trennte das Innere des Badgett-Hauses vom Rest der Welt. Und die Insekten? Dann fiel ihr ein, daß es auf Montfort außer Hummeln nicht viele Insekten zu geben schien. Ein Beweis für die Wirksamkeit des Insektengiftes, das Giles gerade ins Krankenhaus gebracht hatte. Sie schauderte. Immer mit der Ruhe, befahl sie sich selbst. Sie überlegte, wie sie sich bemerkbar machen könnte, ohne zu schreien »Ist jemand zu Hause?«

In dem Augenblick erschien Beatrice im Eingang, einschüchternd wie je in einem schwarzleinenen Hosenanzug und Miniatur-Kristallüstern an den Ohren. Sie war ausgehfertig angezogen, und ein großer Koffer stand dicht bei der Tür. Sie warf einen bösen Blick auf Ros.

»Was wollen Sie?«

Nicht bereit, sich einschüchtern zu lassen, sagte Ros mit gelassener Stimme: »Ich bin gekommen, um Ihnen und Ihrem

Mann zu sagen, daß Giles ins Krankenhaus gebracht worden ist.«

Beatrices undurchsichtiger, steinerner Blick wandelte sich zu kalt blitzender Neugier. »Ach wirklich? Was ist denn passiert?« Ihre Stimme klang nicht direkt herzlich, hatte aber doch etwas von der früheren Feindseligkeit verloren.

»Ich weiß nicht genau. Offenbar ein Unfall mit einem Insektenvernichter. Stella hat ihn ins Krankenhaus gefahren. Wir glauben, daß er durchkommt.« Ros hielt inne. Sie hatte fast erwartet, daß Beatrice sagen würde »um so schlimmer«, aber es ging nur ein Zucken über das Gesicht der Frau, das war alles. »Trotzdem, man kann nicht vorsichtig genug sein.«

»O ja«, sagte Beatrice betont. »Sie können nicht vorsichtig genug sein.« Unbewegt wie ein Ölgemälde blieb sie im Türrahmen stehen und blockierte Ros den Einblick ins Innere der Pächtersfarm.

»Ist Ihr Mann zu Hause?« fragte Ros vorsichtig.

»Nein. Ist das alles?«

Und ehe Ros noch ein weiteres Wort sagen konnte, machte Beatrice mit einem entschiedenen »Also auf Wiedersehen« die Tür vor ihrer Nase zu.

Also das, dachte Ros, während sie die Stufen hinunterstieg und auf den Kiesweg zurückging, *hat mich keinen Schritt weitergebracht.* Sie fühlte sich ein bißchen wie Alice, die so schnell rennen mußte, wie sie konnte, um an derselben Stelle zu bleiben. Wie lange war es her, seit Stella mit Giles abgefahren war? Die Sonne warf schräge Schatten über den Fahrweg vor ihr. Ros hielt an und drehte sich um, die Hände in die Hüften gestemmt, und schaute auf das Haus zurück. Es schien sie aus dem Augenwinkel anzustarren. Spitzenvorhänge verdeckten die hohen viktorianischen Fenster. Falls sie also jemand beobachtete, würde sie es nicht merken, wenn sich die Vorhänge nicht vor ihren Augen bewegten. Sie widerstand dem Impuls, dem Haus eine lange Nase zu drehen, wandte sich ab und schlug den Weg zum Refektorium ein, der vom Fahrweg abzweigte.

14

Inzwischen vor Kälte zitternd, ging Ros durch den Torhausbogen am leeren Kartenschalter vorbei. Das große Glasfenster spiegelte ihre Gestalt im Vorübergehen. *Himmel, seh' ich aus,* dachte sie irritiert. *Wieviel Glas es hier gibt.* Sie blieb stehen und deckte ihr Spiegelbild mit der Hand ab, um in den kleinen Raum hineinzuschauen.

Hinter dem Glas waren nur schwach die Konturen eines Raums zu erkennen. Sie kam sich vor wie bei einem Blick in das Land hinter den Spiegeln, wenn plötzlich klar wird, daß dahinter ein wirklicher Raum ist, nicht nur eine Spiegelung desjenigen, in dem man sich befindet. Ros starrte in die Schatten. Unvermittelt zog sich ihr Magen zusammen, und ihr fiel ein, daß sie überhaupt keinen Lunch gehabt hatte. Und die Kleider lagen ihr noch immer feucht und klamm auf der Haut. Sie würde ins leere Refektorium zurückgehen müssen, um sich umzuziehen.

Sie ging den Pfad entlang auf die große Tür zu und versuchte, nicht zu zittern.

»Hallo! Ros!«

Erschreckt wandte sie sich um. Alan Stewart stand in der Tür zum Burggrabenhaus. Er hatte die Hände in der Tasche und grinste ihr fröhlich zu. Noch nie im Leben war sie so froh gewesen, jemanden zu sehen. Sie machte kehrt und ging ihm bis zur Mitte des Hofs entgegen.

»Hallo«, sagte Alan und sah sie von oben bis unten an. »Sie sind ein bißchen feucht außenrum. Schwimmen gewesen?«

»Nicht direkt.« Ros holte tief Luft, erinnerte sich an Stellas Empfehlung und erzählte ihm die ganze Geschichte, angefangen von Stellas Erscheinen im Viola-Zimmer bis zum Auffinden von Giles' Schlüsseln im Treibhaus. Oder beinahe die ganze Geschichte. Ihren Verdacht, wer es getan hatte — oder getan haben könnte — behielt sie für sich.

Alan hörte ihr schweigend zu, und als sie fertig war, kickte er einfach einen unsichtbaren Dreckklumpen über den Rasen. Sein Gesicht blieb diesmal ausdruckslos.

Ros funkelte ihn an. Verdammt, war das nicht mal eine hochgezogene Augenbraue wert? Aber nach ganz kurzem Zögern legte Alan ihr eine Hand auf die Schulter — sie fühlte sich warm an, sehr warm, fast brannte sie durch den dünnen Stoff ihres Hemdes, zum erstenmal wurde ihr ganz bewußt, wie kalt ihr war — und drehte sie sanft in Richtung Refektorium, wobei sich sein Arm ganz selbstverständlich um ihre Schultern legte, als sie zusammen über das Gras gingen.

»Was soll ich sagen?« sagte er einen Augenblick später. »Es ist einfach furchtbar, und ich finde, Sie haben sich sehr gut gehalten, unter den Umständen. Ich bin den ganzen Tag im Studio gewesen und habe gearbeitet.«

O nein, dachte Ros, *du brauchst mir dein Alibi nicht zu geben oder auch nur eine Entschuldigung. Nein,* wollte sie sagen. *Ich vertraue dir. Irgendwem muß ich vertrauen.* Aber sie sagte nichts. »Beim Malen halte ich die Fenster geschlossen«, sagte Alan gerade, »denn wenn ich das nicht tue, spiegeln sie die Sonne — all diese kleinen bleigefaßten Dinger — und schießen Lichtpfeile in alle Richtungen. Also habe ich nichts gehört oder gesehen. Es tut mir leid, ich wünschte, ich hätte, es muß gräßlich für Sie gewesen sein. Und für die arme Stella. Wenigstens scheint es ja Giles nicht allzu schlecht zu gehen, unter den Umständen. Aber unser Gartenvandale fängt an, es ein bißchen wild zu treiben, finden Sie nicht?«

An ihr vorbei zog er die Refektoriumstür auf und schob sie hinein. »Sie werden sich bestimmt erkälten, wenn Sie nicht sofort aus diesen Kleidern kommen. Hier, was ist das denn?« Alan beugte sich hinunter und hob einen weißen Umschlag vom Steinfußboden auf. »Unter der Tür durchgeschoben.« Er sah nach der Aufschrift. »Es ist für Sie«, sagte er und übergab ihr den Umschlag.

Abwesend nahm Ros ihn entgegen. Sie ging ein oder zwei Schritte in die Halle hinein und drehte sich dann zögernd um, um Alan anzusehen, der noch in der Tür stand. Sie wollte ihn bitten zu bleiben, aber sie wollte ihn nicht merken lassen, daß sie Angst hatte, allein zu sein, wollte nicht, daß er sie für hysterisch hielt. Sie streckte die Hand aus und lächelte albern, dem Zusammenbruch nahe.

»Bis später«, sagte sie.

Alan ergriff ihre ausgestreckten Finger. Er blickte schnell nach unten, rollte ihre Finger sanft zwischen seinen, ergriff dann ihre andere Hand und drückte sie. Seine Haut schien sie zu verbrennen. Er drehte ihre beiden Handflächen nach oben. Gegen ihren Willen zitterte sie heftig.

»Ihre Hände sind eiskalt, wissen Sie.« Seine Augen wanderten aufwärts zu ihrem Gesicht. Er wirkte etwas beunruhigt. »Ihre Lippen sind bläulich. Also so geht das nicht. Sie haben einen schlimmen Schock gehabt. Ich komme mit rein, während Sie sich umziehen. Nein, keine Widerrede. Es wird mich beruhigen, damit basta. Schließlich liegt mir was an Ihrem Aussehen.«

Damit ließ er ihre Hände los, schob sich an ihr vorbei, lehnte sich am Fuß der Mönchstreppe mit untergeschlagenen Armen gegen die Wand und sah vollständig unbeweglich aus. »Hier bleibe ich«, sagte er und grinste sie an. »Außer natürlich, ich höre es von oben krachen — weil Sie lang hinschlagen — in welchem Falle ich unverzüglich zu Ihrer Rettung eilen werde.«

Mit einem dankbaren Blick schwankte Ros an ihm vorbei die Treppe hinauf.

»Nehmen Sie ein schönes heißes Bad, wenn sie oben sind. Wir haben massig Zeit. Und wenn es Probleme gibt, geben Sie Laut.«

Den ganzen Weg die Halle entlang lächelte Ros vor sich hin. Wie feinfühlig von ihm, ganz von allein zu wissen, daß sie wünschte, er möge bleiben. Aber als sie in den Badezimmerspiegel sah, schien es ihr doch nicht mehr so verwunderlich — die Haare hingen ihr in wirren Strähnen ins Gesicht und ringelten sich nach allen Seiten, und ihre Augen waren so groß und rund wie englische Pennies, die man in einen Teich geworfen hat. Spuren von Angst und Erschöpfung bildeten die Ringe darum. Sie sah vollkommen verstört und zu Tode verängstigt aus.

Sie schaute auf den Umschlag in ihrer Hand. 'Miss Howard, Refektorium, persönlich', stand da. Sie riß ihn auf. Darin war eine gefaltete Briefkarte von 'Mrs. Cedric North' und darauf mit zittriger Krakelschrift: »Bitte, ich muß Sie sprechen, ehe es zu spät ist. Kommen Sie morgen nachmittag um vier zum Tee in den Kornspeicher. Ich flehe Sie an, weder Giles noch sonst jemandem davon zu erzählen, bis wir miteinander gesprochen haben. In Eile, ihre Florence North.«

Das blasse Gesicht und die nervösen, unruhigen Finger von Florence tauchten wieder vor ihr auf. Selbstverständlich würde Ros zum Tee kommen. Sie legte die Karte auf den kleinen Sheraton-Schreibtisch neben ihrem Bett, zog sich schnell aus und ließ sich dann ein Bad ein, so heiß, wie sie es nur aushalten konnte.

Nach zehn Minuten im heißen Wasser fühlte sie sich viel besser und rubbelte sich mit einem großen weichen Handtuch ab, dessen eingesticktes Wappen und Initialen bewiesen, daß es aus Violas Zeiten stammte. Während sie sich anzog, fand sie es doch eigenartig, wie sicher sie sich fühlte, weil Alan unten an der Treppe Posten stand und das der einzige Weg im Refektorium war, auf dem man hinauf oder hinunter konnte. Das war erstaunlich, wenn sie bedachte, wie wenig sie eigentlich von ihm wußte und wie wenig sie mit ihm gemeinsam hatte. Sie dachte an Alans große, ausgeglichene Gestalt und versuchte, ihn sich vorzustellen, wenn er etwas anderes anhatte als eine verknautschte Hausjacke mit offenem Hemd und Cordjeans, alles mit Farbe bekleckst und leicht nach Terpentin riechend. Ob er sich wohl für ihren Ausflug umziehen würde? In plötzlicher Panik, daß er es sich schließlich doch einfallen lassen könnte, wegzugehen und sie allein zu lassen, ergriff sie ihre Handtasche und eilte nach unten.

Und da stand er, genau wo sie ihn verlassen hatte, am Fuß der Treppe lässig an die Wand gelehnt. Er sah fest und körperlich und durch und durch verläßlich aus. Er blickte anerkennend zu ihr hoch, stemmte sich mit einer kräftigen Schulterbewegung von der Wand ab und stand gerade, die Hände immer noch in den Taschen.

»Besser?« fragte er. Er zog eine Hand aus der Tasche, ergriff eine der ihren und gab ihr einen längeren Händedruck, als wäre er ein Arzt, der ihren Puls fühlen wollte. Sanft ließ er sie los. »Das wäre also in Ordnung. Sie können sich sehen lassen. Was halten Sie davon, wenn wir unser kleines Rendezvous vorverlegen? Es ist halb fünf, wir können ein wenig im Garten umherwandern und dann auf einen Drink zu mir gehen. Nach Ansicht meiner kirchentreuen, schottischen Vorfahren ist es unanständig, vor fünf etwas zu trinken.« Er zuckte die Schultern. »Nicht vor fünf, wenn überhaupt. Alte Gewohnheiten lassen sich nur schwer ausrotten.«

Er folgte ihr zur Tür hinaus, schloß sie hinter ihnen und blieb erwartungsvoll stehen.

»Schließen Sie nicht ab?«

Ros blieb angewurzelt stehen. »Ich habe keinen Schlüssel«, sagte sie, selbst überrascht von der plötzlichen Erkenntnis. Vorher hatte sie nie einen gebraucht. Sie dachte an den Schlüsselbund, den sie bei Cory gelassen hatte. *Ich hätte ihn nehmen sollen*, dachte sie. »Die einzigen Schlüssel, die ich habe, sind die zum Viola-Zimmer.«

Unschlüssig blieb sie stehen und überlegte, ob sie schließlich doch Giles' Schlüssel holen und abschließen sollte. Aber nein, auf die zum Viola-Zimmer kam es an, und die waren in Sicherheit — einer in ihrer Handtasche, der andere im Zimmer eingeschlossen. Sie wollte Cory nicht noch einmal belästigen. Es würde so wirken, als ob sie ihr nicht traute. »Es ist egal«, sagte sie zu Alan.

Alan hob die Augenbrauen. »Da hat Giles wohl was übersehen, nicht? Selbstverständlich brauchen Sie einen Schlüssel zum Abschließen, besonders jetzt bei all diesen scheußlichen Vorfällen.« Alan stopfte die Hände wieder in die Taschen, seufzte und schüttelte den Kopf. »Weh mir. Da läßt sich nun nichts dran ändern, nicht? Ich werde Sie eben einfach überallhin begleiten müssen. Ganz offensichtlich kann man Sie nicht allein lassen. Sie haben einen völlig unterentwickelten Sinn für Gefahr, das ist klar.«

Ros sah Alan an und versuchte herauszufinden, ob er das trotz des Tones milder Ironie ernst meinte. Er schaute sie freundlich an. Die Mundwinkel seines breiten Mundes waren zu einem leichten Lächeln gebogen, die blaugrauen Augen blickten ernst. Sie beschloß, ihn vorläufig beim Wort zu nehmen, bis sie wieder festen Boden unter den Füßen hatte.

»Gehen wir«, sagte sie einfach.

Alan wandte sich nach links und begann, den Weg an der Mauer entlangzuschlendern, auf deren Rückseite sich der Kreuzgang befand.

Sie folgte ihm schweigend und dachte dabei, wie anders es doch war, mit Alan statt mit Giles in den Garten zu gehen. Bei all seiner lässigen Liebenswürdigkeit hielt Alan es doch nicht für nötig, die Luft mit einem ständigen Geplätscher belehrender Plauderei zu erfüllen. Bei Alan hatte sie das Gefühl, sie könnte einfach ruhig sein und ihre Gedanken ordnen.

Während sie so dahinschlenderten, wurde ihr bewußt, daß

er ihr diese Zeit schenkte. Deswegen, nicht wegen der alten Gewohnheiten, gingen sie spazieren. Fragen konnte sie später. Die wichtigste Frage war, wieweit *die* wohl gehen würden, um die Veröffentlichung der Papiere zu verhindern? Und nur sie konnte es herausfinden, da Giles jetzt außer Gefecht gesetzt war. Unwillkürlich erschauerte sie. Alan kam näher.

Sie gingen nebeneinander her, und ihre Schultern berührten sich. Dabei versuchte sie, konzentriert an die anderen zu denken. Wo waren alle gewesen, als Giles bewußtlos wurde? Franziska und Florence irgendwo außerhalb, Alan malend oben im Burggrabenhaus. Beatrice zu Hause beim Packen. Cedric übte Klavier, sie hatte ihn laut spielen hören, als sie nach Cory suchte. Cory hatte mit dem Schild auf dem Hauptweg gekämpft. Stella ein Fragezeichen, aber es war doch schwer zu glauben, daß sie Giles erst vergiften und dann wie wild herumrasen würde, um ihn, trotz einiger Gefahr für sich selbst, zu retten. Nur Hughs Aufenthalt ließ sich nicht nachweisen.

»Alan, haben Sie Hugh heute nachmittag gesehen?«

Alan überlegte einen Moment und schüttelte dann den Kopf. »Nein, aber ich glaube, er ist hier. Ich habe ihn heute nachmittag von meinem oberen Flur aus gesehen, er kam so schnell in den Hof, daß ihm fast die Haare wegflogen. Seitdem allerdings nicht mehr. Auch sonst niemanden, falls das was ausmacht. Macht es das?«

»Macht es was?«

»Was aus, Schäfchen. Natürlich tut es das — entschuldigen Sie bitte. Ich fürchte, ich bin keine große Hilfe.«

»Was ist mit Franziska? Oder Mrs. Farthing?«

»O ja, Franziska. Das ist was anderes. Die würde jeder bemerken, wenn sie da wäre.«

»Sie ist schon ein toller Anblick, nicht?« sagte Ros trocken, wobei sie von der Seite Alans Profil ansah. Eine Hand kam aus der Tasche und zeichnete in der Luft.

»O ja. Dies wunderbare, breite androgyne Gesicht, und all

diese Locken und Strähnen und Ranken von messingfarbe-
nem Haar ...« Die andere Hand fuhr hoch wie von selbst und
zeichnete mit unheimlicher Genauigkeit den vollständigen
Umriß von Franziskas langer, biegsamer Gestalt. »Ich denke
daran, sie für ein Portrait sitzen zu lassen. Irgendwie paßt sie
zum Garten. Ich würde ein oder zwei Weinranken um sie
winden, ein paar Schleier, eine Primelgirlande, einen Korb
voll gemischter Blumen ...« Seine Stimme verlor sich. »Obwohl das natürlich schon gemacht worden ist, jetzt fällt es
mir ein. Proserpina auf der Weinranke«, meinte er sinnend.

»Wer?«

Er schaute zu ihr hinüber, leicht erschrocken. »Ach, Botticelli meine ich. *Primavera,* man nennt es das Gegenstück zur
Venus auf der Muschel, das, wo Venus ganz in Seetang gewickelt aus einer Muschel steigt. Tut mir leid, Sie haben eine
so schnelle Auffassungsgabe, daß ich vergessen habe, daß Sie
nicht Gedanken lesen können.« Sein abbittender Blick war
ganz aufrichtig. »Ich meine, Franziska ist genauso — die gleiche unglaublich langbeinige, schlenkerhüftige Haltung, die
gleichen schlangenartigen Haare überall, der gleiche leere
Blick einer gekochten Stachelbeere, das gleiche breite, stark-
knochige Gesicht, an dem man nicht sofort erkennen kann,
ob es ein Mann oder eine Frau ist. Wenn ich so darüber nach-
denke, ist es beinahe, als wäre sie eine absichtliche Kopie, als
wäre sie zu jemandem gegangen, der sowas macht, hätte eine
Ansichtskarte aus den Uffizien hingehalten und gesagt: 'Hier,
so möchte ich aussehen.'«

Er grinste Ros an. »Nicht, daß ich was gegen das Gemälde
hätte, verstehen Sie. Ich mache mir einfach nicht viel aus
Franziska. Sie ist ziemlich umwerfend, aber nicht mein Typ.
Botticelli, ja. Alan Stewart, nein. Sie dagegen ...«

Er trat etwas zurück, sah sie mit zusammengekniffenen
Augen an und formte mit den Fingern einen Rahmen für ihr
Gesicht. »Corot vielleicht, oder Renoir — nein, zu dunkel und
zu wenig Sommersprossen. Auch nicht Blowsy. Wahrscheinlich

zu still. Sie haben so eine besondere Stille an sich, wo Dinge sich sammeln, Renoirs scheinen immer laut zu rufen. Amerikanisch, denke ich. Cassatt? Nein, zu blaß, zu viel gähelbgrühünes Pastell. Whistler vielleicht. Ja, Whistler. Oder Sargent. Dunkel, genau, direkt, ziemlich scheu und daher etwas geheimnisvoll ...«

Wieder verlor sich seine Stimme. Was hatte sie gerade über Alans Schweigen gedacht? Sie hatte nicht das Gefühl, leerem Geschwätz zuzuhören, sondern seinen Gedankengängen, seiner Denkweise in Malerei, in Bildern. Nur mit Mühe konnte sie ihre Gedanken von der Frage lösen, welches Bild sich Alan von ihr machte, und zu dem Problem zurückkehren, wer Giles vergiftet hatte.

Sie waren durch einen Torbogen auf der anderen Seite des Hofes gegangen, aber erst als Alans Hand ihre streifte und sie das an der ganzen empfindlichen inneren Haut ihre Armes entlang spürte, sah sie auf und merkte, wo sie waren. Sie blieb stehen.

»Was?« sagte Alan mit besorgtem Gesicht und legte einen Arm um sie. »Immer noch verschreckt? Na, das kann ich verstehen. Aber es ist ganz ungefährlich, wissen Sie.«

»Ja, ich weiß. Ich hatte das alles schon mit Giles. Es ist nur ... ich fühle mich einfach abgestoßen bei dem Gedanken, daß alle diese hübschen Blumen so schön und unschuldig aussehen und dabei so tödlich sind. Eisenhut und Tollkirsche und Nieswurz und Stummenrohr ...«

Alan nickte. »Welch ein Gedächtnis«, bemerkte er und bewegte sich dabei von ihr weg tiefer in den Giftgarten hinein. »Aber es ist natürlich unheimlich, nicht? Alle, an die man niemals denkt — 'ich bin das Butterblümchen', und 'Narzissenlilly ist in der Stadt' und 'klein Hopsassa-Hannah', 'Hänschen überm Grund' gar nicht zu nennen. 'Muschelschalen und Maienglöckchen / hübsche Mädchen in ihren Röckchen.' All die Lieblinge der Kinder. Es kann einem wirklich angst und bange werden. Ich habe oft drüber nachgedacht, ob der

Reim nicht ironisch gemeint sein könnte, 'Oh Mariechen, Trotzköpflein / wächst dein Gift im Garten fein?' Maiglöckchen duften am süßesten und sind die tödlichsten. Hübsche Mädchen in ihren Röckchen, alle in ihren kleinen Särgen. Und Mariechen steht dabei und reibt sich die Hände, böse grinsend. Man darf nicht zu lange drüber nachdenken. Es läuft einem kalt über den Rücken, was?«

Ros nickte heftig. »Ja. Es ist alles so unheimlich, aber eigentlich noch schlimmer. Es ist so ... ach ich weiß nicht, scheinheilig. Von bösartiger Zweideutigkeit. Eine Geheimsprache, wie der Reim aus der Pestzeit: 'Ringel-Rosen-Tänzchen / Taschen voller Kränzchen / Asche, Asche / wir fallen alle um'. Wir fallen alle tot um von der Beulenpest. Hübsche Pflanzen, hübschklingende Namen, aber alles ein Euphemismus. Wie das da.« Sie zeigte auf eine hohe, dornige Pflanze mit großen gelben, kreppapierartigen Blüten. »Engelstrompete. Als ob die Leute dächten, es sei besser, so zu tun als ob, die richtigen Namen nicht zu sagen. Es ist alles so furchtbar beschönigend und beruhigend, so ausweichend ... Ich weiß nicht.« Unwillkürlich schauderte sie, strauchelte und stolperte gegen Alan. Er nahm ihren Ellenbogen, ließ ihn aber nicht wieder los, sondern ging statt dessen weiter und hielt sie an sich gedrückt.

»So wie man die Furien die Eumeniden nennt, die Wohlgesinnten. Als ob sie nicht wüßten, was man die ganze Zeit denkt, die ollen Fledermäuse. O ja, ich verstehe genau, was Sie meinen. Schön und einladend und saftig und tödlich. Und Sie haben für heute genug von giftigen Dünsten, nehme ich an. Aber hier gibt es keine nennenswerten Dünste«, fuhr er fort und paßte seinen Schritt dem ihren an. »Giles hat Ihnen das sicher schon gesagt. Der Geruch hat nichts zu sagen, Sie müssen mindestens kauen oder kochen oder quetschen, um die volle Wirkung zu erzielen.«

Ros bemerkte, daß Alan im Plauderton sprach — leichthin, aber präzise, fast wie ein Professor, nur ohne Pedanterie. Er

163

war nicht ironisch oder hintergründig. Es war ein Tonfall, den sie schon oft gehört und selbst benutzt hatte. Ihr fiel auf, daß er ihre Aufmerksamkeit wirksam — und absichtlich? — von den Tagesereignissen abgelenkt hatte, indem er der Unterhaltung eine abstraktere, theoretischere, fast wissenschaftliche Richtung gegeben hatte. Aber inwendig fühlte Ros sich immer noch kalt. Wie kam es, daß er so viel über giftige Pflanzen wußte? Hatte hier jeder seinen besonderen Tick? Was war es, das sie — ihn — alle anzog? Sie anzog und hier festhielt, unter Giles' Fuchtel? Sie sah Alan beim Gehen neugierig an.

»Die meisten davon sind in kleinen Dosen die Basis unserer modernen Arzneien, das wissen Sie sicher. Nikotinsäure gegen Schwindel, Digitalis fürs Herz, Reserpin, Thorazin, Atropin, Stimulantien und Sedativa, Tranquilizer, Magenmittel und dergleichen. Den Altvorderen alle wohlbekannt. Natürlich gab es eine ziemlich fürchterliche Anzahl von Fehlschlägen — wenn man Kindern kleingehackte Rhabarberblätter gegen Kolik zu essen gab, dann heilte sie das von mehr als Bauchweh, fürchte ich. Aber genug davon«, sagte er und drückte ihren Arm fest an sich. »Hier entlang.«

Beim Gehen versuchte Ros, ihre Gedanken auf den Kräutergarten zu lenken, der weit entfernt am anderen Ende des Burggrabenhauses lag. Sie konnte ihn fast riechen — die flachen Klinkerpfade, unterbrochen von Thymian und kriechendem Majoran, die hohen Knoblauchminarette, der dumpf riechende Rainfarn mit seinen Münzenköpfchen, der purpurnblühende Borretsch, Lavendel, Minze, die Namen, die sie am schnellsten gelernt hatte, weil sie das Aussehen oder den Geruch mochte. Ros murmelte die Namen leise vor sich hin, fast wie eine Beschwörung, ein Gegenmittel gegen diejenigen in ihrer Nähe, die mit ihrer Todessymbolik ihr Gemüt verdunkelten ...

Wieder hielt sie plötzlich an, als sie sah, wohin Alan sie führte. Er ließ ihren Arm los und sah sie forschend an.

»Tut mir leid. Ich möchte da eigentlich auch nicht hineingehen.«

»In den Rosengarten? Meine Güte, Sie hat's aber wirklich
erwischt, was? Ich habe erwartet, daß Sie den Porzellangarten
vermeiden wollten, aber das mit den Rosen hatte ich vergessen.« Er wandte sich um und sah sich im monotonen Grün
des entblätterten Rosengartens um. »Oh wahrhaftig. Wie de-
primierend. Das engt die Möglichkeiten für Spaziergänge ja
ziemlich ein, nicht? Was der Übeltäter wahrscheinlich auch
im Sinn hatte. Man kann wohl kaum angenehm durch einen
Garten leuchtender Bilder schlendern, wenn jemand sie alle
abgeschnitten hat, oder?«

Ros nickte und fühlte sich wieder elend. Sie stand still, ganz
unfähig, sich zu bewegen.

»Also«, sagte Alan heiter, »dann bleibt uns wohl nichts anderes übrig, als einen Schluck zu trinken. Oder hätten Sie
Lust auf eine Runde im Wildnisgarten? Im Obstgarten? Ach,
hör auf, Alan. Ich pfeif' auf die Schankzeiten. Kommen Sie.«
Wieder nahm er ihren Arm und führte sie schnell zurück
durch den Giftgarten, drehte links ab an der Front des Burggrabenhauses entlang und stieß mit großartiger Geste seine
Tür auf.

»Nicht abgeschlossen?« fragte Ros im Hineingehen.

»Wer würde sich schon mit mir abgeben? Klatsch fließt
durch mich durch wie Abwaschwasser durch den Gully. Ich
besitze keine Familienschätze, habe keine abstoßenden Gewohnheiten und mein Daumen ist so schwarz wie der von
Beelzebub. Wenn er nicht mit Farbe verschmiert ist, natürlich. So weit ich weiß, stelle ich für niemanden eine Bedrohung dar. Herein, herein.«

»'Sagte die Spinne zur Fliege'«, sagte Ros, ohne nachzudenken.

Alan warf ihr einen erschrockenen Blick zu, dann lachte er.
Aber als er sprach, klang seine Stimme ernst.

»Nein, kommen Sie nur herein. Bei mir sind Sie sicher.«

Ros fühlte sich etwas unbehaglich, als sie Alan in einen kleinen, düsteren Flur folgte, eine kurze Treppe hinauf, die nach oben ins Licht führte, und dann in ein weiträumiges Zimmer, das ihre Augen mit seiner Helligkeit blendete. Sie waren im ersten Stock, und die ganze Nordwand, von der man den Burggraben und den Rosengarten überblickte, bestand aus lauter Reihen kleiner, bleigefaßter Fenster, durch die schräg einfallende opalisierende Strahlen der Nachmittagssonne blitzten und in Wellen über den weißen Rauhputz der Wände jagten.

»Oh wie schön«, murmelte Ros.

»Gilbert de Montfort hat die Idee von Bess von Hardwick geklaut. Sie haben den alten Reim vielleicht gehört 'Hardwicks Schloß, kein Stein, nur Glas'? Gilbert — der Ruchlose — hat die Lichtgaden aus der Abteikirche geklaut und hier reingesetzt. Dann ist er hingegangen und hat einen Burggraben um das Ganze gewickelt, um seine Feinde abzuhalten, der blöde Quatschkopf, wo sie mit einer einzigen Schleuder die ganze Front hätten einschlagen können.« Alan schüttelte den Kopf. »Was sie nie getan haben, merkwürdigerweise. Für mich ist es natürlich wunderbar. Nordlicht, hübsch und indirekt. Ich male oben, in einem Zimmer wie diesem.«

Alan ging ans andere Ende des Raums und stand vor einem großen grauen Sandsteinkamin. In das Sims war ein verwikkeltes, aber weitgehend unerkennbares Wappen eingemeißelt — zweifellos de Montfort — das von dunkler Täfelung umrahmt bis zur Decke reichte. Alan öffnete ein viereckiges Teilstück im Holzwerk und enthüllte eine kleine Bar. Ein Eimerchen mit Eiswürfeln stand an einer Seite. Ros hörte die Eiswürfel klirren. »Nein, das Eis wird gestrichen«, murmelte Alan und warf es in einen Ausguß, der nicht größer war als ein Müslischüsselchen. »Warmer Gin für medizinische Zwecke, wie meine Großmutter daheim in Pittenweem zu sagen pflegte. Das liegt in Fife, Sie haben sicher nie davon gehört. Jedenfalls verfügt es über denselben faszinierenden Wohlklang wie

Poughkeepsie, finden Sie nicht?« Er brachte ihr einen Gin
Tonic, vorwiegend Gin, wie Ros beim vorsichtigen Nippen
bemerkte.

»Setzen Sie sich doch. Mal sehen, was ich noch habe.« Er
stellte seinen Drink ab und schloß die Tür der kleinen Bar.
»Das Schränkchen ist nur für Getränke. Für die *Horsd'œuvres*
muß ich mich woanders hinbemühen.«

An ihr vorbei ging er zu einer weiteren Tür, die in der Täfelung verborgen war. Ros hörte ihn herumklappern — er war
wohl in der Küche. Bald erschien er wieder mit einem Teller
Käse und einem Glas Pickles. Unter einen Arm hatte er eine
verbeulte Schachtel Carr's Crackers geklemmt. »So, da wären
wir. Warmer Gin, Käse und Pickles. Der Traum aller Frauen.«
Er stellte alles auf einen großen, gehämmerten Kupfertisch
vor Ros hin und ließ sich neben ihr auf die Couch fallen.

»Also dann, wie gefällt Ihnen mein Haus? Es ist natürlich
baufälliger Tudor.« Er lehnte sich bequem zurück, die Arme
auf der Lehne ausgebreitet, und schaute nach oben. Ros sank
auf der festgepolsterten Couch zurück und betrachtete den
groben Putz und die großen schwarzen Balken, die die Decke
kreuz und quer durchzogen.

»Interessante Wirkung, nicht?« sagte Alan. »Als ob sie den
Putz mit einem Reisigbesen aufgetragen und dann mit dem
Hinterteil eines toten Huhns geglättet hätten.«

Ros lächelte bei dem Gedanken an viele kleine zwergenhafte
mittelalterliche Männer, die mit Reisigbesen über die Wände
schwärmten und tote Hühner schwangen. Sie kicherte, lachte
dann laut und konnte plötzlich nicht mehr aufhören. Sie
lachte und lachte, Tränen liefen ihr übers Gesicht, hilflos
beugte sie sich vor und zurück und hielt ihren Magen, um
wieder zu Atem zu kommen. Ihr Gin tropfte auf ihren Schoß,
lief die bloßen Beine hinunter und in die Sandalen. Endlich
bekam sie sich wieder unter Kontrolle, schluckte die Reste
ihres Drinks hinunter und sah Alan atemlos und verlegen an.
Er beobachtete sie verständnisvoll.

»Wußten Sie, daß ein ordentliches Lachen aus dem Bauch innerhalb von Sekunden den Blutdruck um dreißig Punkte herunterbringen kann? Ich habe mir oft überlegt, ob das wohl die Basis für komische Erleichterung in der Tragödie sein könnte, oder der Grund, warum die Leute in Schauerstücken unweigerlich kichern. Es ist eine viel bessere Art, sich gehen zu lassen, als kreischende Hysterie, aber ich glaube, Sie sind ungefähr so hysterisch wie Whistlers Mutter. Sie kreischen doch bestimmt nie.«

Ros starrte ihn an. Seine schnelle — und bemerkenswert richtige — Analyse ihres Charakters hatte ihr zu Bewußtsein gebracht, wie wenig sie eigentlich über ihn wußte. Und das war das Problem. Er schien so viel mehr über sie zu wissen als sie über ihn. Plötzlich fühlte sie sich verletzbar, unsicher.

»Sie sind wirklich ein Künstler, nicht?« platzte sie heraus.

Alan beobachtete ihr Gesicht einen Moment. »Wären Sie enttäuscht, wenn ich es nicht wäre?«

»Nein, das habe ich nicht gemeint«, sagte Ros schnell und fühlte sich unbeholfen. »Ich meinte ... Sie sind kein Arzt, oder?«

»Wenn Sie Mediziner meinen, nein, das bin ich nicht. Überhaupt nicht. Aber unbekannte Kräuterarzneien und Pflanzengifte gehören zu meinen Interessengebieten. War es das, was Sie wissen wollten?«

»Nun, ja, ich glaube schon. Ich ...« Wie Cory gegenüber fühlte sie sich verlegen, weil ihr Verdacht so deutlich gewesen war. »Ich ... ich kenne eine Menge Professoren und andere akademische Berufe ... Ärzte, Rechtsanwälte — mein Vater war Jurist — aber nicht viele Künstler. Ich ...« Ros unterbrach sich. Sie wußte nicht genau, was sie sagen wollte.

Alan nahm ihr Glas und stand auf, um nachzufüllen. Auf dem Rückweg nahm er einen kleinen, ledergebundenen Band aus dem Regal an der Seitenwand. Er reichte ihn ihr. »Nicander. *Theriaca*. Es ist ein diskursives Gedicht über Gifte — pflanzliche und andere. Eins von vielen. Die alten Griechen scheinen auf Arzneiliteratur fixiert gewesen zu sein.«

Ros starrte auf das Buch in ihren Händen und öffnete es dann. Sie schlug die Titelseite auf. Übersetzt und illustriert von Alan Stewart. Longmans, 1975. Sie schlug den Text auf. Links griechisch, rechts englisch, und etwa alle Dutzend Seiten war eine schöne kolorierte Lithographie der ganzen Pflanzen — Wurzeln, Blätter, und Blüte — in allen Details. Sie blätterte das ganze Buch durch, schloß es dann und hielt es auf dem Schoß. Sie schaute zu Alan auf, der am Kamin stand und sie beobachtete.

»Die Wohltaten der klassischen Bildung. In meinen freien Augenblicken übersetze ich ungewöhnliche botanische und zoologische Traktate und mache die Zeichnungen selbst. Es ist eine Spezialität des Hauses. Das ungewöhnliche Medizinbuch, wissen Sie — Äskulap, Apollodorus, Dioskurides sind natürlich die berühmten. Dies ist weniger bekannt, aber sehr nützlich.« Er ließ sein ironisches Lächeln aufblitzen und gab ihr den Drink, nahm ihr den kleinen Band ab und stellte ihn zurück. »Ich finde es interessant, gelegentlich sogar aufregend. So kann ich meine beiden kleinen Steckenpferde gleichzeitig reiten. Und einen besseren Ort dafür könnte ich mir gar nicht wünschen«, sagte er mit einem Nicken in Richtung auf die entferntere Wand. Ros drehte sich verwundert danach um. Sie sah lediglich ein ziemlich großes Gemälde mit Blättern und Blüten in komplizierten verschlungenen Mustern, scharf umrissen, plastisch, in leuchtenden Farben, das von fern an Gauguin erinnerte.

»Nein, das nicht. Ich meinte den Giftpflanzengarten da draußen. Der ist genau das Richtige für mich — mein Bier, verzeihen Sie den dummen Witz. So habe ich fast mein eigenes Privatherbarium. Jetzt, wo Giles die zahlenden Besucher auf Dauer abgeschafft hat, wird es sogar noch besser. Nicht, daß sie mir was ausgemacht hätten, ich bin einfach in der Menge untergetaucht.« Er kam zur Couch und ließ sich neben sie sinken.

Während sie sein ausgeprägtes Profil, sein verwuscheltes

Haar, seine große Gestalt in den verknautschten, bequemen Kleidern ansah, versuchte Ros sich vorzustellen, wie er in der Menge untertauchte. Nicht sehr wahrscheinlich. Er beugte sich vor, nahm eine saure Gurke aus dem Glas und fing an zu kauen.

»Da wir gerade bei Saurem sind, Alan ...«, sagte sie und zögerte dann.

Mit einem amüsierten Lächeln wandte er sich ihr zu.

»Das, was ich gerade esse, oder das, was man uns gibt?«

»Was glauben Sie?«

»Das letztere, wie Ihr Landsmann Henry James sagen würde. Wer hat Giles vergiftet, und wie und warum? Deckt es das einigermaßen ab? Und da wir gerade bei bedecken sind, wissen Sie, daß Sie einen Schoß voll Gin haben? Der ganze Rock ist voll.«

Ros warf einen Blick darauf, die ganze Vorderseite ihres Rockes war klatschnaß.

»Sie haben einen ziemlich ausgefüllten Tag hinter sich, nicht, so eins nach dem anderen. Tödlichem Insektizid ausgesetzt, mit kaltem Wasser übergossen, von unserer hauseigenen Medusaversion angestarrt, beleidigt, verängstigt, verwirrt. Und jetzt im Gin fast ertrunken. Arme Ros ...« Alan beugte sich hinüber und legte seinen Arm sanft um ihre Schultern. »Es tut mir leid. Ich wollte Sie nicht aufregen«, sagte er weich.

Als sie ihm ins Gesicht sah, bemerkte Ros, wie außergewöhnlich offen und aufrichtig es war. Ehrlich, vertrauenswürdig, über jeden Verdacht erhaben. Hatte sie wirklich jemals eine Art Verschlossenheit gespürt, gefühlt, daß er mit etwas hinter dem Berge hielt? Sie konnte es jetzt kaum glauben. Sie schloß die Augen. Gelassenheit. Das war es vielleicht. Er war merkwürdig unbetroffen von den augenblicklichen Umständen, von einer fast akademischen Objektivität (aber Alan war der letzte, an den sie als Akademiker gedacht hätte), zeigte eine unvoreingenommene Neugier an den Vorgängen. Das sollte eigentlich ihre Rolle sein, aber sie engagierte sich mehr und mehr. Plötzlich fühlte sie sich nach allen Richtungen gezerrt, straff und dünn. Sie war so müde. Und auf einmal ließ ihre Anspannung nach, wie eine vielbenutzte Gummischleuder, die endlich ihre Elastizität verloren hat. Sie sank gegen Alans Arm zurück und schloß die Augen, vollkommen erschöpft.

»Ich finde, wir sollten das mal ein Weilchen ruhen lassen«, sagte Alan einen Augenblick später. Er zog sie kurz an sich und stand dann auf. »Ich schlage vor, wir brechen hier sofort auf. Im 'Roß und Reitknecht' an der Fenmarkt-Straße gibt es absolut delikate Schweinefleischpasteten, und es besteht Hoffnung — heute ist doch Freitag, nicht — auf Pastetchen aus Cornwall, wenn wir vor sechs dort ankommen. Oder Würstchen mit Brei, wenn Sie das mögen.«

Er streckte eine Hand aus, half Ros auf die Füße, nahm die beiden Gläser und steckte sie in den kleinen Barschrank. »Ich such' Ihnen mal einen anderen Rock raus, dann brauchen wir nicht den ganzen Weg ins Refektorium zurückzugehen.« Ohne ihr Zeit zum Protestieren zu lassen, ging er aus der Tür, durch die sie hereingekommen waren, und Ros hörte ihn ein paar Stufen hinaufpoltern. Von plötzlicher Neugier geplagt überlegte sie, wessen Rock das gewesen sein mochte. Oder noch war.

Alan kam zurück und wedelte mit einem Jeans-Wickelrock, der genauso verkrumpelt war wie seine eigenen Kleider. Er blieb in der Tür stehen und betrachtete sie mit erhobenen Augenbrauen, dann lächelte er. »Hier.« Er gab ihr den Rock. »Der müßte gehen. Einheitsgröße, wie ich höre, und es funktioniert ganz gut. Das Klo ist auf der anderen Seite, in der Ecke hinter dem letzten Paneel. Verblüffend, wie sie alles zurechtgeschustert haben und dann in den kleinen Vierecken versteckt, nicht?« Er lächelte und studierte dann ihr Gesicht mit Interesse.

Ros nahm wortlos den Rock und ging durchs Zimmer zum Eckpaneel. Das Badezimmer war klein, sehr ordentlich und mit üppigen roten Samtstreifen tapeziert, eine Dekoration, die ihre Mutter immer als 'Wiener Bordell' bezeichnet hatte. Sie brachte ihr Haar in Ordnung, benutzte den vorhandenen Lippenstift, betrachtete sich in dem antiken Spiegel und wickelte dann den Jeansrock um ihre Taille. Er paßte wie angegossen. Sie rollte ihren eigenen zu einem Bündel und stopfte ihn in die Handtasche. Der Gedanke, daß sie den Rock einer anderen trug, irritierte sie.

Als sie herauskam, lächelte Alan anerkennend.

»Sehr hübsch.«

»Danke«, sagte sie kurz.

»Ich dachte mir schon, daß Sie ungefähr dieselbe Größe hätten wie meine Schwester«, sagte Alan und grinste.

Ros fühlte sich ertappt und wandte sich errötend ab.

»Weder groß noch klein, sondern irgendwo dazwischen. Sehr hübsch, genau richtig. Eines Tages werden Sie sie kennenlernen müssen, ihr seid wirklich vom gleichen Kaliber. Sie heißt Elsbeth.« Er machte eine Pause. »Was dachten Sie denn, wessen Rock es wäre?«

Ros wandte sich ihm wieder zu. »Danke«, sagte sie. Sie lächelte entschuldigend. Wenigstens das war sie ihm schuldig. »Für die Drinks, den Rock, das Kompliment, und für das Verständnis«, fügte sie hinzu. »Und ich glaube wirklich, es ist eine gute Idee, eine Weile von hier wegzukommen.«

Alan nickte. Er bot ihr seinen gekrümmten Ellbogen wie vorhin im Hof, und sie hakte sich dankbar ein. *Ich muß wieder an die Arbeit gehen,* dachte sie. *Zu dem Knoten am Ende des Fadens, der das ganze Knäuel entwirrt. Selbst Alan kann mir dabei nicht helfen. Ich muß es selbst tun.*

»Ros?«

»Was? Oh, tut mir leid, Alan. Ich war in Gedanken.«

»Das war vollkommen klar. Sie haben ausgesehen, als ob Sie meilenweit entfernt wären. Gut, Sie sind also wieder da. Jetzt spielen wir mal einstürzende Neubauten und verkrümeln uns.«

Kurz darauf waren sie schon unterwegs und fuhren in Alans gemütlicher, klappriger, aufgemotzter Blechdose von Auto den Fahrweg hinunter. In kameradschaftlichem Schweigen saßen sie beieinander und hingen je ihren eigenen Gedanken nach.

Ohne Vorwarnung kehrten Ros' Gedanken zu Giles zurück. Sie hatte keine Chance gehabt, ihn nach den fehlenden Papieren zu fragen.

15

»Giles ist wohl der bestgehaßte Mann, den ich kenne«, sagte Alan beiläufig, während sie beim Licht einer einzigen fetten, breitgequetschten Kerze in einer Nische im 'Roß und Reitknecht' vor ihrem Essen saßen. Dies war das erste Mal, daß das Thema Giles und die Abtei aufgetaucht war, seit sie vor etwa zwei Stunden Montfort verlassen hatten. Die übrige Zeit hatten sie damit verbracht, über sich selbst zu reden — über sie, wie Ros klar wurde, die Alans Fragen beantwortet hatte, und dabei eine ziemlich detaillierte Beschreibung ihrer Lebensumstände lieferte, erst als kleines Mädchen, aufgewachsen in Marcellus, New York, später als Studentin am Smith, dann in Berkeley und als junge Professorin in Vassar. Das waren wenigstens Fragen, die sie beantworten konnte. Stutzig geworden durch seine Bemerkung über Giles, sah sie ihn überrascht an.

»Wußten Sie das nicht?« sagte er. »Ach richtig, wie könnten Sie? Ich vergesse dauernd, daß Sie noch nicht lange hier sind. Trotzdem, ich hätte angenommen, Sie würden es merken.«

»Ach, Alan, ich weiß überhaupt nicht mehr, was ich merke oder nicht merke. Manchmal kommt es mir vor, als wäre ich ein chronischer Fall von *jet lag*, Sie wissen schon, diese Orientierungslosigkeit nach Überseeflügen. Die meiste Zeit habe ich das Gefühl, ich höre nur die Hälfte der Unterhaltung, und der Rest spielt sich durch Telepathie oder Osmose oder sonstwas ab, und ich bin die einzige, der die entsprechende Antenne fehlt. Das Äquivalent von Zwischen-den-Zeilen-Lesen für die Ohren.«

»Ich weiß nicht«, sagte Alan. »Mir kommt Ihre Antenne völlig ausreichend vor.«

Ros runzelte die Stirn, aber er fuhr fort. »Giles ist wohl der von Natur aus arroganteste und anmaßendste Mann, dem ich je begegnet bin. Er ist wohl schon so geboren — hat es wahrscheinlich von Viola geerbt.« Er nahm Ros' überraschten Blick zur Kenntnis. »Oh, ich weiß schon, Viola war angeblich eine Kombination aus der heiligen Therese, George Eliot und Louis Agassiz — schlicht, visionär, direkt und erstaunlich weise —, und alle haben sie angebetet. Trotzdem, ich mach' mir so meine Gedanken. Sie hat immer ihren Kopf durchgesetzt. Und dieser Garten ... hat man Ihnen jemals Violas Leichenhaus gezeigt?«

»Ihr Leichenhaus?«

»Ja. Es ist ein Friedhof für Pflanzen, komplett mit kleinen Grabsteinen. Oder wenigstens den kleinen Namensschildchen, die man zu Pflanzen steckt, damit man weiß, welche es ist. Hinter den Treibhäusern ist eine Spezialabteilung, wo sie alle Namen und Sorten von Pflanzen aufbewahrt hat, die nichts getaugt haben. Nicht das waren, was sie erwartet hatte, oder ihr irgendwie nicht paßten. Sie war ganz skrupellos, wissen Sie. Das muß man auch sein, wenn man einen solchen Garten gestalten will. Diese blaue Weide, zum Beispiel. Jahrelange Kreuzungen und Mutationen. Gezüchtete Pflanzen ...« Alan brach ab und studierte das Tischtuch. Ros betrachtete ihn eine Weile, aber er fuhr nicht fort.

»Da wir vom Garten sprechen«, sagte sie schließlich, »was ist mit Cory und Stella? Hassen die Giles auch?«

Alan hob den Kopf. »Ach, Cory und Stella. Die braven Kriegerinnen. Die machen einfach weiter, kämpfen bei jedem Schritt gegen Giles an und versuchen, etwas draus zu machen. Es ist ihre gemeinsame Mission geworden, seinem zwanghaften Bedürfnis, den Garten genauso zu erhalten, wie er bei

Violas Tod gewesen ist, entgegenzuwirken, so gut sie können. Es ist furchtbar viel Arbeit, einen Garten auf dem gleichen Stand zu halten, wissen Sie, denn er möchte wachsen und sich verändern wie alles andere auch. Sie sind immer dabei, was auszureißen und in klein wieder einzupflanzen und rennen so schnell sie können, nur um an derselben Stelle zu bleiben. Ich glaube nicht, daß ihnen das im geringsten gefällt — besonders Stella, sie ist die Kreative von beiden. Sie war es, die Giles dazu gebracht hat, einen Teich anzulegen, um den Sumpf draußen unterhalb der alten Kirche trockenzulegen. Aber alle beide hätten längst an die Britannia Treuhand verkauft. Nichts mehr auf die billige Tour machen müssen, sich nicht mehr nach Giles richten müssen.«

»Wenn es so furchtbar ist, warum kündigen sie nicht?«

»Von der Loyalität abgesehen?« Alan starrte nachdenklich auf seinen Teller. »Ich nehme an, Sie haben sich auch schon gefragt, ob sie ein Liebespaar sind, zwei Frauen, die so miteinander leben.« Alan nahm seinen Löffel und drückte kleine Dellen in das dicke, weiche Tischtuch. »Also, ich weiß zufällig, daß sie das nicht sind. Aber sie sind unzertrennliche Freundinnen und Partnerinnen, jede hat das, was der anderen fehlt. Stella ist die Mystikerin, Cory ist die Praktische. Jedenfalls hat sich Giles vor ein paar Jahren in den Kopf gesetzt, Montfort könnte mit einer Gärtnerin auskommen, und hat versucht, Stella zu feuern. Sie haben ihm beide Widerstand geleistet und sich gegen eine Trennung gewehrt. Haben ihren Vertrag vorgezeigt und damit gedroht, ihn zu verklagen. Er mußte einen Rückzieher machen, hat aber sehr deutlich gemacht, daß er ihnen niemals gute Referenzen geben würde, und das hat ihre Chancen, anderswo zusammen einen Job zu kriegen, erfolgreich erledigt. Dann hat Giles sie gezwungen, Abstriche am Gehalt zu akzeptieren als Gegenleistung für das Privileg, bleiben zu dürfen. Sie arbeiten für ein Gehalt und ein bißchen drüber, und er hat die Oberhand. Also ist die Beziehung natürlich unterkühlt.«

»Aber hassen sie ihn genug, um seinen Garten zu sabotieren und sein Arbeitszimmer mit Insektenvernichter einzunebeln?«

Alan überlegte einen Augenblick. »Ich glaube nicht, daß Stella und Cory dem Garten jemals etwas antun würden. Sie stehen unverbrüchlich zu Viola und ihrem Werk, das sie selbst mit erschaffen haben. Ich glaube, sie würden den Garten um jeden Preis schützen. Aber mit Giles ist das was anderes. Obwohl ich nicht glaube, daß sie dahinterstecken. Sie haben andere Möglichkeiten, es ihm heimzuzahlen.« Alan sah sie bedauernd an und zuckte die Achseln. »Aber ich weiß es wirklich nicht.«

Ros fragte sich, ob er tatsächlich nicht mehr wußte. Wieder spürte sie die beunruhigende Mauer seiner Zurückhaltung, fühlte, daß er nicht alles sagte, was er dachte. Oder wußte. Sie seufzte.

»Es klang alles so idyllisch und harmonisch«, sagte sie. »Personen und Dinge, alle am richtigen Platz, einer unterstützt den anderen, alle mögen sich, alle arbeiten zum größeren Ruhme des Gartens, der Garten blüht weiter, und Violas Poesie ...«

»Das haben Sie zweifellos von Giles. Und von Viola vor ihm, natürlich. Alles an seinem Platz, den Teil glaube ich, aber beim Rest bin ich mir nicht sicher. Einer der Reibungspunkte zwischen Giles und den Badgetts ist sein deutlich spürbares Gefühl, daß sie irgendwie zu hoch hinaus gekommen sind. Eine andere Erklärung für die Art, wie er sie behandelt, kann ich mir nicht denken. Hugh ist ein namhafter Wissenschaftler. Absolute Spitze in seinem Fach. Beatrice ist die Tochter eines Landadeligen und findet es hier gräßlich. Findet, daß Giles ihr gegenüber den Herrn herauskehrt, genau wie gegen Hugh. Sie würde gern wegziehen, es ist kaum das richtige Leben für sie hier mitten in den Sümpfen, und sie glaubt, Hugh könnte es weiter bringen. Schließlich fährt er in sein gemütliches kleines Labor in Cambridge und ist Professor Doktor Badgett, aber wenn er heimkommt, ist er immer noch der Bauernsohn, Hughie, Giles' unbedeutender Pächter. Haben Sie je gehört, wie Giles ihn wegen seines Akzents schikaniert? Er glaubt bestimmt, Hugh spricht absichtlich wie ein Bauer, um ihn zu ärgern. So viel Bildung, und er spricht immer noch wie seine Vorfahren auf den Feldern. Es hängt alles mit Prestige zusammen, irgendwie verletzt es Giles' Gefühl für Würde, daß Hugh noch immer diesen Dialekt spricht. Aber andererseits gibt es ihm auch die Gelegenheit, Hugh ständig daran zu erinnern, wer er wirklich ist und wo er hingehört. Giles ist ein Snob, und möglicherweise auch ein engstirniger Pedant. In der Art, wie er mit Cory und Stella und allen anderen umgeht, ist immer ein Element von Strafe, das korrigierend wirken soll. Oder zurechtstutzend.«

»Aber Viola war doch kein Snob oder Pedant«, protestierte Ros. »Wenn man nach ihren Büchern ...«

Ganz uncharakteristisch für ihn, unterbrach Alan sie. »Ah, schöne Rosamund. Bücher. Ich bezweifle, daß man irgend etwas, das jemand von uns schreibt, wörtlich nehmen kann. Viola war Romantikerin, und sie sah dem Klassenkampf begeistert zu. Salz der Erde und das Ganze. Die simplen Annalen der Armen. Man ließ es ihr durchgehen, weil alle sie liebten. Aber als sie bei ihrem letzten halben Dutzend Dienstboten angelangt war, beklagte sie lauthals ihren Ruin. Trotzdem war sie von geradezu absurder Großzügigkeit. Aber heutzutage, bei der grassierenden *Noblesse désoblige,* ist das wohl alles relativ. Nein, die Frage ist nicht, wer haßt Giles genug, um seine Einkommensquelle zu ruinieren und seine Person in Gefahr zu bringen, sondern wer möchte der erste sein. Giles hat sich immer aufgeführt, als hätte er uns alle von seinen Eltern geerbt wie ein Feudalherr, dabei zahlen wir alle ordentliche Mieten. Giles könnte das Anwesen niemals auch nur annähernd instandhalten ohne uns. Was die zahlenden Besucher einbringen, deckt knapp den Unterhalt des Gartens, die Steuern, die Kanalisation, Steine und Mörtel gar nicht zu erwähnen. Den Garten in Gang zu halten ist eine horrende Ausgabe, besonders wo er so darauf besteht, daß der Garten — und übrigens auch alles andere — genau so bleibt, wie er zu Violas Zeiten gewesen ist. Die tote Vergangenheit begräbt die Lebenden, um Aischylos zu paraphrasieren. Die andern wünschen sich Veränderungen, oder daß Veränderungen wenigstens zur Kenntnis genommen werden, und Giles will, daß alles gleich bleibt. Trotzdem bleiben alle da. Es ist eine Gemeinschaft im gegenseitigen Würgegriff.«

Darüber dachte Ros einen Moment nach. »Also kann Giles sich gar nicht leisten, jemanden zu verlieren, nicht? Wenn also die andern solche Macht haben, warum benutzen sie sie nicht? Lassen es auf eine direkte Konfrontation ankommen? Wozu dies ganze Versteckspiel?« Aber sie wußte, was Alan sagen wollte, es war buchstäblich ein Circulus vitiosus, ein Teufelskreis. Und es hatte schon lange vor ihrer Ankunft angefangen, vielleicht schon, ehe es um die Papiere gegangen war. Aber inzwischen waren die Papiere offensichtlich ein Teil davon. Vielleicht sogar der wichtigste von allen.

Alan klopfte mit seinem Löffel leicht auf den Tisch. »Ich weiß es wirklich nicht. Als ich zuerst herkam, dachte ich, es handelte sich um Loyalität und Hingabe an die Sache mit einer kleinen Beigabe von Antriebsschwäche, eine Art *folie à tous*, wenn es sowas gibt. Aber jetzt, wo die Papiere da sind ...«

Alans Stimme verlor sich. Seine Augen waren auf die Abdrücke gerichtet, die sein Löffel auf dem Tischtuch hinterlassen hatte. Sie hatten Ähnlichkeit mit dem Umriß eines Frauengesichts.

»Wissen Sie«, sagte Ros, »obwohl Giles weiß, daß es jemand von hier ist, weigert er sich schlicht, darüber zu diskutieren, wer es sein könnte. Er sagt, es ist ganz egal, wer es ist, es läßt sich nicht ändern, und daß wir einfach weitermachen.«

»Giles ist einsame Spitze im scheinbaren Ignorieren der Tatsachen«, sagte Alan. »Speziell, wenn es ihm in den Kram paßt. Gibt es denn eine bessere Methode, Menschen unter der Fuchtel zu halten, als einfach nicht zu bemerken, daß sie nicht drunter sind? Das Nonplusultra im Drüberwegsehen.«

»Aber warum muß er zu mir so sein? Wenn er genau weiß, wer es ist, warum sagt er es mir nicht? Mich muß er doch nicht unter der Fuchtel halten.« *Oder doch?* fügte sie im stillen hinzu. Sie erinnerte sich, wie Giles an ihrem ersten Tag mit den Papieren gewesen war, wie er sie ruhig, aber unmißverständlich auf ihren Platz verwiesen und die Verfahrensweise angeordnet hatte. Und heute morgen genau das Gleiche.

»Ich bin nicht ganz sicher, aber ich habe den Verdacht, daß Sie erheblich intelligenter sind, als er erwartet hat.« Alan lehnte sich zurück und grübelte. »Stellen Sie sich nur mal vor, alle in Montfort hätten die ganze Zeit gewußt, daß die Papiere voll von unglaublich saftigen Stellen sind — Skandal und Sensation. Und angenommen, er hat, seit die Papiere aufgetaucht sind, allen die Daumenschrauben angesetzt, bis zu dem Punkt, wo keine weitere Drehung mehr möglich ist. Also zieht er jetzt sein As aus dem Ärmel — die Drohung, zu publizieren — und verkündet, er wird alles bekanntmachen, dabei noch Geld scheffeln, und zur Hölle mit allen andern. 'Falls nicht' stillschweigend inbegriffen. Womit er es ihnen überläßt, ob sie weitermachen wollen wie bisher und Giles helfen, Montfort als Monument der Erinnerung an Viola zu erhalten, oder zusehen, wie die Trümmer ihres Lebens groß und breit in die Öffentlichkeit gezerrt und sie dabei zerfetzt werden. Und dann merkt er, daß er das Gefühl absoluter Kontrolle über jedermanns Leben genießt, und möchte es so lange wie möglich hinausziehen. Also muß alles geheim bleiben, außer der Drohung. Er weiß, was er weiß, aber sonst niemand. Inzwischen hat er Sie als eine Art Sporn, als rotes Tuch, hereingezogen, um zu zeigen, daß er es ernst meint. Und dann wartet er ab, wartet darauf, daß sie es sich alle noch einmal überlegen und das herausrücken, was er haben will, was immer das sein mag.«

Ros starrte Alan entsetzt an. Sie als Reizmittel, als rotes

Tuch? Die Papiere eine Art Dreschflegel? Das konnte doch nicht sein. Sie schüttelte vehement den Kopf. »Das kann ich einfach nicht glauben. Ich glaube, Giles meint es mit der Veröffentlichung der Papiere vollkommen ernst. Der Vertrag und der Vorschuß beweisen das.« Nein, es stimmte nicht, es konnte nicht sein. Sie anstellen, alle Vorbereitungen treffen und dann nicht publizieren? Sie fuhr fort, und war sich dabei im klaren, daß sie sich selbst genauso überzeugen wollte wie Alan. »Ich ... ich kann einfach nicht glauben, daß Giles so ist. Ich halte es für viel wahrscheinlicher, daß es sich einfach um einen Interessenkonflikt handelt. Im Augenblick besteht ein großes öffentliches Interesse an Viola und Frauen wie ihr — damit hat er recht — und er kann seinen Schnitt machen, sozusagen. Es ist ein minderwertiges, aber kaum ein ungeheuerliches Motiv. Die anderen möchten das nicht, weil sie das Gefühl haben, daß dadurch ihr Privatleben in irgendeiner unerträglichen Weise betroffen wird.«

»So einfach ist das?«

»So einfach«, wiederholte Ros.

»Ein echter Fall von Ockhams Rasiermesser.«

Ros nickte. Sie hatte Alans klassische Bildung vergessen. Es war angenehm, jemanden zu haben, der ihre eigene Sprache sprach, wenigstens bei Gelegenheit. Es war auch angenehm, einen anderen Gesichtspunkt kenenzulernen. Trotzdem hoffte sie, daß er sich irrte. Es war zu zynisch, zu ...

»Wie sind denn die Spielregeln beim Publizieren von Papieren, die unschmeichelhafte oder skandalöse Dinge über noch lebende Personen enthalten?« fragte Alan plötzlich.

»Es gibt eine Reihe von Möglichkeiten«, erwiderte Ros, dankbar, wieder auf vertrautem, akademisch bearbeitbarem Boden zu sein. »Man kann sie veröffentlichen und sich nicht drum scheren, sollen doch die Scherben fallen, wo sie wollen. Man kann anstelle der Namen A, B, C und X und so weiter einsetzen. Man kann die schlimmsten Stellen streichen.«

»Ganze Reihen von Pünktchen und Sternchen? Ziemlich

gemein für die Leserschaft. Wirklich sehr ärgerlich. Außerdem scheinheilig. Was der Leser sich dann dazudenkt, ist noch weit skandalöser.«

»Immerhin besser als eine Verleumdungsklage.«

»Das wohl«, sagte Alan trocken. »Das Problem ist natürlich eigentlich, ob die Publikation überhaupt der Wahrheit entspricht.«

»Genau. Das kommt vor. Aber so wie sich Florence und Hugh und die anderen aufgeführt haben, nehme ich an, daß das, was ihrer Meinung nach in den Papieren erwähnt wird, sowohl unglaublich schockierend als auch wahr sein muß. Ich habe aber keine Ahnung, was es sein könnte. Ich habe die ganzen Briefe durchgelesen — zumindest überflogen — und die Tagebücher auch, und es steht nichts drin, was irgendwen verletzen könnte. Allerdings ...« Sie hielt inne, unsicher, ob sie Alan von den Lücken erzählen sollte.

»Tja«, sagte Alan, nachdem klar war, daß sie nicht weitersprechen würde, »was immer Giles genau vorhat, er geht ein gewaltiges Risiko ein. Es ist der Versuch, Leute zum kompromißlosen Mitmachen zu zwingen, bei dem, was er will, was für ihn und Montfort das Beste ist — ohne zu fragen, was für die Leute selbst das Beste wäre.« Er machte eine Pause und fuhr dann fort, als ob er zu sich selber spräche. »Seelen zurechtstutzen, wie man Pflanzen stutzt ...«

Ros setzte sich im Stuhl zurück. »Ich kann's immer noch nicht glauben«, murmelte sie. »Erzählen Sie mir von Florence. Was hat sie zu verlieren oder zu gewinnen?«

»Ah, Florence«, sagte Alan. »Das ist eine merkwürdige Geschichte. Sie hat Cedric vor etwa zehn Jahren geheiratet. Ich glaube, sie kann ihr Glück immer noch nicht ganz fassen. Ihr Hugh ein toller Erfolg — er steht auf der Liste für den Orden, der als eine der höchsten Auszeichnungen von Großbritannien gilt — und mit der Tochter eines Adligen verheiratet. Sie muß das Gefühl haben, daß sie ihre bäuerlichen Wurzeln endlich hinter sich gelassen hat. Kein S.D.E. mehr für sie. Aber die arme Elsie ist natürlich nicht mitgekommen und muß Putze spielen. Sie wußten doch, daß Florence und Elsie Schwestern sind, nicht wahr?«

Erstaunt über diese letzte Eröffnung blinzelte Ros Alan an. Ja, natürlich, daran hatte die fragile, vogelartige Florence sie erinnert — schüchtern, aus dem Gesichtsfeld huschend. Florence hatte denselben seitlich davonschleichenden Blick in den Augen. Aber wie sonderbar. Die eine Schwester eine Dame, die inmitten von Silber und wappenverziertem Porzellan am Tisch saß, und die andere machte in der Küche den Abwasch, immer noch Putzfrau. Ros fühlte eine Welle von Mitleid für Elsie, für Florence.

»Kleine Gewinne, schwer verdient«, murmelte sie. »Wenn man Ihnen zuhört, klingt Giles wie keine besonders nette Person, um es milde auszudrücken.«

»Das ist noch das Wenigste. Abgesehen von der Art, wie er Elsie behandelt, läßt er auch Florence durch kleine Gemeinheiten nie vergessen, daß sie einst die Frau des Bauern war. Summt 'Drei blinde Mäuse', wenn sie in der Nähe ist, und so weiter. Das Merkwürdige ist, daß Cedric davon überhaupt nicht betroffen ist. Einfach immun. Es ist ihm egal. Seine Position ist gesichert, er ist ein weltberühmter Künstler, und er liebt Florence. Aber Florence ist sehr darauf bedacht, ihre Position zu schützen, wirklich sehr.«

»Kein Wunder, daß sie ihn alle hassen«, sagte Ros. Doch trotz all dieser Enthüllungen über seine verworrenen Beziehungen zu den Nachbarn fühlte sie plötzlich eine perverse Zuneigung für Giles. Oder war es Viola? Es fiel ihr schwer zu glauben, daß sie nicht sein konnten, was sie schienen.

Doch was konnte Alan für ein Interesse daran haben, ihr nicht die Wahrheit zu sagen? Sie sah ihn an. Das Kerzenlicht schien von unten in sein Gesicht und ließ die Flächen und Kanten scharf hervortreten, so daß er wie eine elegante, geschnitzte elisabethanische Theatermaske aussah. Doch in Wahrheit hatte er ihr nicht viel mehr erzählt, als sie schon wußte — hatte die Tatsachen nur in ein anderes Licht gesetzt. Und um Giles' Standpunkt kümmerte er sich offenbar überhaupt nicht. Tatsächlich schien niemand sich um Giles zu scheren. Vielleicht war er deswegen so selbst- und vergangenheitsbesessen.

»Und jetzt ist Giles mit Insektenmittel außer Gefecht gesetzt worden«, dachte sie laut. »Cory glaubt, es war nur eine Warnung, kein Mordversuch.«

»Das glaube ich auch. Es paßt dann zu den anderen Vorkommnissen. Jedes ein bißchen brutaler als das vorige, aber vor ernsthaftem Schaden wird Halt gemacht.«

»Und was ist die Botschaft?«

»'Hör jetzt auf, oder wer weiß, was wir als nächstes tun werden, um dich zu ruinieren.'« Im Kerzenlicht gab Alan seinem Gesicht einen absichtlich finsteren Ausdruck. Dann lächelte er. »Ziemlich obskure Art, seine Meinung kundzutun, aber im Grunde Giles' Stil, und daher ironisch, glaube ich. Witzig, verstohlen, und, wie Sie sagten, zwischen den Zeilen. Er kriegt etwas von seiner eigenen Medizin.«

Schweigend saßen sie einen Augenblick da. Ros sah Alan an. Er blickte zurück, jetzt ernst, und anscheinend tief in Gedanken. Nach einem Weilchen sagte sie: »Das Theater mit dem Garten hat doch erst angefangen, als Giles seine Publikationspläne bekanntgegeben hat, nicht? Seit ich da bin?«

»O ja. Alles hat mit Giles' Verlautbarung angefangen, damit haben Sie recht. Oh, und mit der anderen Ankunft — Franziskas, meine ich. Bloß um alles noch etwas komplizierter zu machen.«

»Was ist überhaupt mit Franziska? Wie paßt sie da hinein?«

»Tut mir leid, aber ich kann mich da nur wiederholen: ich habe nicht die leiseste Ahnung. Soweit ich das durchschaue, ist sie aus dem Nichts aufgetaucht.« Alan zog ein Bein hoch und stellte es auf die Bank, drapierte einen Arm über das Knie und starrte ausdruckslos in den dunklen kleinen Barraum. Offenbar immer noch in Gedanken versunken, fing er an, leise vor sich hin zu summen. Die Melodie war bekannt, Ros erkannte sie als 'Von den blauen Bergen kommen wir'.

»Und stehn alle bei der Oma vor der Tür?« sagte sie lächelnd.

Alan blinzelte und wandte ihr seine Aufmerksamkeit wieder zu. »Oder etwas in der Art. Ich habe eigentlich mehr in Richtung 'Und der alte rote Hahn kommt in den Topf' gedacht. Aber Franziska hat wirklich sowas von 'Platz da, jetzt komm ich' an sich. Bestimmt sind alle eng zusammengerückt, um sie unterzubringen. Außer Giles natürlich. Er scheint sie vollkommen zu ignorieren. Sie muß irgendwie mit den Badgetts verwandt sein, denke ich. Ganz entfernt und nicht aus der obersten Schublade. Sie haben sie bei Elsie Farthing verstaut, was immer das bedeuten mag.« Wieder schwieg er.

»Und Sie haben keine Ahnung, was in den Papieren stehen könnte?«

»Nicht die geringste«, sagte Alan, ohne eine Miene zu verziehen. »Alle waren wie vom Donner gerührt, als sie überhaupt auftauchten. Es hatte immer geheißen, Viola hätte alles verbrannt.« Alan sah sie forschend an. »Aber ist das nicht Ihr Spielfeld? Haben Sie nicht gesagt, Sie hätten alle gelesen, und sie wären ganz harmlos?«

»Ich habe nachgesehen, und ich kann nichts finden, das irgend jemanden verletzen oder bedrohen könnte ...« Sie hörte plötzlich auf zu sprechen, beinahe hätte sie hinzugefügt: 'wenigstens bis jetzt.'

Alan beugte sich besorgt vor. »Ich finde, Sie sollten das sofort bekanntmachen. Sie selbst.« Er langte hinüber und legte seine warme Hand auf ihre. »Und ich glaube, Sie wissen auch, warum, selbst bei Ihrem unterentwickelten Sinn für Gefahr. Jemand, wir wissen nicht genau, wer oder warum, versucht verzweifelt, die Veröffentlichung dieser Papiere zu verhindern. Für immer. Den Garten zu verhunzen hat etwas Zeit gebracht, aber jetzt, wo Giles herumläuft und mit seinem Vertrag und seinem Scheck wedelt, wissen alle, daß er weitermachen kann, mit oder ohne Garten. Er kann nicht aufgehalten werden, indem man die Gärten schließt. Also sprüht man ihn mit Insektizid ein und setzt ihn vorübergehend außer Gefecht.«

Er packte ihre Finger fest, fast schmerzhaft. »Aber, schöne Rosamund, Sie sind immer noch da. Wer immer die Veröffentlichung dieser Papiere unterbinden will, muß doch davon ausgehen, daß er früher oder später auch Sie aufhalten muß. Wir haben alle gesehen, wie Sie Tag für Tag ins Viola-Zimmer hinaufmarschiert sind und weitergearbeitet haben, egal was sonst passiert ist, und das schneller, als man annehmen konnte, selbst Giles. Ganz bestimmt müssen sie damit rechnen, daß Sie bald herausfinden werden, was es da zu wissen gibt ... wenn das nicht schon geschehen ist. Sie machen einfach weiter, wissenschaftlich, kühl, kompetent ... nein, nein, ziehen Sie die Hand nicht weg, ich schmeichle Ihnen nicht und bin auch nicht ironisch. Sie machen den Eindruck, wissen Sie, was immer Sie im Innern bewegt, wie kalt Ihre Hände auch sein mögen. Sie sind tatsächlich die eigentliche Bedrohung, denn Sie sind die Wissenschaftlerin. Auch Ihr Name steht auf dem Vertrag, nicht? Wenn Giles heute abend stürbe, würden Sie weitermachen, nicht wahr?«

»Selbstverständlich.«

»Mit As und Bs und Pünktchen?«

»Ich weiß nicht. Das käme drauf an.«

»Sehen Sie? Wissenschaftlich. Objektiv. Prinzipientreu. Offensichtlich unbestechlich. Und möglicherweise — verzeihen Sie, aber ich bin so skeptisch wie Sie — eine Verfechterin der Wahrheit um jeden Preis. Beim Lunch haben Sie vor allen Leuten etwas in der Art gesagt, erinnern Sie sich?«

Alan ließ ihre Hand los, und sie setzte sich zurück und versuchte, diese Ansichten über sie zu verdauen. Die ganze Wahrheit, um welchen Preis auch immer? Hatte sie das gesagt? Ein Leben in Worten, für immer aufbewahrt. Unvergängliches Denkmal der flüchtigen Zeit. Alan hatte recht. Die Reihe Pünktchen war ein Unding. Die Wahrheit mußte die Vergänglichkeit persönlicher Gefühle überdauern. Vergangenheit und

Zukunft waren durch die Gegenwart unvermeidlich getrennt. Aber die Papiere — die Worte — enthielten die Möglichkeit, sie alle miteinander zu verbinden.

Plötzlich überfiel Ros die Sorge um die Papiere. Sie schienen auf einmal so verletzlich, das Netz aus Worten so fragil. Sie hatte den Schlüssel zum Viola-Zimmer. Niemand konnte an die Papiere heran. Aber konnte sie dessen vollkommen sicher sein? Die ganze Zeit war sie so lässig gewesen und hatte Giles' Geheimniskrämerei für ungerechtfertigt, für überflüssig gehalten. Sie hätte Giles' Schlüssel nie bei Cory lassen dürfen.

»Alan«, sagte sie und stand auf. »Lassen Sie uns zurückfahren. Ich möchte Giles' Schlüssel bei Cory holen und nachsehen, ob die Papiere auch bestimmt in Ordnung sind.«

»Gut.« Alan stand munter auf.

Einen Augenblick später, als sie ins Auto stiegen, wandte sie sich ihm zu.

»Und Sie?«

Er lächelte sie an. »Ich bin nicht in Gefahr, merken Sie das nicht? Ich lebe mein Leben und lasse die andern in Frieden. Ich mag Giles nicht, aber er interessiert mich. Für Montfort Abbey und die Gärten habe ich eine große Zuneigung. Und ...«

»Und Sie könnte Giles niemals zu irgend etwas zwingen«, sagte sie ruhig.

Alan hatte den Zündschlüssel im Schloß, drehte ihn aber nicht um. »An Ihnen ist mehr dran, als man auf den ersten Blick sieht, nicht? Als ich Sie zuerst gesehen habe, dachte ich, sehr nett, aber so jung und unerfahren, kaum eine Gegenspielerin für Giles. Aber Ihnen entgeht nichts, wirklich nicht. Sie scheinen alles in sich aufzunehmen, zu verarbeiten und zum richtigen Ergebnis zu kommen. Sie sind die junge Dame, von der James gesprochen hat, die alles merkt.« Er betrachtete sie ruhig. »Geht das so nach und nach, oder alles auf einmal?«

Ros sah ihn wütend an, unsicher, ob sie sich gekränkt fühlen sollte oder nicht. »Oh Alan, seien Sie doch nicht so von oben herab«, sagte sie schließlich. »Man hat mir beigebracht, die richtigen Fragen zu stellen, oder so lange die falschen, bis die richtigen auftauchen. 'Das unerforschte Leben lohnt sich nicht zu leben.' Das ist das erste, was sie uns auf der Uni beigebracht haben.«

»Wer ist jetzt von oben herab?« bemerkte Alan fröhlich, während er den Schlüssel herumdrehte. Der Mini keuchte und würgte und sprang dann röchelnd an. »Der Satz von Sokrates ist mir bekannt. Das ist mal ein interessanter Fall von Pflanzenvergiftung, *Conium maculatum*, oder Schierling, der Koniin enthält, ein Allotrop von Aconitum. Lähmt das zentrale Nervensystem, Beginn bei den Extremitäten. Und da lag er, der alte Mann, und machte Notizen über seine Gefühle beim Herannahen des Todes. Das ist meine Vorstellung von einem echten Intellektuellen.« Er sah sie entschuldigend an. »Tut mir leid, es ist mit mir durchgegangen. Ich glaube, es wäre an der Zeit, daß wir eine Weile von etwas anderem reden.« Er knallte den Gang rein. Und den ganzen langen Rückweg nach Montfort Abbey sprachen sie von anderen Dingen.

16

Als sie auf dem Fahrweg anhielten, war es ganz dunkel, aber das Mondlicht warf einen unheimlichen Schimmer auf die Steine und Büsche, so daß sie fast wie Skelette wirkten. Alan brachte das Auto vor dem Torbogen zum Stehen und sah Ros fragend an.

»Würde es Ihnen was ausmachen, bei Cory und Stella vorbeizufahren?« sagte sie. »Ich möchte die restlichen Schlüssel von Giles zurückholen.«

»Mach' ich.« Alan legte den Gang ein, und der Wagen tuckerte leise um die Kurve zur Pächterfarm. Alle Lichter waren aus, die Badgetts waren entweder für den Abend ausgegangen, oder sie schliefen. Ros fragte sich, ob Beatrice wohl wirklich ausgezogen war. »Ich fahre eben in die Garage, dann können wir zurück laufen«, sagte Alan. »Stellas Wagen ist hier, vielleicht hat sie Nachricht von Giles.«

Sie hielten an der Tür zur Gärtnerwohnung. Ros wartete, während Alan anklopfte und hineinging. Sie hoffte, er würde nicht zu lange bleiben, sie wollte möglichst schnell nach den Papieren sehen.

Nach etwa einer Minute kam Alan wieder heraus und machte die Tür fest hinter sich zu. Hinter dem Glas sah Ros einen Schatten mit lockigem Haar, der ihr zuwinkte. Dann klickte das Schloß von innen. Cory schloß ab, wahrscheinlich auf Alans Anweisung.

Alan gab ihr den Schlüsselbund. »Cory hatte sie den ganzen

Tag eingeschlossen. Stella sagt, Giles ist aus dem Gröbsten heraus, aber wütend wie eine schielende Katze. Er darf morgen nach Hause, und ich habe gesagt, ich würde ihn abholen. Möchten Sie mitkommen?«

»Das überleg' ich mir morgen früh«, sagte Ros abwesend, da sie noch immer die Papiere im Kopf hatte. Sie war überrascht und ein bißchen enttäuscht, daß Giles so bald zurückkam. Sie hatte vorgehabt, den ganzen Vormittag damit zu verbringen, auf der Suche nach den fehlenden Papieren im Zimmer das Unterste zuoberst zu kehren.

»Soweit die Ärzte das beurteilen können, scheint er keine große Dosis abbekommen zu haben. Gerade genug, daß er sich für eine Weile elend fühlt. Es hätte viel schlimmer sein können«, sagte Alan. »Cory hat den Kanister und einen langen schwarzen Schlauch gefunden. Sie waren auf der Rückseite der Abtskapelle hinters Abflußrohr geklemmt. Es fehlte eine ganze Menge.«

Ohne Vorwarnung fing Ros wieder an, am ganzen Leibe zu zittern. Alan streckte einen Arm aus und legte ihn um sie.

»Na, na, was ist denn? Er wird schon wieder. Vielleicht bringt das den verrückten Unheilstifter zur Besinnung. Wir können ja überall verbreiten, daß die Dosis Giles fast umgebracht hat, daß er viel knapper davongekommen ist als in Wirklichkeit. Meinen Sie nicht?« Sein Arm lag immer noch um ihre Schultern, als sie den Weg hinunter aufs Refektorium zugingen.

Giles kam morgen nach Hause. Es würde ihr keine Zeit bleiben, irgend etwas auf eigene Faust zu unternehmen. Vom Tee bei Florence ganz zu schweigen ... arme Florence. Vielleicht könnte sie sie direkt fragen, wovor sie Angst hatte. *Aber nein*, überlegte sie. *Ich muß wirklich erst die fehlenden Papiere sehen, herausfinden, was tatsächlich drinsteht, ehe ich irgendwelche Versprechungen mache.* Sie seufzte und kuschelte sich, ohne zu überlegen, dichter an Alans warmen Körper. Nun, sie würde eben einfach tun müssen, was sie konnte. Giles würde bestimmt nicht sehr unternehmungslustig sein. Während er sich ausruhte, konnte sie ... Alan zog sie dicht an sich, so dicht, daß sie sich von dem leicht harzigen Geruch seines Jacketts eingehüllt fühlte.

Sie hob den Kopf und bewegte sich von ihm weg.

Alan blickte im schwachen Licht auf sie hinunter. »Wieder in Ordnung?«

»Ja. Mir geht's gut.« Sie stand etwas entfernt von ihm und lächelte. »Wirklich. Gewarnt ist gewappnet, und jetzt kann ich ja auch die Tür abschließen.« Sie hielt die Schlüssel hoch.

»Ja, schon, aber trotz alledem werde ich Sie zurückbegleiten und mich umschauen, nur um ... na, na, jetzt stellen Sie mal nicht gleich die Stacheln auf wie ein Igel ... nur um mich selbst zu beruhigen.«

Ros schaute ihm ins Gesicht. Der amüsierte Ausdruck war verschwunden, er sah ganz ernst aus. Aber sie wollte ihn wirklich nicht dabeihaben, wenn sie zum Viola-Zimmer hinaufging.

»Schon gut, Alan. Aber ehrlich, ich habe keine Angst.«

Sie gingen unter dem Torbogen durch und über das Gras zur Tür des Refektoriums. Alan hielt ihr die Tür auf und folgte ihr dann hinein. Er knipste das Licht in der Halle an und spähte durch die alte durchbrochene Chorwand ins Wohnzimmer. »Gehen Sie mal beiseite, schön Rosamund«, befahl er. Er betrat das Wohnzimmer und schaute hinter die gepolsterten Stühle, in alle schattigen Nischen und Winkel, sogar den Kamin hoch. Er kehrte in die Halle zurück und drehte unterwegs die Lichter an, ging an der Treppe vorbei und ins Eßzimmer. Ros hörte, wie die Stühle einer nach dem anderen verschoben wurden. Es erinnerte sie an den chaotischen Lunch — wie lang war das her? Letzten Montag, nicht einmal zwei Wochen. Seitdem schien eine Ewigkeit vergangen zu sein. Sie hörte, wie die Schränke in der Küche geöffnet wurden, das Rasseln von Riegeln, eine knallende Tür. *Der Besenschrank,* dachte sie erheitert. *Hagere Zwerge?* Alan kehrte in die Halle zurück.

»Bisher nichts. Ich habe in der Küche und im Eßzimmer die Fenster verriegelt. Die im Wohnzimmer lassen sich nicht öffnen. Ich schließe nur die Tür ab, ehe wir nach oben gehen.« Damit nahm er ihr die Schlüssel ab und schob den großen, ungeschlachten Riegel an der Eingangstür vor. Dann stieg er, immer drei auf einmal nehmend, die ausgetretenen, hohlen Stufen hinauf, und winkte ihr, zu folgen.

Als Ros um die Kurve des Treppenabsatzes bog, ging er gerade den langen dunklen Gang zu ihrem Zimmer entlang. Er betrat ihr Zimmer. Ros sah zu, mit dem Rücken zu Giles' Zimmertür. Alan kam heraus und wirkte in sich gekehrt, dann ging er ins Badezimmer. Es gab noch zwei weitere Schlafzimmer und noch ein Bad, von der Halle aus zu erreichen. Ungeduldig, endlich ins Viola-Zimmer zu können, wandte sich Ros um und stieß die Tür zu Giles' Zimmer auf. *Hier kann ich ja selbst nachsehen,* dachte sie.

Giles' Zimmer erstreckte sich über die ganze Fläche von Eßzimmer und Küche darunter und stieß mit der entfernteren Wand an den Turm. Die abschließende Wand war von dem großen und ziemlich schimmelig wirkenden Gobelin bedeckt, dessen Bewegungen im Wind Ros an ihrem ersten Tag erschreckt hatten. Obwohl die Treppe zum Viola-Zimmer auf dieser Seite des Turms lag, existierte kein Eingang ins Refektorium. Die einzigen Türen waren eine am Fuß des Turms, die sich zum Torbogen öffnete, und eine ganz oben, die ins Viola-Zimmer führte. Das war natürlich merkwürdig, aber dies war eine Art Festung gewesen, und wer konnte schon wissen, an was für Belagerungen mittelalterliche Mönche gedacht hatten.

Ros knipste das Licht an, und das große Walnußhimmelbett und die mit Schnitzereien verzierten Möbelstücke traten scharf hervor. Sie schaute unters Bett und öffnete den Eichenschrank, der vom Boden bis zur Decke reichte. Dann wandte sie sich um und betrachtete den Rest des Zimmers. Seit dem Tag ihrer Ankunft war sie nicht mehr darin gewesen, es war eine ihrer schweigenden Übereinkünfte. Sie fand den Raum für einen Junggesellen erstaunlich ordentlich und ziemlich üppig. Die schweren Möbel, die riesigen schwarzen Balken und speziell die Gobelins gaben ihm ein mittelalterliches Aussehen. Sie ging auf den Gobelin zu, er stellte eine verblichene Waldlandschaft mit Schlössern im Hintergrund dar. Große Damen mit hoher Stirn bewegten sich darauf in hochmütigen Haltungen, von Windhunden begleitet. Sie waren in fließende Gewänder gekleidet, trugen sehr sonderbaren Kopfputz, und ihr Teint war grün vor Alter. Ros fuhr mit der Hand über den rauhen, wolligen Stoff, der aus der Entfernung wie glatter Stein gewirkt hatte.

Und dann hörte sie auf der anderen Seite ganz deutlich ein Geräusch.

Wo kommt das denn her? dachte sie. Sie beugte sich hinab und hob den unteren Rand des Gobelins schnell hoch und auf ihre Schulter, dann duckte sie sich darunter. Mitten im Stein war eine Tür.

Und hinter der Tür, auf der anderen Seite der steinernen Mauer, hörte sie wieder ein ersticktes Geräusch.

Ros legte das Ohr an die Tür. Der Gobelin fiel wie ein Cape um sie und schnitt Licht und Luft fast völlig ab. Staub kitzelte ihr in der Nase, und sie unterdrückte das Bedürfnis zu niesen. Lauschend hielt sie die Luft an. Ein leises Rascheln — aber wo, wie weit entfernt? Stille. Dann ein Geräusch, als ob über ihr etwas geschleift würde.

Sie schaute nach unten, fand die Klinke im düsteren Schatten und drückte sie hinunter. Die Klinke gab nach, aber die Tür öffnete sich nicht. Die Luft wurde ihr knapp, also drückte sie sich rückwärts gegen den Gobelin und versuchte, das schwere Gewebe mit dem Rücken wie ein Zelt hochzuhalten, um mehr Licht und Luft zu bekommen, während sie gleichzeitig mit beiden Händen die Klinke fest nach unten drückte.

»Ros?« Alans Stimme kam durch die schwimmende Luft. »Was! ... Ros? Was zum Teufel tun Sie da?«

Kühle, frische Luft strömte auf sie ein, als Alan den Gobelin hob, der sie wie ein Leichentuch umhüllt hatte, und ihn dann zurückschlug.

»Sie haben mir einen ziemlichen Schrecken eingejagt. In diesem alten Ding herumzufuhrwerken wie die Katze im Sack. Und Sie sind weiß wie ein Leintuch. Was ist los?«

Ros legte einen Finger an die Lippen und deutete auf die Tür.

»Wohin führt die?« flüsterte er und ließ den Gobelin herunter wie einen Bühnenvorhang.

»Ich weiß nicht. Ich bin noch nie hier drin gewesen. Aber ich habe ein Geräusch gehört, und dann habe ich die Tür gefunden. Ich glaube, jemand ist da drin.«

»Ist sie abgeschlossen?« Alan drückte gegen das Schloß und schob dann mit ganzer Kraft. Die Tür sprang auf. Wieder ertönte ein deutliches Geräusch in der Dunkelheit dahinter. Aber es war immer noch gedämpft, immer noch weit weg.

»Ui«, sagte Alan leise. »Gibt's sowas wie Licht?«

Ros tastete nach einem Lichtschalter nahe der Tür und knipste ihn an. Dies war kein unbenutztes mittelalterliches Mönchsversteck, mit elektrischem Licht und eingelassener Tür. Es war eher ein Mittelding zwischen einer Kammer und einem Durchgang — ungefähr drei Meter lang, aber sehr schmal. Zu ihrer Linken war die Steinmauer vom Boden bis zur Decke merkwürdig gerundet, zur Rechten, in einer Art Alkoven, befanden sich mehrere Regalbretter mit tuchumhüllten Kleidern, die Mitte war offenbar freigehalten worden als Passage zu der Tür, die der direkt gegenüber lag, durch die sie gerade hereingekommen waren.

»Wo zum Teufel sind wir?« sagte Alan.

»Ich glaube, das muß die Rückseite der Treppe sein«, sagte Ros und deutete auf die gerundete Wand. »Wir sind im Turm hinter der Treppe, die zum Viola-Zimmer hinaufgeht. Aber da ist doch kein Ausgang ...« Ros unterbrach sich verwirrt.

»Was mag da wohl drin sein?« Alan ging zu der Tür ihnen gegenüber und drückte auf die Klinke, leicht schwang die Tür auf. Der Raum dahinter war vollkommen finster. Das Licht aus dem Durchgangsraum fiel über den Boden und warf ihre Schatten vor sie hin.

»Ich weiß, wo wir sind. Sehen Sie.«

Ros duckte sich durch die Tür, stellte sich an die Seite und spähte umher. Ein merkwürdiges Lichtmuster zeigte sich in der Dunkelheit zu ihrer Linken, Schlitze — Gucklöcher, nicht groß genug für Fenster — ließen das Mondlicht herein und sprenkelten den Boden mit schmalen Lichtstreifen.

»Wir sind über dem Torbogen direkt unter dem Viola-Zimmer«, sagte Alan mit normaler Stimme. »Ich habe nie dran gedacht, aber natürlich ist da ein Hohlraum. Das komische Ding da ist das Wappen, das in den Sims geschnitzt ist. Überall kleine Sehschlitze zum Spionieren, man kann hinaussehen, aber niemand kann hereinschauen. Wenn's drauf ankäme, könnte man bestimmt auch den einen oder anderen Pfeil abschießen.«

Vorsichtig suchten sie sich ihren Weg zwischen den undeutlichen Gegenständen und Hindernissen, die anscheinend überall herumstanden: staubige, zugedeckte Möbelstücke, ein altes hölzernes Kaminsims, ein verrostetes Kinderfahrrad, ein kollabiertes Bettgestell, Koffer und Kisten. Im trüben Licht konnte Ros eine weitere Tür ausmachen. *Es ist wie im Zug,* dachte sie, *wo man von einem Waggon zum nächsten geht.* Der Raum schien zu schwanken, sich leicht zu neigen, als ob er sich auf Gleisen bewegte. Von oben hörte sie ein rhythmisches Klicken.

»Alan«, flüsterte sie angestrengt.

»... bißchen niedrig hier, aber prima als Rumpelkammer«, sagte Alan gerade. »Ein paar von Giles' Kinderspielsachen, und — sehen Sie mal, ein Mönchskostüm ...«

Ros wandte den Kopf und unterdrückte einen Aufschrei. Direkt neben ihr hing eine staubig aussehende braune Mönchskutte an einem Haken und schaukelte leicht. Es sah aus, als ob dort eine Leiche baumelte.

Und dann hörten sie ganz deutlich ein Scharren, einen dumpfen Schlag und Schritte von jemandem, der oben umherging.

»Also gut.« Schnell kam er herüber und probierte die Tür. Sie hielt stand. »Diese ist wirklich abgeschlossen, wahrscheinlich von der anderen Seite«, sagte Alan, während er am Schloß rüttelte.

Sie sahen einander nachdenklich an. Dann trat Alan zurück und zielte mit einem heftigen Tritt gegen die Tür. Das Holz splitterte zu Zahnstochern, und die Klinke hing lose am Türrahmen.

»Das wollte ich schon immer mal tun«, bemerkte er und betrat an der zerstörten Tür vorbei den Raum dahinter. Er drehte sich überrascht nach allen Seiten. »Das ist ja Elsies Bude«, sagte er.

Ros sagte nichts. Sie war direkt dorthin gegangen, wo eine Wendeltreppe nach oben führte und an einer flachen Holztür endete. Eine Treppe hinunter gab es nicht. Nicht mehr. Man kam nur auf dem Weg herein, den sie gekommen waren, oder durch Elsies Wohnung.

Leichtfüßig lief sie die Treppe hinauf, Alan dicht auf den Fersen. Von der anderen Seite der Tür her hörten sie schwere Gegenstände auf den Boden krachen, dann Schritte. Das Klappern von Metall auf Metall, dann eine zuschlagende Tür.

»Giles' Schlüssel«, flüsterte Ros. »Ich hab' ihn drin liegenlassen. Jetzt haben sie ihn.«

»Müssen gehört haben, wie ich die Tür eingetreten habe. Also jetzt reicht's.« Alan stemmte seinen Rücken gegen die Treppenwand, hob ein Bein und preßte dagegen. Die Tür knarrte, ächzte und sprang auf. Sie standen in der Tür und sahen ins Viola-Zimmer.

Die Szene vor Ros' Augen drehte sich, schwankte und kam dann wieder ins Gleichgewicht. Das Zimmer war ein Trümmerfeld. Ein Bücherhaufen blockierte ihren Weg wie eine zerfallene Mauer. Alan sprang darüber hinweg, rutschte über einen Stapel Papiere und warf sich durch die offene Tür auf die Treppe zu. Dabei rief er über die Schulter: »Bin gleich zurück.« Und weg war er, wie ein Terrier im Kaninchenloch.

Ros ging mitten ins Zimmer und kickte einen Stapel Briefe beiseite, der gegen ihren umgekippten Stuhl lehnte. Sie hob den Stuhl auf, setzte sich drauf und sah sich im Zimmer um.

Ein einziges Chaos. Schachteln mit Papieren waren ausgeleert, Papiere überall verstreut, der ganze Fußboden mit einem Teppich von Briefen und einzelnen Blättern bedeckt, eine Schicht über der anderen, wie die Blütenblätter im ruinierten Rosengarten. Leere Pappdeckel standen herum wie kleine spitzgieblige Hausdächer, die ein Hurrikan weggeblasen hat. Ros schaute sich nach der Stelle um, an der sie hereingekommen waren. Ein leeres Bücherregal ragte schräg von der offenen Tür weg, die Bücher in Haufen auf dem Boden. Die Tür war die ganze Zeit hinter dem Bücherregal gewesen. Warum hatte Giles ihr das nicht gesagt? Ein geheimer Eingang. Sie hätte es erraten müssen. Erschöpft seufzte sie und betrachtete den Ruin so vieler Tage Arbeit. Jede Mappe mit datierten, zusammengestellten, geordneten und abgehefteten Briefen war leer. Sie warf einen Blick auf ihre Schreibmaschine und fragte sich, warum derjenige, der das getan hatte, sie nicht auch zu Boden geschleudert hatte. Ein halbes Blatt Papier war über dem Wagen gerade eben sichtbar. Sie beugte sich vor.

Säuberlich in Blockbuchstaben getippt standen da die Worte:

Sie sind die nächste

Ros stand abrupt auf und warf dabei ihren Stuhl um. Eine Welle von Schwindel überkam sie. Sie stand ganz still, bis der Schwindel verging, richtete dann sorgfältig den Stuhl wieder auf, zog den Zettel an einer Ecke heraus und ging die Treppe hinunter. Alan fand sie dort wenig später, auf der untersten Stufe sitzend und wie in Trance auf das Stück Papier starrend.

»Was ist das?«

»Ich hab' es auf meinem Schreibtisch gefunden, in der Maschine.«

Er warf einen kurzen Blick darauf, dann setzte er sich, legte den Arm um sie und zog ihr Gesicht an seine Brust.

»Ist Ihnen jetzt klar, worauf die aus sind?«

»Die Papiere. Und Giles.« Ros zögerte. »Und mich.« Sie sah auf. »Haben Sie jemanden gesehen?«

»Natürlich nicht. Derjenige war längst weg. Ich bin sogar noch den anderen Weg zurückgegangen, bis zur Tür in Elsies Wohnung. Dann bin ich zurückgekommen und habe auf *Ihrer* Seite alles abgeschlossen. Diese Schlüssel passen, nebenbei, außer für die letzten zwei Türen, natürlich. Die sind beide völlig hinüber, fürchte ich.« Er gab ihr die Schlüssel.

»Und was jetzt?« murmelte Ros, sowohl zu sich selbst wie zu Alan.

»Ich weiß nicht«, antwortete Alan nachdenklich. »Aber diese zackige kleine Warnung und die überall verstreuten Papiere geben uns doch wohl eine grobe Vorstellung, finden Sie nicht? Wer immer es ist, er ist wild darauf, zu erfahren, was drinsteht. Das ist kaum verwunderlich, denn an Ihrem elfenhaften Pokergesicht allein kann ja niemand ablesen, ob Sie nun was Schockierendes gefunden haben oder nicht. Nein, es sieht aus, als hätten wir eine fieberhafte Suche unterbrochen ... was eigentlich merkwürdig ist, wenn man sich überlegt, daß er oder sie den größten Teil des Tages und die halbe Nacht Zeit hatte ...« Er machte eine Pause und sah sie nachdenklich an. »Und dann ist da noch was Sonderbares. Wenn, wie Sie sagen, nichts in den Papieren steht, warum ist die Person nicht beruhigt? Wozu die neue Drohung?«

Ros sagte nichts. Aber sie wußte es. Die Lücken. Der Sucher hatte gemerkt, daß da Briefe fehlten, daß da Tagebücher mit herausgeschnittenen Seiten waren. Was sie suchten, war nicht dort. Aber das konnte sie Alan nicht sagen. Der beobachtete sie immer noch und wartete. Nach einer Weile fuhr er fort.

»Und warum sind sie nicht an Sie herangetreten, haben um

ihre Sympathie geworben, versucht, von Ihnen Hilfe zu bekommen? Das wäre doch wenigstens einen Versuch wert gewesen.«

»Das haben sie ja«, sagte Ros. »Morgen um vier soll ich mit Florence Tee trinken. Um etwas Wichtiges zu besprechen. Das war in dem Briefumschlag, den Sie auf dem Fußboden im Refektorium gefunden haben.«

»Hm«, sagte Alan. »Dadurch wird die Warnung nur noch merkwürdiger. Sieht kaum nach einer konzertierten Aktion aus.«

»Sie glauben wirklich, es ist mehr als eine Person? Die könnten ihre Zeit besser nutzen, wenn sie sich zusammentäten. Von meiner ganz zu schweigen«, sagte sie ärgerlich. »Ich bin gespannt, was Giles dazu sagen wird.«

»Ich kann's mir vorstellen. Aber das ist jetzt egal.« Alan richtete sich neben ihr auf und schüttelte seine Jacke wieder zurecht. »Als erstes müssen wir diese verflixte Trick-Tür zukriegen, und als nächstes müssen sämtliche Schlösser ausgewechselt werden. Unser Freund hat offenbar erreicht, daß er sich überall frei bewegen kann, und wir müssen es ihm ja nicht noch leichter machen. Oder ihnen.«

»Ich werde heute abend soweit aufräumen, wie ich kann«, verkündete Ros.

»Ich komme mit.«

Ros studierte Alans Gesicht und ließ zögernd den Gedanken zu, den sie die ganze Zeit unterdrückt hatte. Was, wenn Alan dazu gehörte? Wer hatte schließlich dafür gesorgt, daß sie so lange Zeit sicher aus dem Wege war? Was, wenn es sich wirklich um eine Verschwörung der ganzen Gruppe handelte, mit dem Ziel, herauszufinden, was in den Papieren stand, und die Veröffentlichung auf irgendeine wirksame Weise zu verhindern? Alans ruhige Zurückhaltung, ihr Gefühl, daß er mit etwas hinterm Berg halte: konnte dahinter stecken, daß auch er sie benutzte? Nicht nur dazu, Zugang zu den Papieren zu bekommen, sondern um herauszufinden, wieviel sie über den

199

Inhalt wußte? Sie war froh, daß sie ihm so wenig erzählt hatte.

»Sie können das nicht alles alleine machen. Außerdem gefällt mir der Gedanke, daß Sie allein sind, jetzt noch weniger als vorher.«

Unsicher stand sie auf der schmalen Stufe. Während sie ihm ins Gesicht sah, zogen sich seine Brauen plötzlich zusammen. Er sah einen Augenblick beiseite, dann aber direkt in ihre Augen. Ein leichter Vorwurf huschte über sein Gesicht. Er wußte, daß sie ihn in Verdacht hatte. Dann steckte er mit einem leichten Achselzucken die Hände in die Taschen und sah sie immer noch mit seinem direkten Blick an.

»Es liegt bei Ihnen, Ros«, sagte er schließlich. »Ich kann Sie nicht zwingen, mir zu vertrauen, falls Sie das noch nicht tun. Aber ich bin da. Und trotz allem, was Sie vielleicht denken, werde ich dafür sorgen, daß Ihnen nichts zustößt.«

Ros schloß die Augen. Sie fühlte sich schuldig und beschämt. Ausgerechnet Alan. Alan — der rücksichtsvolle, ruhige, sachliche Alan, der ihr zu Hilfe geeilt war, sie aufgemuntert, sie beruhigt und getröstet hatte. Alan, dessen gerader Blick und dessen warme physische Gegenwart eine ständige Ablenkung darstellten. Nein. Es war die Atmosphäre dieses Ortes, die einsickerte und ihre Bereitschaft, von jedem nur das Beste zu glauben, verdarb und korrumpierte. Sie traf eine spontane Entscheidung.

»Also dann kommen Sie.«

Und miteinander stiegen sie die Treppe zum Viola-Zimmer hinauf.

17

Sie arbeiteten zusammen bis tief in die Nacht, sammelten auf, sortierten, ordneten neu ein und räumten auf. Dabei fühlte Ros sich beruhigt und getröstet, nicht nur durch Alans Gegenwart, sondern auch durch die Arbeit selbst. Hin und wieder wechselten sie ein paar Worte miteinander, während sie nebeneinander knieten oder in den verstreuten Papieren herumkrochen. Zuerst hatte Alan ein paar Fragen über ihre Organisationsmethode gestellt, wie sie bisher gearbeitet hatte, aber als sie mehr und mehr Briefe einordneten — Ros hatte sie mit Bleistift beziffert, sobald sie eine Serie mit Sicherheit beisammen hatte — wurde Alan schweigsam, ja abwesend und nachdenklich. Ros sah ihm zu und merkte, daß er die Briefe nicht las, er arbeitete zu schnell und schien meilenweit entfernt. Sie fragte sich, was ihn wohl so schweigsam gemacht hatte, und hoffte ein bißchen schuldbewußt, es wäre nicht das Gefühl, daß sie ihm nicht vollkommen vertraute.

Taktvollerweise hatte er über die Briefe selbst keine Fragen gestellt, die über ein gelegentliches »Wohin gehören diese?« hinausgegangen waren. Ros war ihm dankbar dafür. Schließlich konnte der Eindringling, objektiv betrachtet, ja immer noch jeder von ihnen sein. Aber stimmte das wirklich? Sie unterbrach die Arbeit einen Augenblick, setzte sich zurück und überlegte. Es mußte jemand sein, den Viola kannte und an oder über den sie geschrieben haben könnte, nicht nur ein oder zweimal, sondern über einen ganzen Zeitraum hinweg — und dieser Zeitraum mußte mehrere Monate des Jahres 1943 sowie die Jahre 1965-1975 einschließen. Damit wäre Alan eigentlich draußen, argumentierte sie, denn er war erst vor etwa einem Jahr in die Abtei gekommen und hatte Viola persönlich überhaupt nicht gekannt. Jedenfalls behauptete er das. Andererseits, wie viele von den Menschen, die auf die eine oder andere Art in den Briefen eine Rolle spielten, wohnten denn tatsächlich in der Abtei? Warum nicht ein guter Freund, ein Nachbar, oder — und das war der eigentliche Grund für ihre Unsicherheit bezüglich Alan — der Sohn oder Neffe einer vielleicht längst verstorbenen Person, deren Andenken aber in seinen oder ihren Nachkommen wachgehalten wurde? Ein kalter Schauer lief ihr über den Rücken. Konnte es das sein, was Alan ihr verheimlichte? Wo er doch so unbeteiligt und unbetroffen wirkte, warum wollte er es ihr dann nicht erzählen? Weil er wußte, daß es seine Position als unbeteiligter Beobachter und Vertrauensperson untergraben würde? Und das wollte und mußte er sein, um herauszufinden ...

Ros seufzte. So ungern sie das auch zugeben wollte, es war gerechtfertigt, ihn nicht vollkommen ins Vertrauen zu ziehen. Im Augenblick konnte sie nichts tun, außer alles für sich behalten. Und warten, bis Giles sich erholt hatte, so daß sie ihn zur Rede stellen konnte. Zögernd wandte sie sich den Papieren wieder zu.

Sie sah sich im Zimmer um. Das Durcheinander war jetzt fast vollständig aufgeräumt, dank Alans Eifer. Soweit Ros erkennen konnte, fehlte nichts, was nicht vorher auch schon gefehlt hatte. Das brachte sie zu dem Verdacht, daß der Eindringling nicht viel mehr getan hatte, als in der Korrespondenz herumzuwühlen, die Warnung zu schreiben und die Bücher und Ordner durch die Gegend zu schleudern, hauptsächlich der Wirkung wegen. *Und Wirkung hat es gezeigt*, dachte sie, als sie sich daran erinnerte, wie schwindelig ihr geworden war, als sie die Warnung sah.

SIE SIND DIE NÄCHSTE. Du auch, dachte Ros. Das Zimmer in ein Chaos zu verwandeln, war ein Anzeichen von zunehmendem Ärger, wachsender Verzweiflung. Jemand geriet an seine Grenzen, näher an irreversible und mörderische Gewalt. Es ließ darauf schließen, daß Wut und Verzweiflung jeden Augenblick die Oberhand über die methodische Intelligenz erhalten könnten, die bisher den Impuls, rücksichtslos jedes Mittel anzuwenden, um Giles an der Veröffentlichung der Briefe zu hindern, im Zaum gehalten hatte. Für eine gemächliche, systematische und unauffällige Suche, die keine Spuren hinterließ, hatte es reichlich Zeit gegeben. Aber die Zerstörungen und die Drohung zusammen legten die Vermutung nahe, daß die Person, wenn sie noch mehr unter Druck geriet, früher oder später ein tödliches Unheil verursachen würde. Ros bekam eine Gänsehaut und versuchte den Gedanken beiseite zu schieben. Anders als Pflanzen treiben menschliche Wesen nicht aus den Wurzeln wieder nach.

Trotzdem, warum hatte der Eindringling nicht alle Papiere zerstört? Die Geste hätte doch nachdrücklicher gewirkt, und bestimmt auch hinderlicher. Es hätte Giles und sie tagelang aufgehalten, bis neue Kopien angefertigt waren. Sie setzte sich auf den Boden und stützte das Kinn in die Hand, brütete über alles nach und summte abwesend vor sich hin. Sie hatte der schattenhaften Gestalt einen Namen gegeben, erkannte sie plötzlich. Es paßte alles. Motiv, Gelegenheit, Intelligenz, Fachwissen, und, ja, auch das, Selbstbeherrschung. Es mußte Hugh sein.

Ein prustendes Gelächter aus der anderen Zimmerecke schreckte sie auf. Sie sah zu Alan hinüber. Er hockte auf der Kante von Giles' Schreibtisch und grinste.

»Es muß nicht unbedingt Hugh sein, wissen Sie«, sagte er.

Ros klappte der Unterkiefer herunter. »Woher wußten Sie, daß ich das gedacht habe?«

»Sie haben schon eine ganze Weile vor sich hingebrummelt und meine Anwesenheit völlig vergessen«, antwortete er heiter,

»und gerade eben haben Sie gesummt '... und da bliebst nur Du, da bliebst nur Du', und so lieb mir das auch wäre, ich glaube nicht, daß es sich auf mich bezogen hat. Wirklich, Ros«, fuhr er mit gespieltem Vorwurf fort, »was für ein furchtbares Wortspiel.« Er unterbrach sich. »Aber im Ernst, warum hat, wer auch immer, die Papiere nicht einfach vernichtet und fertig?«

Ros dachte einen Augenblick nach. »Weil es bloß Kopien sind, natürlich«, antwortete sie schließlich. »Was nützt es schon, die Fotografien zu vernichten, wenn die Negative immer noch in der Tasche des Erpressers stecken? Es wäre denkbar, daß einer von ihnen in Duke's Bibliothek fährt und sagt, 'Bitte, dürfte ich Mamas Briefe an Lady V. sehen', aber sie würden niemals die Erlaubnis bekommen, auch nur eine Zeile von Viola selbst zu lesen, geschweige denn die ganze Sammlung. Also wozu die Mühe? Es wird uns aufhalten, aber nicht sehr lange. Nein, ich glaube, wer es auch sein mag, hat die Möglichkeit noch nicht ausgeschlossen, das Gesuchte könnte sich doch hier irgendwo befinden. Und hier kann man immer noch leichter drankommen als sonstwo. Aber es bedeutet wohl auch, daß er nicht genau weiß, wo die Gefahr liegt, daß nicht alles so aus und vorbei ist. Er fürchtet, daß in den Papieren etwas Furchtbares steht, aber er weiß nicht genau was, oder wo. Die Papiere zu vernichten, würde nur Aufmerksamkeit erregen, Giles zu noch mehr Reklame verhelfen und absolut nichts bewirken.«

Alan nickte. »Also will er offenbar nicht alles riskieren — besonders keine öffentliche Untersuchung — um Sie und Giles am Weitermachen zu hindern, bis er *wirklich* Bescheid weiß. Er möchte nicht auch noch selbst aus Versehen die schreckliche Enthüllung herbeiführen. Ich glaube, das ist der wahre Grund, warum er alles so durcheinandergeworfen hat — um Sie zu verwirren.«

»Dann war es schließlich doch nicht Wut. Es war viel kalkulierter«, murmelte Ros.

»Das bedeutet aber keine Entwarnung«, erwiderte Alan. »Wie ich schon sagte, es könnte irgendwer sein. Oder jeder. Selbst ich. Das müssen Sie zu Ihrem eigenen Schutz weiterhin denken. Was das betrifft, es könnte sogar Giles selbst sein. Die Symptome einer Allothan-Vergiftung sind ziemlich leicht zu simulieren. Man schielt ein bißchen, taumelt ein bißchen und lallt.« Er imitierte kurz das Verhalten einer betrunkenen Vogelscheuche und brachte Ros gegen ihren Willen zum Lachen. »Aber das ist jetzt egal.«

Er schwieg einen Augenblick und sah sie nachdenklich an. »Ich erwarte nicht, daß Sie mir glauben, aber ich bin wirklich nicht in die Sache verwickelt. Obwohl Sie am besten wissen müßten, daß ich kaum Gelegenheit hatte, diese kleine Überraschung hier anzurichten.«

Ros leistete mit den Augen stumme Abbitte. Er grinste.

»Wenn Sie mehr Zeit damit verbracht hätten, mich zu beobachten, statt vor sich hin zu murmeln, während Sie sortierten und einordneten wie ein bibliographischer Zauberlehrling, dann hätten Sie gesehen, daß ich kaum einen Blick auf die Briefe geworfen habe. Bloß die Namen und Daten. Anderer Leute Briefe langweilen mich zu Tränen.«

»Oh Alan. Es tut mir leid.« Sie spürte einen plötzlichen Impuls, ihm alles zu erzählen, die Lücken, ihre Zweifel, ihre Unsicherheit. Aber sie konnte nicht. Noch nicht.

Alan löste sich von Giles' Tisch, streckte sich und gähnte.

»Machen Sie sich nichts draus. Sehen Sie, ich hab' genug davon, und wir haben — oder Sie haben — eine ganze Menge aufgeräumt. Lassen Sie uns Schluß machen. Sie sehen vollkommen erledigt aus.«

»Wie spät ist es?«

Alan zog eine große goldene Taschenuhr hervor. »Zwei Uhr durch«, sagte er.

Ros deutete schwach auf das Bücherregal, hinter dem der geheime Eingang wieder verborgen war. »Es hat wohl nicht viel Sinn abzuschließen. Offenbar haben sie den Schlüssel ...«, sie unterbrach sich, weil ihr plötzlich ein Bruchstück einer Unterhaltung einfiel, die sie mitgehört hatte. »Ich habe den Schlüssel«, hatte Franziska zu Florence gesagt. Alan hatte also recht. Es mußte nicht unbedingt Hugh gewesen sein.

»Wir könnten ein paar Aktenschränke davor wuchten, wenn Sie wollen«, sagte Alan gerade. »Dadurch wird es jedenfalls etwas schwieriger. Oder ...«

Ros sah ihn zweifelnd an.

»Oder wir könnten die Treppe mit unseren Körpern vor dem Eindringling schützen. Ich würde mich freiwillig melden, aber da Sie sich nicht einmal meiner völlig sicher sind, hätte das wenig Sinn. Im Ernst, wir könnten Matratzen hier heraufschleifen und am Tatort lagern. Auf die Weise könnten Sie die Papiere bewachen und ich Sie, eine Notwendigkeit, die Sie mit Ihrer einseitigen Hingabe an diese Reste, Schnipsel und Fragmente dauernd zu vergessen scheinen. Oder, um es anders auszudrücken, Sie könnten mich im Auge behalten, während ich die Papiere bewache. Aber die Frage bleibt, wie wir zum Schlafen kommen, was die zweite Notwendigkeit wäre, die Ihnen offenbar entfallen ist. Bindfäden an die Zehen binden? Abwechselnd Wache halten? Uns auf die Stufen drapieren wie Sardinen in der Dose und dauernd die Stellung ändern?«

Ros mußte wieder lachen. Dann wurde sie ernst. »Welchen Sinn hat das? Wie Sie sagten, wer es auch sein mag, kann zu jeder beliebigen Zeit an die Papiere heran. Warum sie nicht einfach machen lassen als ... als Zeichen des Vertrauens?« *Aber was für ein Vertrauensbeweis wäre das, wenn die Papiere, die sie suchen, nicht mal hier sind,* dachte sie.

»Sie haben da viel Arbeit reingesteckt. Warum alles zunichte machen lassen, wenn es sich verhindern läßt?«

»Ach, ich weiß nicht.« Ros wandte sich ab und ging auf die Tür zu. »Ich verstehe einfach nicht, was jemandem so wichtig sein könnte, daß er solche Risiken eingeht, so verzwickte Pläne macht, um sicherzugehen, daß es nicht herauskommt.

Es gehört soviel Qual dazu, soviel Ungewißheit. Ich frage mich inzwischen, ob das Projekt soviel wert ist, ob es richtig ist, damit weiterzumachen, wenn der bloße Gedanke an die Veröffentlichung solche Pein verursachen kann.« In Gedanken sah sie wieder die erschütterten und erschreckten Gesichter der Gäste bei Giles' Lunch. Den gequälten Blick von Florence. Hughs Flehen. Elsie. Sie schloß die Augen, aber die Gesichter blieben.

»Aha! Aber das liegt doch nicht bei Ihnen, nicht wahr? Sie müssen eine Arbeit tun, für die man Sie angestellt hat. Außerdem, es ist Ihr Beruf. Nebenbei, alle unsere Leidenschaften sind doch selbstgewählt, oder nicht? Was immer es ist, es liegt in der Vergangenheit, und ich kann mir ums Verrecken nicht vorstellen, wieso ein paar Briefe mehr irgend jemandem so wichtig sein können. Soll doch die tote Vergangenheit ihre Toten begraben.«

»Das ist das Geheimnis, nicht?« sagte Ros. »Niemand läßt jemals die Vergangenheit ruhen. Manchmal kommt es mir vor, als verbrächten wir mehr Zeit mit dem Leben in der und der Sorge um die Vergangenheit als in der Gegenwart. Man hat wohl immer das Gefühl, die Gegenwart kann allein zurechtkommen.« Sie seufzte. »Aber Sie haben recht. Wir drehen uns nur im Kreise. Vielen Dank für ...«

Sie wandte sich zu Alan um und fand ihn unerwartet nah. Ehe sie noch etwas sagen konnte, streckte er den Arm aus und zog sie an sich. Das Viola-Zimmer verschwand, und sie wußte nur noch, daß sein Mund warm und suchend auf ihrem lag, spürte den festen Körper, der unter diesen verkrumpelten, unansehnlichen, ausgebeulten Kleidern so straff und muskulös war, den schwachen Terpentingeruch ... Unter dem Jackett schlang sie ihre Arme um seinen Rücken, fühlte die Wärme seiner Haut unter den Händen. Die Papiere, Giles, Hugh, alles löste sich in Rauch auf.

Etwas später lockerte Alan seine Umarmung ein wenig und trat einen Schritt zurück, um sie anzusehen. »Das ist noch etwas, das ich schon lange habe tun wollen — möglicherweise schon immer«, sagte er atemlos. Er betrachtete sie einen Moment, zog sie dann kurz an sich und ließ sie los, eine Hand noch immer auf ihrer Schulter.

»Also jetzt hör mal zu, schöne Rosamund, ich weiß, du bist sehr tapfer und selbständig, aber, um es schlicht zu sagen, das spricht weder dafür« — er beugte sich hinunter und küßte sie wieder, diesmal zart — »noch spricht es dagegen, daß ich dich heute nacht alleine lasse, was ich tunlichst zu vermeiden gedenke.«

Mit einem Finger auf ihren Lippen hinderte er sie am Sprechen. »Egal, es ist nicht, was du denkst ... wenigstens noch nicht. Ich verbringe die Nacht in einem von Giles' leeren Gästezimmern. Das geht schon in Ordnung, schau nicht so verwirrt! Du brauchst den Schlaf wirklich, und ich weiß, du hast eine Menge Sorgen. Schließlich kommt Giles morgen in aller Frühe zurück — in etwa sechs Stunden, um genau zu sein — und dann mußt du mit ihm *und* den Papieren fertig werden.«

Schwach und ganz durcheinander schaute Ros zu ihm auf. Sie wußte nicht, was sie wollte. Noch immer konnte sie den Druck von Alans Lippen auf den ihren fühlen, seinen geraden, festen Körper.

Sie öffnete den Mund und wollte protestieren. Zu ihrer peinlichen Überraschung gähnte sie ihm direkt ins Gesicht. Alan zog sie lachend an sich.

»Schon gut«, sagte er. »Du erinnerst mich an das Mädchen im Märchen, das zimmerweise Stroh zu Gold spinnen mußte. Aber ich bin nicht Rumpelstilzchen, Ros. Von mir hast du nichts zu fürchten. Niemals.« Er sah sie einen Augenblick an. »Trotzdem möchte ich, daß du dich heute nacht einschließt. Dann brauch ich nämlich keine Angst zu haben, dich aufzuwecken, wenn ich Giles holen fahre.« Er ging zur Tür und hielt sie auf. »Aber ...« fügte er rätselhaft hinzu, »ab morgen mußt du allein fertigwerden.«

Giles, dachte Ros. *Morgen ist Giles wieder da.* Und das erinnerte sie an etwas, das Alan früher über Giles und den Insektenvernichter gesagt hatte. Während sie zur Tür ging, murmelte sie: »Es kann nicht Giles sein, Alan. Warum sollte er sein eigenes Projekt sabotieren? Das ergibt doch keinen Sinn.«

»Frag mich nicht.« Alan zuckte die Achseln. »Publicity, bessere Verkaufszahlen, Skandal und Gewalt, Drohungen. Reine Perversion. Oder ...« Er sah auf sie hinunter. »Vielleicht ist das ganze Projekt nichts als ein aufgelegter Schwindel. Wär' das nicht eine Überraschung? Komplett mit gefälschten Briefen.«

Ros starrte ihn erschüttert an.

»Ich gebe zu, es ist ein bißchen weit hergeholt, und ich kann mir auch absolut nicht vorstellen, warum Giles sich die Mühe machen sollte. Immerhin, der Übeltäter von Montfort steht byzantinischer Vorstellungskraft in nichts nach. Darin sind wir beide ja auch nicht ganz übel. Aber hör zu. Es tut mir leid, daß ich das erwähnt habe.« Er legte eine Hand auf ihre Schulter und schob sie sanft die Treppe hinunter, ging hinter ihr nach draußen und schlug die Tür zu. »Vielleicht hätten wir den anderen Weg gehen sollen. Es ist näher, und wir hätten nicht nach draußen gemußt. Das war sicher der ursprüngliche Gedanke von demjenigen, der den Durchgang gemacht hat. Ein Privateingang, den Blicken der Öffentlichkeit entzogen. Ein Fluchtweg eigentlich. Hast du immer noch vor abzuschließen, oder gönnst du dem Bösewicht jetzt das Vergnügen?«

Ros schloß die Tür ab und steckte die Schlüssel ein. »Im Augenblick ist es mir ganz egal. Aber ich habe das Gefühl, daß sie in den Papieren nicht nochmal herumsuchen werden. Was sie wissen müssen, ist nicht dort.«

»Das dachte ich mir fast. Aber existiert es? Irgendwo?«

Jetzt. Sag's ihm. Erzähl ihm von den fehlenden Papieren, zieh ihn vollkommen ins Vertrauen. Wider besseres Wissen hielt sie sich ein weiteres Mal instinktiv zurück. Sie würde es ihm sagen, wenn sie es genau wußte, nachdem sie mit Giles gesprochen hatte. Das hieß nicht, daß sie ihm nicht traute. Sie senkte den Kopf, unfähig, ihm in die Augen zu sehen. »Ich weiß nicht«, sagte sie. Das war schließlich die Wahrheit.

Alan lächelte und drapierte einen Arm leicht um ihre Schultern. »Das dachte ich mir. Beim Lunch hat Giles gesagt, daß die Briefe bis 1975 gingen. Aber da waren keine nach 1965. Also hat er entweder gelogen, oder sie sind woanders.«

Ros wandte sich ihm zu, unsicher, ob sie bestürzt oder dankbar sein sollte, daß er es wußte. Aber sie sagte nichts, schob nur ihre Schulter unter seinen Arm, während sie müde die Treppen hinunter und über den Hof zum Refektorium gingen — einem langen, dunklen Rechteck, dessen Lichter noch in den Fenstern brannten, schattenlos und gesichtslos — in die Nacht hinein.

18

Am nächsten Morgen erwachte Ros kurz nach neun. Sie schloß ihre Tür auf und ging in die Küche hinunter. An der Zuckerdose lehnte eine Nachricht von Alan. »Schlosser für heute nachmittag bestellt. Krankenhaus hat angerufen, bin Giles holen. Sei vorsichtig. In Liebe, Alan.« Sie lächelte, als sie den Zettel zusammenfaltete und in die Tasche steckte.

Die Anzeichen für Mrs. Farthings Gegenwart waren spärlich, aber unverkennbar — der unebene Backsteinboden war sorgfältig gekehrt, sogar in den Ritzen, die Schachteln mit den verschiedenen Getreideflocken so aufgereiht, daß nicht eine Ecke vorstand, Teller und Gläser in den Schränken verstaut. Ros ließ sich durch den Kopf gehen, was Alan ihr über Giles' Ekel vor Elsies deformiertem Körper gesagt hatte und die Tatsache, daß sie die Schwester von Florence North war. Irgendwie war Mrs. Farthing in all dies verwickelt, ihre Wohnung auf der anderen Seite hatte Zugang zu der verstellten Treppe zum Turmzimmer und zu dem anderen Raum über dem Torbogen. Wer immer bei den Papieren gewesen war, er war durch ihre Wohnung gekommen. Franziska? Elsie selbst? Aber sie schienen doch beide ganz am Rand der Ereignisse zu stehen. Franziska war kaum in Erscheinung getreten, seit Ros sie zuletzt mit Florence zusammen gesehen hatte. Nur diese andeutungsweise mitgehörte Unterhaltung gab zu denken. Und Elsie, so still, so unauffällig, wer konnte sagen, um welche

Ecken sie gehuscht war, welche Gespräche sie mitgehört hatte?

Ros frühstückte und eilte dann über den Hof zum Turmzimmer, um so viel wie möglich zu erledigen, ehe Giles zurückkam. Die Tür zur Turmtreppe ließ sie offen, damit sie hören konnte, was unten vor sich ging.

Sie hatte ungefähr eine Stunde gearbeitet, als sie unten ein Auto vorfahren hörte, Aussteigen und Türenknallen und Gesprächsfetzen, Alans tiefes, fröhliches Gebrumm und Giles' etwas barsch klingende Antworten. Sie kam gerade rechtzeitig die Treppe hinunter und durch den Torbogen, um noch zu sehen, wie Alan Giles am Ellenbogen stützte, ehe sie durch die Tür zum Refektorium verschwanden.

Sie folgte ihnen hinein, die Treppe hinauf und stand im Eingang zu Giles' Zimmer. Giles saß auf der Bettkante und sah bleich und spitz aus, aber seine Augenlider senkten sich gleichmäßig und seine Aussprache war zwar noch zittrig, aber kaum noch verschwommen.

»Oh, Rosamund«, sagte er aufblickend. »Wie nett, Sie zu sehen. Alan hat mir gerade von der letzten Scheußlichkeit berichtet. Wie schrecklich für Sie.«

Alan kam aus dem Badezimmer, wo er Giles' Krankenhauszubehör deponiert hatte. Er nickte Ros nur knapp zu. »Ich verzieh mich jetzt«, sagte er zu Giles. »Ros kann dafür sorgen, daß Sie alles haben, was Sie brauchen.« Und ohne ein weiteres Wort ging er zur Tür. Ros sah ihn verwundert an. Aber als er an ihr vorbeikam, stieß er sie grüßend etwas fester an als nötig. Dann war er weg. Wie er gestern abend gesagt hatte, sie konnte allein zurechtkommen.

»Es ist viel zu dunkel hier drin«, sagte sie munter, als sie durchs Zimmer ging und die schweren Vorhänge zurückzog, die die Fenster auf der Hofseite verdeckten. Schnell warf sie einen Blick auf den Wandteppich an der Rückwand. Er sah unverändert aus. Giles hatte seine Füße hochgenommen und lag jetzt ausgestreckt auf der Bettdecke. Die Hände hatte er hinter dem Kopf verschränkt und blickte zur Decke. Ros setzte sich ihm gegenüber auf den knorrigen jakobinischen Stuhl am Bett. Dem Gobelin hatte sie den Rücken zugekehrt. Sie bewegte sich unbehaglich. Und wenn jemand zuhörte?

»Ja, nun, wo stehen wir jetzt?« sagte Giles in angestrengt heiterem Ton. Er schien erschöpft und ausgelaugt. Aber unter der Erschöpfung spürte Ros etwas anderes, eine Unruhe, eine Erregung, einen Eifer, der von seiner offenbaren Laxheit nur eben kaschiert wurde. Sie versuchte, das Gefühl abzuschütteln, aber Giles' Augen unter den halbgeschlossenen Lidern glitzerten geradezu fiebrig. Sie merkte, daß sie auf ihrem Stuhl herumzappelte. Mit Mühe setzte sie sich ruhig hin und imitierte Giles' entspannte Pose mit den Händen hinterm Kopf, damit sie auch die Decke anstarren konnte, und nicht ihn. Die Verzierungen bohrten sich zwischen ihre Schulterblätter, sie würde dies nicht lange durchhalten können. Aber sie war zu einem Entschluß gekommen, was sie als nächstes tun würde.

»Ich habe das Chaos im Viola-Zimmer aufgeräumt und bin fast fertig. Weil ich das meiste schon katalogisiert hatte, war es nicht so schwierig, sich zu erinnern, was wohin gehörte. Ich hab' sowieso alles so ziemlich im Kopf. Wenn es Ihnen recht ist, kann ich allein weitermachen wie bisher. Wenn Sie sich dann wieder stark genug fühlen, fahren wir zusammen fort. Einverstanden?«

»Vollkommen«, sagte Giles.

Beide starrten eine Weile an die Decke. Schließlich beugte sich Ros vor, die Hände auf den Knien, richtete ihre Augen auf Giles abgewendetes Gesicht, und sprach.

»Giles, ich muß wirklich über die Situation hier mit Ihnen reden.«

Langsam senkte Giles den Kopf. »Ja, natürlich, meine Liebe.«

Sie holte tief Luft und fing an.

»Ich denke, die Hauptfrage ist, wem liegt soviel daran, die Veröffentlichung der Papiere Ihrer Mutter zu verhindern, daß er dafür den Garten ruiniert, Sie mit Insektenvernichter einsprüht und in den Papieren wütet wie eine wildgewordene Windmühle? Es ist klar, daß hier irgend jemand glaubt, in den Papieren stünde etwas, das entweder sein oder das Leben eines anderen ruiniert. Das beantwortet die Frage 'warum', aber nicht 'was' oder 'wer'. Oder was wir dagegen tun können.«

»Das klingt genau wie eine Journalistin. Wer, was, warum, wie. Ach ja, und wann. Das haben Sie ausgelassen.«

»Giles«, sagte Ros. »Ich weiß, daß in den Papieren im Viola-Zimmer absolut nichts steht, das man auch nur entfernt als schädlich für irgendwen bezeichnen könnte. Was immer es ist, muß also in denen stehen, die fehlen.«

Giles zuckte einmal mit den Lidern, dann starrte er sie an. Sie starrte direkt zurück. »Was steht in den Papieren, Giles? Sie haben sie alle gelesen. Was ist die unglaublich schockierende Enthüllung, vor der alle solche Angst haben?«

»Aber Rosamund«, sagte er in überraschtem Tonfall, »würde ich Ihnen das nicht sagen?«

»Natürlich nicht«, sagte sie einfach. »Sie haben mir die fehlenden Briefe und Tagebücher ja auch vorenthalten.«

Giles antwortete nicht.

»Die möchte ich jetzt sehen«, sagte sie. »Ich muß wissen, was da drinsteht, oder ich kann nicht arbeiten.« Ros hielt den Atem an. Er konnte sie auf der Stelle einfach entlassen, das wäre dann das Ende. Aber so ging es nicht mehr weiter. Sie konnte nicht mehr arbeiten, ohne alles zu wissen, was es zu wissen gab. Gespannt wartete sie auf Giles' Reaktion.

»Ja, mein liebes Mädchen«, sagte er langsam, »das ist alles relativ, nicht?« Er machte eine Pause und vermittelte den Eindruck intensiven Nachdenkens. »Was für jemanden wie Sie oder mich vollkommen akzeptabel ist, könnte für, sagen wir, Elsie Farthing die drohenden Ausmaße einer nie dagewesenen Ungeheuerlichkeit annehmen, oder ... oder ...« Er schwieg wieder, als ob er nach einem Namen suchte, den er erwähnen könnte, ohne alles zu verraten. »Oder vice versa«, schloß er. »Ich kann's wirklich nicht sagen.«

Oder willst nicht, fügte Ros im stillen hinzu. Laut sagte sie: »Ich möchte, daß Sie mir die fehlenden Briefe zeigen. Lassen Sie mich Schiedsrichter sein. Wenn, wer immer es ist, Ihnen nicht glauben will, vielleicht glauben sie mir. Schließlich bin ich nicht wirklich darin verwickelt. Wir könnten ihnen die fraglichen Briefe sogar zeigen, um sie zu beruhigen. So wie jetzt können wir nicht weitermachen, wissen Sie. Es ist unwissenschaftlich und unfair.«

»Ach«, sagte Giles, »fair. Meine liebe Ros. Sie haben nie mit etwas dergleichen gerechnet, oder?«

Nie zuvor hatte er sie Ros genannt. Und er klang so mitfühlend, so aufrichtig.

»Giles, können wir nicht allen einfach sagen, daß es nichts gibt, worüber sie sich Sorgen machen müßten, und damit all diesen Intrigen ein Ende setzen?«

Ein langes Schweigen entstand, während sie einander fest ansahen. Dann sagte Giles: »Nein, ich fürchte, das können wir nicht.«

»Warum nicht?«

»Weil es nicht wahr wäre. Die fehlenden Papiere sind in der Tat furchtbar, entsetzlich schockierend. Das ist einer der Gründe, weshalb ich sie selbst vor Ihnen zurückgehalten habe. Ich war mir nicht völlig sicher, was ich tun sollte.«

Giles setzte sich auf, schlang die Arme um die Knie und betrachtete sie mit sorgenvoller Miene. »Aber passen Sie mal auf«, sagte er, »wir können trotzdem tun, was Sie sagen. In ein paar Tagen — wenn ich mich dem gewachsen fühle — werden wir alle herbitten und verkünden, daß niemand etwas zu befürchten hat. Sie beruhigen. Dann werden wir keinen Ärger mehr haben — wir können weitermachen und den Vertrag einhalten.«

Enttäuscht sah Ros ihn an. Was er vorschlug, war eine glatte Lüge. Sie stand auf.

»Das kann ich weder selber tun, noch zulassen, daß Sie es tun. Es ist nicht recht. Wir müssen alles ans Licht bringen — vielleicht mit den Leuten reden, die hineinverwickelt sind. Wenn die Papiere sie betreffen, dann haben sie ein Recht zu wissen, was drinsteht. Und ein Mitspracherecht wegen der Veröffentlichung. Das ist nur gerecht. Und wenn Sie wollen, daß ich weitermache ...«

Sie sprach nicht weiter und wartete auf die Worte, die sie wegschicken würden. *Leb wohl, Giles, lebt wohl, Briefe. Leb wohl, Alan.*

»Also gut«, sagte Giles überraschenderweise. »Wir werden es auf Ihre Art versuchen. Selbstverständlich müssen Sie weitermachen.« Er machte eine Pause. »Ich brauche Ihre Hilfe jetzt mehr denn je.«

Ros starrte ihn an, ganz verblüfft über ihren leichten und schnellen Sieg. Er würde ihr einfach so die Papiere zeigen und außerdem damit einverstanden sein, daß alles ans Licht gebracht wurde? Sie fühlte sich plötzlich glücklich und erleichtert. Sie konnte es kaum glauben. Giles brauchte sie, sie mußte dableiben und die Papiere bearbeiten. Das war ihre Trumpfkarte. Irgendwie war sie unentbehrlich geworden. Und außerdem hatte sie endlich das Gefühl, daß sie die ganze Wahrheit bald herausfinden würde. Es blieb nur noch eins. Sie ließ alle Vorsicht fahren.

»Ich möchte die Briefe jetzt gleich sehen. Und die Tagebucheinträge. Damit wir das sobald wie möglich aus der Welt schaffen können.«

Giles legte sich auf die Kissen zurück und atmete flach. »Ja, ja, natürlich. Aber ich fühle mich jetzt ziemlich erschöpft, kann es bis heute nachmittag warten?« sagte er müde.

»Gut ... nein, warten Sie. Ich soll eigentlich heute nachmittag um vier bei Florence Tee trinken. Sie hat mir gestern eine Nachricht geschickt, es sei ziemlich dringend. Was soll ich ihr sagen?«

»Florence?« Giles zuckte mit den Lidern. »Florence. O je.

Ich kann nicht denken. Natürlich müssen Sie hingehen. Lassen Sie sie einfach reden — seien Sie beruhigend, aber verraten Sie ihr nichts, nicht bis Sie die Papiere durchgesehen und wir besprochen haben, was zu tun ist.« Giles hob den Kopf, suchte ihren Blick und hielt ihn fest. »Versprechen Sie mir, weder ihr noch sonstjemandem ein Wort zu sagen. Noch nicht.« Er seufzte. »Ich bin sehr müde. Können wir es nicht auf morgen verschieben?«

»Natürlich.« Jetzt, wo sie fast alles erreicht hatte, was sie wollte, war das nur eine Kleinigkeit. Sie war berauscht von ihrer eigenen Macht. Der arme Giles. Seine Blässe, sein fast fiebriges Aussehen erfüllten sie mit Mitleid. »Also, das wäre dann erledigt. Ich gehe jetzt wieder ins Viola-Zimmer. Nachdem ich mit Florence Tee getrunken habe, können wir die Papiere durchgehen. Es eilt ja wirklich nicht, jetzt, wo wir uns einig sind«, sagte sie sanft. Sie lächelte ihn an und wandte sich zum Gehen. »Bis später.«

Giles nickte schläfrig, riß dann aber plötzlich die Augen wieder auf. »Um wieviel Uhr ist noch mal Ihr Tee mit Florence?«

»Um vier«, sagte sie über die Schulter. »Teezeit.«

»Natürlich«, sagte Giles und schloß die Augen. »Blöd von mir. Gut, wenn Sie jemandem begegnen, sagen Sie, ich möchte nicht gestört werden.« Er gähnte. »Vielen herzlichen Dank.«

Ros lächelte wieder, winkte ihm zu und ging aus dem Zimmer, wobei sie die Tür hinter sich zuzog.

Als sie über den Hof ging, traf sie niemanden, was ihr nur recht war, denn es wäre ihr schwergefallen, irgendeinem von ihnen die frohe Botschaft vorzuenthalten, daß von jetzt an alles anders würde. Es wird alles gut werden. Und dann wurde ihr mit einem schmerzlichen Stich klar, daß Giles nicht versprochen hatte, die betreffenden Papiere nicht zu publizieren, sondern nur, alles ans Tageslicht zu bringen. Ihre Zusicherungen konnten falsch sein. Mit gutem Gewissen konnte sie im

Augenblick überhaupt nichts sagen. Aber das würde nicht mehr lange dauern.

Als sie sich an die Arbeit machte, mußte sie darüber nachgrübeln, was die fehlenden Papiere wohl enthielten, und wie sie das Bild verändern würden, das sie sich vom Leben in Montfort gemacht hatte, von Viola und ihrer lachenden, weisen, großherzigen, freundlichen Gegenwart, die über alles gebreitet war, und die alles und jeden in ihre eigene unbeschwerte Feier des Lebens, des Wachsens und der Freiheit einbezog. Aber wie immer nahmen bald andere Briefe ihre Aufmerksamkeit wieder in Anspruch. Als sie etwas später auf den kleinen Wecker sah, den sie auf ihren Schreibtisch gestellt hatte, war es schon fast vier.

»Oh, kommen Sie herein, kommen Sie herein. Ich bin so froh, daß Sie kommen konnten«, sagte Florence nervös, während sie die Tür weit aufmachte und beiseite trat, um Ros hereinzulassen. Von irgendwo ganz in der Nähe ertönte dröhnend Klaviermusik, offenbar eine Art Finale. Fast augenblicklich begann die Musik von neuem. Florence wandte sich um und winkte ihr zu folgen, die Finger auf den Lippen, eine kleines, ordentliches, flatterndes Wesen, das schwach nach Lavendel roch und eine Schulter leicht hochzog, um sich an der größeren Ros vorbeizuquetschen. *Sie sieht haargenau aus wie Elsie Farthing*, dachte Ros. *Ich hätte erkennen müssen, daß sie Schwestern sind.*

»Cedric übt«, sagte Florence mit leiser Stimme. »Ich habe ihm gesagt, daß ich nicht möchte, daß er mit uns Tee trinkt. Wir sind fast immer zusammen, und es gibt wirklich Zeiten ...« Sie blickte verstohlen zu Ros auf und duckte ihren Kopf dann zur Seite wie ein kleiner Vogel. »Bloß Frauengespräche, habe ich gesagt. Ich hoffe, es macht Ihnen nichts aus.« Sie führte Ros ins Wohnzimmer.

Der Raum war geschmackvoll in Nuancen von sanftem Grün und Gold eingerichtet. Er wirkte ziemlich neu und extrem ordentlich. Die hohen Fenster in der Westwand zum Hof reflektierten das Sonnenlicht und warfen es an die Wände und zur Decke hinauf, so daß der ganze Raum eine goldene Aura hatte, eine warme, gedämpfte, aber sonnige Atmosphäre, die, wenigstens im Moment, einen Kontrast zu Florences geisterhafter Blässe bildete. Sie rieb ihre Hände aneinander, als ob sie sie wärmen wollte, und zwinkerte mit den Augen. Aber sie war ja auch bei den anderen Gelegenheiten, bei denen Ros sie gesehen hatte, nicht besonders ruhig gewesen, vielleicht war dies einfach ihre Art. Sie fragte sich, ob Florence wohl von Giles' Unfall wußte.

»Ist das nicht Pech mit Giles? Wie geht es ihm?« sagte Florence, als sie sich mitten auf ein Chippendale-Sofa in goldenem Samt setzte. Vor ihr stand ein großer Servierwagen aus Mahagoni, beladen mit dünnen, gebutterten Brotschnitten ohne Kruste, Gurkenscheiben, kleinen Küchlein, Zuckerdose und Milchkännchen aus schlichtem georgianischem Silber, einer hohen, urnenförmigen Teekanne und einem Krug heißen Wassers. Ein ganzes Service, mit dem auffallenden Monogramm FFN. Alles sah sehr appetitlich aus, aber nicht sehr nahrhaft, und Ros bedauerte langsam, daß sie den Lunch ausgelassen hatte.

»Hugh hat mich heute morgen angerufen. Ich war sicher, daß Sie nicht kommen würden, aber ich bin so froh ... Hugh hat aber gesagt, daß er durchkommen würde. Giles, meine ich.«

Ros beobachtete Florences Hände, die unentschlossen über dem Teewagen schwebten. Sie fragte sich, woher Hugh das gewußt hatte.

»Ja, er ist soweit in Ordnung. Tatsächlich ist er wieder zu Hause. Es war nicht annähernd so schlimm, wie es hätte sein können.«

Florence seufzte. Mit zitternden Fingern nahm sie die Teekanne und begann einzuschenken. »So vieles ist in der letzten Zeit passiert, soviel Schreckliches. Hier war es immer so

219

friedlich, zu L... zu Violas Zeiten. Nur Norths und Badgetts und Viola und Sir Herbert — Giles war in der Schule und dann beim Militär — aber jetzt, alles ist so anders. Ach ja.« Florence blickte nach unten. Ein Strom einfachen heißen Wassers ergoß sich aus der Teekanne. Florence hob den Deckel und spähte hinein. »Ach, wie dumm von mir. Ich habe den Tee vergessen.«

Tomatenrot und fahrig sprang sie auf. »Cedric wollte, daß ich ihn aufgebe — schlecht für die Nerven, sagte er, aber ich dachte ... ein besonderer Anlaß, Gesellschaft ... O je. Es dauert keine Minute«, sagte sie im Hinauseilen.

Ros streckte die Hand aus und nahm ein Gurkenschnittchen. Es war so hauchdünn geschnitten, daß sie kaum hineinbeißen mochte. Dann stand sie auf, wanderte im Zimmer umher und betrachtete die vielfältigen Dekorationsstücke.

Die ganze Nordwand bestand aus Bücherregalen, die vom Boden zur Decke reichten und teils mit Büchern, teils mit Trophäen vollgestellt waren — silberne Vorzeigestücke, offensichtlich Preise und Geschenke aus Cedrics illustrer Karriere. Muscheln, eine Büste von Chopin in Gips, die wie gepudert wirkte, und ein großes goldenes Medaillon in einer schwarzen Samtschatulle. Aber es war das letzte Bücherregal, das Ros faszinierte, es enthielt eine wohl ziemlich umfassende Sammlung von Familienbildern und vergrößerten Schnappschüssen. Sie ging darauf zu.

Hier war die Musik lauter. Die Tür war angelehnt, und am anderen Ende des Flurs durch eine weitere halboffene Tür konnte sie Cedric eben erkennen, wie ihm das weiße Haar um die Stirn flog und seine Hände nur ein verschwommener Schatten auf den Tasten waren, während er ein barockes Musikstück spielte, von Ros als Scarlatti identifiziert, sehr schnell und verwickelt. Er befand sich im Zustand absoluter Konzentration, und sie staunte über die Stärke und Energie, die dieser achtzigjährige Körper immer noch besaß. Sie fragte sich, wie alt Florence sein mochte. Wahrscheinlich nicht älter als siebzig.

Ros bewegte sich vorsichtig an der Tür vorbei zum Bücher-regal und begann, die Schnappschüsse zu studieren. Noch mehr eingefrorene Augenblicke, diese vielleicht noch starrer fixiert als Tagebücher oder Briefe, aber genauso aufschluß-reich. Sie schaute auf das untere Regal.

Cedric und Florence, lächelnd, in der Sonne blinzelnd, Ruinen im Hintergrund. Vornehme Leute in weißen Leinen-hosen und leichten Kleidern, irgendwo im Subtropischen, fast wüstenartig — wahrscheinlich Griechenland. Ein jünge-rer, immer noch lächelnder Cedric und eine andere Frau, groß, eckig, aristokratisch, hochmütig. Florence, ganz jung, mit einer Pompadourfrisur, wie sie in den frühen Vierzigern getragen wurde, und breite Schultern, mit einem ziemlich klobig aussehenden Mann und zwei blonden Kindern, die vor ihr knieten. Ros sah genauer hin, das mußte Florence zu ihren Badgett-Zeiten gewesen sein, der Bauer und die Bauers-frau. Und der Bauernsohn — eines der Kinder mußte Hugh sein. Sie betrachtete den größeren Jungen genauer und glaub-te, die Züge von Hughs Erwachsenengesicht ausmachen zu können, obwohl dieser Junge gelöst wirkte und lächelte. Wie traurig, daß das Leben sich so für ihn verändert hatte. Und das andere Kind? Ein Freund? Jünger, zu jung für eine Freund-schaft, fast noch ein Kleinkind. Das Gesicht kam ihr vage be-kannt vor.

Ros stand da und betrachtete nachdenklich das Foto. Hatte es noch ein Kind gegeben, eine alte Tragödie des Verlustes, die niemand jemals erwähnt hatte, und die vielleicht den merk-würdig traurigen Ausdruck von Florence erklären könnte, wenn ihr Gesicht ruhig war, ihre ständige Nervosität und ihren deutlichen Mangel an zupackender Beherrschung des täglichen Lebens?

Ros wechselte zur nächsten Bilderreihe hinüber. Ein winzi-ger Cedric, vogelartig im Schwalbenschwanz, von oben ge-sehen an einem enormen Konzertflügel sitzend, mitten auf der Bühne in einer großen Säulenhalle. Albert? Carnegie?

Florence im Garten mit einem erwachsenen Hugh und einer Frau — Beatrice, wahrhaftig, obwohl sie ohne den bösartigen Gesichtsausdruck kaum zu erkennen war. Sie sah nach oben zum nächsten Regal und stellte sich auf die Zehenspitzen. Ein großes Atelierfoto lag mit dem Gesicht nach unten auf dem Brett, kaum sichtbar. Dem Anschein nach war es schon vor einiger Zeit umgefallen, es war staubbedeckt. Ros nahm es herunter und erkannte ein Portrait desselben kleinen blonden Jungen, größer, älter und breiter im Gesicht geworden, sehr hübsch, fast mädchenhaft. Sie ging gerade näher ans Licht, um es genau zu betrachten, als sie hörte, wie Florence wieder hereinkam. Sie wandte sich um.

Florence stand zerstreut bei der Couch. Zwei trübselig wirkende Teebeutel baumelten an ihrer Hand. Ohne Ros anzusehen, setzte sie sich vor den Teetisch, sah erst den einen Beutel an, dann den anderen und ließ sie dann beide in die Teekanne plumpsen. Sofort blähten sie sich zu fetten kleinen Kissen auf und schwammen auf dem Wasser.

»Das ist alles, was ich finden konnte — ist es nicht merkwürdig?« zwitscherte sie und starrte dabei die Beutel intensiv an. »Ich dachte, ich hätte noch etwas losen Tee übrig, aber er ist weg, und die hier lagen einfach auf dem Regal. Sie sehen ein bißchen mitgenommen aus. Es tut mir leid. Ach na ja, es macht nichts«, schwatzte sie weiter. Ein Geruch nach faulenden Blättern zog in Schwaden durchs Zimmer.

»Wie ich gerade sagte«, fuhr Florence schnell fort, wobei sie ihre ganze Aufmerksamkeit auf den Tee richtete, den sie einschenkte, »die Dinge haben sich so drastisch geändert in der letzten ...« Sie blickte heiter auf und sah Ros mit dem Foto in der Hand vor dem Bücherregal stehen. Ihr Gesicht wurde totenblaß, und ihr Kinnladen klappte herunter.

»Oh. Oh Gott«, japste sie. Das Teetablett rappelte gegen ihre Knie. »Was tun Sie da bloß?« Florence stockte der Atem, sie hustete und langte schnell nach unten, ergriff eine der Teetassen und stürzte riesige Schlucke Tee hinunter. Dann setzte

222

sie die Teetasse sorgfältig wieder ab, faltete fest die Hände und lächelte Ros entschuldigend an. »Ich wollte nicht unhöflich sein. Sie haben mich erschreckt, weil Sie da drüben so im Schatten standen. Kommen Sie doch her und setzen Sie sich. Das sind bloß ein paar alte Schnappschüsse — Familienkram. Ich weiß nicht, wieso ich sie überhaupt da stehen lasse. So langweilig.« Sie lachte nervös, nahm dann die Tasse auf und trank den Tee aus.

Ros stellte die Fotografie hin und kam zu ihrem Stuhl zurück. Cedric hatte inzwischen ein Thema aus Haydns 'Sinfonie mit dem Paukenschlag' angefangen. Dum-dum, dum-dum, dum-dum. Krach! Florence zuckte zusammen. Sie erhob sich zittrig und schloß die Tür, setzte sich dann wieder und schenkte eine weitere Tasse dampfenden blassen, bräunlichgrünen Tees ein. »Ich möchte wirklich nicht, daß Cedric etwas hierüber erfährt.« Sie reichte Ros ihre Teetasse. »Zucker? Sahne?«

»Nein, danke.« Ros nippte an dem kochendheißen Tee, verbrühte sich sofort die Zunge und stellte die Teetasse auf den kleinen Beistelltisch neben ihrem Stuhl. Florence nahm ihre zweite dampfende Tasse Tee und trank sie durstig aus. *Sie muß eine Gurgel haben wie ein Kupferkessel,* dachte Ros, die ihr zusah. *Kein Wunder, daß Cedric es ihr verboten hat. Sie ist ja süchtig.*

»Meine Güte, bin ich durstig«, sagte Florence und warf einen merkwürdigen Blick auf ihre leere Teetasse. Sie leckte die Lippen. »Also, wo waren wir?« Sie räusperte sich. »Da sind Briefe — wenigstens glaube ich, daß da Briefe sind ...« Sie hielt inne und schaute im ganzen Zimmer umher, nur nicht Ros an. »... Briefe von Viola an meinen äh ... ersten Mann und ... an andere in meiner Familie ...« Wieder hielt Florence inne, schien mit Mühe zu schlucken, und — unglaublich — goß sich eine weitere Tasse Tee ein.

Ros sah mitfühlend zu, wartete darauf, daß Florence fortfuhr, wollte ihre Ansicht über die Sachlage hören. Aber Florence saß nur da, sah Ros forschend an und trank ihre dritte Tasse Tee. Wenn Tee Mut bedeutete, dann brauchte Florence eine ziemliche Dosis. Ros hob ihre Tasse und roch daran. Sie wünschte, sie hätte um Kaffee gebeten, selbst diese sofortlösliche Pulverbrühe. Dies Zeug hier schmeckte wie gekochtes altes Unkraut. Sie setzte ihre Tasse wieder ab.

»Giles droht damit ... nein, ich muß versuchen, objektiv zu sein, sagt Hugh ... Giles *sagt*, er wird Briefe publizieren, von denen ich glaube, daß sie ganz bestimmt einen Bericht über eine für mich und meine Familie sehr schmerzliche Episode enthalten ...« Sie ruckte mit dem Kopf in Richtung der jetzt gedämpften Klaviermusik. »Und Giles weigert sich einfach zu begreifen, daß das sehr viel Schmerz und Zerstörung verursachen würde ... obwohl wir es ihm wieder und wieder gesagt haben ...«

Ihr Kopf zuckte wieder, diesmal heftiger. Während Ros ihr Gesicht mit entsetzter Faszination beobachtete, fingen ihre Pupillen plötzlich an, ruckartig enger und weiter zu werden. Ihr Mund ging auf, und ihre Augen fixierten einen Augenblick eine Stelle irgendwo hinter Ros' linker Schulter.

»Oh, hallo, Liebes«, sagte sie wie zu jemandem, der eben außer Sicht ist.

Ros warf einen Blick über die Schulter, um zu sehen, mit wem Florence sprach. Aber da war nur die Wand, und die Fenster zum Hof.

»Flimmre, flimmre, kleine Fledermaus ...« sang Florence mit hoher, gespannter Stimme. Dann begann sie nach Luft zu ringen. Ros starrte sie mit Schrecken an. Florences Augen wurden glasig, und ihre Hände — kleine, gut gepflegte, zarte Hände, nicht die derben Hände einer Bauersfrau — zupften leicht, rhythmisch, an ihrem Rock, tanzten über ihre Knie. Mit der Klaviermusik im Hintergrund wirkte es, als ob Florence auf einem Kinderklavier auf ihren Knien spielte. Dann fing ihr ganzer Körper an zu zittern und zu schwanken.

Oh mein Gott, sie hat einen Anfall oder einen Schlag, dachte

Ros. Sie streckte die Arme nach Florence aus, die jetzt an etwas zu zupfen schien, das sie neben sich auf dem Sofa sah. Ihre Finger machten verzweifelte, kratzende, fangende Bewegungen, ihre Augen stierten, und während Ros noch zusah, fingen sie an zu schielen und wieder zurück zu rollen. Ihr Gesicht wurde heiß und rot, und sie atmete schwer. Ein Krampf riß ihre Beine hoch, und der Teetisch fiel um.

Ros stand auf und packte ihre Schulter. Florence war glühend heiß und wand sich in ihrem Griff, während die Musik nebenan ein unerträgliches Crescendo erklomm. Ros brummte der Schädel. Sie mußte etwas tun, hatte aber Angst, Florence loszulassen.

»Hilfe, Hilfe!« rief sie. »Mr. North! Jemand. Hilfe!«

Die Musik hörte auf. Cedrics weißer Kopf erschien im Eingang, neugierig, leicht genervt. »Habe ich jemand rufen hören?«

»Mr. North«, sagte Ros so ruhig sie konnte. »Es handelt sich um Ihre Frau. Sie hat eine Art Anfall. Bitte rufen Sie einen Krankenwagen.« Mit einer Hand versuchte sie, Florences zunehmend geschäftige und sinnlos pflückende, suchende Finger zu fassen, den anderen Arm legte sie fester um ihre Schultern. Florences Augen rollten im Kopf zurück, die Lider schlossen sich. Ros blickte entsetzt auf sie hinunter. »Bitte rufen Sie sofort jemanden«, sagte sie verzweifelt zu Cedric. Aber Cedric hastete zur Couch, schubste Ros beiseite und nahm die schlotternde Florence in die Arme.

»Florrie, mein Gott! Was fehlt dir, Florrie? Florrie, hör auf damit! Hör auf, sofort!« rief er, packte sie, hielt sie.

Ros stand auf und sah sich im Zimmer nach einem Telefon um, nach irgend etwas, womit man Hilfe holen konnte. Aber sie hatte keine Zeit.

Einen Augenblick stand sie mitten im Zimmer. Dann raste sie zu den hohen Fenstern zum Hof, riß den unteren Flügel auf und lehnte sich hinaus.

Der Hof war menschenleer, die Gebäude mit geschlossenen

Fensterläden leer und fremdartig in der späten Nachmittagssonne, deren Strahlen schräg einfielen und die feuchte, schwere Luft in die Falten eines Schleiers verwandelte, erstickend, würgend ...

Mit einem merkwürdig unwirklichen Gefühl dachte sie noch, *aber ich schreie doch nie,* holte tief Luft, füllte ihre Lungen mit der schweren, stillen Luft — und schrie.

19

»Ich kann's nicht glauben«, sagte Ros und schüttelte den Kopf. Sie und Giles tranken Duff Gordon in dem etwas klammen Wohnzimmer im Refektorium. Giles lag ausgestreckt auf der Couch, und Ros hockte beklommen dicht neben ihm auf der Stuhlkante. Sie nahm einen großen Schluck Sherry, er brannte in der Kehle. Bei der Erinnerung an die vergangene Stunde schüttelte sie wieder den Kopf. Sobald sie geschrien hatte, schien sich der ganze Hof zu verwandeln wie ein Bühnenbild im Theater, er füllte sich mit Menschen, dem Geräusch schlagender Türen und rennender Füße. Alan Stewart war barfuß aus dem Burggrabenhaus geschossen, mit einem Ausdruck solchen Schreckens, daß Ros schon dachte, er würde schnurstracks die Wand hoch und durchs Fenster donnern. Als er sie offenbar unverletzt dort stehen sah, bremste er schliddernd ab und sah verwirrt aus.

Aber dann hatte er die Führung übernommen, wobei Nicander ihm gute Dienste leistete, denn es war klar, daß man Florence vergiftet hatte. Im Giftgarten hatte man Stengel vom Stechapfel gefunden, von denen die Blätter abgestreift worden waren. Giles war kurz erschienen, hatte sich zur Persona non grata erklärt und war wieder gegangen. Ros hatte mit den anderen gewartet, bis der Krankenwagen gekommen war, und war dann allein zurück zum Refektorium gegangen, wo Giles mit Drinks auf sie wartete.

»Wieso Florence? Sie scheint so harmlos«, fragte Ros.

»Erklären Sie mir was«, antwortete Giles. »Warum haben Sie den Tee nicht getrunken?«

Ros warf ihm einen schnellen Blick zu. Der warme Sherry traf auf einen Eisklumpen in ihrem Magen. »Im allgemeinen trinke ich keinen Tee. Er erinnert mich an ausgekochte alte Stiefel. Mit den Füßen drin.«

»Nicht mal bei einem gesellschaftlichen Anlaß, um einer reizenden alten Dame einen Gefallen zu tun?«

»Ich habe tatsächlich einen Schluck probiert, aber er roch abscheulich, wie gekochter Kompost. Und er war brühheiß.« Ros starrte Giles an, weil ihr plötzlich klar wurde, was er implizierte. Florence mit ihrer typischen Inkompetenz hatte das Gift hinuntergeschluckt, das sie für Ros bestimmt hatte, eine Ironie des Schicksals.

»Florence nicht«, sagte sie mit ruhiger Stimme.

»Ich fürchte doch«, sagte Giles. »Es ist wirklich ganz offensichtlich. Sie hat die Teebeutel verwechselt. Arme Florence. In ihre eigene Falle getappt.«

»Glauben Sie, sie wird sterben?«

»Ich weiß nicht. Es wäre gut möglich. Die nächsten 48 Stunden werden es erweisen, denke ich.« Er streckte den Arm aus und tätschelte ihre Hand. »Nur ruhig, Rosamund, meine Liebe. Sie hätten eine bessere Chance gehabt. Größer, schwerer, jünger. Florence ist ja nur ein winziges Etwas. Ihnen wäre nur schlecht geworden, nehme ich an, nicht lebensgefährlich. Noch eine Warnung, die es in sich hat, wie bei mir. Oh, Ros, Kopf hoch! Sie sehen so käseweiß aus, daß ich mir Sorgen mache.«

Ros schloß die Augen. In ihrem Kopf drehte sich alles.

»Außerdem«, Giles' Stimme sirrte von weither und kam dann näher, wie ein Moskito im Dunkeln, »sie hat schließlich am meisten zu verlieren durch die Veröffentlichung der Papiere, nicht?«

Ros öffnete die Augen. Da war er, der gleiche alte Giles, trank Sherry und sah sie über den Rand des Glases an, das er an die Lippen neigte. Wie konnte er so kühl und unbeteiligt klingen, wenn Florence in Lebensgefahr war?

»Ich möchte die fehlenden Papiere sehen«, sagte sie. »Jetzt.«

Giles zuckte mit den Lidern, dann sah er sie an, als ob er ihre Entschlußkraft abschätzte. Ruhig begegnete sie seinem Blick. Sie waren sich einig gewesen. Und es war wichtig, nicht noch mehr Zeit zu verlieren.

»Na gut«, sagte Giles. Er stand auf und stellte sein halbvolles Glas auf das Tablett. »Sie sind in der Abtskapelle, wie Sie wohl schon erraten haben. Jetzt wissen Sie, warum ich dort soviel Zeit verbringe. Ich habe sie wieder und wieder gelesen und versucht, zu einem Entschluß zu kommen, was ich tun soll. Ob das Geschenk an die Nachwelt den Kummer der Gegenwart aufwiegt.« Er seufzte und hielt ihr die Hand hin. »Ich nehme an, ich hätte es Ihnen früher sagen sollen.«

Ros wandte sich von seiner ausgestreckten Hand ab, um ihr eigenes Glas abzustellen. Als sie sich wieder umdrehte, beobachtete er sie unbewegt, die Hände in den Taschen. »Wollen wir gehen?« sagte er höflich.

Ros nickte.

Der Garten war ruhig, als sie durch den Hof gingen. Lediglich zwei parallele Streifen gequetschten Grases quer über den Rasen vor dem Kornspeicher erinnerten daran, daß die Ambulanz dagewesen war und Florence und Cedric abtransportiert hatte. Und wen noch? War Alan auch mitgefahren?

Sie folgte Giles in den Kreuzgang, an den mißgestalteten, säulenartigen Steinklumpen vorbei, die aus dem Feld ragten wie faulende Baumstümpfe, die man abgeschlagen und dem Verfall überlassen hatte, die lange genarbte Mauer entlang in den Porzellangarten.

Die blauen und weißen Blüten, die verschiedenen Formen und Arten der Blätter waren durchscheinend im harten Licht, das schräg durch die Bäume drang. Aber die formvollendete Wirkung des Gartens war durch die rohen, wettergegerbten

Bretter verdorben, die kreuz und quer über die zerbrochenen Fenster der Kapelle genagelt waren. Giles zog seinen Schlüsselbund hervor, schloß auf und schob die Tür nach innen, damit sie eintreten konnte.

Das Innere der Kapelle, feucht und muffig vom Abgeschlossensein, war dunkel, nur durch die offene Tür fiel Licht herein. Ros blickte sich um. Alles schien so fremd. Und doch war alles genauso, wie sie es zuletzt gesehen hatte.

Sie ging zu Giles' Schreibtisch hinüber. Die Schreibmaschine war da, und ein Stapel Papier. Alle Seiten waren leer. Woran hatte Giles gearbeitet, als er zusammenbrach? Sie starrte auf die leere Schreibmaschine und erinnerte sich an ihren verzweifelten Kampf, ihn hier herauszubringen. War das erst gestern gewesen? Das schien kaum möglich. So viel war inzwischen geschehen.

Giles sagte hinter ihr: »Ich laufe nur schnell rauf und hole die Briefe. Dauert nur einen Moment.«

Er ließ Ros am Schreibtisch stehen und kletterte die Miniaturwendeltreppe hinauf zum Glockenturm der Kapelle. Sie hörte seine Schritte oben, während sie nachdenklich auf den Schreibtisch schaute.

Natürlich war alles aufgeräumt worden, das Glas weggekehrt. Ohne wirklich nachzudenken, bückte sie sich, um nachzusehen, ob sie wirklich alles erwischt hatten, eine Nachwirkung sowohl ihrer häufig barfüßigen Kindheitswanderungen wie auch der gründlichen Haushaltsführung ihrer Mutter. Wenn man ein Glas zerbrach, dann kehrte man es auf bis zum letzten kleinen Splitter.

Und dann sah sie, unter dem Fuß des Schreibtisches fast versteckt, ein dreieckiges Stückchen weißes Papier. Sie griff danach und zog nicht nur ein, sondern zwei Bögen Papier hervor, einer ein unfertiger Brief an Giles' Verleger, der andere offenbar leer. Sie wollte beide gerade auf den Schreibtisch legen, als etwas an dem unteren Blatt ihre Blicke auf sich zog. Sie starrte auf die Abdrücke. *Das ist komisch*, dachte sie.

In dem Moment hörte sie Giles die Treppe hinunter kommen. Schnell faltete sie das leere Blatt und steckte es in ihre Rocktasche. Den halbgetippten Brief legte sie auf den Stapel Schreibpapier und drehte sich gerade um, als Giles wieder erschien. Er hielt den Kopf eingezogen, als er die letzten paar Stufen herunterkam. Er ging direkt auf sie zu und hielt ihr einen ungefähr vier Zentimeter dicken Stapel Papiere hin.

»Hier«, sagte Giles, »das sind alle. Ungefähr zweihundert Briefe, und ebenso viele Tagebuchblätter. Jetzt können Sie alle Lücken ausfüllen und alle Geheimnisse aufklären.«

Ros nahm den Stapel Papiere. Schlapp hingen sie in ihrer Hand. Natürlich waren auch das Kopien, aber zu diesem Zeitpunkt machte das nichts aus. Es war ja die Geschichte, die sie erfahren wollte.

»Sie werden Briefe an Florence, an Humphrey Badgett, an Hugh und Fran ... Franziska vorfinden. Wie Sie in Amerika sagen, die Briefe sind Dynamit. Sie dokumentieren bis ins kleinste Detail die furchtbare Tragödie der Familie Badgett, in der meine Mutter eine kleine, aber entscheidende Rolle gespielt hat.« Giles unterbrach sich versonnen.

»Wollen Sie mir nicht sagen, was es ist?«

»Soll ich?« fragte Giles, dessen Augen plötzlich funkelten. »Oder wollen Sie es lieber nach und nach selbst herausfinden, wie in einem Krimi?« Er hielt wieder inne. »Ich weiß einfach nicht, was amüsanter für Sie wäre.«

Ros starrte ihn entgeistert an. Er sprach darüber, als ob es ein Spiel wäre. Es bedeutete ihm überhaupt nichts.

»Giles! Miss Howard! Wo sind Sie?«

Mit einem schnellen Blick auf Ros ging Giles zur Tür und sah hinaus. Hugh und Franziska kamen vom Rosengarten her auf die Kapelle zu. Hugh runzelte die Stirn, und Franziska ging schwingenden Schrittes mit wehenden Röcken neben ihm her, wirkte aber schmallippig und entschlossen. Es handelte sich — endlich — um eine Delegation.

Giles ging hinaus und ihnen entgegen. Ros folgte ihm still und stellte sich hinter ihn.

Hugh sprach grimmig. »Wir sind gerade aus dem Krankenhaus gekommen. Mit Mutter steht es auf Messers Schneide. Es kann sein, daß sie nach London verlegt werden muß. Cedric hat einen Anfall erlitten.«

»Es tut mir leid, das zu hören«, sagte Giles höflich.

Franziska trat vor. »Bist du jetzt zufrieden, Giles? Du bist es, der es soweit gebracht hat. Du und deine verfluchten Papiere!«

Giles sah sie kalt an. »Aber Frankie ... oh Verzeihung, Franziska. Aber ist es nicht viel wahrscheinlicher, daß du der einzige Erzeuger all dieser Lustbarkeiten bist?«

Franziska zuckte zurück. Ihre Halsmuskeln arbeiteten, und ihr Gesicht war bleich, abgesehen von den grellen Make-up-Spuren, mit denen sie aussah, als ob ein Clown eine Frau karikierte.

»Giles, Frankie.« Hugh versuchte, sich zwischen die beiden zu stellen. »Bitte, könnten wir nicht — «

»Hör zu, Giles«, sagte Franziska, »ich habe dein Hughie dies und Frankie das und Lady Viola die Große unser ganzes Leben lang ausgehalten. Doch die Zeiten haben sich geändert.«

»Aber Franziska«, sagte Giles langsam, jede Silbe betonend. »Was in aller Welt meinst du bloß? Haben wir für dich und deine Familie nicht immer unser Bestes getan? Möchtest du nicht, daß alles so weiter geht, wie es immer gewesen ist?«

Franziskas Mund wurde zu einer schmalen Linie, und sie errötete vor Ärger. Ros schob die Papiere unter einen Arm und trat vor, aber Franziska redete nur mit unheimlich ruhiger Stimme weiter.

»Und jetzt Mutter, hat sich beinahe umgebracht, alles wegen deiner Drohungen. Du hast kein Recht, kein Recht —« Plötzlich hielt Franziska inne, ihr Mund verzerrte sich, ihre Augen blitzten. »Damit lasse ich dich nicht durchkommen. Ich habe auch meine Rechte. Jetzt ist Schluß. Ich werde —«

Giles unterbrach sie. »Du kannst mich nicht aufhalten. Man sollte meinen, du hättest das inzwischen begriffen«, sagte er kalt. »Violas Leben ist wichtig.«

»Violas Leben ist vorüber«, sagte Hugh beredt aber hoffnungslos.

Franziska bewegte sich auf Giles zu und stieß dabei unabsichtlich gegen Ros' Arm. Die Papiere rutschten zu Boden. Sowohl sie als auch Franziska bückten sich automatisch, um sie aufzuheben. Aber Franziska, in gebückter Haltung, die Augen auf den Stapel weißer Blätter auf der Erde gerichtet, hielt inne.

»Was in aller Welt ist das?«

»Das sind ein paar Briefe, die Giles für sich behalten hatte. Ihre Briefe. Und einige an Florence und Humphrey Badgett«, sagte Ros ruhig. Sie wenigstens würde nicht ausweichen. »Ich weiß noch nicht genau, was drinsteht, aber ich werde es herausfinden.«

»Briefe an mich?« sagte Franziska. »Sie haben sie gesehen? Echte Briefe? In Violas Handschrift?«

»Ein paar. Andere sind getippt. Dies sind natürlich Kopien, aber Giles hat gesagt ...«

»Oh mein Gott«, flüsterte Franziska. Sie legte eine zitternde Hand an ihre geschminkte Wange. »Aber das kann nicht wahr sein. Was hat er getan?« Sie richtete sich plötzlich gerade auf.

»Es ist noch schlimmer, als wir gedacht haben«, sagte sie zu Hugh. Sie blickte wild von Giles zu Hugh zu Ros und wieder zurück. Und dann, während Ros und Hugh entsetzt zusahen, legte sie den Kopf zurück, sog ihre Wangen ein und spie Giles ins Gesicht.

»Giles ... Giles«, sagte Hugh. Er zog ein Taschentuch hervor und streckte den Arm nach Giles aus. Der stand mit verzerrtem Gesicht da, als wäre er in Stein verwandelt. »Sie hat es nicht gewollt. Wir können betimmt ...«

Aber Giles schlug nur Hughs Hand beiseite, wandte sich ab und stolzierte mit dem Ausdruck tiefsten Abscheus in

Richtung Kreuzgang davon. Hugh eilte ihm nach. Ros sammelte die Papiere auf und wollte hinterhergehen.

»Nein, warten Sie«, sagte Franziska deutlich. »Ich muß mit Ihnen reden.«

Ros drehte sich um und sah die andere Frau an.

»Treffen Sie mich heute abend, später. Wenn er zu Bett gegangen ist«, bat Franziska. »Bitte.« Ihr Gesicht war flehend, pathetisch, erinnerte an Florence. Was war mit der stolzen, trotzigen Franziska geschehen?

»Wo?«

Franziska antwortete nicht. Ihr Gesicht nahm einen ängstlichen Ausdruck an. Ros wandte sich um. Giles kam wieder zurück auf sie zu, mit harten, entschlossenen Schritten, die von den Marmorsteinen widerhallten, und wischte mit dem Hemdsärmel über sein Gesicht.

»Raus hier«, sagte er zu Franziska. »Geh mir aus den Augen.«

Es blieb nur Zeit für ein Wort. »Das Labyrinth«, flüsterte Franziska.

»Gut«, flüsterte Ros als Antwort.

Franziska warf Giles einen zornigen, anklagenden Blick zu, wirbelte dann herum und rannte zum Rosengarten davon.

»Na«, sagte Giles einen Augenblick später. »Es tut mir leid, daß Sie all dem ausgesetzt werden müssen. Eindeutig ein Fall von Interessenkonflikt. Die sind ziemlich uneinsichtig, finden Sie nicht?«

Ros sah in sein Gesicht. Es war unbewegt. Er hatte seine Stimme unter Kontrolle. Sie war kalt. Ihm waren sie alle völlig gleichgültig.

Und dann blickte Giles auf die Uhr, als ob nichts geschehen wäre, und sagte: »Schon nach halb acht, und ich sterbe vor Hunger. Ich glaube nicht, daß Farthing uns was zu essen gemacht hat.«

Ungezwungen streckte er eine Hand nach Ros aus, löste ihren Arm aus der schützenden Position über den Papieren und hakte ihn unter seinen. »Ich finde, wir sollten etwas essen, und dann können Sie sich mit den Papieren hinsetzen und sehen, was Sie davon halten. Die wahre Geschichte.« Er machte eine Pause. »Ich rechne ziemlich mit Ihrer Unterstützung, wissen Sie. Ich hab' das Gefühl, wir verstehen uns. Jetzt habe ich eine Verpflichtung.« Er sah auf sie hinunter. »Finden Sie nicht auch?«

Vollkommen sprachlos starrte Ros ihn an.

Lächelnd drückte Giles ihren Arm und spazierte dann aus dem Porzellangarten in Richtung Refektorium. Das schwere Bündel Wörter aus der Vergangenheit hing wie Blei über Ros' Arm, als sie Giles im schwindenden Licht nacheilte.

Giles blieb in der Nähe. Für einen Mann, der erst vor so kurzer Zeit in Lebensgefahr geschwebt hatte, schien er bemerkenswert lebhaft, wie er so in der Küche herumstöberte, auf der Suche nach einem provisorischen Abendessen — Elsie Farthing war diesmal nicht da — während Ros im Wohnzimmer auf der Couch saß und die Papiere zu beiden Seiten ausgebreitet hatte. Alle paar Minuten schaute er herein, wie ein Autor, der auf das Urteil seines ersten Lesers wartet. Am Anfang hatte er gefragt: »Wie kommen Sie voran?«, aber als ihm nur mit zunehmender Einsilbigkeit und schließlich gar nicht mehr geantwortet wurde, verschwand er.

Ros war von den Papieren, von der Geschichte, die sie erzählten, wie gebannt. Denn da stand sie, die ganze dramatische Episode. Wie Florence und Humphrey 1943 ein zweiter Sohn geboren wurde, der fünfundzwanzig Jahre später, nach viel Seelenqual bei allen Beteiligten, in die Frau Franziska umgewandelt worden war. Wahrhaftig Dynamit. Sie konnte verstehen, warum die Badgetts das geheimhalten wollten. Es war die gespenstische und verwickelte Geschichte eines schrecklichen Kampfes zwischen den armen, ungebildeten Bauern und den weltläufigen, aristokratischen Feudalherren. Und Franziska war der Einsatz. Am Ende hatten sie sie verloren, wie Florence sagte, oder vielmehr, so wie die Dinge damals lagen, ihn.

Die Lektüre dieses Abends ließ bei Ros keinen Zweifel, daß der zauberhafte kleine Junge auf Florences Foto, der Junge Frankie, und die statuenhafte, entschieden weibliche Franziska ein und dieselbe Person waren. Das, nicht der Tod, war die Tragödie in Florences Gesicht. Viola hatte für die Operation bezahlt, die 1968 stattgefunden hatte. Aber aus den Ereignissen, die dem vorausgegangen waren — Streitigkeiten mit Florence, mit Humphrey, Drohungen, Bitten, Ermutigungen, und Tröstungen für Franziska — ging Viola als verständnisvoll, mitleidig, fair und etwas distanziert hervor, während die Badgetts kleinlich, ängstlich, engstirnig und moralisch verklemmt erschienen und Franziska schließlich verboten hatten, jemals wieder ihr Haus zu betreten. Nur Elsie Farthing war loyal geblieben, aber sie war machtlos. Nichts, was Viola sagte, konnte den Entschluß der Badgetts ändern, mit dem verwandelten Frankie nichts mehr zu tun zu haben. Also hatte Viola sie natürlich aufgenommen.

Na, dachte Ros. *Kein Wunder, daß Giles glaubt, das würde sich verkaufen.* Aber er hatte gezögert, das bewies, daß er immer noch die Instinkte eines Gentleman hatte. Die Briefe warfen bestimmt ein neues Licht auf Violas Charakter, enthüllten Nuancen, die in ihren Gartenbüchern, ihren ziemlich abstrakten — intellektuellen, aber leidenschaftslosen — Romanen nicht sichtbar wurden. Es war eine bisher unbekannte Lady Viola — menschlicher, weiser, auch mitfühlend, stark, eine Trösterin der Zerrissenen, Retterin der Gequälten. Sie war heroisch in ihren Bemühungen, bei der Rettung des gemarterten Frankie zu helfen. *Wenn das möglich ist*, dachte Ros, *dann bewundere ich Viola nur um so mehr.* Mit den Badgetts war das anders. Sie konnte wohl verstehen, daß sie dies nicht veröffentlichen lassen wollten, es ergab ganz und gar kein hübsches Bild von ihnen, von Frankie/Franziska ganz abgesehen. Aber verkaufen würde es sich bestimmt gut.

Sie und Giles aßen von Tabletts im Wohnzimmer. Aus der Küche ließ nur ein leises Schnüffeln und das Klappern von

Töpfen auf die späte Rückkehr von Mrs. Farthing schließen. Die arme Frau flüchtete in den Besenschrank, als Ros ihr Tablett in die Küche brachte. Ros seufzte. Ihr tat die Frau leid, die so unter ihrer Mißgestalt litt und neben ihrer eigenen auch noch die Deformation ihrer Familie zu tragen hatte, die Schande, das, was sie offensichtlich als Erniedrigung empfanden. Natürlich waren sie alle davon betroffen. Während sie aus der Küche ging, fragte sich Ros kurz, warum sie Franziska jetzt vielleicht nicht gerade begeistert begrüßt, aber doch wieder in die Herde aufgenommen hatten. Eine Art Versöhnung und Akzeptanz nach so vielen Jahren? War Blut schließlich doch dicker als Wasser? Vereint in dem gemeinsamen Ziel, die Sache geheimzuhalten? Und die arme Florence, die pathetischste Figur von allen, die sich auf unklare Weise für die Erschaffung eines Monstrums verantwortlich fühlte, die sich wiederholt geweigert hatte, Violas Beteuerungen zu akzeptieren, daß die Natur sich manchmal irrte und es schließlich ablehnte, überhaupt zu reagieren, die sich ins Innere der Hauptfarm verkroch und erst nach dem Tod von Humphrey 1969, nach ihrer Heirat mit Cedric 1970 wieder zum Vorschein kam.

Nach dem Essen las Ros still weiter, systematisch, damit die Geschichte Gestalt annehmen konnte. Endlich streckte sich Giles, der sie beobachtet hatte, gähnte und sagte erschöpft: »Ich bin vollkommen erledigt. Ich glaube, ich geh ins Bett. Bleiben Sie nicht zu lange auf, morgen müssen Sie frisch sein wie eine Rose, damit wir besprechen können, was zu tun ist.«

Er erhob sich und lächelte sie an. Sie schaute mitten aus einem der späteren Tagebucheinträge hoch — sie war fast fertig — und lächelte zurück. »Ich brauche nicht mehr lange. Ich will nur noch zu Ende lesen, um mir ein Bild von der ganzen Geschichte zu machen, damit wir sie morgen richtig einfügen können. Bis morgen.«

Giles nickte und verließ das Zimmer. Ros überlegte kurz, was sie tun sollte. Alan hatte gesagt, sie sei sich der eigenen

Gefährdung nicht genügend bewußt. Erst hatte es die Warnung gegeben, dann das Unglück mit Florence. Aber war sie jetzt wirklich in Gefahr? Es hatte sich ja alles geändert. Franziska war offensichtlich entsetzt über das Auftauchen der Briefe, hatte sie um Hilfe gebeten. Sie brauchten sie, und das wußten sie auch. Ros schüttelte den Kopf, als sie daran dachte, wie verzweifelt Franziska im Porzellangarten ausgesehen hatte. War es nicht ein Risiko wert — obwohl es natürlich kein wirkliches Risiko gab, mit Franziska würde sie schon fertig — herauszufinden, was Franziska zu sagen hatte? Außerdem hatte sie es versprochen. Selbstverständlich würde sie hingehen. Und Giles am nächsten Morgen davon erzählen.

Auf Zehenspitzen ging sie nach oben, schob die Papiere zwischen Matratze und Bettkasten — eines ihrer liebsten Verstecke — tapste dann leise den Flur entlang zu Giles' Tür und horchte eine ganze Weile aufmerksam auf sein regelmäßiges, tiefes Atmen. Als sie sicher war, daß er schlief, bewegte sie sich verstohlen wie ein Maulwurf durch den dunklen Tunnel des Hauses und schlich hinaus in die Nacht.

20

Der blasse, wässrige Mond war ein Medusenhaupt, das Pflanzen, Blättern, Blüten, Gras, selbst ihren eigenen Händen, die Farbe und Beschaffenheit von Stein anzauberte. Wolkenschichten türmten sich im Westen auf, als sie über den Hof zum Kreuzgang ging. Sie kam auf dem Klosterrasen heraus und stand den Ruinen der alten Kirche gegenüber.

Sie blickte nach links auf die hohen Hecken des Labyrinths und dachte dabei, daß von all den verschiedenen Teilen des Gartens dieser ihr am wenigsten vertraut war. Es war niemand zu sehen.

Sie atmete tief durch und überlegte, ob sie doch lieber zurückgehen sollte. Aber nein. Sie wurde gebraucht. Alle waren eindeutig am Ende ihrer Kräfte. Irgendwie mußte sie der Sache auf den Grund kommen, der Gewalttätigkeit und der Bosheit ein Ende machen. Langsam ging sie vorwärts und hatte das Gefühl, sie bestünde ganz und gar aus Augen und Ohren.

»Ssst!« Ein Teil der Hecke am Eingang zum Labyrinth löste sich ab und winkte ihr. Ros spähte in die Schatten. Was in aller Welt hatte Franziska an? Ihre Gestalt war von einem fließenden Kapuzengewand aus rauhem Stoff vollkommen verhüllt. Ros bewegte sich auf sie zu und bekam eine Gänsehaut bei der Erinnerung an die Erscheinung, die ihr am ersten Tag in der Abtei begegnet war.

»Hier.« Franziska steckte ihr etwas Gefaltetes und Deckenartiges zu. »Ziehen Sie das an«, sagte sie mit ihrer rauhen Stimme. »Dann sind Sie weniger sichtbar.« Sie deutete ungeduldig auf Ros' helles Kostüm.

Ros faltete den Stoff auseinander, es war eine schwere Mönchskutte mit Kapuze, genau wie die, die sie und Alan in dem Raum unter dem Viola-Zimmer im Turm gesehen hatten. Vielleicht war es die gleiche. Jedenfalls hatte Franziska — denn auch sie trug eine Kutte — die Kapuze tief ins Gesicht gezogen. Ihr helles Haar war vollkommen versteckt und ihre Gesichtszüge lagen im Dunkel. »Viola und ich haben die angehabt, wenn wir uns hier manchmal getroffen haben ...« Sie hielt inne. Ros konnte ihren Gesichtsausdruck nicht erkennen.

»Aber Franziska«, sagte sie sanft, »warum das Labyrinth? Können wir nicht einfach spazierengehen?«

Die Mönchskutte schwankte und bebte ein *nein.* »Dies ist der beste Ort. Ich kenne den Garten in- und auswendig. Es gibt nur einen Weg hinein, einen hinaus. Drin ist niemand — ich habe nachgesehen, und seitdem habe ich genau hier gestanden. Wenn wir einmal in der Mitte sind, kann uns niemand hören, und niemand kann sich anschleichen, ohne daß wir es hören, alles ist so zugewachsen. Wir sind ganz sicher. Ich finde mich hier mit verbundenen Augen zurecht. Es ist wirklich einfach, wenn man den Trick kennt. Hier haben wir immer gespielt.« Franziska wandte sich um und ging ins Labyrinth.

Ros zog die Mönchskutte an und fühlte sich dabei wie ein Kind bei einem absurden Verkleidungsspiel. Aber es war kühl, und die Kutte war warm. Sie zog die Kapuze über die Haare und folgte Franziska.

Es war nicht so schlimm, wie sie gedacht hatte, die Lehmpfade reflektierten alles bleiche Mondlicht, das durch die dichten Hecken drang. Die Hecken raschelten beim Vorbeigehen, man konnte deutlich hören, wie die Zweige an ihnen entlangstreiften und zurückschnellten. Ungepflegt und zugewachsen wie es war, ließ man das Publikum nicht mehr ins Labyrinth. Der Eingang wurde während der Besuchszeiten durch eine diskrete Kette und ein Schild versperrt, weil Giles es sich nicht mehr leisten konnte, jemanden auf einer Leiter zu postieren, der einem verirrten und in Panik geratenen Touristen hinaushelfen konnte. Offensichtlich waren selbst die Gärtnerinnen lange nicht mehr hier gewesen, denn Eibenzweige und Büschel standen nach allen Richtungen heraus und ließen kaum genug Platz, um vorbeizukommen.

Franziska hatte nicht übertrieben, als sie sagte, sie kennte das Labyrinth auswendig. Sie arbeiteten sich eine Allee hinauf, die nächste hinunter, ohne je zu zögern, wandten sich hier nach rechts, dort nach links, eine Allee hinunter, die nächste hinauf, während Ros sich duckte und an den Zweigen und weichen Fransen der Eiben vorbeistreifte, die von beiden Seiten über ihr Gesicht fuhren. Franziska raschelte weiter, eine dunkle Gestalt im Mondlicht.

Das flüsternde Schleifen ihrer Roben tönte laut in der Stille. Dann waren sie plötzlich im Zentrum, einer offenen Stelle von nur etwa zwei Metern im Quadrat, mit einem Ausgang. Drei kleine friedhöfliche Steinbänke standen vor den hohen Buchsbaumhecken, und steife, spitze, ovale Blätter erstreckten sich weit über ihre Kapuzen in die Höhe. Ros fand das Atmen in dem staubigen Stoff etwas mühsam, also warf sie die Kapuze ab und setzte sich auf die Bank Franziska gegenüber. Die Hecke war so dick und undurchdringlich wie eine Mauer.

»Wissen Sie es?« fragte Franziska mit ruhiger Stimme.

»Ja. Ich habe die Papiere heute abend durchgelesen. Es steht alles drin.«

Franziskas Kapuze schwankte, ihr Gesicht leuchtete kurz daraus hervor.

»Und was steht drin?«

Schnell faßte Ros den Inhalt der Briefe und die wichtigsten Stellen aus dem Tagebuch zusammen. Sie wollte gerade die

Briefe an Franziska selbst beschreiben, als Franziska sie unterbrach.

»Das ist es ja eben.«

»Was?«

»Es gibt keine Briefe an mich. Es kann keine geben. Auch nicht an meine Mutter oder meinen Vater oder sonst einen von uns.«

»Was?« Ros starrte die verhüllte Gestalt ungläubig an.

»Ich habe gesehen, wie sie sie verbrannt hat. Sie hat mir versprochen, daß es nie herauskommen würde, daß ich ein neues Leben anfangen könnte. Sie hat die Briefe genommen und sie an Ort und Stelle, vor meinen Augen, in der Abtskapelle verbrannt. Danach bin ich fortgegangen.«

Ros saß auf der Bank, und selbst unter der schweren Mönchskutte wurde ihr kalt. Wie konnte das sein? Die Briefe existierten, sie hatte sie eben gelesen.

»Hätte sie sie nicht kopieren können, ehe sie sie verbrannt hat?«

»Das hätte Viola mir nicht angetan. Sie ... hat mich geliebt. Wir hatten eine Abmachung, obwohl ...« Franziska hielt inne und holte zitternd Luft. »Das ist der Punkt. Wir hatten eine Abmachung.«

Ros wünschte, sie könnte Franziskas Gesicht sehen. Sie beugte sich vor.

»Die Briefe kommen mir nicht so schlimm vor. Heutzutage ...«

»Sie verstehen nicht«, rief Franziska plötzlich mit brechender Stimme. »Die Geschichte in den Briefen ist nicht wahr. Es ist nicht die wahre Geschichte. Begreifen Sie das nicht?«

Franziska warf die Kapuze ab, und ihr Gesicht leuchtete im Schatten des Labyrinths. Ihre Wangen glänzten von Tränen. »Sie verstehen das nicht, können das nicht verstehen. Sie hat mich dazu gebracht. Sie machte mich zu dem, was ich heute bin. Ich liebte sie, ich liebte sie so sehr — sie war alles, was die andern nicht waren, und ich hätte alles für sie getan. Aber sie sagte, sie hätte schon einen Sohn, und ich war ein Junge! ... Sie wollte eine Tochter, jemand genau wie sie. Sie hat versprochen, mir die Hälfte von Montfort zu hinterlassen. Ich wußte nicht, es schien möglich — wie ein Traum —, ihre Tochter zu sein. Ich war ihr so ähnlich, fast ein zweites Ich, nur war ich eben ein ... ein Junge. Und das wollte ich wirklich nicht sein. Oder ich dachte, ich wollte nicht. Ich war so jung, so durcheinander. Manchmal fühlte ich mich wie ein Mädchen im Körper eines Jungen, aber ich wußte es einfach nicht, war mir nicht sicher. Aber sie hat mich überzeugt.«

Sprachlos saß Ros da, betrachtete Franziskas Gesicht und lauschte der leisen, verzweifelten Stimme. Das ihr zugewandte Gesicht war, wie sie jetzt erkannte, überhaupt kein Frauengesicht, sondern das Gesicht eines schönen heranwachsenden Knaben, merkwürdig unfertig. Unwillkürlich dachte Ros an die hilflosen jungen Knaben, die einst die Chöre in den großen Kathedralen gebildet hatten, die Kastraten, deren Männlichkeit für die Erhaltung ihrer himmlischen Sopranstimmen geopfert worden war, unwiderruflich verstümmelt im Namen ... ja, wessen? Der Kunst? Franziskas Gesicht war das eines im Wachstum aufgehaltenen, fast ausgewachsenen, zum Untergang verurteilten Jungen, eine verzweifelte Karikatur, weder männlich noch weiblich in ihren Zügen. Nein. Das stand nicht in den Briefen. Definitiv nicht in den Briefen. So bedenkenlos gezüchtet? Sie starrte Franziskas gequältes Gesicht an.

Franziska zog die Kapuze wieder über den Kopf und wischte sich mit der Hand übers Gesicht. »Die Briefe ...« Dann stieß sie heftig den Atem aus, bäumte sich kurz auf, und fiel nach vorne in sich zusammen, eine Haltung der Niederlage. Wie ein Leichentuch fiel die Kapuze über ihr Gesicht.

Was soll ich bloß machen? dachte Ros verzweifelt. *Ich muß ihr helfen.*

Franziska bewegte sich nicht, sprach auch nicht. Ros saß ihr schweigend gegenüber und kämpfte mit ihrem eigenen

Gedankenwirrwarr. Wem sollte sie glauben? Der Viola, die sich in den Briefen zeigte, nicht nur in den neuen, sondern in all den anderen Briefen und Schriftstücken, ernsthaft weise, liebevoll, großzügig, der Viola, die alle schon kannten und liebten, nur vollständiger, menschlicher? Oder war sie diese andere Viola, die zynische Ausbeuterin, die Züchterin von Seelen und Körpern, die Franziska manipuliert und Macht über sie ausgeübt hatte, sie verwandelt hatte wie ihren eigenen Garten? Es fiel ihr schwer, sich Viola vorzustellen — die Viola, die sie in ihrer Phantasie aufgebaut hatte in den Jahren der Lektüre ihrer Bücher, ihrer Gedichte, ihrer Briefe, die Viola, die sie zu verstehen glaubte und, ja, die Viola, die noch überhöht worden war durch die Erfahrung, hier zu wohnen, wo sie einst gelebt hatte — diese Viola korrupt, anmaßend, monströs? Viola der Gärten, Dichterin der Jahreszeiten, der Natur, des Lebens der Erde? Viola? Die Vision entschwand ihr, löste sich auf in eine Chimäre.

Ros erhob sich von der Bank. Ihr Entschluß stand fest. Frankie. Wie schon die bloße Anrede quälen mußte, wo die Tat so unwiderruflich war, so schrecklich irreparabel. Und jetzt gab Franziska keinen Laut von sich, nicht einmal leises, unterdrücktes Schluchzen. Ros fand ihren stummen Schmerz noch herzzerreißender als Hysterie.

»Hören Sie, Franziska. Ich werde dies jetzt ein für allemal aufklären. Es gibt Mittel und Wege zu beweisen, ob die Briefe echt sind.«

Franziska saß stumm, bewegungslos und vornübergeneigt da, die Kapuze verbarg ihr Gesicht.

»Es wird ein bißchen dauern, also müssen Sie den andern sagen, sie sollen mit dem aufhören, was sie die ganze Zeit gemacht haben, und mich der Sache auf den Grund gehen lassen. Ich verspreche, Ihnen zu helfen, aber sie müssen ihnen sagen, sie sollen aufhören. Können Sie das tun?«

Schweigen.

»Franziska?«

244

Ros streckte die Hand aus und zog die Kapuze von Franziskas Gesicht zurück. Das blonde Haar stürzte hervor, bleich gegen die dunkle Hecke. Franziskas Augen waren offen und blickten starr. Ros stieß sie leicht an die Schulter. Und gespenstisch, langsam, wie durch Äonen fortschreitender Erkenntnis, kippte Franziska nach vorn und fiel in sich zusammen. So substanzlos wie eine Robe, die vom Haken rutscht, fiel sie zur Seite auf die Steinbank neben ihr. Mitten aus ihrem Rücken, direkt unterhalb des linken Schulterblatts, ragte der harte, abgenutzte Knochengriff eines Okuliermessers hervor.

* * *

Ros stand starr da, ihr Atem kam kurz und stoßweise, ihr Herz klopfte schmerzhaft gegen die Rippen. Im Labyrinth herrschte absolute Stille, nicht das leiseste Rascheln verriet die Gegenwart eines anderen. Franziska hatte so fest an Sicherheit geglaubt. Sie hatten nichts gehört. Die Hand mit dem Messer hatte unhörbar zugestoßen, durch die undurchdringlich scheinende Buchsbaumhecke, die den kleinen Platz umgab, und sich ebenso unhörbar zurückgezogen. Wessen Hand, und wo war der Mörder jetzt?

Ros beugte sich hinunter, um Franziska aus der Nähe anzusehen. War sie tot? Bewußtlos? Ros streckte eine Hand aus, während sie versuchte, sich darüber klarzuwerden, was sie tun sollte, und legte einen Finger auf Franziskas Hals, um den Puls zu fühlen. Viel Blut war nicht zu sehen. Noch nicht. War das gut oder schlecht? Unter ihren Fingern bebte die Ader — wenig mehr als ein Zittern der Haut. Dann holte Franziska flach und röchelnd Luft.

Hilfe, dachte Ros und sah wild um sich. *Ich muß Hilfe holen. Sie ist nicht tot.* Und mit dem dumpfen Gefühl, sie hätte das alles schon einmal durchgemacht — aber das war mit Florence, nicht Franziska — dachte sie wieder: *Ich muß Hilfe holen. Und das heißt, ich muß hier raus, jemanden finden, Giles finden. Nein, Alan finden.*

Ros ging auf die Öffnung des eingefriedeten Platzes zu und versuchte sich zu erinnern, welche Richtungen sie beim Hereinkommen eingeschlagen hatten. Hinter ihr holte Franziska noch einmal mühsam Luft, lang und flach und noch röchelnder. Das Ausatmen war langsam und qualvoll, und es folgte kein antwortendes Einatmen. Ros stand still, lauschte gespannt, die Augen auf die zusammengesunkene Gestalt gerichtet. Plötzlich war sie überzeugt, daß Franziska tot sei. Blindlings tastete sie nach dem Ausgang, ging durch und wandte sich in die Richtung, aus der sie gekommen waren. Sie mußte Hilfe holen, selbst wenn es zu spät war.

Nach ein paar Schritten hatte sie sich schon verlaufen. Scharf nach links, oder schräg nach rechts? Sie sah auf den Lehmpfad hinunter und versuchte, Fußspuren in der einen oder anderen Richtung auszumachen. Der festgetretene Pfad verschwamm und verblaßte im Dunkeln, es war unmöglich, Fußabdrücke zu erkennen.

Aber sie waren auf einer Diagonale hereingekommen und nur dreimal abgebogen. Sich nach rechts haltend, ging sie vorwärts, ignorierte eine Abzweigung nach links und befand sich unmittelbar darauf in einer Sackgasse. Sie ging zurück, nahm die linke Abzweigung, ging ein paar Schritte und stieß direkt gegen eine hohe Buchsbaumhecke, die eine Seite einer langen, geraden Allee bildete. Die ging sie entlang. Die Zweige zupften und schnappten nach ihr, sie tastete sich den Weg entlang, beide Hände nach den Seiten ausgestreckt — auf einer Seite die weichen, flachen, nachgebenden Eibenzweige, auf der anderen die speerartigen Blätter des Buchsbaums. Daran konnte sie sich beim Hereinkommen nicht erinnern. Oder doch? Und dann fand sie sich wieder in einer Sackgasse. War es dieselbe? Sie wußte es einfach nicht genau. Panik stieg in ihr auf, sie würgte ein Schluchzen hinunter. Sie hielt an, schloß die Augen und versuchte sich im Kopf ein Bild zu machen, ein Bild vom Labyrinth aus der Vogelperspektive. Darüber hatte sie gelesen, Bilder gesehen — sogar eine Luftaufnahme.

Irgendwas mit Kreuzen, der alte Klostergarten, viel einfacher, als es aussah ... eine Art Schlüssel ...

»Rosamund.«

Ros fuhr so heftig zusammen, daß sie dachte, ihre Knochen würden brechen. Die Stimme war von irgendwo hinter ihr gekommen. Sie fuhr herum. Das Dickicht raschelte.

Ros stand stockstill, hielt die Luft an und hatte Angst, sich zu bewegen. Sie strengte die Ohren an und lauschte. Die Kapuze rutschte an ihrem Haar herunter, als ob eine Hand sie langsam zöge. Wieder fuhr sie herum, die Unterarme schützend vor Gesicht und Hals gehoben. Die Kapuze glitt ab und schob sich in ihrem Nacken zu einem schützenden Bündel zusammen. Da war niemand. Das einzige, was sie vor sich hatte, war ein weiteres undurchdringliches Heckendickicht.

»Rosamund«, zischte die Stimme irgendwo vor ihr voller Bosheit. »Sie haben bisher Glück gehabt, nicht wahr? Zweimal dicht daneben. Zu schade mit der anderen, aber jetzt mache ich keine Fehler mehr. Sie sind wirklich die nächste.«

Ros zog sich in ihrer Kutte zusammen. Dicht daneben? Fehler? Also hatte Giles doch recht gehabt, der Tee war für sie bestimmt gewesen. Und das Messer auch? *Sie sind die nächste.* Sie stand wie erstarrt.

»Rosamund. Ich kann Sie sehen, aber Sie können mich nicht sehen. Sie wissen nicht, wo Sie sind. Sie kommen hier nicht raus. Weil ich Sie nicht lasse.«

Ros holte tief Luft. Überall um sie herum lag das Labyrinth still da. *Man kann jede Bewegung hören*, hatte Franziska gesagt. Für den Augenblick war sie sicher. Der Mörder kam nicht hinter ihr her. Noch nicht.

Also gut, dachte sie. *Irgendwie mußt du hier rauskommen. Wenn er — aber wer konnte sagen, ob es ein Mann war? — wenn er sich bewegt, kannst du ihn hören. Du darfst nicht in eine Falle tappen. Keine Schreie. Jetzt ist eine Hecke zwischen euch, und —* sie sah die lange Allee hinunter, den einzigen Weg, der ihr im Moment offenstand, erforschte dann die Hecke und versuchte, durchzusehen — *wenn du ihn nicht sehen kannst, dann kann er dich wahrscheinlich auch nicht sehen, auch wenn er das behauptet, und er kann dich nicht kriegen. Die Stimme hat geblufft. Er spielt mit dir, versucht, dich durcheinanderzubringen und in Panik zu versetzen. Jetzt ist eine dicke Hecke zwischen euch, du mußt dafür sorgen, daß es so bleibt.*

Ros atmete mehrmals tief durch und versuchte, das wilde Hämmern ihres Herzens zu beruhigen. Sie wickelte das Mönchsgewand fest um sich und machte sich damit so klein und schmal und unauffällig wie möglich, ging in die Hocke und kroch geräuschlos von der Stelle weg, wo sie die Stimme zuletzt gehört hatte. Sie warf schnelle Blicke nach allen Seiten. Sie glaubte nicht, daß irgendwer durch die Eiben an sie herankönnte, die Hecke war dick und verkrüppelt, viel dichter als der Buchsbaum. Sie tastete sich an der anderen Seite entlang. Ihre Hand traf durch die spärlichere Belaubung auf die dicken, knotigen Stämme des Buchsbaums, die sich aus dem Boden wanden wie versteinerte Schlangen. Wie dick war die Hecke?

Ihre Hand schlüpfte durch und traf auf eine andere Hand — tastende, starke Finger, die nach ihr griffen, ihre Finger umklammerten.

Aufspringend riß sie ihre Hand zurück, fühlte die Kratzer kaum, würgte den Schrei, der in ihrem Hals aufstieg, zu einem leisen Stöhnen zurück. Ehe sie sich noch bremsen konnte, krachte sie in die Hecke hinter ihr. *Bleib ruhig. Du mußt ruhig bleiben. Er ist auf der anderen Seite. Er wartet.* Sie strengte die Ohren an.

»Rosamund.« Wieder kam die Stimme, leise und zischend, fast amüsiert. Es gab ein Geräusch in den Büschen, und die Zweige auf ihrer einen Seite knackten und bewegten sich. Ros rückte weg, den Blick auf die schwankende Hecke gerichtet. Würde er durchkommen? Oder bewegte er sich an der anderen Seite entlang? Ihr Atem kam hart und stoßweise, in ihren Ohren klang er wie ein schwaches Sägen von weit her; sie schluchzte, hob die Hand an den Mund ...

Und plötzlich war sie ganz ruhig. Eine Welle von Wärme, ein Gefühl von Stärke und Zuversicht überkam sie. Sie wußte, wo die Stimme war, und sollte er versuchen, sie hier zu erwischen, würde sie sich leise davonmachen, still wie die Geister der längstverstorbenen Mönche, die, pervers und gotteslästerlich, dies weltliche, labyrinthische Vergnügen, diesen Sport für Könige geschaffen hatten ...

Und das war es. Sie erinnerte sich an das Gefühl, das sie gehabt hatte, als sie Franziska folgte, wie einfach das alles war. Und an etwas aus Violas Buch *Die Entstehung von Montfort*. Es gab ein Muster. Wie in allem anderen, es gab ein Muster. Manchmal versteckt, aber trotzdem ein Muster, das jetzt kreiselnd wie die Windmühle eines Kindes aus ihrem Unterbewußtsein aufstieg. Natürlich hatten nicht die Mönche das Labyrinth geschaffen. Dieser Teil des Gartens war ursprünglich überhaupt kein Labyrinth gewesen, auch er war einst der größeren Ehre Gottes geweiht — eine Hymne in Immergrün. Und dann sah sie das ganze Labyrinth von oben, eine Luftaufnahme in den Farben Rot, Weiß und Blau. Der Union Jack. Das diagonale, X-förmige Kreuz des Heiligen Andrew über dem aufrechten Kreuz des Heiligen Georg. Die Kreuze waren in Eibe gepflanzt worden, Jahrhunderte, ehe Gilbert de Montfort Buchsbaum gepflanzt und die Lücken damit ausgefüllt hatte, um dies Tollhauslabyrinth zu machen. Sie hatte zu beiden Seiten Eibe gefühlt, als sie diagonal ins Zentrum gekommen war. Eibe zu beiden Seiten. Ganz am Ende, dann hinaus. Alles, was sie zu tun hatte, war, die Allee wiederzufinden, die auf beiden Seiten aus Eibe bestand und schräg durch das andere durchführte, und das war der Weg hinaus.

Vorsichtig streckte sie ihre Arme nach beiden Seiten aus, so daß sie mit den Fingern gerade noch die Begrenzung des Weges ertastete, ging langsam und streifte mit den Händen ganz zart daran entlang. Die Zweige auf der anderen Seite der Hecke knackten wie zur Antwort. Glatte, steife, ovale Buchsbaumblätter auf der einen Seite, weichere Eibenfransen auf der linken. Sie schlich den Pfad entlang, und ihre Finger entwickelten eine ganz neue Empfindsamkeit.

Von der anderen Seite der Buchsbaumhecke hörte man das Geräusch von brechenden Zweigen und auf dem Lehm scharrenden Fußtritten. Der Mörder bewegte sich auch. In ihrer Konzentration hatte sie das fast vergessen. Sie fühlte sich augenblicklich desorientiert, wußte nicht genau, wo sie war, so wie sie sich als kleines Mädchen einmal gefühlt hatte, als sie einen Spiegel über die Schulter gehalten hatte, um rückwärts in den Frisierspiegel ihrer Mutter zu sehen. Da hatte sie den Tunnel im Spiegel gesehen, der sich ins Unendliche erstreckte. Die gestreifte Windmühle begann sich wieder zu drehen, schneller und schneller, bis sie zu einem Kreis verschwamm und sich dann zum Spiegeltunnel aushöhlte. Dann rannte sie, rannte neben ihrem eigenen Spiegelbild in parallelen, stachligen Alleen, die sich ins Unendliche erstreckten, weiter und weiter, rannte so schnell sie konnte, um am selben Ort zu bleiben. Am Leben zu bleiben. Sie bekam keine Luft mehr, die Hecke erdrückte sie, schien nach ihr zu greifen, und immer noch rannte sie, rannte eine endlose Spirale von Zweigen hinunter und hörte dabei ihr eigenes Keuchen wie das Raspeln einer Säge ...

Und dann fiel sie hin.

Der Lehm war wie Samt auf ihrer Wange, glatt und kühl. Er roch wie Kreide, und ihre Nase kitzelte vom Staub. Schlurfende Schritte dicht neben ihrem Kopf, dann Stille. *Ich darf nicht niesen,* dachte sie ganz klar. *Wenn ich nur einen Augenblick still liege, denkt er vielleicht, ich bin in Ohnmacht gefallen.* Sie unterdrückte das Bedürfnis zu schreien, während ihre Schultern in Erwartung des schweren Schlages zuckten, des ...

Er kam nicht. Sie hielt den Atem an, horchte. Die Schritte setzten wieder ein, schienen vorbei zu gehen. Sie hob den Kopf um Millimeter und drehte die Augen in Richtung der Geräusche dem Pfad zu. Keine Füße.

Sie sah sich um. Die Allee war leer, die Schritte waren in der übernächsten Allee gewesen. Durch die alten Wurzeln der Eiben erhaschte sie eine winzige Bewegung. Er suchte. Ihre Ohren waren die einer Maus, die in einem Weizenfeld zusammengekauert auf das Geräusch des Mähens horcht, das näherkommt, jetzt kommt, schscht, schscht, näher.

Also. Noch ist er nicht da. Er mußte immer noch die ganze lange, gerade, geteilte Allee entlanggehen, den langen aufrechten Arm des Kreuzes von Sankt Georg, um zu ihr zu kommen; er war auf einer Seite, sie auf der anderen, getrennt durch Gilberts Buchsbaumhecke. Es gab keinen Weg hindurch, das war der Weg, den sie gekommen war. Die Schritte klangen entfernter.

Trotzdem blieb ihr nicht viel Zeit. Wenn sie sich nur erinnern könnte, die Windmühle am Kreiseln hindern. Eibenhecken in der Diagonale führten nach links. Sie erhob sich auf Hände und Knie. Sie wollte ungehindert rennen können. Sie schüttelte die Mönchskutte ab und ließ sie in einem Haufen mitten auf dem Weg liegen. *Vielleicht denkt er, ich liege da und geht nachsehen, und ich gewinne mehr Zeit.* Vorwärts kriechend, die Hände nach beiden Seiten ausgestreckt, fühlte sie die Hecken und bewegte sich vorsichtig zentimeterweise weiter.

Endlich, links eine Öffnung. Eiben an der linken Ecke, Eiben an der rechten Ecke. Sie spähte um die Hecke herum und sah einen deutlichen, schnurgeraden Weg im rechten Winkel zu dem, auf dem sie sich befand. Im schwachen Licht konnte sie erkennen, daß am anderen Ende ein weiterer Weg im Winkel abzweigte. Sie schlüpfte aus den Schuhen und fühlte die Erde so weich wie Wildleder auf ihren Handflächen, ihren Knien, ihren Füßen. *Dies ist vielleicht das letzte angenehme Gefühl, das ich noch empfinden werde,* dachte sie, während sie leise die Eibenallee entlang zur Ecke kroch.

Als die Stimme wiederkam, wußte sie, daß sie immer noch sicher war, obwohl sie schmerzhaft zusammenzuckte, denn die angespannte, drohende Stimme enthielt jetzt einen frustrierten Unterton, sie peinigte und quälte, klang aber gleichzeitig unzufrieden. Sie klang auch entfernter und war nicht direkt auf sie gerichtet. »Rosamund«, rief sie. »Ich bin direkt hinter Ihnen. Sie können nicht entkommen. Sie kommen hier nicht heraus.«

Komme ich aber doch. Kurz vor dem Ende des Weges hielt Ros an, schlich näher, schaute vorsichtig erst nach einer Seite, dann nach der anderen. Der Weg führte diagonal von ihr weg, ein Arm von Sankt Andrew. Der Weg zu ihrer Rechten war mit Buchsbaum blockiert, die Blätter glänzten. Etwas weiter rechts, auf der gegenüberliegenden Seite der Allee, zweigte ein weiterer Pfad ab.

Aber der verlief nicht diagonal und war auf der entfernteren Seite mit Buchsbaum eingefaßt, die kleinen spitzen Blätter schimmerten schwach. *Also dann, links.* Ros stand auf und rannte den diagonalen Eibenweg entlang. Ihr Herz hämmerte in ihren Ohren und schlug so heftig in ihrer Brust, daß sie das Echo der Schritte hinter sich kaum hören konnte. Das Ende der Diagonalen. *Geh nach rechts, immer noch Eiben auf beiden Seiten, schau nach dem letzten geraden Weg.* Wie in einer Rückblende sah sie sich mit Franziska hereinkommen. Die Hand nach links ausgestreckt, wie ein Kind, das ein Stöckchen an einem Staketenzaun entlangrattern läßt, rannte und rannte sie.

Und auf halbem Wege wich das Dickicht plötzlich zurück, ein frischer Lufthauch wehte über ihre Haut. Sie warf sich durch die Öffnung. Die Hecken blieben zurück, und sie war im Freien, von offenen Feldern und Äckern umgeben. Sie rannte auf Gras, und sie war frei.

Plötzlich schien sie fast vom Boden abzuheben, sie rannte bedenkenlos, Hals über Kopf, als ob sie ewig rennen könnte, ihre Füße berührten kaum den Boden, sie floh vor dem erstickenden, dumpfen Dickicht des Labyrinths, vor der Stimme, dem Schrecken, vor Franziska, vor dem Tod.

Sie rannte, bis sie außer Atem war, und wurde dann langsamer. Als sie ging, fühlten sich ihre Arme und Beine merkwürdig lose an. Sie stand still und sah sich um.

Wo bin ich? dachte sie. Sie befand sich in einem weiteren eingefriedeten Garten, konnte ihn aber weder am Geruch noch an den verschwommenen Umrissen der Pflanzen und Blumen erkennen. Es war, als ob der Garten sich ständig vergrößerte, wie ein Nachtmahr seine Herrschaft ausdehnte ... Sie hatte keine Ahnung, wie weit oder in welche Richtung sie gerannt war. Sie sog die Luft ein. Da war ein merkwürdiger Geruch, bitter — fast wie Tabak. Giftgarten? Nein, diese Lichtung war größer. Porzellangarten? Wenn es nur heller wäre ... aber sie vermißte den hohen, staksigen Rittersporn, die blauen fedrigen Lauchkugeln, die so groß waren wie Menschenköpfe, wie riesige Pusteblumen, die auf ihren Stengeln schaukelten. Kein blasses Weiß leuchtete, die dunkleren blauen Schatten sogen das Licht auf. Es war zu dunkel, um etwas zu sehen.

Wenn nur der Mond herauskäme. Die Ohren immer noch gespitzt nach menschlichen Geräuschen bückte sie sich, fühlte umher, scharrte mit den Füßen. Sie drehte sich nach allen Seiten und suchte nach einem Hinweis, wo sie sich befinden könnte.

Und da war ja auch der klobige, unregelmäßige Umriß der Abtskapelle, der über ihr aufragte. Alles war plötzlich an der richtigen Stelle, sie war im Porzellangarten.

Der Mond brach durch die Wolken, die ihn eingehüllt hatten, und schien kurz auf ihre Umgebung. Die Marmorplatte, auf der sie stand, schimmerte kalt.

Auf allen Seiten lagen in Violas kunstvoll angelegten Beeten die Vergißmeinnicht, die weißen Rosen, die blassen Blätter des silbrigen Ziest, weißer Phlox, Greiskraut, kobaltblaue und porzellanweiße Glockenblumen, Veronika und Federspiere verdreht und deformiert auf den Marmorplatten. Die Blätter waren zu gemarterten Formen zusammengerollt wie zerknülltes Seidenpapier, die Blüten schlaff, ausgebleicht, verschrumpelt und teilweise der Blütenblätter beraubt wie die fast zahnlosen Münder alter, runzliger Weiber. Der merkwürdige Geruch war nicht natürlich, es war ein chemischer Geruch.

Unkrautvernichter. Ros erinnerte sich an die verdrehten Rosetten des Löwenzahns auf dem Rasen ihrer Eltern, nachdem ihr Vater sie besprüht hatte. Überall um sie herum lagen die blauen und weißen Muster des Porzellangartens verdorben, fleckig und welk, dem Tode zugewachsen. Der elegante, makellose Weidenmuster-Porzellangarten, Violas gärtnerische Tour de Force, lag da wie eine verformte und verschrumpelte Leiche, senil im Verfall. Und über die ganze Mitte verteilt, wie ein Haufen Knochen, der schlanke Stamm durchgesägt, die Zweige verstreut und gebrochen, lag der blaue Weidenbaum.

Ros wandte sich ab und rannte blindlings durch die nächstliegende Lücke in der Mauer. Ihr Herz raste, sie stieß auf allen Seiten an beim Rennen, wußte nicht, wo sie war oder wo sie hinwollte.

Plötzlich ragte drohend ein amorpher Schatten vor ihr auf, die verhüllte Gestalt eines Mönchs, schwarz und riesig, und versperrte ihr den Weg.

Ros schnappte nach Luft, ihr Hirn signalisierte die verzweifelte Warnung, anzuhalten und sich umzudrehen, aber sie rannte zu schnell, und ihr Körper wollte ihr nicht gehorchen. Mit Armen und Beinen hilflos um sich schlagend, krachte sie direkt in die schreckliche Gestalt hinein. Große Fledermausflügel flatterten ihr entgegen, um sie einzuhüllen. Mit einem halberstickten Schreckensschrei wurde sie ganz schlaff, rutschte durch die erstickenden Arme und brach mit dem Gesicht nach unten auf der Erde zusammen.

Sie war wieder im Labyrinth, die Wange an den glatten Pfad gelehnt. Die Erde war wie Samt an ihrer Wange, glatt und warm. Es roch nach Kreide und nach noch etwas — etwas Harzigem, und nach Seife. Es roch nach Farbe. Und es kitzelte auch, rauh, wie Gras oder ... Der Lehmpfad hob und senkte sich und ihr Kopf schaukelte mit. Er war feucht und warm und ... er war lebendig. Sie riß sich los und kämpfte voll Entsetzen.

»Ros, was ist los? Was ist geschehen? Fehlt dir was?« Alans Gesicht beugte sich nahe zu ihr hinunter, sie lehnte gegen ihn, ihre Wange an seiner bloßen Brust, gehalten in seiner Armbeuge. Er trug irgendein langes Gewand, das lose über einem Paar gürtelloser Cordhosen zusammengebunden und am Oberkörper auseinandergefallen war. Verständnislos sah sie zu ihm auf.

»Ich habe fest geschlafen, als ich diesen furchtbaren Krach vor meinem Fenster hörte, schluchzen und anstoßen und kämpfen, also bin ich aufgestanden und herausgekommen. Was ist passiert?«

Unfähig zu sprechen, schüttelte Ros den Kopf.

»Was hast du da überall im Gesicht? Überall am ganzen Körper, genaugenommen.« Er drehte ihre Hand um und betrachtete die Handfläche, streckte dann die Hand aus und strich etwas Lehmstaub von ihren Wangen, aus ihrem Haar. »Staub. Und Tränenspuren, wie meine Nanny zu sagen pflegte. Was hast du angestellt?«

Ros setzte sich auf. Ihre Hände waren feucht und klebrig, Lehmstaub bedeckte die Handflächen wie weiches Leder. Starr blickte sie auf ihre Hände hinunter.

Alan ließ sie los. »Du hast mir einen Schrecken eingejagt, derartig in mich reinzudonnern. Wäre fast hingeflogen.« Er beugte sich vor, die Hände auf den Oberschenkeln, die Schultern hochgezogen, und betrachtete sie. Die langen Muskeln seiner Unterarme unterhalb des Ärmels zeichneten sich deutlich ab. *Natürlich mußt du starke Arme haben, wenn du den ganzen Tag dastehst und malst,* dachte Ros verzweifelt, *tagein, tagaus, starke Arme und Schultern ...*

Sie kämpfte, um ihren verwirten Geist wieder in die Gegenwart zurückzubringen. Auf einmal sprudelte alles aus ihr hervor. »Franziska und ich haben im Labyrinth miteinander geredet, und jemand hat sie durch die Hecke erstochen, und ich fürchte, sie ist tot. Sie hat mir von den Papieren erzählt. Und dann hat der Mörder mich gejagt und mich bedroht, gesagt, es sei für mich bestimmt gewesen, genau wie der Tee von Florence, und ich bin gerannt, aber ich habe mich an die Kreuze erinnert und bin rausgekommen und dann bin ich nur gerannt und gerannt.« Ros hielt inne und schluckte. Sie war sich der Tränen kaum bewußt, die ihr über die Wangen rollten. »Aber Franziska ist ... sie ist ... sie ist ...« Ros fing an zu schluchzen. »Wir müssen ihr helfen.« Aber im Herzen wußte sie, daß es zu spät war.

Alan beugte sich vor, legte einen Arm um ihren Rücken, den anderen unter ihre Knie und stand mühelos mit ihr auf. Sie lehnte sich dankbar an seinen Körper und erstickte ihre Schluchzer in der Kuhle zwischen seinem Hals und seiner Schulter. »Also dann«, murmelte er. »Schon gut. Du bist jetzt nicht mehr allein. Wir gehen gleich zurück ins Labyrinth und sehen nach Franziska.« Er marschierte los, den Weg zum Rosengarten entlang, mit Ros auf den Armen.

Er trug sie durch den ganzen Rosengarten, durch den Kräutergarten, den ganzen Weg bis ins Wohnzimmer vom Burggrabenhaus, wo er sie sorgfältig auf dem Sofa deponierte, während er nach oben rannte. Nach weniger als einer Minute erschien er wieder und zog einen Rollkragenpullover über, als er durch die Tür kam. Er stellte sich vor sie hin und streckte seine Hand aus. »Kannst du gehen?«

Ros nickte und stand auf. Ihre Knie zitterten noch. Sie konnte gehen, nur so eben. Aber sie mußte.

Unwillkürlich hielt Ros an, als sie den hohen Hecken des Labyrinths nahe kamen. Sie schloß die Augen und schüttelte den Kopf. Alan wandte sich zu ihr um.

»Sag mal. Du bist da rausgekommen. Weißt du auch, wie man wieder hineinkommt? Ich nämlich nicht.«

Ros schluckte ein, zwei Mal. Ihre Eingeweide verkrampften sich bei dem Gedanken, zurückgehen zu müssen. Aber sie nickte. »Es ist ganz leicht, wenn man das Geheimnis erst kennt.«

»Bist du sicher?« Er legte ihr die Hände auf die Schultern, sah ihr ins Gesicht, betrachtete es genau. Er nahm seine Hände weg, und sie ging auf die Lücke in der Hecke zu.

Geh nach rechts und dann geradeaus, Eiben zu beiden Seiten, an der Diagonale links, immer noch Eiben rechts und links, dann geradeaus, geradeaus bis zum Morgen, Eiben links, Buchsbaum rechts. Sie hielt an und schaute den Weg hinunter. Alan war direkt hinter ihr. Hier irgendwo müßte eigentlich ihre weggeworfene Mönchskutte liegen. Ja, hier waren ihre Schuhe, genau da, wo sie sie gelassen hatte, geistesabwesend schlüpfte sie hinein. Aber sonst dehnte sich der Lehmpfad kahl und unberührt die lange geteilte Allee des aufrechten Kreuzes von St. Georg entlang. War sie am falschen Ort? Nein. Ein Weg hinaus, ein Weg hinein. Da war auch die kleine Sackgasse, und da, zu ihrer Rechten, war der Durchgang zu dem kleinen eingefriedeten Raum. Sie schloß die Augen, sah alles vor sich, wie sie es verlassen hatte, Steinbänke auf drei Seiten, eine zusammengesunkene Gestalt in einer schlichten braunen Robe, verhüllt und still. Sie hielt an, ließ Alan vorbei und wartete darauf, daß er etwas sagte.

»Ros?«

Sie wappnete sich, trat vor, öffnete die Augen. Die Steinbänke leuchteten unberührt und fleckenlos, ungestört im schwachen, diffusen Mondlicht. Keine Spur von Franziska, von einer Leiche. Keine Robe, kein Messer, kein Blut. Franziska war so spurlos verschwunden, als hätte es sie nie gegeben.

21

Am nächsten Morgen wachte Ros spät und mit Kopfschmerzen auf. Sie hatte das Gefühl, als kniffe eine riesige Hand sie erbarmungslos in den Nacken. Nur noch vage erinnerte sie sich daran, wie sie sich im Labyrinth auf die Bank gesetzt hatte und später die ganzen verschlungenen Pfade entlang ins Refektorium getragen worden war, an Giles Kopf, der verschlafen aus seinem Zimmer geschaut, an Alan, der sie sanft auf ihr Bett gelegt und die Decken über sie gebreitet hatte, und dann an das Geräusch von flüsternden Stimmen vor ihrer Zimmertür, ehe sie kopfüber in den Spiegel-Tunnel gestürzt war, der sich in einer Eibenspirale tiefer und tiefer nach unten drehte, ein bodenloses, grenzenloses Labyrinth des Schlafs.

Sie betrachtete sich im Spiegel. Ihre Wange war leicht aufgeschürft von ihrem Sturz auf die Backsteine im Rosengarten. Die Haut an ihren Armen war mit einem Zickzackmuster winziger Kratzer übersät, die Handflächen von tieferen Schrammen kreuz und quer durchzogen. Sie fühlte sich völlig steif. Langsam zog sie ein langärmeliges Hemd und weiche Baumwollhosen an, um die meisten blauen Flecken und Kratzer zu verdecken. Dann ging sie nach unten.

Als sie in die Küche kam, saß Giles am Tisch und beendete gerade sein übliches Frühstück aus kalten Getreideflocken, Milch und Nescafé. Er war in die Morgenzeitung vertieft, als ob nichts geschehen wäre. Er blickte auf und sah sie.

»Oh, Rosamund, meine Liebe. Wie geht es Ihnen?« rief er aus und legte die Zeitung hin. Er klang mitfühlend, aber die Augen waren kalt.

»Och, ganz gut, denke ich«, sagte Ros und setzte sich an den Pinientisch. Sie beugte sich vor und stützte den Kopf in die Hände. Giles sprang auf.

»Meine Güte«, sagte er, kam um den Tisch herum und stellte sich neben sie. »Ich kann mir vorstellen, daß Sie sich immer noch ein bißchen wacklig fühlen. O je.« Unbeholfen stand er neben ihr. Es war deutlich zu sehen, daß er keine Ahnung hatte, was er jetzt tun oder sagen sollte. Ros ließ ihren Kopf in die Hände gestützt. Das war's einfach. Der ganze Giles. Was er auch immer sagte, was für Töne er auch von sich gab, Giles war einfach unfähig, sich vorzustellen, wie sich Menschen fühlten, die Kummer oder Schmerzen hatten. Sie seufzte und hob den Kopf von den Händen.

»Wie geht es Franziska? Haben Sie sie gefunden?«

In dem Augenblick kam Alan herein und sah noch verknautschter aus als üblich, als ob er tatsächlich in seinen Kleidern geschlafen hätte. Giles ignorierte ihn, wandte sich ab und starrte aus dem Fenster, wobei er Ros anredete, ohne hinzusehen.

»Sehen Sie mal, Rosamund ... Ros. Das alles ist einfach zuviel für Sie gewesen, einfach zuviel. Bis gestern abend war mir nicht klar, wie es auf Sie gewirkt hat. Ich glaube, Sie müssen hier mal wegkommen. Zur Abwechslung kann ich ja mal allein an den Papieren arbeiten«, fuhr er fort. »Ich muß mich sowieso damit vertraut machen, nach all dem ... Ärger.« Er wandte sich zu ihr. »Gehen Sie mal los und machen Sie einen Ausflug. Unternehmen Sie eine Spazierfahrt, essen Sie zu Mittag, schauen Sie sich um. Sie sind ja kaum draußen gewesen, seit Sie hier sind. Alan wird Sie begleiten. Es ist alles arrangiert, nicht wahr, Alan?«

Alan kam näher und stand hinter ihrem Stuhl. Seine Hände ruhten leicht auf ihrer Schulter, in einer kaum spürbaren

Berührung — doch schien der leichte Druck seiner Finger plötzlich der Mittelpunkt des ganzen Raumes zu sein. Mit fragendem Blick drehte Ros sich zu ihm um. Er nickte.

»Paßt mir gut. Soweit ich vom Wohnzimmerfenster aus sehen konnte, ist es ein schöner Tag.« Er beugte sich vor und spähte an Giles vorbei aus dem Küchenfenster. »Was immer du magst. Ein Spaziergang, eine Rundfahrt, Cambridge besichtigen. Du mußt wirklich mal raus.«

»Aber was ist mit Franziska?« wollte sie wissen und sah von einem zum anderen. »Habt ihr sie gefunden? Wo war sie?«

Giles zog den Kopf ein, sah peinlich berührt aus und rieb sich mit einem Finger die Nase. Alan war es, der antwortete.

»Wir haben überall nachgesehen. Es gibt keine Spur. Kein Zeichen von Franziska oder irgendwem. Giles und ich haben den ganzen Garten durchsucht, nachdem wir dich in dein Zimmer eingeschlossen hatten.« Alan lehnte sich an den Küchenschrank und schlug die Arme unter. Ros starrte alle beide an. Sie wußte nicht, was sie denken sollte. Hätte es Einbildung sein können — oder schlimmer noch, Halluzination? Nein, natürlich nicht, das war undenkbar. Ihr Hirn spielte ihr keine Streiche. Sie hatte recht, sie mußte recht haben. Aber Franziska spurlos verschwunden?

Glaubte Giles vielleicht, daß *alles* ein Traum gewesen wäre? Daß Alan sie weinend im Rosengarten gefunden hätte, vor lauter Angst nicht ganz bei Trost? Glaubte *er*, es wäre ein Traum gewesen? Dann erinnerte sie sich an den Porzellangarten, an die sich windenden, wie im Albtraum schauerlich verzerrten Pflanzen, an den zerhackten Weidenbaum.

»Der Porzellangarten?« fragte sie zögernd.

Giles schaute weg. »Ja.« Und plötzlich drehte er sich wortlos um und stürzte aus der Küche. Ros hörte die Eingangstür knallen. Sie sah ihn am Fenster entlangstolzieren, über den Hof auf den Kreuzgang zu, ganz starr vor ... was? Zorn, Bitterkeit, Verzweiflung? Sie konnte es nicht erkennen. Langsam drehte sie sich wieder um und fand eine Schüssel Flocken und ein Glas Orangensaft vor sich auf dem Tisch.

Sie sah auf, Alan saß ihr gegenüber, hatte die Ellbogen aufgestützt und sah sie an.

»Also der Teil ist wenigstens wahr«, sagte sie.

»Ja. Cory sagt aber, es könnte nicht letzte Nacht geschehen sein. Es dauert ein oder zwei Tage, bis das Herbizid wirkt. Gestern nacht haben sie wahrscheinlich bloß den Weidenbaum umgesägt. Das würde nicht lange dauern. Jedenfalls ist Violas kostbarer Porzellangarten für immer dahin. Wie du siehst, regt sich Giles darüber weit mehr auf als über Franziska. Für ihn *ist* dieser Garten seine Mutter, glaube ich. Endlich haben sie ihn an seiner empfindlichsten Stelle getroffen. Ich könnte mir vorstellen, daß er uns deshalb hier weghaben will, damit er mit den Papieren seiner Mutter allein sein kann. Und mit dem, was vom Garten übrig ist. Aber um deine Frage zu beantworten, Tatsache ist, daß wir sonst überhaupt nichts gefunden haben. Nicht eine Spur. Keine Franziska, kein Messer, kein Blut, kein gar nichts.«

Ros wurde rot, senkte den Blick, nahm abwesend ihren Löffel auf und fing an zu essen. Glaubte ihr denn niemand? Sie mochte Alan nicht einmal ansehen. Aber sie wußte, daß sie sich das alles nicht eingebildet hatte. Sie hatte das Sägen gehört, es aber zu der Zeit mit dem Geräusch ihres eigenen Atmens verwechselt. Das war wirklich, die zerstörte Weide. Aber warum hatte Alan es dann nicht gehört? Weil er auf der anderen Seite des Burggrabenhauses geschlafen hatte. Erst ihr Schluchzen und das Herumrasen unter seinem Fenster hatte ihn aufgeweckt. Aber das übrige? Alles eine Halluzination? Unglücklich starrte sie auf ihre Haferflocken.

Alan rutschte auf seinem Sitz herum, der Stuhl knirschte laut. »Aber das soll nicht heißen, daß du nicht gesehen hast, was du gesehen hast, und gehört hast, was du gehört hast, weißt du. Es hat nur einfach niemand etwas gefunden. Bis jetzt.«

Dankbar sah Ros auf. Er glaubte ihr. Genau in dem Augenblick rauschte Giles wieder herein. Er wirkte gefaßt, beinahe heiter. »Ah, Ros, Sie essen. Gut. Müssen bei Kräften bleiben.« Er setzte sich mit übereinandergeschlagenen Beinen ans Ende des Tisches, die Hände hinterm Kopf gefaltet, als ob der Stuhl eine Hängematte wäre, und lehnte sich so weit wie möglich zurück. Eine Pantomime der Entspannung.

»Also. Was Franziska und das mutmaßliche Erstechen angeht. So melodramatisch. Trotzdem habe ich mit Farthing gesprochen. Sie sagt, Franziska sei zur Zeit nicht da, aber als sie heute morgen das Bett gemacht habe, hätte es ausgesehen, 'als ob wer dringelegen hätte', wie sie es nennt. Aber Franziskas sämtliche Sachen sind weg. Sie scheint abgereist zu sein.« Giles machte eine Pause und lehnte sich noch weiter zurück, so daß sein Profil fast parallel zur Zimmerdecke war.

Abrupt rappelte er sich hoch und schaute Ros direkt an. »Ich bin sicher, Sie haben wirklich gesehen, was Sie gesehen haben, Rosamund.« Er machte eine Pause und fuhr dann vorsichtig fort. »Oder eher zu sehen geglaubt haben. Sie sind weder hysterisch noch verrückt. Aber ich bin ebenfalls ganz sicher, daß die ganze Begebenheit gestellt war.«

Ros verschluckte sich an ihrem Mund voll Flocken.

»Denken Sie darüber nach. Alles, was sie bisher versucht haben, ist fehlgeschlagen. Es hat nichts genützt, den Garten zu ruinieren, persönliche Bitten nützen nichts, es hat nichts genützt, Sie und mich zu bedrohen. Trotz der Warnungen sind Sie immer noch hier. Unter dem Vorwand, Mitleid zu erwecken, die 'wahre' Geschichte zu erzählen, lockt Franziska Sie ins Labyrinth, inszeniert dann ihren eigenen Tod und macht Ihnen solche Angst, daß Sie glauben, das Messer sei für Sie bestimmt gewesen.«

Ros starrte Giles an, dann Alan, der ihr mit ausnahmsweise unleserlichem Gesicht gegenüber saß.

Giles fuhr fort. »Zu welchem Zweck, das ist die Frage. Sie sind gewarnt worden, und jetzt — wenn man Alan als Zeugen gelten läßt — bis an die Grenze des Wahnsinns geängstigt. Obwohl Sie sich, nebenbei bemerkt, sehr gut gehalten haben, allein aus dem Labyrinth herauszukommen. Zeigt Ihre außerordentliche Geistesgegenwart. Aber die Frage ist immer noch *warum*. Und die Antwort liegt, glaube ich, auf der Hand: sie wollen Sie hier heraushaben. Sie hatten nie vor, Sie zu erstechen, sie wollten Ihnen nur soviel Angst machen, daß Sie hier weggehen. Ich denke mir, daß wir Franziska eine ganze Zeitlang nicht sehen werden, also wird niemand Genaues wissen. Aber ich bin überzeugt, daß es eine abgekartete Sache war. Ein verzweifelter Versuch, Sie hier weg zu kriegen, weg von den Briefen. Und von mir. Sie wissen zu viel.«

Mit trockenem Mund schluckte Ros noch einmal. »Mir kam es authentisch genug vor«, sagte sie.

Giles tätschelte ihre Hand. »Natürlich. Das mußte es ja auch sein, wenn sie glaubten, Sie hereinlegen zu können. Schließlich sind Sie so furchtbar schlau. Aber denken Sie daran, Franziska ist Schauspielerin. Womit sie wohl nicht gerechnet hatten, ist Ihre Charakterstärke.« Er drückte ihre Hand. Sie zog sie weg. Sie? Sie? Sie warf einen verstohlenen Blick auf Alan. Er beobachtete Giles mit leicht gerunzelter Stirn.

Giles fuhr fort. »Meine Liebe, wie läßt sich denn das Fehlen der Leiche, von Blut oder sonst einer Spur von Gewalttätigkeit anders erklären? Oder selbst das Wegschaffen? Haben Sie irgendwann jemanden näherkommen hören?«

»Nein.«

»Also dann, das beweist es doch, denke ich. Entweder Franziska hat den Mord selbst gefälscht, oder der vermeintliche Mörder war schon da. Mit anderen Worten, ein fauler Trick. Tut mir leid. Als sie Ihnen genügend Angst eingejagt hatten, sind beide einfach aus dem Labyrinth gegangen und haben sich schlafen gelegt.«

Ros sah Giles forschend an. Seine These hatte etwas für sich. Zwei Leute, Hugh und Franziska, taten sich zusammen, um ihr Angst zu machen. Oder vielleicht Franziska und Elsie, die, wie schon immer, unter einer Decke steckten. Wobei Elsie selbst heute noch Franziska den Rücken deckte. Ros seufzte. Aber schließlich und endlich war es besser, zum Narren gehalten, zum Spielzeug gemacht, hereingelegt zu werden, als daß Franziska wirklich tot war. Florences Unfall war schlimm genug gewesen. Sie hoffte, daß Giles recht hatte.

»Alan«, sagte sie und wandte sich ihm zu, »was würdest du sagen, wie lange hat es gedauert von der Zeit an, wo du mich im Rosengarten gefunden hast, bis wir wieder im Labyrinth waren?«

»Nicht mehr als drei Minuten.«

»Ist das Zeit genug, eine Leiche aus dem Labyrinth zu schleifen? Meine Kutte zu holen und zu verschwinden, Fußtapfen wegzuwischen und alles?«

Alan überlegte. »Kaum. Und natürlich würde es Spuren geben. Eine Leiche auf den lockeren Lehmpfaden durch das ganze Labyrinth schleifen? Nein, ich glaube wirklich nicht, daß das möglich wäre. Wir hätten sie irgendwann gesehen oder gehört.«

»Hätten sie sich in einem anderen Teil verstecken können?«

»Ich habe nachgesehen. Erinnerst du dich nicht? Ich hab' dich auf die Bank gesetzt und überall im Gebüsch herumgedroschen. Keine Spur. Und zu allem anderen habe ich auch noch fürchterlichen Lärm gemacht. Wie ein Elefant in einem trockenen Bambusfeld. Damit hat Giles recht. Niemand hätte ohne dein Wissen hereinkommen können.«

Ja, sie erinnerte sich. Während sie fröstelnd auf der Bank saß, hatte Alan alle paar Sekunden gerufen, um die Orientierung zu behalten. Das Rascheln und Knacken, Grummeln und Fluchen. Es war keine leise Suche gewesen. Und dann wieder hinausstolpern, sich unter Zweigen wegducken, von Eibenzweigen geschlagen werden. Die einzige Möglichkeit, sich im Labyrinth leise zu bewegen, war Kriechen. Sie war gestolpert und erinnerte sich, daß Alan sie noch einmal schwungvoll auf seine Arme genommen und ins Refektorium getragen hatte. Sie war betäubt und erschöpft gewesen. Alan. Plötzlich kam sie drauf, daß er hier geschlafen haben mußte, und zwar in seinen Kleidern. Aber sie hatten sie allein gelassen, um den Garten zu durchsuchen. Sie erinnerte sich an Stimmen in der Halle, laut und streitend, das Klicken eines Schlüssels. Natürlich hatten sie sie eingeschlossen. Eine Vorsichtsmaßnahme. Unnötig, natürlich, in Anbetracht der Tatsache, daß es sich ja nun wohl doch um eine vertrackte Theaterszene handelte, die man nur ihr zu Ehren aufgeführt hatte. Aber wie hätten sie das zu der Zeit wissen können?

Es war abwegig, unglaublich. Das, und die Vernichtung des Porzellangartens, schien deutlich zu machen, daß deroder diejenigen, die all dies getan hatten, am Ende waren. Unwillkürlich erschauerte sie. Was könnte als Nächstes kommen? Was blieb noch? Giles töten, sie töten, Montfort in Grund und Boden brennen — Gärten, Gebäude, Papiere und alles?

Sie seufzte, denn sie war sich bewußt, daß sowohl Giles wie Alan sie erwartungsvoll ansahen. Einer Lösung des Rätsels um die Papiere war sie nicht näher gekommen, als sie schon vor dem Gespräch mit Franziska gewesen war. Tatsächlich schien das Geheimnis statt dessen neue Dimensionen anzunehmen, aufzublühen wie eine von Violas unglaublich barocken Grandiflora-Rosen. Sie hatte gedacht, sie könnte den Garten und seine Bewohner und Giles' persönliche Beziehungen von ihrer Arbeit an den Papieren getrennt halten, von ihrem Dialog mit Viola und der Vergangenheit, aber das schien jetzt ein ferner und naiver Traum zu sein. Alles war miteinander verknüpft, wurzelte an der gleichen Stelle. Wenn sie nur wüßte, wem oder was sie glauben sollte. Ros erinnerte sich an ihr Versprechen Franziska gegenüber — aber war sie hereingelegt worden, hatte man mit ihr gespielt? Galt es noch? War sie immer noch verpflichtet herauszufinden, welche Version der Geschichte die richtige war?

Giles stand abrupt auf. Er wirkte groß und eindrucksvoll in der Küche mit den niedrigen Deckenbalken und unterbrach ihren Gedankengang. Er sprach brüsk.

»Also, ich muß mich um verschiedenes kümmern. Cory und Stella warten auf mich, und dann sind da die Papiere. Ich werde alles aufholen müssen, was Sie inzwischen gemacht haben. Und auch zu einer endgültigen Entscheidung kommen wegen der ... äh« — er warf Alan einen Blick zu — »losen und flüchtigen Blätter, die ich Ihnen gezeigt habe.« Er sah sie fragend an. »Sonst noch etwas?«

»Nein, Giles.« Er war deutlich bestrebt wegzukommen. »Gehen Sie nur. Ich komme gut zurecht.«

»Wir werden zu unserem Picknick aufbrechen«, fügte Alan hinzu. Er trommelte mit den Fingern auf der Tischplatte.

Giles lächelte kalt, nickte und verließ dann die Küche. Ros beugte sich vor, um die restlichen Flocken mit Milch zu löffeln. Sie hatte keine Ahnung, was sie die ganze Zeit gegessen hatte. Beim Aufschauen sah sie Giles' Schatten über die Scheibe gleiten. Selbst im Profil war sein Ausdruck geistesabwesend und hart. Ros fühlte eine diffuse Art Sympathie für ihn. Wenn er nur von Anfang an geradeaus und ehrlich gehandelt hätte ...

»Hör zu«, sagte Alan. »Ich sause mal kurz rüber und zieh mich um. Die Nacht habe ich auf Giles' Couch verbracht. Ich schlafe normalerweise nicht in meinen Kleidern, auch wenn es oft so aussieht.« Er stand auf, ballte die Fäuste und reckte sich, wobei er die Schultern bewegte und den Rücken krumm machte. »Unbequemes Biest«, sagte er.

»Mir war so, als hätte ich Stimmen gehört«, sagte Ros, während sie die flachen Muskeln auf seinem Bauch und die kräftige Linie seines Brustkorbs unter dem dünnen T-Shirt betrachtete.

»O ja. Das war sozusagen eindeutig über Giles' Leiche. Er konnte nicht begreifen, warum ich so entschlossen war, dich nicht mit ihm allein zu lassen. Es war sein Haus, und ich konnte verdammt noch mal in meinem eigenen schlafen. Aber wie du siehst, hier bin ich.« Er entspannte sich und lächelte sie beruhigend an. »Ich verstehe eigentlich gar nicht, warum er so wild darauf ist, uns heute zusammen wegzuschicken. Aber er hat bestimmt seine Gründe. Wie dem auch sei, nichts könnte mir lieber sein. Also spielen wir mit, ja?«

Ros' Kopf fing an zu dröhnen. Die unausgesprochenen Gründe für Alans Handlungen waren ihr nicht entgangen, auch wenn er so leicht darüber hinwegging. Er traute Giles nicht, und er hatte keine Angst, ihn das auch merken zu lassen.

»Ich fänd's herrlich, hier wegzukommen.« Sie legte ihre Hand übers Gesicht. »Ich brauche Zeit zum Nachdenken. Dieser Ort ...«

»Sag nichts mehr. In zehn Minuten treffe ich dich vor dem Torhaus-Turm. Oder willst du lieber gleich mit mir kommen?«

»Nein, nein, das ist schon in Ordnung«, sagte Ros schnell. Sie stand auf. »Ich treffe dich am Tor.«

Während Alan noch mit Schüsseln im Spülbecken klapperte, verließ sie das Refektorium und ging in den Hof, überquerte ihn schnell und gelangte durch den Torbogen auf die andere Seite. Der Garten lag ruhig hinter ihr, der Himmel über ihr war diesig-blau. Ein paar wollige Wolken stubsten einander den Horizont entlang wie unentschlossene, idiotische Schafe.

Sie ging weiter und schaute über die leichte Erhebung, auf der die Abtei erbaut worden war, hinaus auf die heckenumsäumten Wiesen und die bläulichen Moore dahinter, um das Gefühl der Beständigkeit, der Bedeutung des Ortes wiederzufinden, um den zunehmenden Eindruck von der Zerbrechlichkeit all dieser Stücke und Teilchen, dieser Ruinen und Fragmente, Papierschnipsel, Steinfragmente — und auch der Menschen — zu zerstreuen. Die Gewaltandrohung, ob echt oder nicht, die Atmosphäre von Verderbtheit, Zerstörung, Gefahr hatte sich über Montfort gebreitet wie ein Leichentuch und reichte bis in Violas Leben zurück. Selbst die Toten waren verletzlich. Nichts ergab mehr Sinn, ihre Arbeit schon gar nicht, auch nicht ihre Mutmaßungen über Menschen, ihre Beurteilungen. Wenn sie nur dahin zurückkönnte, wo sie angefangen hatte, von vorn anfangen, die Dinge neu einordnen. Aber wie oft konnte man das gleiche Material überarbeiten, wie viele Neubewertungen waren möglich?

* * *

Sie wußte nicht, wie lange sie in Gedanken dagestanden hatte, als ein Auto quietschend neben ihr zum Stehen kam und dabei Kies aufspritzte. Aber es war nicht Alans verbeulter roter Mini. Höflich schaute sie nach unten. Da saß Alan und grinste sie an. Er hatte sich umgezogen, sein ungebärdiges Haar fing gerade an, sich nach einem nassen Kamm wieder hochzustellen. Sie erkannte das Auto als das, in dem Stella zum Krankenhaus gefahren war.

Während sich Alan hinüberlehnte, um die Beifahrertür aufzumachen, bemerkte er: »Ich dachte, wenn wir den ganzen Tag in der Landschaft herumkutschieren, sollten wir das in großem Stil tun. Also habe ich den Wagen von Cory und Stella geliehen.« Er sah ihr beim Einsteigen zu. »Viel bequemer als mein schändliches Wrack. Cory braucht ihn nicht, sie und Stella stecken bis zum Hals in Arbeit. Giles hat den Porzellangarten ganz ihnen überlassen. Er ist irgendwohin abgehauen, kein Mensch weiß, wozu. Stella ist in Tränen aufgelöst und sagt, es sei, als ob man Viola noch einmal verloren hätte. Armes Ding.«

»Weiß Cory über Franziska Bescheid?«

»Ich hab's ihr gesagt, als ich die Schlüssel holte. Sie hat nur genickt und besorgt ausgesehen. Sagt, sie hätte heute morgen ganz früh ein Auto gehört.« Alan sah Ros kurz an. Sie konnte nicht entscheiden, ob der düstere Ausdruck auf seinem normalerweise heiteren Gesicht ihr, Franziska oder allen zusammen galt. Trotzdem, er befand sich am Rande, während sie mittendrin steckte. Er hatte, genaugenommen, nichts damit zu tun. Und für sie stand ihre zukünftige Karriere auf dem Spiel. Von ihrem Leben ganz zu schweigen, wenn man die Drohungen überhaupt ernst nehmen wollte.

Alan ließ den Motor an, drehte das Lenkrad und schlug den Gang rein. Der Wagen sprang vorwärts, schoß über den Parkplatz und an der Hauptfarm vorbei. Schon sehr bald ratterten sie über das Viehgitter und die lange Auffahrt hinunter, weg von Montfort Abbey.

Wenn ich nur all meinen Gedanken davonfahren könnte, überlegte Ros, während sie ihren Kopf an den Sitz zurücklehnte und zusah, wie die Abteigebäude vorbeiglitten.

22

Alan kurbelte sein Fenster hinunter, damit eine frische Brise ins Auto strömen konnte, und Ros tat das gleiche. Der Wind dröhnte ihr in den Ohren und machte eine Unterhaltung unmöglich. Was gab es auch zu sagen?

»Mmm«, sagte Alan nach einer Weile, lauter als der vorbeirauschende Wind. »Wind von der See, Regen vorm Tee.« Er warf Ros einen fragenden Blick zu. »Wohin? Sehenswerte Herrenhäuser, gotische oder barocke Kirchenarchitektur, angelsächsische Erdbauten, mittelalterliche Marktflecken, oder die kahle Weite schwarzbrauner Moore? Alles, einiges oder nichts von dem oben Erwähnten?«

»Ach, ich weiß nicht. Entscheide du. Du lebst schließlich hier. Irgendwohin, wo wir laufen können, vielleicht sogar rennen.«

»Gut.« Alan drehte das Lenkrad, machte einen weiten Bogen und fuhr Richtung Süden. Sie rumpelten über eine schmale Landstraße. Ros war ganz verblüfft bei dem Gedanken, daß sie jetzt erst zum zweiten Mal seit ihrer Ankunft von Montfort wegkam. Sie war von der kleinen, isolierten Welt der Abtei so gefesselt gewesen, daß sie vergessen hatte, daß es noch eine andere Welt gab. Kein Wunder, daß es ihr an innerem Abstand fehlte.

Sie kamen ans Ende des schluchtartigen Seitenweges. Zu beiden Seiten erstreckte sich eine moderne, zweispurige Auto-

straße, ein rundes, grünes Schild auf Alans rechter Seite verkündete A-11, Newmarket 10, Cambridge 23. Alan fuhr auf
den Asphalt und bog dann plötzlich in einen weiteren tunnel-
artigen Weg ein, der nicht weit entfernt war. Er lächelte Ros,
die auf ihrem Sitz hin- und hergeschleudert wurde, entschuldigend an. Sie erinnerte sich an die Taxifahrt, die sie zuerst
nach Montfort gebracht hatte.

»Ich weiß genau das Richtige. Wir wollen nicht durch Newmarket fahren, also führe ich dich die Nebenstraßen entlang
zu einem meiner Lieblingsplätze. Man nennt ihn den Teufelsgraben, und er liegt gleich auf der anderen Seite der New-
market-Heide auf der Strecke nach Cambridge. Es ist ein ganzes Stück zu fahren, aber du kannst dich zurücklehnen und
die Gegend betrachten, während wir durch so possierliche
Dörflein wie Iddingham, Gazeley, Woodditton und Fenster
Bottom kommen. Nein, es ist mein Ernst — die gibt's alle.
Und sie *sind* possierlich. Du wirst schon sehen. Trau mir
nur.« Er warf ihr einen schnellen Blick zu. »Egal. Nicht
nötig, zu reden.«

Ros nickte und lächelte ihn dankbar an. Er wußte es, er verstand, daß sie alles für sich allein durcharbeiten mußte, auf
der Basis der Beweise, die sie hatte. Sie mochte ihm ja vertrauen
— nein, vertraute ihm — aber er konnte ihr nicht helfen zu
entscheiden, was sie jetzt tun sollte. Sie hatte allein aus dem
Labyrinth herausgefunden, sie mußte auch hier ihren eigenen
Weg finden.

Etwas später sprach Alan ruhig. »Wie klar der Himmel
auch sein mag, über den Sümpfen ist es immer diesig. Sie
atmen, sagen die Alten. Lebendige Wesen, die unter der Erde
leben, und der Dunst ist ihr Atem. Die Hügel da drüben
heißen Gog und Magog, Riesen, die auf der Seite liegen und
schlafen. Primitive Vorstellung, nicht? Aber wer weiß?«

Ros nickte verträumt. Trotzdem, die Deiche, die Straßen
und Kanäle bedeuteten, daß der Mensch selbst hierher vorge-
drungen war, Teile des tiefliegenden Landes sahen ziemlich

trocken aus, sogar landwirtschaftlich genutzt, und die Speer-
spitzen des Schilfs waren durch zartere Kornfelder ersetzt
worden.

Sie kamen an einem buntbemalten Zigeunerwagen vorbei,
der an den Straßenrand gezogen war, und Alan fing mit angenehm heiserem Bariton an zu singen: »Lustig ist das Zigeuner-
leheben.« Danach ging er direkt zu den 'Wilden Jungs aus den
Kolonien' über, in übertrieben irischem Dialekt, und dann,
ernsthafter, sang er ein paar Volkslieder, die Ros als schottisch
erkannte. Erst zögernd, dann mit zunehmender Begeisterung,
sang sie diejenigen mit, die sie kannte, und während Alan den
Austin durch ein Labyrinth von Landstraßen und Alleen und
winzigen Dörflein steuerte, erhoben sich ihre Stimmen lauter
und lauter, bis Ros das Gefühl hatte, jetzt sei sie wirklich sehr
weit weg von Montfort Abbey. Hier draußen, die gewundenen Wege entlangfahrend, hatte sie das Gefühl, daß sich
nichts Grundlegendes jemals veränderte, daß das Leben mit
seinen schlichten Erwartungen ziemlich gleichförmig von
Generation zu Generation weiterging.

Und war es nicht das, was Giles wollte? Wenn er sich nur
nicht so offensichtlich mit allen anderen Bewohnern auf den
Kriegsfuß gestellt hätte. Dafür trug er die Verantwortung, jedenfalls weitgehend. Er war so unnachgiebig mit seiner Sucht,
jeden unter Kontrolle zu halten. Die andern hatten den simplen
Wunsch, die Dinge auf sich beruhen und die tote Vergangenheit still ihre Toten begraben zu lassen. Er wollte konservie-
ren — der Menschheit ein Geschenk machen. Aber was für
eins? Sie betrachtete Alans Profil, das ungebärdige, wellige
Haar. An den Schläfen und an den Seiten war es grauer, als sie
zuerst bemerkt hatte. Die vorspringenden Augenbrauen und
die tiefliegenden Augen, die ziemlich stumpfe, fast nach oben
zeigende Nase. Eine große, gemütliche Gestalt von einem
Mann, leicht zu unterschätzen, bis man die Intelligenz in den
direktblickenden Augen sah. Sie seufzte, lehnte ihren Kopf
gegen das Fenster und ließ die Vibrationen ihr Hirn zu einem

sinnentleerten Tanz unzusammenhängender Gedanken verwirbeln.

Sie war fast eingeschlafen, als Alan den Wagen mit einem Ruck zum Halten brachte. Ros sah auf und merkte, daß sie irgendwann wieder auf die Hauptstraße gekommen waren. Alan war auf den Seitenstreifen gefahren. Vor ihnen, auf der anderen Seite eines kleinen Grabens und zu beiden Seiten von tiefen Rinnen eingerahmt, erhob sich ein pyramidenförmiger Erdkegel, dem die Spitze fehlte, übergangslos zu einer Höhe von etwa sechs Metern. Eine Seite war steiler als die andere und kahl, bis auf die allerspärlichste Vegetation. Die Rinnen auf beiden Seiten waren von verschlungenen Brombeerranken dicht überwuchert. Ein tief ausgehöhlter rauher Pfad, uneben und abgetreten in der sandigen, lederfarbenen Erde, führte die ihnen nächstgelegene Seite hinauf.

»Ist dies der Teufelsgraben?« fragte sie.

»Höchstselbst. Möchtest du laufen? Oder reden?«

»Laß uns laufen.«

Alan kam ums Auto, öffnete die Tür und bot ihr die Hand. Zusammen kraxelten sie den kleinen ausgetretenen Pfad zur Spitze des Hügels hinauf. Oben angelangt, konnte Ros erkennen, daß es gar kein Hügel war, sondern ein hoher und scharf umrissener Bergkamm, der sich meilenweit in die Heide erstreckte. Der rauhe, eingetretene Pfad mäanderte auf der Höhe entlang wie ein offener Reißverschluß, während der Kamm in eine Senke tauchte, an der nächsten Höhe wieder aufstieg und sich über die Wiesen erhob. So weit Ros sehen konnte, zeichneten die beiden dunkleren Linien von Brombeergestrüpp an den Seiten und am Fuß des Kammes ihn deutlich vom wogenden Gras auf beiden Seiten ab. Auf der anderen Straßenseite verlor sich eine ähnliche Hügelkette am Horizont, offensichtlich hatte die Autostraße sie erst in neuerer Zeit durchschnitten. Sie hatte dies schon einmal gesehen, von der Straße aus. Der Wind wehte in ihren Haaren und schien glatt durch ihren Kopf zu blasen.

»Was ist das, eine Römerstraße?«

»Das weiß niemand. Sie ist sehr alt. Vielleicht römisch, vielleicht sogar älter. Sie führt 20 Meilen weit über die Heide, von unterhalb Newmarket bis fast zur Insel von Ely, genauso, wie du sie hier siehst — pfeilgerade, oder jedenfalls fast. Sechs Meter hoch und am Boden zwölf Meter breit, wenn man den Boden durch die Dornen sehen könnte. Aber das Beste daran, was mir so gefällt, ist, daß sie außerdem ein Paradies für Botaniker ist. Hier wachsen Pflanzenarten, die es auf den britischen Inseln sonst nirgendwo gibt. Fast als ob die Erde, aus der sie gemacht ist, von woanders herkäme, so phantastisch das auch klingt. Hier trifft man ständig auf Kerle wie mich, die mit der Nase im Dreck am Boden kriechen, sich die Augen verrenken und herumsuchen und in ihre kleinen Notizbücher kritzeln. Eine seltene kleine Pflanze, das gefleckte Fünfblatt, ist einen halben Zentimeter groß. Man hatte es für ausgestorben gehalten, bis es hier wieder entdeckt wurde.«

»Wer hat es gefunden?« fragte Ros, die Alan den Weg entlang folgte. Er schwieg einen Augenblick.

»Also, ehrlich gesagt, ich. Aber wir wollen mal sehen, was wir finden können. Ich mag sowas zu gern. Es ist eine echte Zwangshandlung — man kann völlig darin aufgehen. Lenkt einen ab. Man stochert einfach im Bewuchs herum, und, wohlgemerkt, man muß ganz aufmerksam sein, und seinen Intellekt und seine Emotionen oder was immer auf automatischen Piloten umstellen. Und wenn man dann fertig ist, hat das Unterbewußtsein inzwischen ziemlich oft das Problem ganz allein gelöst, einfach, weil man es in Ruhe gelassen und nicht auf es eingeredet und an ihm rumgeschubst hat. Wirklich erstaunlich. Auch manchmal erholsam, die Dinge einfach sich selbst zu überlassen. Ich komme ziemlich oft hierher.«

Ros sagte nichts, ging nur hinter ihm her und lauschte dem sanften Murmeln seiner Stimme. Der Weg war zu schmal, als daß sie ohne zu stolpern nebeneinander hätten gehen können, also ging Alan vor und Ros folgte ihm oben auf dem Erdwall entlang und sah zu, wie er forschend von einer Seite zur andern sah, suchend, den spärlichen Bewuchs genau betrachtend.

»Wieso 'Graben', Alan?« sagte sie nach einer Weile. »Ich meine, dies ist ja wohl kaum ein Graben. Es ist eher, als ob man auf einer Brustwehr entlangginge.«

»Ich weiß es auch nicht genau. Es wird hier in der Gegend auch Teufelsdeich genannt, also kannst du es dir aussuchen. Ich selbst habe Teufelsgraben am liebsten, wahrscheinlich, weil es so widersinnig ist. Ich hab' mir immer vorgestellt, daß derjenige, der den Namen ersonnen hat, bestimmt glaubt, weil der Teufel ja unter der Erde ist, und weil, wie wir von Milton hören, dort alles verkehrt und verdreht ist, für den Teufel ein Graben sein muß, was für uns ein Wall ist. Wenigstens ist das die einzige Erklärung, die ich mir ausdenken kann.«

»Klingt völlig einleuchtend«, sagte Ros zufrieden. Sie kaute auf einem angenehm sauren Ampferstengel herum, den sie am Wegrand gepflückt hatte. Sie konzentrierte ihre Augen und ihre Gedanken darauf, kleine Farbflecken auszumachen oder ungewöhnliche Formen im verfilzten Gras. Als Kind war sie die unschlagbare Entdeckerin vierblättriger Kleeblätter gewesen, beim Spazierengehen pflegte sie ihren Vater damit zu verblüffen, daß sie einfach auf ihre Füße hinunter sah und eins nach dem anderen fand. »Wie machst du das nur, Rosie?« sagte er dann erstaunt, und sie antwortete mit der Ernsthaftigkeit eines Kindes: »Es macht einfach ein anderes Muster im Gras.«

Sie pflückte eine winzige, lila-blaue Blüte, die wie ein Miniaturlöwenmäulchen geformt war. In seiner winzigen Vollkommenheit erinnerte es sie daran, daß sie einmal an Elfen geglaubt hatte. Alan identifizierte es sofort als eine Art Minze.

»Man nennt es Helmkraut. Ziemlich unangemessen, wenn du mich fragst — sieht mehr wie eine Narrenkappe aus. Aber vielleicht haben sie ja auch Narrenhelm gemeint.« Ros lachte.

Alan grinste sie an und zuckte bedauernd die Schultern. »Nicht selten«, sagte er. »Ihr Name ist Legion.« Und als sie auf dem Wall weitergingen, verlor sich Ros bald vollständig in der faszinierenden Aufgabe, kleine und versteckte Muster im Gras zu erspähen, die Alan alle schnell beim Namen nannte.

Erst als sie fast den ganzen Weg zurück zur Straße gegangen waren und nicht mehr als hundert Yards von dem steilen, klippenartigen Rand entfernt standen, dachte Ros wieder an Montfort Abbey. Es schien ihr nicht mehr so wesentlich oder wichtig, genau zu wissen, wo sie stand, was die wahre Geschichte war, doch sie wollte wissen, was Alan dachte. Ihr wurde plötzlich klar, daß seine Gedanken ihr sehr wichtig waren.

»Alan?«

»Ja, Liebste?« sagte er beiläufig und wandte sich zu ihr um. Der Wind wehte durch sein Haar, die Hände hatte er wie üblich lässig in den verknautschten Hosentaschen vergraben. Durch das 'Liebste' kurzfristig abgelenkt, blinzelte sie ihn an, dann fiel ihr die Frage wieder ein, die sie hatte stellen wollen.

»Glaubst du, das alles ist passiert, weil ich hierhergekommen bin?«

Er sah sie an, und sie wußte, daß er, genau wie sie, beim Herumspazieren in einem Teil seines Bewußtseins alle die Ereignisse in Montfort durchgegangen war und versucht hatte, irgendeinen Sinn darin zu sehen. Jetzt schüttelte er den Kopf.

»Nein, das glaube ich nicht. Möglicherweise bist du eine Art Katalysator gewesen. Aber die Situation war schon vor deiner Ankunft gegeben, und wenn du nicht gekommen wärest, dann wäre es eben etwas oder jemand anderes gewesen. Es war Giles' Entschluß, die Papiere herauszugeben, oder vielleicht sogar die Tatsache, daß er sie gefunden hat, die alles ausgelöst hat. Mit dir persönlich hat das wirklich sehr wenig zu tun.« Er unterbrach sich und betrachtete sie. »Aber weißt du, Ros, wenn wir schon davon sprechen — etwas hat mich beunruhigt. Die Zerstörung des Gartens, die Drohungen, das

Terrorisieren, die Mordversuche, falls es welche waren — alles hängt offenbar miteinander zusammen, das ist klar. Aber da ist noch etwas. Beinahe, als ob da irgendwo ein Widerspruch in sich wäre.« Alan starrte nachdenklich über die Heide. »Ich bin mir nicht sicher, daß dieselbe Person — oder auch nur dieselbe Gruppe von Personen — für alles verantwortlich ist. Einerseits die sorgfältige Planung und Ausführung der Garten-Sabotage, immer gerade soviel, daß keine unwiderrufliche Katastrophe eintritt. Aber gleichzeitig die Gewalt gegen Personen — erst Giles, dann Florence, jetzt du und Franziska.« Überlegend hielt Alan einen Augenblick inne und fuhr dann fort. »Ich weiß es einfach nicht. Es ist, als ob zwei verschiedene Denkweisen am Werk wären. Zwei vollkommen unterschiedliche Einstellungen zum Leben und seinem Wert.«

Ros starrte sein Profil an. Er hatte recht. Nicht einfach zwei verschiedene Leute. Zwei verschiedene Arten, die Welt zu sehen.

»Aber wer?« murmelte sie grübelnd. »Mein Erlebnis mit Franziska gestern abend, und dann der Porzellangarten — das Merkwürdige ist, daß auf den ersten Blick beides ein Äußerstes zu sein scheint, der letzte Schritt. Wirkliche Zerstörung und wirklicher Mord. Zwei Arten zu töten, zwei verzweifelte letzte Versuche, einer gegen einen Ort, der andere gegen eine Person. Aber warum beide?«

Alan wandte sich ihr zu. Sein Gesicht war ernst. »Ich weiß es einfach nicht.« Er trat gegen den zerklüfteten, überhängenden Rand des Weges und ging ein paar Schritte. »Ich krieg einfach das Muster nicht zusammen, die Logik des Ganzen ...« Er blieb stehen und sah sich nach ihr um. »Aber um deine Frage von vorher zu beantworten: Nein, ich bin ganz sicher, daß es nicht deinetwegen ist. Es geht alles auf Giles' Kappe. Er genießt seine Macht über Menschen — hat gern das Sagen, spielt sie gegeneinander aus, manipuliert ihre Leben. Ich stelle mir vor, daß er glaubt, und seit jeher geglaubt hat, niemand sei ihm ganz gewachsen, weder gesellschaftlich noch intellektuell.

Und soweit ich sehe, hat er wirklich keinen aufrichtigen Knochen im Leibe. Und alle anderen scheinen sich bei ihm angesteckt zu haben. Im Lauf der Jahre sind Ausweichmanöver und indirektes Vorgehen in Montfort eine feste Gewohnheit geworden, keiner sagt jemals genau, was er denkt. Es ist wie ein Makel, eine ansteckende Krankheit oder ein Befall. Der Garten ist voller Bosheit, aber trotzdem so schön, daß er jeden um und um dreht, uns alle Wachsamkeit nimmt.«

Ros nickte. »Manchmal hab' ich das Gefühl, ich steckte in einem Spiegel fest, alles ist das Gegenteil von dem, was ich denke. Ein Schachspiel, bei dem sich die Regeln ständig ändern. Wechselt die Hummer und tanzt.«

»Und du bist natürlich Alice. Und wer bin ich? Der weiße Reiter?«

Ros lachte. »Du scheinst immer zur Rettung zu eilen. Oder ich renne zu dir. Aber nein, ich glaube nicht, daß du der weiße Reiter bist. Du bist ja nicht wirkungslos.« Plötzlich verlegen, blickte sie zu Boden.

»Aber ich habe keine Antworten«, sagte er sanft.

»Vielleicht stellen wir die falschen Fragen«, erwiderte Ros. »Ach, ich weiß nicht, ich weiß einfach nicht. Ich bin nicht daran gewöhnt, so durcheinander zu sein.«

»Macht nichts«, sagte Alan. »Bei mir bist du sicher.« Er langte hinüber, ergriff ihre Hand und zog ihren Arm über seine Brust, bis sie mit dem Gesicht zu ihm stand, dann schob er seinen anderen Arm um ihren Rücken und küßte sie, ganz sanft zuerst, dann fester, bis Ros in Spiralen fortzufliegen meinte, sich verlierend, weit oberhalb der winzigen Figuren, die sich auf dem Erdwall umarmten, der sich nach beiden Seiten ausdehnte.

Ein Wagen sauste auf der Landstraße vorbei und hupte anerkennend. Erschreckt trat Ros von Alan zurück, verfing sich mit dem Absatz in einem kleinen Loch im Weg und fiel auf den seitlichen Abhang zu. Alan griff nach ihr, erwischte ihren Arm und riß sie zurück. Sein Gesicht war weiß. Er zog sie wieder in die Arme.

»Hör mal, tu mir das nicht an. Ich dachte, ich hätte dich verloren. Wenn du in diese Dornen gefallen wärst, hätte ich verdammte Mühe gehabt, dich wieder herauszukriegen. Ich hätte nach dem Rettungswagen schicken müssen und nach einer Seilwinde. Die Dornen sind Jahrhunderte alt, fest wie Stacheldraht, so verworren wie Giles' Gehirnwindungen und mindestens genauso gefährlich.« Er zog sie an sich und betrachtete ihr Gesicht, ihre Augen. »Puha, so ist's besser. Du hast mir einen schönen Schrecken eingejagt.« Ros vergrub ihr Gesicht in seiner weichen Tweedjacke. *Der Geruch nach Farbverdünner wird nie mehr der gleiche sein,* dachte sie. Sie fühlte sich nicht mehr so verwirrt oder isoliert. Alan wenigstens war aus einem Stück, er war, was er zu sein schien. Sie hielt sich an ihm fest und ließ ihren Kopf für ein Weilchen an seiner Brust ruhen.

Dann machte sie sich los. Alan ließ sie gehen, und nebeneinander standen sie und schauten auf die flachen Wiesen jenseits der Straße. Unter ihnen zockelten jetzt Kühe in dummer Sorglosigkeit über die Autostraße einen verschmierten und matschigen Pfad entlang, einen glitschigen, mittelalterlichen Kuhpfad, unter dem der moderne Asphalt völlig verschwand. Der Kuhpfad war vermutlich schon Jahrhunderte vor der Autostraße dagewesen. Jenseits davon, an der Horizontlinie im Norden und Westen, konnte Ros einen Umriß ausmachen, der im Dunst schimmerte, eine verschwommene blaue Silhouette mit Türmen, zart und flüchtig wie ein Schiff auf hoher See. Sie starrte hin, zwinkerte, starrte wieder, ganz ungewiß, ob es wirklich war. Ein einzelner zentraler Turm, unglaublich massiv, viereckig — nein, nicht wirklich viereckig ... Sie schubste Alan an und zeigte darauf.

»Ist das Ely?«

Alan beugte sich etwas herunter, um an ihrem ausgestreckten Finger entlang zu sehen, und richtete sich dann auf.

»Du hast recht. Es ist wirklich Ely. Wir haben Glück. Man kann es von hier aus nicht immer sehen, in Luftlinie ist es 15 Meilen weit weg. Aber es ist eine meiner liebsten Aussichten auf der ganzen Welt. Möchtest du gerne hinfahren? Es ist einen Ausflug wert. Wir könnten zum Tee da sein, oder für einen späten Lunch.«

Ros nickte, den Blick immer noch auf die massive Kathedrale gerichtet, die sich so weit entfernt aus dem flachen Land erhob. Sie hatte sie schon einmal gesehen, als sie an dem ersten unschuldigen Tag auf Montfort zugefahren war. Die Form einer Faust mit einem nach oben zeigenden Finger.

»Dann komm«, sagte Alan, ergriff ihre Hand, und zusammen rutschten und kraxelten sie den steilen Pfad zum Auto hinunter.

23

 Als sie nach Ely hineinfuhren, hatte sich die Brise völlig gelegt, so daß Erde und Himmel auf eine langersehnte Offenbarung zu warten schienen. Die schiefen Häuser und rumpligen Straßen erinnerten an ein malerisches Landschafts-Puzzle, das auf einem ungemachtem Bett ausgelegt war. Hoch darüber, in wuchtiger Disproportion, ragte die große Kathedrale auf und überschattete und beschirmte alles unter ihr. Eine große Glocke läutete in Abständen, und das Geräusch fiel wie ein riesiger runder Stein in die Stille.

Ihr Lunch bestand aus dicken Käsescheiben mit Landbrot und Tomaten und großen Gläsern braunem Bier in einer kleinen Kneipe neben dem Kathedralenplatz. Danach gingen sie hinaus in die stille, erwartungsvolle Luft. Die Zeit blieb zurück und dehnte sich um die alten Begrenzungen der großen Kathedrale, während sie schweigend in ihrer Umfriedung aus und eingingen. Immer waren sie sich des großen Turms bewußt, der sich schwer und unwahrscheinlich aus dem Zentrum des schlichten, kreuzförmigen Baus erhob.

Ros hatte schon andere Kathedralen besichtigt, aber etwas wie Ely hatte sie noch nie gesehen. Die Mauern strebten zu einem einzigen Oktagon empor, die Säulen und Bögen aus honigfarbenem Stein ließen die Häuserreihen aus dem gleichen honigfarbenen Stein in den Straßen der kleinen Stadt zu Zwergen schrumpfen. Die Häuser schienen sich alle auf einer

Seite zusammenzukauern und ließen die riesige Kathedrale für sich, deren Gewölbe und Spitzbögen und Türme und Zinnen den Himmel vollkommen beherrschten.

Sie gingen hinein, wandelten das Kirchenschiff hinunter bis zur Vierung und schauten die schwindelerregenden acht Stockwerke hinauf zu den hölzernen Bögen des Dachreiters. Das gewölbte Innere erhob und schwang sich auf wie gefrorene Steinfontänen, wie Feuerwerk, das in der Explosion angehalten wird. Ros stand still da und schaute hinauf, an den kleeblattförmigen Dachfenstern vorbei, die hohen Bögen aus grauem Stein entlang, und fand sich plötzlich und unvermittelt an die großen, vasenförmigen Ulmen erinnert, kahl wie im Winter, die einst die Straßen ihrer Heimat gesäumt hatten.

Nach einer Weile sprach Alan. »Dies ist das zweitlängste Kirchenschiff in England — das noch steht, heißt das. Sowohl Glastonbury als auch St. Edmunds waren weit länger, aber sie sind leider zerstört worden. Das in Montfort war das vierte.« Sie gingen das ganze lange Kirchenschiff zurück, und ihre Schritte hallten in dem gewölbten Bau wider. »Weißt du, der Originalturm ist eingefallen. Vor fast tausend Jahren. Danach haben sie diesen gebaut, und er hat gehalten.« Alan blieb am Ende des Kirchenschiffes stehen und sah sich um. »Von allen englischen Kathedralen mag ich diese am liebsten.« Er hielt wieder inne. »Möchtest du draußen herumgehen?«

Ros nickte, und Alan führte sie zu einer höhlenähnlichen Tür ein Stück das Kirchenschiff hinunter. Ein schwarzgekleideter Aufseher stand dort, sein rotes Gesicht strahlte, die Hände hatte er auf dem Rücken gefaltet. Alan ließ eine Münze in den Opferstock neben ihm gleiten.

»Dies ist die Abtstür. Hier war einmal eine Benediktinerabtei. Abt Simeon hat sie 1083 begonnen, und eine Zeitlang wetteiferten diese Abtei und die in Montfort um die Stellung als Kathedrale. Ely hat gewonnen und wurde 1109 zur Kathedrale für das hiesige Gebiet. Ich nehme an, für den Abt von Montfort muß es eine bittere Enttäuschung gewesen sein. Es dauerte hundert Jahre, bis das Schiff und die Querschiffe gebaut waren, und weitere vierhundert, bis der Rest fertig war. Die Kirche in Montfort ist nie fertig geworden, und später hat Gilbert sie natürlich abgerissen.«

Er wartete, daß Ros ihn einholte, sie hatte die ganze Zeit hinaufgestarrt, fast hypnotisiert von dem großen Turm, einem achteckigen Tunnel in den Himmel. Sie schlenderten hinaus in den Klosterhof, zwei Seiten und eine niedrige Mauer, die Steine jetzt verwittert, aber der Rasen immer noch gemäht, als ob die Begrenzung nicht eingestürzt wäre. Ros wußte einen Augenblick lang nicht genau, wo sie war, dieser verfallene Kreuzgang und der in Montfort hätten der gleiche sein können.

Es war so still hier. Einfach und sicher. Ely, Kathedrale seit achthundert Jahren. *Das* war doch mal eine Vergangenheit. Sie löste ihren Blick von den verbliebenen Bögen an der Kirchenwand und sah hinaus auf den kurzgeschnittenen Rasen vor der Kathedrale. Etwas wie ein ländlicher Weg, von Wagenspuren zerklüftet und holprig von Steinen, führte einen leichten Abhang neben einer Weide hinunter, dahinter lagen langgestreckte Fachwerkgebäude, immer noch innerhalb der Parkmauern. Ein dünner Draht sperrte das Ende der Koppel von den Gebäuden ab, und mehrere fette graue Schafe wanderten unbeteiligt über das Gras und rupften und kauten.

»Und weidest sie auf einer grünen Aue«, dachte Ros. Wieder und wieder murmelte sie die Worte aus einem Psalm vor sich hin, während sie auf das nächstliegende Gebäude zugingen. Vor zweihundert Jahren hatte Constable solche Szenen gemalt, vielleicht genau diese Stelle. Und einst war auch Montfort so gewesen.

Aber jetzt nicht mehr. Was Ely geworden war — die Jahrhunderte überdauernd, nicht einer Familie gehörend, nicht Teil eines Grundbesitzes, nicht von einer Person besessen — das hätte Montfort einst sein können. Statt dessen war es, wie Alan sagte, ein Garten der Bosheit geworden.

»Komm mit, wir werfen mal einen Blick auf King's School«, sagte Alan gerade. Er nahm ihren Arm, und gemeinsam gingen sie einen verwilderten Pfad neben der Straße hinunter. »Du wirst ein merkwürdiges Déjà-vu-Erlebnis haben, viele der Gebäude sind dem, was von Montfort übrig ist, sehr ähnlich.« Plötzlich blieb er stehen und grinste sie mit seinem dreieckigen Lächeln an. »Weißt du, ich komme mir vor wie so ein blöder Touristenführer. Ich werde eine Weile still sein, wenn du Fragen hast, fragst du, ja?«

Und so gingen sie schweigend auf die langen, niedrigen Gebäude der King's School zu, schauten gemeinsam den Speisesaal an, die Ruinen des Krankenhospizes, das Haus des Priors, die winzige, exquisite Kapelle von Prior Crauden, zusammen, aber beide hingen jeweils ihren eigenen Gedanken nach.

Auf dem Rückweg die Straße hinauf warf die späte Sonne fliehende Schatten über ihre Schultern hinweg auf den grasigen Abhang, und Ros stellte beschämt fest, daß ihr Tränen über die Wangen liefen. Alan warf ihr einen Blick zu.

»Kann ich helfen?« fragte er zart.

»Ach, Alan«, sagte sie und wandte sich ihm zu. »Ich frage mich die ganze Zeit: Warum kann Montfort nicht sein, was es zu sein schien? Ich stelle mir vor, wie ich nach Montfort zurückkomme und die Zufahrt hinauffahre, und da liegt es — der gleiche bernsteinfarbene Stein, die Bögen und die Türme, und man sieht hin und denkt, man sieht ein Gebäude. Aber das denkt man nur, denn das Ganze ist eine Illusion, Teile und Bruchstücke, die nur durch einen Trick der Perspektive zusammengehalten werden, und nichts, gar nichts ist echt. Nur Tricks und Lügen. Ich hab' mir so gewünscht, daß es echt wäre. Ich wollte, daß Giles das wäre, was er schien, und Viola, und die Papiere und der Garten. Aber was ich gewünscht habe, hat nichts mit dem zu tun, was wirklich ist.«

Alan ging nicht weiter. Entschieden packte er sie um die Taille, hob sie hoch und setzte sie auf die niedrige Steinmauer, die am Weg zur Kathedrale entlangführte. Dann nahm er sein

Taschentuch aus einer der hinteren Taschen, überreichte es ihr wortlos und schwang sich behende neben sie. Ros saß da und schniefte in das Taschentuch, während Alan leicht zurückgebeugt zur Kathedrale hinaufschaute, die Hände an der Mauerkante, und seine langen Beine baumeln ließ. Schließlich fing er mit leiser, sachlicher Stimme an zu sprechen.

»Weißt du, es gibt grundsätzlich zwei verschiedene Sorten Menschen auf der Welt, diejenigen, die von allen das Beste glauben wollen, und diejenigen, die immer das Schlimmste annehmen. Die einen riskieren, naiv zu wirken, die anderen zynisch. Die ersten — ich werde sie die Ja-Sager nennen«, er nickte ihr mit dem Kopf zu, »neigen dazu, die Leute machen zu lassen, was sie wollen, wobei sie vielleicht etwas zu leichtfertig annehmen, daß sich die Welt schon von allein ganz gut weiterdrehen wird, so wie immer. Nimm zum Beispiel Ely — von einer Hand in die andere, Abt dies und Bischof jenes, das bleibt liegen, der erste Turm fällt ein und ruiniert das ganze Mittelschiff, niemand übernimmt je die Verantwortung — und doch steht sie hier nach so vielen Jahren, unvollendet, aber dennoch großartig. Alles, weil die Leute glaubten, es würde sich schon alles zum Besten wenden, daß andere Menschen, ähnlich wie sie selbst, sich schon darum kümmern würden. Nachlässig, manchmal naiv — das vielleicht. Trotzdem Menschen mit einer gutmütigen und wohlwollenden Einstellung, die sicher wegen Nachlässigkeit und Naivität für einige Übel dieser Welt verantwortlich sind, aber für weit mehr Gutes.« Alan hielt inne. Ros hörte aufmerksam zu und schniefte nicht mehr. Er sah sie kurz an, lächelte, und fuhr dann fort.

»Aber es ist der zweite Typ, der auf besondere Art schlecht sein kann, auch korrumpierend, ich nehme an, weil diese Einstellung letztendlich auf einem Übermaß an Ego beruht — einem individuellen, nicht einem kollektiven Ego, wie dasjenige, das diese Kathedrale gebaut hat.« Alan deutete mit einer Hand nach oben. »Dieser Typ Mensch — der Schlecht-Denker, der Zyniker — kann sich nie zu der Überzeugung durchringen, daß irgend jemand gescheiter oder fähiger ist, die Dinge besser durchschaut, oder die Wahrheit besser kennt als er selber. Der Rest der Welt ist einfältig, manipulierbar. Dieser Mensch sieht nicht in jedem, dem er begegnet, ein Spiegelbild seiner selbst, wie der erste; er sieht eine verkleinerte Version — kleiner, schwächer, weniger intelligent, ein deformiertes Gesicht, allzuoft nur verächtlich. Diese Person bildet sich tatsächlich ein, sie sei mächtiger und klüger als Gott. Denk an Miltons Satan und die überragende Arroganz, mit der er annimmt, Gott würde so denken und handeln wie er. Oder Jago, der glaubt, Othello und Cassio teilten seine eigenen niederen Leidenschaften, und der ihre Tugenden auf das scheußlichste gegen sie wendet, alles, weil die tägliche Schönheit ihres Lebens ihn häßlich wirken läßt. Oder an den Pardoner. Oder an Gentleman Brown. Oder Hitler. Es ist eben Überhöhung des Selbst, sich einfach über alle anderen zu stellen, andere Menschen zu nehmen und sie so hinzubiegen, wie es einem gerade in den Kram paßt. Worauf es schließlich hinausläuft, ist: Seelen züchten. Gibt es ein größeres Übel als das?«

Alan hielt inne und blickte über das Feld voller Schafe. Ros fühlte, wie es in ihrem Kopf zu wirbeln begann, als sie in sich aufnahm, was Alan gesagt hatte. Seelen züchten. Leben hinbiegen. Keiner so gescheit — so sehr im Besitz der Wahrheit, weder wie sie war, noch wie sie sein sollte. Naiv. Leicht hereinzulegen, unschuldig, jung. Ein Bild schimmerte durch das Dunkel ihrer Erinnerung. Die große Kathedrale erhob sich stark und klar und überdauerte Jahrhunderte. Franziskas Gesicht: blaß, in der Entwicklung angehalten, unfertig, eine immerwährende Möglichkeit. Zeilen von Eliot fielen ihr ein: »Gegenwärtige und vergangene Zeit / sind in der Zukunft vielleicht beide gegenwärtig / und die Zukunft ist in Vergangenheit geborgen / ... wie in einem Rosengarten.« Da lag die Wahrheit über Giles und die Lady-Viola-Papiere und die Vergangenheit. Aber nicht geborgen, sondern verborgen.

Langsam wandte Ros sich zu Alan um. In seinen Augen lag

ein abwesender, entfernter Ausdruck. Er runzelte jetzt die Stirn, aber seine Hände lagen noch immer leicht auf seinen Knien. Sie beobachtete ihn in dem anwachsenden Schweigen. »Worauf das hinausläuft«, sagte sie nach einer Weile, »ist vermutlich die Überzeugung, daß jeder außer einem selbst geradezu lächerlich leicht hereinzulegen ist — und das sogar verdient, so wie wir alle dastehen in unschuldigem Eifer und bereit, uns das Fell über die Ohren ziehen zu lassen. Der Wolf sagt 'Baa, baa Schäflein, hast du Wolle wohl?' und das schwarze Schaf grinst dämlich und sagt 'Ja, Herr, ja, Herr, drei Sack voll' und gibt sie raus.«

Alan nickte. »Der Wolf mag im Schafspelz erscheinen, aber trotzdem ist er immer noch ganz Wolf.«

»Glaubst du nicht, daß deine Ja-Sager in ihren Bemühungen genauso ausdauernd sein könnten — wenn sie endgültig überzeugt sind, daß tatsächlich Böses geschehen ist?« fragte sie nachdenklich.

Alans Profil war streng, mit großer Intensität schaute er auf die Kathedrale. Langsam wandte er sich ihr zu, hob die Hand und strich ihr mit einem Finger sanft eine Locke zurück. »Das hoffe ich jedenfalls sehr, denn die Tatsache läßt sich nicht leugnen, daß du und ich, schöne Rosamund, meine sehr schöne Rosamund, zur ersten Kategorie gehören. Wir glauben gern von allen das Beste, daß jeder aus den edelsten Motiven handelt. Das ist ja auch so viel leichter, wir haben so viel weniger Verantwortung.« Er seufzte. »Aber wie verlockend diese Ansicht der Welt auch sein mag, ich glaube, wir können der Tatsache nicht ausweichen, daß unser Freund Giles ganz eindeutig zur zweiten Kategorie gehört. Ein Seelen-Züchter erster Ordnung. Der um jeden Preis aufgehalten werden muß.«

Ros saß kerzengerade und starrte über die Felder auf Ely. All die scharfkantigen, glitzernden Puzzleteilchen rutschten durcheinander, schüttelten sich und kamen in einem Augenblick der Einsicht mit einem abschließenden Klick bebend zur Ruhe. Und da lag es vor ihr.

Sie wußte, warum Giles ausgerechnet sie unter all den anderen engagiert hatte, wußte, wozu er sie hatte benutzen wollen, durchschaute endgültig und ohne jeden Zweifel das Ausmaß seiner Manipulation der Vergangenheit, der Gegenwart und der Zukunft und den Grad seiner Verderbtheit. Der Grund für ihre Anwesenheit, ihr Anteil an den Ereignissen in Montfort, war nur allzu klar. Er hatte sie wegen ihrer Unschuld ausgesucht, wegen ihrer Unerfahrenheit und ihrer Naivität. Und weil sie den Job so brauchte. Sie war genau richtig, und er hatte sie zu seinem Sporn gemacht, seiner Fassade, seinem Schutzwall. Mit der ihr eigenen Blindheit hatte sie alles geglaubt. Er war ganz sicher gewesen, daß sie genau das tun würde, was er wollte, seiner Meinung sein und ihn unterstützen, ohne Fragen zu stellen. Und das hatte sie auch weitgehend getan. Denn ihm lag einzig und allein etwas am Garten seiner Mutter, mitten im Leben erstarrt zum Denkmal für Viola die Freundliche, die Gerechte.

Und die andere Viola, die, Franziska zufolge, sie verdorben, ihren Körper — und, schlimmer noch, ihre Seele — in eine Form gezwungen hatte, in die sie nicht paßte und niemals passen würde? Eine Version von ihr, die nicht wahr gewesen war. Es war eine schreckliche, monströse Vorstellung. Und jetzt versuchte Giles, dasselbe zu tun — die andern zu zwingen, seine Version der Vergangenheit zu akzeptieren.

Aber es war zu spät. Sie wußte, was er getan hatte. Worte auf einer Seite, fast unsichtbar, weiß in weiß geprägt. Ein Datum — 23. März 1968. Eine Begrüßung — Lieber Frankie. Sie hatte das Papier weggesteckt und Giles bei Gelegenheit fragen wollen, warum er die Briefe abgeschrieben hatte. Es war ihr merkwürdig vorgekommen, aber nicht wichtig, in dem ganzen Wirbel wegen Franziska im Labyrinth hatte sie es vergessen. Bis jetzt. Denn natürlich hatte er sie überhaupt nicht abgeschrieben. Er hatte sie neu geschrieben. Giles, der das Image seiner Mutter für sich selbst und die Nachwelt erhalten wollte, hatte die Vergangenheit nicht wiedergefunden, sondern erfunden.

Die Zerstörung des Gartens war nicht das wirkliche Übel, das wahre Böse gewesen. Das wirkliche Übel war in Giles. Seelen züchten, Leben züchten. Selbst die Toten noch. Sie setzte sich aufrecht und starrte zum Turm der Kathedrale hinauf.

»Alan«, sagte sie. »Ich glaube, die Papiere sind gefälscht.«

Alan sprang von der Mauer herunter und stand vor ihr. Seine harte, muskulöse Brust drückte gegen ihre Knie, seine Hände an ihre Seiten.

»Warum?« sagte er.

Sie berichtete ihm kurz von dem untergelegten Blatt Papier. »Aber das reicht vielleicht nicht, um ihn aufzuhalten. Er könnte behaupten, er habe nur abgeschrieben. Deswegen muß ich die Originale sehen«, sagte sie ruhig. »Er hat sie mir die ganze Zeit vorenthalten, er vermutet sicher, daß es Methoden gibt herauszufinden, ob die Briefe gefälscht sind. Aber er weiß nicht, wieviel ich weiß. Ich muß ihn dazu bringen, ihn zwingen, mir Zugang zu den Papieren zu verschaffen, damit ich beweisen kann, daß die sogenannten Originale die sind, die er gerade geschrieben hat. Aber ich darf ihn nicht merken lassen, daß ich das weiß, vielleicht bin ich jetzt schon zu dicht dran.« Dann rief sie in einer plötzlichen Aufwallung von Bedauern: »Ich kann einfach nicht glauben, daß alle Papiere gefälscht sind.«

Alan legte die Arme um sie. Er drückte sie an sich und hielt sie umfangen. In einem Augenblick hatte sie sich erholt. »Vielleicht sind sie es ja gar nicht, nicht alle«, sagte sie. »Aber das kriege ich heraus.«

Alan lächelte sie an. »So ist's recht. Wann fängst du an?«

»Sobald wir zurück sind.«

Alan sah sie einen Moment ruhig an. »Es wird ziemlich spät«, sagte er und blickte über die Schulter zurück. Der zackige blaue Schatten von Ely fiel in seiner ganzen Länge über das Gras, hüllte den Kreuzgang ein und streckte lange, prüfende Finger nach ihnen aus. »Ich dachte, wir brauchten heute vielleicht nicht zurückfahren. Hier in Ely gibt es ein kleines Gasthaus, das ausgerechnet 'Schafe und Ziegen' heißt«, sagte er. »Ich dachte, wir könnten da über Nacht bleiben und morgen früh zurückfahren.«

Ernsthaft und geduldig beobachtete er sie. Sehnsucht nach ihm, sowohl physisch als auch emotional, stieg heftig in ihr auf. Das Zwischenspiel zu verlängern, nicht nur für ein paar Stunden, sondern einen Tag, eine Nacht ...

Als sie ihn unentschlossen ansah, legte er seine Hände um ihre Taille und hob sie langsam herunter, so daß sie an seinem ganzen Körper entlangglitt und einen Augenblick zwischen ihm und der Mauer eingeklemmt war. Eine Flut von Wärme überschwemmte sie. Er beugte sich hinunter und küßte sie, seine Arme umschlangen sie, bis sie sich losriß, fast in Tränen.

»Ich kann einfach nicht aufhören zu denken ... was ich wirklich möchte ...«

»Es wird alles gut werden«, unterbrach er heiter. Er ließ sie los und trat zurück. »Jedes für sich, heißt das.« Er grinste. »Ich hab' dir ja gesagt, daß ich zur ersten Kategorie gehöre, nicht? Ich hoffe unheilbar das Beste. Und du ja auch, sonst würdest du dir nicht mal Gedanken machen.«

Er ergriff ihre Hand, und zusammen gingen sie an der Schafherde vorbei den kleinen Hügel hinauf. Die Schafe drängten sich gegen den Zaun, stießen sich gegenseitig ungeduldig an und blökten ihre heiseren, erwartungsvollen Mäh-Laute. Ros und Alan gingen den zerfurchten Weg entlang, am teilweise erhaltenen Kirchenschiff vorbei und dann an der großartigen Westfront von Ely. Erwartungen. Der Zukunft vertrauen, daß sie die Vergangenheit berge. Die aus der ersten Kategorie. Alles würde gut werden.

Als sie beim Auto ankamen, stand Alan still und wandte sich ihr zu. »Nun, was meinst du? Sollen wir bleiben?« Seine Stimme klang entspannt. In seinen Augen konnte sie weder Forderung noch Flehen erkennen, sondern schlicht und einfach eine Einladung. Sie konnte frei wählen.

»Ja«, sagte sie. »O ja.«

»Wahrscheinlich«, murmelte Ros Stunden später in ihrem Zimmer im 'Schafe und Ziegen', das wegen der kühlen Juninacht vom Kaminfeuer erleuchtet war, »hätten wir jemandem in der Abtei Bescheid sagen sollen, daß wir heute abend nicht zurückkommen.«

Irgendwo in der Nähe ihres linken Ohrs ertönte ein gedämpfter Grunzlaut. Alan stützte sich auf den Ellenbogen und schaute zu ihr hinunter. »Ich halte es für recht wahrscheinlich, daß der eine oder andere das inzwischen mitgekriegt hat«, sagte er ernsthaft, während er sich herunterbeugte, um sie zu küssen. »Außerdem — wen kümmert das?«

24

Am nächsten Morgen gegen zehn Uhr kehrten sie nach Montfort Abbey zurück. Ros stellte überrascht fest, daß Ely auf der geraden Strecke nur eine knappe Stunde entfernt war. Während des kurzen Zwischenspiels mit Alan war sie Montfort und allem, was damit zusammenhing, in Raum und Zeit sehr fern gewesen. Die Abwesenheit hatte ihr ihren eigenen Standort in all den Ereignissen deutlicher gemacht, und sie wußte, was sie zu tun hatte. Sie kehrte mit dem Entschluß nach Montfort zurück, Giles weder sie noch die Papiere weiterhin als Dreschflegel benutzen zu lassen, mit dem er die anderen zwingen konnte, seinen Willen zu tun. Wenn er die Briefe über Franziska tatsächlich gefälscht hatte, wie sie sicher glaubte, dann würde sie das beweisen und dafür sorgen, daß sie nicht veröffentlicht würden. Die Badgetts würden es nicht mehr nötig haben, zu so verzweifelten Mitteln zu greifen, um sich zu schützen. Und die übrigen Papiere? Ros hoffte — und glaubte eigentlich auch — daß sie echt waren. Darauf rechnete sie auch. Wenn sie zu Ende geführt hatte, was sie tun mußte, dann würde es immer noch Briefe und Tagebücher geben, selbst wenn sie sie nicht selbst herausgeben konnte. Viola würde nicht völlig verloren sein.

Sie hielten vor dem Torhaus an. Kein Mensch war zu sehen. Alan hielt, stellte den Motor ab und wandte sich ihr zu.

»Da sind wir, Liebste. Wie das Walroß so richtig bemerkte ...«

Ros nickte. »Die Zeit ist da.«

Alan beugte sich herüber und küßte sie ausführlich, dann wollte er seine Tür öffnen.

»Nein, steig nicht aus«, sagte Ros schnell. »Ich möchte Giles finden und allein mit ihm reden. Was ich ihm zu sagen habe, wird ihm nicht gefallen. Wenn du oder jemand anders in der Nähe wäre ...«

Er sah sie ein Weilchen an. »Ich verstehe«, sagte er schließlich. »Aber hör zu, du rufst doch, wenn du mich brauchst? Brüllst, schreist oder rufst an?« Er sah etwas beunruhigt aus.

Sie lächelte. »Danke, Alan. Aber weißt du, ich kann wirklich auf mich aufpassen.«

Er nickte. »Na gut. Ich stell nur den Wagen weg, dann geh ich zu meinem Haus rüber und mach mich etwas frisch. Ein lauter Ruf aus irgendeinem Fenster, du weißt schon ...«

Ros küßte ihn schnell und stieg aus. »Ja, ich weiß«, sagte sie durchs Fenster. »Bis später.«

Sie ging schnell weg vom Wagen, der sich die Auffahrt hinunter entfernte, und trat unter den Torbogen.

Der kleine Kartenschalter war geschlossen. Die Gebäude im Hof waren so still und leer wie ein Mausoleum. *Giles ist wahrscheinlich mit den Papieren beschäftigt,* dachte Ros und stieg die Turmtreppe hinauf. Die Tür zum Viola-Zimmer war angelehnt. Sie stieß sie ganz auf und sah hinein, in der Erwartung, Giles an seinem Schreibtisch zu sehen.

Kein Giles.

Und noch merkwürdiger, keine Papiere.

Kein einziger Ordner, kein Karton, kein Band Tagebücher war zu sehen. Das ganze Zimmer war ausgeräumt worden.

Ros wandte sich um und eilte die Treppen wieder hinunter, über den Hof und zum Refektorium. Sie ging hinein.

»Giles?« rief sie. Keine Antwort. Keine Geräusche aus der Küche, die auf Mrs. Farthings Anwesenheit hätten schließen lassen. *Sie können doch nicht alle weg sein,* dachte sie, als sie die Treppe zu ihrem Zimmer hinaufraste. Sie mußte sich davon überzeugen, daß dem Blatt Papier mit den Abdrücken nichts passiert war. Sie hatte es in die Tasche des Rocks gesteckt, den sie an dem Nachmittag angehabt hatte, als Florence ...

Ihre Hand fand den Rock im Kleiderschrank hängen, sie befühlte die Taschen — ja, die rechte knisterte beruhigend.

»Rosamund?«

Sie wirbelte herum und riß ihre Hand aus der Tasche, als ob sie Feuer gefangen hätte.

Giles stand an ihrer Zimmertür. Er schaute grimmig drein. Instinktiv faltete sie die Hände auf dem Rücken wie ein unartiges Kind und tat einen Schritt weg vom Schrank.

»Sie haben mich erschreckt.«

»Das sehe ich. Es tut mir furchtbar leid, ich wußte nicht, daß Sie so beschäftigt sind.« Er bewegte sich ein paar Schritte ins Zimmer hinein, und Ros mußte sich beherrschen, daß sie nicht vor ihm zurückwich. Sie warf einen Blick über die Schulter, beide Fenster waren geschlossen. Aber warum war sie so ängstlich? Es gab nichts, wovor man sich fürchten mußte.

»Ich habe mir Sorgen gemacht, als Sie gestern abend nicht zurückkamen.«

»Ja, nun ...« stammelte Ros. *Verdammt*, dachte sie, *wo sind mein fester Entschluß und meine Selbstsicherheit geblieben?*

»Aber ich wußte Sie natürlich in guten Händen«, sagte Giles ohne Ironie. Er wirkte irgendwie zerstreut. Einen Augenblick später fuhr er fort: »Ich fürchte aber, Ihre Abwesenheit wurde vom neuesten Unheil etwas überschattet.«

Ros zuckte zusammen. Was jetzt?

»Offensichtlich hat Franziska gestern nachmittag, während ich schlief — ich habe mich immer noch nicht ganz erholt, wissen Sie — ihr Wiederauftauchen inszeniert und ist mit all den Papieren, an denen wir so hart gearbeitet haben, wieder verschwunden. Ich brauche wohl nicht zu sagen, daß wir damit wieder ganz am Anfang stehen. Wir sind sogar noch weiter zurück, weil keine Kopien mehr da sind.«

Giles ließ sich müde auf Ros' Bett sinken, der Inbegriff erschöpfter Resignation. »Ich fürchte, ich kann nicht zulassen, daß dies so weiter geht. Ich kann nicht weiter. Ich kann gegen all die andern nicht mehr an, Rosamund.« Er sah zu Ros auf. Er wirkte wie eine belagerte Festung kurz vor der Übergabe. »Ich gebe auf.«

Ros starrte ihn ungläubig an. Konnte das wahr sein? Ehe sie ihn auch nur mit ihren Beschuldigungen und Beweisen konfrontieren konnte? Sie empfand einen Stich der Enttäuschung. Jetzt würde sie die Wahrheit niemals erfahren.

»Ich habe mit Hugh gesprochen, und wir sind zu einer Einigung gekommen. Ich werde ihm alle Papiere zeigen. Er wird sie durchsehen und alle ausmerzen, von denen er glaubt, sie seien seinem und dem Wohlergehen seiner Familie abträglich. Ich sehe keine andere Möglichkeit.« Giles seufzte. »Sie vielleicht?«

Schwindelig vor Erleichterung schüttelte Ros den Kopf. Es gab immer noch eine Chance.

»Und alles wegen diesem blöden Kerl, Hughs Bruder. Der ehemalige Frankie. Grotesk, nicht wahr? Eine furchtbare Tragödie, so schwer für die Familie. Elsie Farthing hat den Jungen einfach angebetet — ihr Neffe, wissen Sie. Er war wie ein Sohn ... Ich weiß nicht, was sie ohne meine Mutter angefangen hätten. Sie war so verständnisvoll, so hilfreich. Was sie nur wünschen konnten, jede Hilfe ...«

Ros sah Giles zu, wie er aufstand, zum Fenster ging und über den Garten hinaussah.

»Als sie starb ... als sie starb, hinterließ sie ...« Seine Stimme verlor sich. Er räusperte sich. Ros wünschte, sie könnte sein Gesicht sehen.

»Sie hinterließ ...« fuhr er abrupt, fast ärgerlich, fort, als ob er um Beherrschung kämpfte, »sie hinterließ ... ein fürchterliches Durcheinander.« Er wandte sich um und lächelte merkwürdig. Ros war sicher, daß er den Satz nicht so beendet hatte, wie ursprünglich geplant. Sein Lächeln gefiel ihr auch nicht.

»Was für ein Glück für mich, daß Sie hier sind«, sagte er. »Was für ein Glück für uns beide, daß wir einen neuen Anfang machen können.«

»Wie ich sehe, sind Sie nicht ganz sicher«, sagte Giles, als Ros ihn nur ausdruckslos anstarrte. »Ich glaube, ich kann mir denken, warum. Aber überlegen Sie doch, meine liebe Rosamund. Wenn ich mich bereit erkläre, die fraglichen Papiere herzugeben, könnte das nicht der ganzen Kontroverse ein Ende machen? Danach können Sie und ich weitermachen wie bisher.« Er bedachte sie mit einem verwirrend arglosen Lächeln. Ros studierte sein Gesicht, versuchte, seine Aufrichtigkeit einzuschätzen. Konnte es sein, daß sie ihn falsch beurteilt hatte? Daß er seine Irrtümer eingesehen hatte und bereit war, es wiedergutzumachen? Das war fast mehr, als man hoffen konnte. Oder — eine noch unwahrscheinlichere Hoffnung — daß seine Version schließlich doch die richtige war? Aber nein, das konnte nicht sein, die anderen ...

»Jedenfalls«, sagte er munter, »habe ich mit Hugh vereinbart, daß wir heute morgen zur Duke's Bibliothek fahren. Ich kann ihm die Kopien jetzt nicht mehr zeigen, da Franziska sie weggezaubert hat, und er will sowieso die Originale sehen. Ich bin sehr froh, daß Sie wieder da sind, weil ich Sie dabeihaben muß. Als Zeugin und als ...« Er machte eine Handbewegung und ließ das Wort irgendwo in der Luft hängen.

Das paßte ja großartig zu ihren Plänen. Doch noch eine Chance, die Originale zu sehen, ohne erst zu Drohungen und Ultimati greifen zu müssen. Sie malte sich die ganze Szene im Geiste aus: die Fahrt nach Cambridge, die belanglosen Gespräche, und dann die richtigen Papiere. Hugh als Zeuge ... Es war vollkommen.

»Selbstverständlich, Giles«, sagte sie. »Geben Sie mir nur schnell Gelegenheit, mich zu waschen und umzuziehen, dann komme ich sofort.«

»Oh, natürlich«, sagte Giles. Er nickte kurz, drehte sich dann um und stelzte aus dem Zimmer. »Ich erwarte Sie an der

Zufahrt beim Torhaus«, sagte er. Seine Stimme tönte hohl aus dem leeren Treppenhaus. »In zehn Minuten.«

Sie hörte ihn langsam die Treppe hinuntergehen. Die Tür zum Refektorium knallte. Dann wusch sie sich schnell, bürstete die Haare, zog den Rock an, in dessen Tasche das gefaltete Blatt Papier steckte, und eilte Giles nach, die Treppe hinunter.

»Miss Howard«, grüßte Hugh Badgett. Er stand neben einem braunen Tourenwagen und nickte ihr zu. Giles saß schon auf dem Rücksitz. Er beugte sich vor. Ros sah ihm direkt in die Augen. Ihre Blicke trafen und verhakten sich. Giles' Augen waren hart und undurchsichtig wie Murmeln, aber es lag ein merkwürdiges Funkeln darin. Funkeln wovon? Furcht? Aufregung? Ros trat einen Schritt zurück. Es war fast eine Herausforderung gewesen, fast, als ob er wüßte, was sie wußte. Sie zögerte.

»Ich darf noch nicht fahren, also hat Hugh freundlicherweise zugestimmt, uns in seinem Wagen zu fahren. Steigen Sie doch ein, Rosamund.«

»Miss Howard?« Hugh hatte die Tür für sie geöffnet und stand höflich wartend da.

»Einen Augenblick«, sagte sie. »Ich lauf nur schnell rüber und sage Alan ...«

»Ach, zum Teufel mit Alan«, sagte Giles ärgerlich. »Ich habe den Bibliothekarinnen gesagt, wir wären um halb zwölf da, und es ist fast Viertel vor. Muß das sein?«

Sie dachte an ihre letzten Worte an Alan und beschloß, es müßte nicht sein. Mit dieser Situation konnte sie wirklich allein fertig werden.

»Also los, Hugh«, sagte Giles, als ob er zu einem Chauffeur spräche.

Wortlos und heftig löste Hugh die Bremse, legte den Gang ein. Ärgerlich prasselten die Kiesel, als der Wagen die Zufahrt entlangschoß. Er sollte die drei zur Duke's Bibliothek in Cambridge bringen, zu den Originalen der Lady-Viola-Papiere.

Eines davon würde sicherlich dem Abdruck auf dem Blatt Papier, das Ros bei sich trug, genau entsprechen, dem Brief, von dem sie bestimmt glaubte, daß Giles ihn vor nicht mehr als einer Woche selbst getippt hatte.

25

In den darauffolgenden Stunden schien sich für Ros die Zeit auszudehnen und zusammenzufalten wie eine Ziehharmonika, wobei die Dauer einiger Ereignisse wie auf einer Kante erschien, schmal, schräg und scharf umrissen, andere langgezogen, flach, belanglos. In einem Augenblick sah sie die Gebäude von Montfort hinter den Bäumen zusammenrutschen, im nächsten waren sie schon in den Außenbezirken von Cambridge und fuhren schnell an Reihen dunkler Stadthäuser aus grauem Stein vorbei, an schäbigen georgianischen Villen, die an den Rändern verschwammen, an Gebäuden, die schluchtartig über ihnen zusammenrückten, während Hugh die belebte Hauptstraße entlangfuhr. Er fuhr ziemlich schnell, Ros fragte sich angstvoll, ob er wohl all ihre Probleme ein für allemal lösen würde, indem er mit hoher Geschwindigkeit alle drei gegen eine Mauer fuhr. Aber nein. Im wirklichen Leben kam so etwas nicht vor, und es würde auch nicht zu ihm passen — zu ihm nicht. Bei seinen Attacken auf den Garten hatte er — wenigstens nahm sie an, es sei Hugh gewesen — endgültige Zerstörung immer vermieden.

An einer Verkehrsampel hielten sie an, dann fuhr Hugh nach links weiter. Die Reihen rußiger Häuser blieben zurück und gaben den Blick auf eine ausgedehnte Grünfläche frei. Jenseits davon konnte Ros die ersten hohen, jakobinischen Tore der Universität ausmachen.

»Fahr langsamer, Hugh«, sagte Giles vom Rücksitz. »Wir sind fast da. Das da ist Jesus College. Halt dich einfach auf der Kings' Parade rechts, Duke's Way ist dann die dritte rechts hinter Market Square.«

»Ich weiß«, sagte Hugh matt.

Sie rumpelten weiter, vorbei am mit Zwillingstürmen verzierten Tor von King's College, an der King's College Kapelle, einem Oval aus massiven Spitzen mit vier merkwürdigen kleinen Türmchen, die in die Höhe ragten wie die steifen, überdekorierten Beine eines Tieres, das auf dem Rücken liegt, vorbei an den Prüfungshallen, am Marktplatz, und schließlich eine Allee hinunter, die so schmal war, daß ein Türgriff an der Mauer entlangkratzte und Ros ihre Hand schnell vom Fensterbrett zurückziehen mußte, um sich die Knöchel nicht aufzuschürfen.

In einem schluchtartigen mittelalterlichen Hof hielten sie an. Hier war der Stein vom Kohlenruß geschwärzt, schartig und moosüberzogen. Über ihnen erhoben sich die alten Gebäude, altehrwürdig, gelehrt, sicher. Duke's College Bibliothek und die Original-Papiere, endlich.

Sie gingen im Gänsemarsch durch einen Torbogen, der für Gestalten aus dem Mittelalter gebaut war — gerade hoch genug für die Köpfe von Ros und Hugh, Giles mußte sich bücken. Steinstufen hinauf, die so tief ausgehöhlt waren, daß Ros sich einen Augenblick nach Montfort zurückversetzt fühlte, wo alles angefangen hatte. Die Stufen stiegen steil an wie eine Mauer und endeten vor einer sehr wenig mittelalterlichen Tür aus Glas und Goldeiche. Auf dem Glas stand in einfachen, gemalten Buchstaben: DIE BIBLIOTHEK.

Sie standen in einem langen, gewölbten Raum. Trotz der hohen, steinernen Fenster an den Wänden war er ziemlich dunkel, denn das Tageslicht wurde von ungezählten Reihen bernsteinfarben lackierter Bücherregale abgelenkt und absorbiert, die rechtwinklig zu den Wänden angeordnet waren und vollgestopft mit Büchern jeder Größe. Wie trunken lehnten sie aneinander, neu und alt, ausgefranst und zerfallend, zu Wildleder abgegriffenes glattes Kalbsleder und glänzender, grellbunter Stoff. Bücher stapelten sich auf Pulten und Stühlen, bis sie wieder eingeordnet wurden. Es roch nach Lederfett, Staub und trockenem alten Holz. Es war grabesstill.

Eine ziemlich kleine Frau mit rundem Gesicht und fransigem weißem Haar, das wie ein Sonnenhut um sie herumstand, tauchte auf, in der Hand einen Stapel loser Blätter. Unsicher blickte sie durch eine runde Brille, als ob sie überrascht wäre, sie zu sehen.

»Mr. Montfort-Snow? Welch unerwartetes Vergnügen, so kurz nach Ihrem letzten Besuch.«

»Mrs. Felp«, sagte Giles. Er hielt inne, als ob er nicht wüßte, was er als nächstes tun sollte.

Ros sah die kleine Frau neugierig an. Hatte Giles nicht etwas von einer Anmeldung gesagt? Aber sie wurden offensichtlich nicht erwartet. Und warum war er erst kürzlich hiergewesen? Sie wandte sich zu Giles um und stellte verblüfft fest, daß er blaß und erschüttert vor Hugh stand, als ob sich gleich etwas Furchtbares ereignen würde. Er räusperte sich. »Ja. Ich bin ... wir sind ...« Er drehte sich leicht zu Hugh, dann wieder zurück. »Wir sind gekommen, um die Papiere meiner Mutter einzusehen. Wenn Sie sie eben holen könnten?« Er schluckte, seine Blicke schossen hin und her.

Ros staunte. Was in aller Welt war mit ihm los? Er benahm sich wie ein Mensch kurz vor dem Zusammenbruch. Oder jemand in tödlicher Gefahr.

»Äh, alle, Mr. Montfort-Snow?« forschte Mrs. Felp mit hochgezogenen Augenbrauen. Giles stand still wie in Trance.

Hugh warf ihm einen eigenartigen Blick zu, trat dann vor und sagte entschuldigend: »Ja, wenn Sie so freundlich sein wollen. Alle.«

»Also gut, Mr. Montfort-Snow, sicher, wenn Sie hier eben unterschreiben wollen, äh ... wollen Sie drauf warten oder ... meine Güte, es klingt, als ob man die Wäsche abliefert, tut mir leid. Oder?« Sie hielt inne und schaute Giles über die runden Brillengläser hinweg an.

Unerklärlicherweise sagte Giles nichts. Schließlich räusperte sich Hugh. »Mr. Montfort-Snow möchte, daß die Originale unverzüglich gebracht werden«, sagte er fest. »Wir müssen einiges durchgehen.« *Ah, gut,* dachte Ros. *Endlich übernimmt Hugh.*

Mrs. Felp sah Hugh mißtrauisch an, dann Ros. »Und wer sind Sie?«

Giles fuhr zusammen wie von der Tarantel gestochen und sagte mit zittriger Stimme: »Ach ja. Wie unhöflich von mir. Miss Howard und Mr. Badgett, meine — äh ... mitbetroffenen Partner.«

Wie Billardkugeln rollten Mrs. Felps Augen von einem Gesicht zum anderen. »Alle beide?« Offensichtlich billigte sie das nicht.

Giles nickte.

»Dann werden Sie das Konferenz-Zimmer brauchen, nicht wahr? Es wäre am ungestörtesten und bequemsten für ...?« Das Sonnenhutgesicht zögerte und schaute Giles, Hugh und Ros nacheinander an. »Sie drei?«

»Uns drei«, sagte Ros schnell. Sie wollte es hinter sich bringen.

»Ah ja, Sie drei.« Mrs. Felp nahm ein paar Formulare von einem nahen Schreibtisch und hielt sie Giles hin. »Wenn Sie die eben ausfüllen wollten für die Dokumente, die Sie brauchen.«

Hastig kritzelte Giles auf die Formulare und reichte sie der Bibliothekarin zurück.

»Bitte folgen Sie mir«, sagte sie.

Sie folgten Mrs. Felp die Halle hinunter zu einer weiteren Tür. Dahinter befand sich ein langer Konferenztisch, stark vernarbt, und mehrere schwere Holzstühle.

»Vielen Dank«, sagte Giles nervös. Mrs. Felp sah sie an und ging hinaus. Alle setzten sich an den Tisch und warteten.

Ein paar angespannte und schweigende Minuten später tappte sie wieder ins Zimmer. Zwei große Dokumentenschachteln verbargen ihren Kopf. Sorgfältig plazierte sie sie vor Giles auf dem Tisch.

»Dies sind die ersten von den Dokumenten, die Sie verlangt haben, Mr. Montfort-Snow. Bitte rufen Sie, wenn Sie mehr brauchen. Wir nehmen nicht gern so viele auf einmal heraus, wie Sie wissen.« Und mit einem mißbilligenden Blick auf Hugh und Ros eilte Mrs. Felp davon. Hinter sich schloß sie geräuschlos die Tür.

Wortlos schob Giles die Schachteln zu Hugh hinüber und schlug die Beine übereinander, um es sich bequem zu machen. Keiner von beiden sprach ein Wort. Es war sehr still im Raum, die Spannung fühlbar.

Hugh schluckte, zwinkerte mit den Augen und schob die Schachteln zu Ros hinüber. »Ich kann nicht«, sagte er. »Machen Sie das.«

Ros öffnete die erste Schachtel. Die Briefe waren alphabetisch geordnet nach den Nachnamen der Korrespondenten. Briefe an Frankie Badgett, 1965-1967, 1968-1975. Zehn braune Ordner. In einem davon würde sie finden, was sie suchte.

Sie nahm einen kleinen Stapel grünes Briefpapier heraus, bemerkte die lila Tinte, die zarte Handschrift. Es mußte eine Weile gedauert haben, bis Giles gelernt hatte, die Handschrift seiner Mutter nachzuahmen. Sie fragte sich, wie lange er wohl dazu gebraucht haben mochte. Die lavendelfarbene Tinte lief gleichförmig und makellos über die Seiten. Die Blätter waren gefaltet, hier und da etwas schmuddelig, aber sonst in gutem Zustand. Sie sahen authentisch aus. Sie legte sie zur Seite und zog den größeren Stapel getippter Briefe hervor. Auch sie waren auf altem Papier und sahen ebenfalls authentisch aus, identisch mit den Kopien, die sie gelesen hatte.

Das einzige Geräusch im Raum war das Rascheln von Papier, das hohle Aufklatschen des Stapels auf dem hölzernen Tisch. Hugh saß ihr gegenüber. Er beugte sich vor.

»Wissen Sie, was über uns drinsteht? Über meine Familie, über meinen ... Bruder?«

Ros nickte und schob die früheren Briefe zu Hugh hinüber. Er hielt sie auf Armeslänge von sich weg, als ob sie in Flammen aufgehen könnten. So knapp sie konnte, faßte Ros den Inhalt der vor ihnen auf dem Tisch liegenden Briefe zusammen.

Hugh bedeckte das Gesicht mit den Händen. »Genau, was wir vermutet hatten«, sagte er. »Lauter Lügen.« Dann wandte er sich um und sah Giles an. »Hast du das gemacht oder sie?«

Giles starrte ihn kalt an.

Genau das werde ich herausfinden, dachte Ros, während sie verstohlen den Stapel getippter Briefe durchblätterte und dabei betete, Giles möge weiterhin Hugh ansehen.

»Du bist es natürlich gewesen«, fuhr Hugh fort. »Du hast die Wahrheit verdreht, damit wir schlecht aussehen und Viola wunderbar. Oh, sie hätten sich gut verkauft ...«

Hugh hielt inne und lehnte sich gegen den Tisch. »Ich werde Ihnen sagen, wie es wirklich war, Miss Howard. Frankie war der Liebling meiner Mutter — goldene Locken, so hübsch, eigentlich eher schön. Er war sehr gescheit, aber zart, mit dieser merkwürdigen Eigenart. Wir glaubten alle, es würde sich auswachsen, ohne ...« Hugh schluckte. *Oh Gott*, dachte Ros, *bitte laß ihn jetzt nicht zusammenbrechen.* Hugh schüttelte den Kopf und fuhr fort.

»Viola entwickelte eine Zuneigung zu ihm und fing an, ihn zu privaten Audienzen in ihre Räume zu bitten. Er war so jung, so verletzlich. Sie erzählte ihm, wie schön er sei, wie klug, wie sie alles für ihn tun würde. Sie wollte ihn adoptieren. Aber sie machte sich nichts aus Söhnen. Sie hatte schon einen Sohn, und sie hatte sich ein Mädchen gewünscht. Es war so schmeichelhaft, so romantisch. Sie würde ihm das Geld dafür geben und sie hat versprochen ... sie sagte ihm, sie und Herbert hätten nur einmal miteinander geschlafen, um Giles zu bekommen, und danach nie wieder, aber sie wollte

Frankie als Tochter. Sie wollte Frankie nach ihrem Bilde geformt haben. Er war so jung, so leicht zu beeindrucken, und er liebte sie, sie hatte Macht über ihn. In Bezug auf sich selbst war er verwirrt, aber das hätte sich ausgewachsen. Wir haben versucht, ihn zurückzuhalten, aber er liebte sie. Dann ging er fort, und ehe wir es ahnen konnten, war es zu spät. Aber sie hat ihr Versprechen gehalten ...«

»Das ist doch egal«, unterbrach Giles. »So war es natürlich überhaupt nicht«, sagte er mit einem Blick auf Ros.

»... und jetzt willst du das benutzen, alles wieder aufrühren, aber nicht die Wahrheit«, sagte Hugh, zu Giles gewandt. »Du willst, daß es so aussieht, als ob Frankie das wirklich gewollt hätte, daß wir ihm im Weg gestanden haben — arme, dumme, unaufgeklärte Bauern, dein verdammtes Salz der Erde ...«

Giles lachte, ein einziges, scharfes, abschließendes Hohnlachen.

»Wirklich, Hugh. Wie kannst du nur behaupten, meine Mutter würde etwas Derartiges tun? Das ist undenkbar. Alle ihre Leser wissen das. Es paßte einfach nicht zu ihrem Charakter.«

Ros schaute auf die Briefe hinunter, die vor ihr lagen. O ja, der Tonfall, die vernünftigen Argumente, die Freundlichkeit, die entsprachen ihrem Charakter, entsprachen vollkommen dem Charakter, den Viola sich in ihren publizierten Werken selbst geschaffen und den jetzt Giles fortgeführt hatte. Wer hatte wen geschaffen? Hatte Viola begonnen, was Giles zu Ende bringen wollte? Oder hatte sie nur vernichtet, nicht ersetzt? Aber da waren die handgeschriebenen Briefe, die so authentisch aussahen. Hatte Viola mit der Revision selber angefangen? Oder war es Giles allein? Und welche Geschichte stimmte?

Giles redete immer weiter zur Verteidigung Violas, während Ros einen Brief nach dem anderen hervorholte.

Und da war er auf einmal. Das genaue Duplikat des Briefabdrucks auf dem weißen Unterlegeblatt, das Ros jetzt in der

Tasche hatte, das Blatt mit einem genau datierten Wasserzeichen, das bewies, daß der Brief samt Unterlage nicht früher als in diesem Jahr geschrieben worden war. Die Maschinenschrift überlagerte teilweise einen Brief, der eindeutig erst letzte Woche datiert war. Sie hatte ihren Beweis. Giles verkaufte die Briefe, die er selbst geschrieben hatte, als Originale. Ros zog den Brief aus dem Stapel und versteckte ihn auf ihrem Schoß. Weder Hugh noch Giles bemerkten etwas, sie waren vollständig miteinander beschäftigt. Dann sprach Hugh.

»Aber verstehst du denn nicht? Viola ist tot. Ihr kann man nicht wehtun, aber uns. Darum haben wir es getan, Franziska und ich, wir haben die Schilder abmontiert, die Pflanzen herausgerissen, die Rosen abgeschnitten.« Hugh holte Luft. »Es gibt nur zwei Dinge auf der ganzen Welt, die dir wichtig sind — die Erinnerung an deine Mutter und der Garten. Und nur eines davon ist am Leben. Ich dachte, wenn wir ihm wehtun könnten, dich dadurch verletzen, dich zwingen, etwas leiden zu sehen, was du liebst, dann würde dir klar werden, wie es sich anfühlt, wenn etwas zerstört und vernichtet wird, was dir wichtig ist. Wir haben uns mit dem abgefunden, was Frankie geschehen ist, aber wir konnten dich nicht alles wieder aufrühren lassen. Verstehst du nicht? Ich wollte den Garten nicht umbringen, aber du wolltest ja nicht zuhören. Du und sie« — er deutete vage auf Ros — »ihr habt einfach weitergemacht, ohne Rücksicht, bis meine Mutter ...«

Hugh brach ab und sah von Ros zu Giles und wieder zurück. »Verstehst du nicht? Deine Mutter ist tot, aber Frankie und meine Mutter leben.«

Giles starrte ihn kalt an. »Nicht mehr lange, wie ich höre. Ein Problem wäre damit bestimmt gelöst. Und was Frankie betrifft, das wird sich ja noch herausstellen, nicht?«

Unfähig zu sprechen, schüttelte Hugh den Kopf.

»Aber Tatsache ist, Hugh, daß all deine Anstrengungen, einfallsreich wie sie waren, überhaupt nichts nützen. Da sind die Original-Briefe.« Er deutete auf den Stapel, der auf dem

Tisch lag. »Sie beweisen die Version, die Ros so klar für dich zusammengefaßt hat. Meine Mutter hat sich genau so benommen, wie es die Leser ihrer Bücher, ihrer Gedichte, ihrer Gartenessays von ihr erwarten würden — wie eine Dame, eine großzügige Wohltäterin, eine kluge und intelligente und mitfühlende Frau von Welt. Unkorrumpierbar und nicht korrumpierend. Das ist die Version, die die Welt jetzt glaubt, und das ist die Version, die bleibt, und die Version, die euch als das zeigen wird, was ihr seid, alle miteinander — Bauern mit spießigen Hirnen. Von deinem scheußlichen transsexuellen Bruder ganz zu schweigen.«

Erschüttert starrte Ros Giles an. Sie hatte sich geirrt, bis zum Schluß viel zu hoffnungsvoll. Es war alles nur eine List gewesen. Was immer er damit bezwecken wollte, Hugh hierher zu bringen, darauf zu bestehen, daß sie dabei war, es bedeutete nicht, daß er seine Absichten geändert hatte. Aber er hatte keine Macht mehr über sie oder über irgendwen sonst.

»Nein, Giles«, sagte sie deutlich. »So wird es nicht sein.« Sie faßte in die Tasche, zog das Unterlage-Blatt hervor, strich es glatt und legte es mit dem dazu passenden Originalbrief auf den Tisch.

Und sperrte fassungslos Mund und Nase auf.

Das Papier war flach und glatt und weiß und unberührt wie am Tag seiner Herstellung. Niemals war es als Unterlage oder sonst etwas benutzt worden.

»Haben Sie danach gesucht, meine liebe Rosamund?«

Entsetzt sah sie zu, wie Giles ein gefaltetes Stück Papier hochhielt. Er lächelte sie und Hugh an. Dann zog er seine andere Hand unter der Tischplatte hervor. Darin hatte er eine kleine Flasche mit durchsichtiger Flüssigkeit. Immer noch mit dem Papier in der Hand entfernte Giles vorsichtig den Stöpsel mit einem kleinen Plop. Ein grauer Nebel ringelte sich schlangengleich in die Luft, erfaßte die Papierkante und ließ sie in sich zusammenschrumpfen. Ros sah zu, wie das

Papier wegschrumpfte. Dann beugte Giles sich zu ihnen hinüber und lächelte sein glitzerndes, sardonisches Grinsen.

»Rauchende Schwefelsäure, meine Freunde. Oleum, so hieß sie in den alten Zeiten. Der Dunst allein zieht einem Menschen die Haut ab. Ein Tropfen brennt durch die Kleider und die Haut bis auf den Knochen. Ein Spritzer davon kann das Gesicht zum Verschwinden bringen wie das Papier eben. Ich werde sie ohne Zögern benutzen, wenn ihr beide nicht haargenau tut, was ich sage.«

26

Die Ziehharmonika Zeit dehnte sich aus und zog sich zusammen. Ros erlebte die nächsten paar Minuten — Stunden? — wie eine Halluzination. Stocksteif vor Empörung überreichte die Bibliothekarin Giles eine Quittung zum Unterschreiben, und dann marschierten alle vier, beladen mit Dokumentenschachteln, im Gänsemarsch die Treppe hinunter und in den Hof hinaus zum Wagen. Mrs. Felp und Hugh eilten weiter rauf und runter und schleppten Schachteln. Giles und Ros blieben stehen und sahen zu. Rauf und runter, rauf und runter. Sie brachten eine Dokumentenschachtel nach der anderen, bewegten sich auf und ab, wanden sich die Treppen hinauf und hinunter, schneller und schneller, wie die Werkzeuge des Zauberlehrlings. Sie beluden den Kofferraum, bis er voll war, dann stapelten sie Kartons auf den Rücksitz. Wo war das alles hergekommen? Die Kartons aus dem Konferenzzimmer kamen als letzte, wurden oben auf die andern getürmt und ließen gerade noch genug Platz für einen Mitfahrer.

Hugh stand hinter Giles, steif, die Hände in den Taschen. *Warum tut er nichts,* dachte Ros verzweifelt, *auf und ab springen, um Hilfe rufen, der Bibliothekarin sagen, was wirklich los ist, statt einfach dazustehen und zu tun, was Giles will?*

Und dann hielten die zappelnden, hopsenden Besenstiele an. Mrs. Felp zog sich in ihre Domäne zurück. Ein feiner Regen, fast wie Nebel, hatte eingesetzt.

»Sie fahren«, sagte Giles zu ihr.

»Ich kann nicht fahren ... Ich ...«

»Sie fahren«, wiederholte Giles und hob die Hand fast unmerklich.

Ros setzte sich auf den Fahrersitz und betrachtete das ungewohnte Armaturenbrett. Die Knie wurden ihr weich. Aber sie dachte, *was habe ich schon zu verlieren*, und schnallte sich an. Zu Hause war sie eine geübte Fahrerin, aber hier war alles umgekehrt. Sie hantierte mit dem Schlüssel, schaute in den Rückspiegel und erblickte ihre eigenen angstgeweiteten Augen.

»Hugh, du setzt dich nach vorne.« Giles stieg hinten ein und setzte sich in die Mitte. Die Kartons schob er beiseite. Als Hugh sich wortlos neben sie setzte, beugte sich Giles vor und hielt die Säureflasche zwischen sie, dicht an ihren Hälsen.

»Keine Unterhaltung«, sagte er.

Ros betrachtete sein Gesicht im Rückspiegel. *Er ist wahnsinnig*, dachte sie. *Das hätte ich merken müssen.*

»Losfahren«, sagte Giles.

»Wohin?« fragte sie idiotisch, während sie fasziniert auf sein verkehrtes Abbild im Spiegel starrte.

»Erst mal den selben Weg zurück«, sagte Giles. »Wenden Sie hier.«

Ros gehorchte und lenkte das ungewohnte Auto vorsichtig in die belebte Straße. Unerwartet sausten Autos von rechts an ihr vorbei, nur Zentimeter von der vorderen Stoßstange entfernt. Instinktiv rutschte sie auf ihrem Sitz nach hinten. Dabei würgte sie den Motor ab. Was bezweckte Giles nur damit, sie fahren zu lassen. Sie hatte nichts unter Kontrolle, außer ihren eigenen Reflexen, und selbst die könnten sie so leicht irreführen, sie nach links fahren lassen, statt nach rechts. Nur keinen Unfall! Sonst konnte sie nichts denken. Deswegen hatte er natürlich gewollt, daß sie fuhr. Es war ihr unmöglich zu überlegen, was sie tun sollte, wie sie ihn aufhalten konnte. In ihrem Kopf wirbelten die Gedanken, aber sie mußte sich aufs Fahren konzentrieren, oder sie würden alle auf der Stelle umkommen.

Rechts, heraus und herum, dicht am Bordstein nach links. Ihr Magen verkrampfte sich, aber sie biß die Zähne zusammen und fuhr. Beim Fahren durch die hohen, engen Straßen erschien ihr eigenes Bild in der Windschutzscheibe und verging wieder. Es lenkte sie von der Straße ab. Violas Gesicht, lächelnd, weise, freundlich, mitfühlend, das blonde Haar um den Kopf gewunden, die hohe Stirn, das Gesicht eines Engels, und dahinter ein anderes Gesicht: feixend, ironisch, zynisch, korrupt. Giles' Gesicht im Rückspiegel. Und noch ein Gesicht: Franziskas, das Botticelli-Antlitz, das unter dem Gesicht eines gequälten heranwachsenden Jungen hervorsah. Wie in aller Welt war sie nur auf die Idee gekommen, daß das alles jemals einen Sinn ergeben, daß sie es in Ordnung bringen könnte?

Sie schloß kurz die Augen und versuchte, sich von den schrecklichen Bildern zu befreien, die aus dem Spiegel auf sie eindrangen. Und plötzlich befand sie sich im Spiegelbild, sah es nicht von außen an, sondern war darin gefangen. Sie raste die falsche Seite der Straße hinunter, ein Spiegelbild ihrer selbst, alles war verdreht und verkehrt. Einen entsetzlichen Augenblick lang zuckte Panik wie ein kalter Blitz von ihrer eiskalten Magengrube aus durch alle Gliedmaßen, ihr Gehirn umwölkte sich, und sie konnte nur verschwommen sehen. Schwindelig packte sie das Steuer fest und zwang ihre Augen, die Straße zu sehen. Aber die Straße verlief geradeaus, ein schmales Band, das sich durch den Spiegel-Tunnel wand, aus der Zeit heraus bis ins Unendliche, und sie alle waren gefangen in einer Röhre der Unwirklichkeit, wo nichts das war, was es zu sein schien. Sie fühlte sich seltsam entrückt, und in ihren Ohren dröhnte ein sonderbares Summen.

Das Summen verstärkte sich zu einem unerträglichen Schrei.

»Sie können den Gang wechseln«, sagte Giles hinter ihrem linken Ohr. Natürlich. Sie schaltete um, und der Schrei verebbte.

Sie waren fast außerhalb der Stadt, der Verkehr war nicht mehr so dicht, dafür aber schneller. Es gab weniger Ablenkung, weniger Spiegelungen. Die Straße war einfach eine Straße. Sie schaltete in den vierten Gang. Wohin fuhren sie?

»Natürlich ist euch klar, was jetzt geschehen muß«, sagte Giles im Gesprächston. »Ich muß euren Tod arrangieren. Ein Unglücksfall, während Hugh verzweifelt versuchte, mit den Papieren durchzubrennen, nachdem er mich in der Bibliothek gezwungen hatte, sie herauszugeben. Mrs. Felp kann bezeugen, daß ich offensichtlich verängstigt war.« Er hielt einen Wagenheber hoch, den er aus dem Kofferraum genommen hatte.

Schweigen. Natürlich. Ros starrte auf die Landstraße vor ihr. Das erklärte sein eigenartiges Verhalten in der Bibliothek. Aber sie beide umbringen?

»Giles, warum?« sagte sie und erwartete eigentlich keine Antwort. Irgendwie wollte sie aber noch immer, daß alles einen Sinn ergäbe.

»Das ist doch wohl klar, meine Liebe. Diese Briefe und Tagebücher sind von großer Bedeutung. Das Leben meiner Mutter ist wichtig. Das Image meiner Mutter, ihr Garten, ihr Publikum. Ich kann nicht zulassen, daß ihr das ruiniert — keiner von euch. All meine Arbeit, all die Arbeit meiner Mutter ... Ach, was soll's.« Giles gab ein verächtliches Schnauben von sich. »Ihr werdet das nie verstehen«, sagte er tiefgekränkt. »Es ist zu spät.«

»Giles ...« fing Hugh an. »Können wir nicht zu einer Einigung kommen ...«

»Nein«, schnappte Giles. »Du hast deine Chance gehabt. Ich habe dich gebeten, Frankie gut zuzureden, ihn dazu zu bringen, daß er seinen Anteil verkauft ...«

Es stimmte also. Viola hatte Frankie halb Montfort vermacht. Eine Bestechung, und sie hatte ihren schrecklichen Handel eingehalten. Und plötzlich fiel ihr der Gesprächsfetzen wieder ein, den sie an diesem ersten Abend gehört hatte. Frankie, die nach Hause gekommen war, um Giles zum Verkauf zu zwingen. Die sich weigerte, ihren Teil an Giles zu verkaufen. Selbst Montfort hatte nicht wirklich Giles gehört. Franziska hatte den Schlüssel. Violas Schlüssel. Damit hatte alles angefangen.

»Du bist als einziger noch übrig«, sagte Giles. »Mit Franziska bin ich schon fertig, und Florence macht es auch nicht mehr lange. Nur noch du, Hugh. Du bist der letzte.«

Hugh richtete starre, angstvolle, entsetzte Augen auf Giles. »Du meinst doch nicht ...«

Die Säureflasche bebte, ein Tropfen flog auf sie zu. Unwillkürlich zuckte Ros zur Seite. Der Wagen rutschte hinüber auf die andere Fahrbahn. Sie fuhren zu schnell, der Wagen war wie eine Rakete. Die Säure zischte auf dem Sitz, und der Wagen füllte sich mit beißendem Qualm. Sie fing an zu husten. Hugh neben ihr würgte, beugte sich vor und kurbelte das Fenster hinunter. Der Wind donnerte herein wie ein Gewehrschuß. Sie fuhren zu schnell. Zu schnell wofür? In ihrer Verzweiflung hatte sie den Gashebel fast bis zum Boden durchgetreten.

Der Wagen schoß die Straße hinunter, vorbei am flachen, kreuz und quer von Abflußgräben voller Rohrkolben durchzogenen Marschland, vorbei am Flachland, an den Sümpfen, der Heide. Wo waren sie? Wie weit von aller Hilfe? *Alan*, dachte sie. *Wo bist du?* Aber im Spiegel fuhr sie in die andere Richtung — hin, nicht weg. Alan war nicht hier. Sie packte das Lenkrad, lauschend, dazu verdammt, auf ewig zu fahren. Hinter ihr hustete jetzt Giles ...

Und plötzlich warf sich Hugh herum, griff nach hinten und packte Giles' Handgelenk. Die zwei Männer rangen miteinander, stießen gegen ihren Sitz, während Ros sich in dem Versuch, ihnen auszuweichen, nach vorne beugte und versuchte, den Wagen auf der Straße zu halten. Im Rückspiegel sah sie die Säureflasche hochfliegen und außer Sicht zwischen die Kartons fallen. Dämpfe stiegen auf und füllten den Wagen. Ihr Atem stockte, sie hörte ein Wimmern. Von überall her.

Von sich selbst. Wenn sie nur eine Waffe hätte, etwas, womit sie ihnen über den Kopf schlagen könnte. In hilfloser Wut schlug sie mit den Händen aufs Lenkrad. Der Wagen brach aus und schleuderte die ringenden Körper auf eine Seite. Verzweifelt beugte sie sich vor und heftete die Augen auf die Straße.

Und plötzlich wurde ihr klar, wo sie war. Sie fuhr nicht im Spiegel in umgekehrter Richtung, sondern in umgekehrter Richtung auf einer Straße, die sie schon gefahren war — mit Alan, gestern erst. Sie umklammerte das Steuer und versuchte, ihre Aufmerksamkeit von dem keuchenden Gerangel neben sich abzulenken, die Geschwindigkeit des Wagens und ihrer Gedanken steigerten sich zu einem Crescendo. Rechts in der Ferne, fast wie eine Fata Morgana, sah sie die lange, klippenartige Linie des Teufelsgrabens hoch und geschwungen, im Regen schimmernd, an der Straße aufragen. Als ob sie einen Film anschaute, sah sie sich mit Alan oben stehen und auf die Straße hinuntersehen. Den matschigen Kuhpfad. »Reichlich gefährlich«, klang Alans Stimme ihr in den Ohren. Nasser schwarzer Schlamm, vom Sprühregen in eine ölige, etwa sechs Meter breite Schicht verwandelt. Der Wagen heulte auf die schlammige Rutschbahn zu, den Teufelsgraben. Sie konnte kaum atmen. Sie mußte aus dem Auto raus. Ros kämpfte gegen den Drang an, auf die Bremse zu treten. Wenn sie bremste, während sie durch den Schlamm fuhr, würden sie ins Rutschen kommen ...

Und das war's. Sie packte das Lenkrad mit beiden Händen und spannte den ganzen Körper an. Vor ihr ragte die Klippe auf. Der Wagen fuhr in den Schlamm und geriet hinten leicht ins Schwimmen. Langsam, durch Ewigkeiten von Spiegelzeit, nahm Ros ihren Fuß vom Gas und trat fest auf die Bremse.

Der Wagen drehte sich in einem trägen Kreisel und schleuderte Hugh und Giles und die Dokumentenkartons, die Säureflasche und den Wagenheber gegen die Innenseiten. Als der Wagen seitlich ausbrach, nahm sie den Fuß von der

Bremse und trat das Gaspedal bis zum Anschlag durch, wobei sie gleichzeitig das Lenkrad zur anderen Seite herumriß.

Das Hinterteil des Wagens fuhr herum wie der Schwanz eines Skorpions, streckte sich dann gerade, und der Wagen sauste den rechten Abhang hinunter, rumpelte in die leichte Vertiefung am Rand des Teufelsgrabens und krachte gegen die rotbraune Klippe.

27

Giles wurde zur Seite geschleudert und unter Dokumentenkartons begraben. Die Fenster zersprangen in einer Kaskade von Splittern, die Säuredämpfe verflüchtigten sich. Papiere flogen herum und schwebten in der Luft. Hugh fiel nach hinten und schlug mit dem Kopf auf das Armaturenbrett. Anscheinend bewußtlos sank er in sich zusammen. Ros fühlte, wie sie schmerzhaft gegen den Sicherheitsgurt gepreßt und dann in den Sitz zurückgeschleudert wurde.

Sobald sie an die Rücklehne stieß, schaltete sie die Zündung aus und riß die Autoschlüssel aus dem Schloß. Ihre Finger ertasteten die Entriegelung des Sicherheitsgurts. Hinter ihr erbrach sich Giles. Sie trat auf den kiesigen Abhang und rannte zum Straßenrand. Sie schaute in beide Richtungen. Die Straße lag so tief zwischen Schachtelhalmen, daß sie in keine Richtung weit sehen konnte. Sie lief hinten um den Wagen herum und begann, den kleinen eingetretenen Pfad zur Klippe hinaufzulaufen. Von dort aus hatten sie und Alan einen weiten Ausblick gehabt. Sie würde ein Auto sehen und um Hilfe winken. Oder das nächste Bauernhaus.

Sie kletterte bis oben und schaute sich um. Die Straße hinunter, etwa eine halbe Meile weiter als der rutschige Kuhpfad, stand ein Bauernhaus. Um hinzukommen, würde sie wieder herunterklettern müssen, vorbei am Auto, an Giles und am bewußtlosen Hugh. Nein. Vom Auto mußte sie wegbleiben.

Sie drehte sich um und schaute den ganzen Wall entlang. Ungefähr vierhundert Meter entfernt von der Stelle, an der sie stand, führte ein kleiner Pfad nach unten, durchschnitt die dichten Brombeerhecken und wand sich durch die Heide auf das Haus zu. Sie machte sich auf den Trampelpfad, der oben auf dem Wall entlangführte.

»Miss Howard!« rief eine Stimme. Sie hielt an. Miss Howard. Nur Hugh nannte sie so. »Es geht um Giles! Er ist bewußtlos und von der Säure schrecklich verbrannt. Bitte kommen Sie zurück. Ich kriege ihn nicht raus.«

Ros machte sich auf den Rückweg. Man hörte Kiesel rollen, ein Scharren in der Nähe des Pfades am Ende des Walls.

Der obere Teil eines Kopfes tauchte auf. Sie stand wie gelähmt auf dem kleinen Pfad und hielt den Schlüsselbund umklammert. Dann begegneten ihre Augen denen von Giles, der keine sechs Meter entfernt über den Rand des Teufelsgrabens hinwegsah. Ihre Blicke verhakten sich ineinander.

»Rosamund!« rief er und hob Kopf und Schultern über das struppige Unterholz des Walls. »Kommen Sie doch zurück. Ich tue Ihnen nichts, das wissen Sie doch. Mit Ihnen habe ich keinen Streit. Kommen Sie nach Montfort zurück, und dann können Sie Ihre Koffer packen und abreisen. Man braucht kein Wort mehr darüber zu verlieren. Wir werden den Vertrag annullieren.« Während er sprach, wuchs sein Körper, wurde höher und höher, bis er einen Fuß auf den Pfad setzte. Sein Ausdruck war liebenswürdig, sein Tonfall vernünftig, nachsichtig, entschuldigend.

»Das kann ich nicht tun, Giles«, sagte sie und wich zurück.

»Hugh ist bewußtlos, Rosamund. Wollen Sie ihm nicht helfen?«

Langsam bewegte sich Giles auf sie zu. Seine Augen waren dunkle Teiche, die nichts reflektierten. Sie wurden langsam größer. Hinter seinen Augen lag ein Schatten.

»Was haben Sie mit Hugh gemacht, Giles?« fragte Ros und trat einen Schritt zurück. »Ist er tot, wie die andern?«

»Oh, Rosamund, meine Liebe«, sagte Giles mit einem Seufzer. »Sie sind nicht halb so naiv wie ich gedacht habe, nicht wahr? Das ist ja gerade das Problem ...« Er hielt sie mit seinem Blick fest. Hoch und aufrecht zeichnete sich seine Silhouette gegen den Himmel ab.

Giles trat entschlossen einen Schritt vor. »Ich habe gesehen, wie Sie den Brief genommen haben, wissen Sie. Während sie fort waren, bin ich in Ihr Zimmer gegangen und habe ihn zurückgeholt.«

Gelähmt sah Ros ihn auf sie zukommen, langsam, den bannenden Kobrablick auf sie geheftet. Dann lächelte er. Seine rechte Hand hob sich, und darin hielt er den schweren Wagenheber.

Plötzlich von dem Blick erlöst, wandte sich Ros um und stürzte Hals über Kopf wie ein Hase die lange, hochgelegene Strecke entlang, die sich vor ihr ausdehnte. Sie führte zwanzig Meilen über die Heide. Giles rannte auch, sie konnte seine Füße auf den harten Lehm schlagen hören. Sie rannte so schnell sie konnte, hörte aber das Klatschen der Füße näher kommen und warf einen schnellen Blick zurück über die Schulter. Er rannte mühelos, mit großer Geschwindigkeit, und das Eisen schwang locker in seiner Hand. Ihre Beine wurden zu Blei, bewegten sich wie in Zeitlupe hilflos auf und ab. Ihr Atem klang röchelnd, schmerzhaftes Keuchen entrang sich ihrer Brust. Der kleine Pfad. Könnte sie es bis zu dem kleinen Pfad schaffen? Genug Abstand halten, um herunter zu klettern? Während sie den schmalen Weg entlangraste, versuchte sie sich zu erinnern, wie weit sie und Alan gegangen waren und was auf dem Weg gewesen war. Kein Versteck. Aber sie war gestolpert und beinahe den Abhang hinunter in die Dornen gefallen. Nur Alans Hand hatte sie aufgehalten.

Sie zwang ihre Augen vorwärts und gab sich alle Mühe, die Merkmale des Pfades zu erkennen, der sich wie ein loser Faden über den Wall zog. Nicht sehr weit vorn duckte sich der Pfad und schlug eine Falte. Die kleine Vertiefung war kaum zu bemerken, wenn man nicht danach Ausschau hielt, sie verschwamm in der einförmigen Linie, mit der sich der Wall über die Heide dehnte. Da.

Sie floh weiter, die Wagenschlüssel fest in der Hand. Er würde glauben, sie liefe auf den anderen Pfad zu, der hinunter führte. Dreißig Meter, zwanzig — zehn. Leicht sprang sie über die kleine Kuhle, hielt dann an, wandte sich um, und sah Giles entgegen.

Giles rannte jetzt noch schneller, die Augen am Boden. Er hatte sie am abwärtsführenden Pfad vorbeilaufen sehen. Sie konnte nirgendwohin, nur vorwärts. Er würde sie bestimmt einholen. Aber er sah auf den Pfad, sah hinunter auf den unebenen, unbekannten Boden. Sie mußte seine Augen vom Weg ablenken, seine Aufmerksamkeit lange genug ablenken, damit er die kleine Kuhle nicht sehen konnte. Näher, näher. Fünfzehn Meter, zehn, fünf.

»Giles!« rief sie. Gleichzeitig hob sie die Schlüssel und hielt sie wurfbereit in ihrer rechten Hand.

Giles riß den Kopf hoch, verblüfft, sie so viel näher zu sehen, als er erwartet hatte. Er versuchte, sich abzubremsen, warf die Arme hoch in dem verzweifelten Versuch, anzuhalten, ehe er direkt in sie hineinrannte. Seine überraschten Augen bewegten sich von ihrem Gesicht zu den erhobenen Schlüsseln.

Dann verfing sich sein Fuß in der Kuhle, und er rutschte aus. Er schwankte, gleichzeitig schleuderte Ros ihm die Schlüssel direkt ins Gesicht. Sie trafen ihn heftig am Nasenbein. Sein Mund öffnete sich, seine Hände hoben sich in einer Pantomime des Schmerzes. Er fiel der Länge nach auf Ros zu, sein Schwung stürzte ihn mit dem Gesicht voran ihr entgegen. Sie wappnete sich, hob ihr Knie und traf im Fallen seine Schulter, gleichzeitig schob sie mit aller Kraft, stieß ihn zur Seite und ließ ihn über den Rand rollen. Er rollte, bis er mit Wucht in dem Stacheldrahtverhau aus Brombeerranken aufschlug. Die Dornen schluckten ihn, schlossen sich über ihm und hielten ihn fest. Ros stand da, hielt sich die Ohren zu und starrte vom Gipfel des Teufelsgrabens auf ihn hinunter.

Ros setzte sich zitternd auf den Rand der kleinen Kuhle und schloß die Augen. Nach einer Weile öffnete sie sie wieder. Sie hörte ihn kämpfen, hörte Stoff reißen. Dann lag Giles still, und sein bleiches Gesicht schimmerte durch die dichten, dornigen Zweige des Brombeerdickichts. Während sie zusah, machte er einen schwachen Versuch, sich zu befreien, und ächzte, als die Dornen sich in sein Fleisch krallten.

»Nicht bewegen, Giles«, sagte sie. »Sie werden dabei zerrissen. Liegen Sie still.« Giles kämpfte diesmal wilder, nagelscharfe Dornen zerkratzten die Haut einer erhobenen Hand. »Hören Sie auf mich«, sagte Ros fest. »Sie bluten jetzt schon. Ich weiß nicht, wie lange ich brauchen werde, um Hilfe zu holen. Wenn Sie noch weiter um sich schlagen, könnten Sie eine Arterie verletzen und in fünf Minuten verbluten, ob ich nun Hilfe hole oder nicht. Aber ich gehe nicht, ehe Sie mir alles gesagt haben.«

Giles wand sich in den Dornen, sprach aber nicht. Seine Augen waren auf ihr Gesicht geheftet.

»Giles, Sie können mich nicht mehr zum Narren halten. Wenn Sie meine Fragen nicht beantworten, gehe ich weg und lasse Sie hier. Was haben Sie mit Hugh gemacht? Ist er tot?«

»Nein, nein. Ich habe ihn im Auto gelassen. Er ist nur bewußtlos.«

»Haben Sie Franziska umgebracht?«

Die Dornen zuckten, erschauerten.

»Ja, ich habe ihn im Labyrinth erstochen. Sie hatten die ganze Zeit recht. Sie haben alles gesehen, was Sie zu sehen glaubten. Er wollte mich zwingen, Montfort zu verkaufen. Alles zu verkaufen.«

»Wie sind Sie hereingekommen, ohne daß wir Sie gehört haben? Und wieder hinaus, ehe Alan und ich zurückkamen?«

»Es gibt eine versteckte Tür in den Eiben an der Refekto-
riumsmauer. Sie schwingt zurück, und die Eiben mit. Sie führt
von der Kammer neben dem Kamin im Wohnzimmer weg.
Es gibt einen Weg direkt ins Zentrum. Gilbert hat ihn ent-
worfen und meine Mutter ... benutzte ihn. Ich bin der einzige,
der davon weiß. Frankie wußte nicht alles, obwohl Mutter ...«
Giles bewegte sich unter Schmerzen und schien tiefer in die
Dornen zu sinken. »Ich habe seine Leiche in der Kammer versteckt, während Sie und Alan draußen gesucht haben.«

»Wo ist Franziska jetzt?«

»Ich habe ihn in seinem Wagen weggefahren, mitsamt den
Kopien, und im Silchurch-Moor versenkt. Die wird man niemals finden. Außerdem waren es ja nur Kopien.«

»Und Florence?«

»Ich habe die Teebeutel in ihre Küche gelegt und alles andere weggenommen. Ich mußte sie loswerden, sie war mir im
Weg. Sie waren mir alle im Weg. Blöde Badgetts. Ohne die ...«

»Und wenn ich ihn getrunken hätte?«

Giles sagte nichts. Vor Ärger zitternd wollte Ros jetzt weggehen.

»Nein, warten Sie«, keuchte Giles. »Selbst wenn Sie eine
ganze Tasse getrunken hätten, Sie sind jung ... ich mußte es
riskieren. Florence mußte weg. Aber ich hätte Sie nicht sterben lassen«, sagte er mitleidheischend. Ros wurde übel.

»Haben Sie Hugh die Wahrheit gesagt? Ist Florence tot?«

»Nein ... ja ... ich weiß nicht. Vielleicht lebt sie immer
noch. Ros, holen Sie mich hier raus.« Seine Augen glitzerten
durch die Dornen und flehten sie an. Das Blut sickerte in kleinen Rinnsalen über sein Gesicht und das bloße Fleisch seiner
Arme.

»Die Sache mit dem Insektenvernichter war auch nur gespielt, nicht wahr? Damit alle denken sollten, man sei hinter
Ihnen her.«

»Ja.« Die Zustimmung war kaum hörbar. Dann stürzten die
Worte aus ihm hervor, eine plötzliche, klägliche Rechtfertigung.

»Ich dachte, wenn ich die Zielscheibe wäre, dann würde niemand Verdacht schöpfen. Hugh und Frankie haben mich dazu getrieben. Mutters Garten derartig zu ruinieren, mich zu bedrohen ... Ich mußte sie alle endgültig loswerden. Frankie machte sich aus nichts was, nichts aus der Abtei, nichts aus Mutter, nichts aus dem Garten. Sie hätte alles verkauft, bloß um mich zu ärgern. Und Mutter. Die Leute hätten schlecht von Mutter gedacht ... ich mußte sie schützen ...« Giles fiel erschöpft zurück. Seine Augen schlossen sich.

Ros stand da, sah ihm zu und überlegte, ob sein Leben tatsächlich in Gefahr wäre. Im Grunde wohl eher nicht. Und im Grunde war es ihr auch ziemlich gleichgültig. Ein Leben ausgelöscht, drei andere gefährdet, alles wegen einem Stück Land, einem Haufen Papier und dem Ansehen einer toten Frau.

»Ich werde Hilfe holen gehen, Giles. Aber ich habe noch eine Frage. Welche Version der Frankie-Geschichte ist richtig? Ihre oder die der anderen? Diejenige in den Briefen, die Sie geschrieben haben, oder die, die Franziska und Hugh mir erzählt haben? Welche Viola ist die richtige?«

Schweigen. Dann öffnete Giles widerwillig und vorsichtig die Augen. Er schüttelte leicht den Kopf. Ros wartete. Aber er sagte nichts.

Ros wandte sich um, nahm die Schlüssel vom Wegrand auf, wo sie hingefallen waren, und ging den Pfad entlang auf den Wagen zu.

Und dann sah sie, wie vor ihr, unerklärlicherweise, eine dunkle, rauchige Wolkenspirale hinter der Klippe aufstieg. Während sie zusah, blähte sich der Qualm geräuschlos zu einem Feuerball auf. Ehe sie noch die Hände über die Ohren legen konnte, kam schon die Explosion, laut und übergangslos, als ob ein großer Atem in einem übermächtigen Ausbruch von Ekel ausgestoßen würde.

28

Ros saß auf der Steinbank im Kräutergarten. Dies war der einzige Teil der Abteigärten, der nicht durch tatsächliche oder erinnerte Bosheit irgendwie beschmutzt war. Ihre Koffer waren gepackt, sie war ein letztes Mal hierhergekommen, ehe sie die Abtei für immer verließ.

Alan sah mit den Händen in den Taschen auf sie hinunter. »Trauerst du immer noch um diese Briefe?« murmelte er sanft.

Ros nickte. Alle Briefe, die echten wie auch die von Giles gefälschten, waren in dem Feuer verbrannt, das Hugh gelegt hatte, nachdem er zu sich gekommen war. Violas sämtliche Tagebücher und Briefe, von der Explosion im Wind verweht wie Ruß. Diejenigen, die man bei Franziskas Leiche im Auto gefunden hatte, waren unbrauchbar, ausgelöscht vom dunklen Moorwasser. Also damit war es aus und vorbei. Giles hatte auch hier gelogen. Es gab keine weiteren Kopien.

»Den Anblick werde ich nie vergessen, wie du da neben dem Graben gestanden hast: in der einen Hand die Schlüssel, mit der anderen Hugh stützend, kaum ein Haar in Unordnung. Mit leicht spöttischem Ausdruck hast du darauf gewartet, daß der Weiße Reiter auftaucht, zu spät, wie immer. Ich konnte nicht erkennen, ob du verängstigt warst oder erleichtert, daß alles endlich vorbei war. Natürlich wußten wir da noch nicht, daß du mit Giles fertig geworden warst. Die Polizei und ich haben auf dem Weg nach Cambridge alle

Geschwindigkeitsbeschränkungen gebrochen, nachdem ich herausbekommen hatte, daß ihr drei ohne ein Wort verschwunden wart.«

»Als du kamst, war ich froh, daß du da bist«, sagte Ros. »Der Rest ist egal.« Aber es war nicht egal. Sie konnte das Bedauern nicht aus ihrer Stimme heraushalten. Alan streckte die Hand aus und berührte ihre Wange.

»Als du weg warst, ohne ein Wort zu sagen, wußte ich sofort, daß ich hinterher mußte. Cory hatte euch wegfahren sehen, aber wir wußten nicht genau, wann. Hugh war eine Überraschung, aber genau das hatte Giles beabsichtigt. Euch alle beide sofort wegschaffen. Schließlich wußtest du zuviel. Was hab' ich noch darüber gesagt, daß dir nie was entgeht?«

»Aber mir *ist* eine Menge entgangen, und wenn ich nicht so leichtgläubig gewesen wäre, wenn ich Giles nicht so gerne vertraut hätte und ihm so lange geglaubt, wie ich es getan habe, dann wäre Franziska vielleicht noch am Leben.«

Alan blickte zu Boden, hob einen Kiesel auf und warf ihn über den Garten. »Aber Florence geht es besser. Und die Badgetts werden hierbleiben. Jetzt, wo Giles nicht mehr da ist und Hugh fertig macht, wird Beatrice nur zu gern zurückkommen. Sie werden alles der Britannia Treuhand übergeben, mit Elsie als Verwalterin. Endlich wird Elsie die Verantwortung übernehmen — und Cory und Stella werden natürlich bleiben und für den Garten sorgen. Alle sind übereingekommen, daß es so am besten ist.«

»Und kein Mensch hat je etwas von dem geheimen Eingang ins Labyrinth gewußt?«

»Nein. Deswegen hat Giles dafür gesorgt, daß das Labyrinth vernachlässigt wurde und so zugewachsen ist, denke ich. Weitsichtig von ihm, nicht? Fast unheimlich, als ob ihm die Toten über die Schulter zugeflüstert hätten. Obwohl Gilbert es weniger für mörderische als für erotische Zwecke unterhielt, wie Viola auch. Mach den Schrank auf, schieb das Paneel zurück, und du bist draußen und kannst deinen Liebhaber treffen. Auch Viola ist offenbar in die Fußtapfen des alten Mannes getreten. Selbst Cory hatte Mühe, die Riegel zu finden, so gut waren sie in den Büschen verborgen. Dann geradeaus weiter, und die Hecken werden dünner. Die Löcher muß er an dem Abend gemacht haben, als er gehört hatte, daß Franziska dich dort treffen wollte. Diese heisere Theaterstimme, die sie hatte — sie trug bis zu ihm. Sie werden keine Schwierigkeiten haben, ihm Vorsatz nachzuweisen, wo er solche Riesenlöcher gesäbelt hat, die bloß darauf warten, daß sich jemand davorsetzt und erstochen werden kann. Ich bin froh, daß du es nicht warst.«

Ros schauderte leicht. Es war Giles ganz gleichgültig gewesen. Florence, Franziska, sie selbst — ihm hatte es nicht viel ausgemacht. Es war etwas Unmenschliches an Giles, etwas Bewurzeltes und Pflanzenhaftes an seiner Seele. Hugh hatte recht gehabt, der Garten war Giles nächster — sein einziger — Verwandter.

Und da hatte er gewartet, still, ungehört und ungesehen, hinter ihnen. Die Kapuze fiel ab ... Ros schüttelte den Kopf. Sie würde eine Weile brauchen, um darüber hinwegzukommen.

»Es sind nicht so sehr die Briefe«, sagte sie und zerpflückte dabei ein Thymianzweiglein zwischen den Fingern. »Eigentlich ist es mehr mein Bild von Viola. Und von Giles und dem ganzen Ort. Allerleuts Bild davon. Es ist so ein Schock, wenn das Gefühl für das Vergangene, der sichere Boden, auf dem du zu stehen glaubtest, aufgehoben und beiseite geschleudert wird. Und du erkennst, daß alles eine Illusion war, Papierstreifen über dem Abgrund ... Man fragt sich, wer wen erschaffen hat.«

Alan nickte mitfühlend.

»Und jetzt wird es niemals irgendwelche Briefe geben«, fuhr sie fort. »Wir werden niemals genau wissen, warum Giles tat, was er getan hat. Giles wird nichts sagen. Ich bin fest überzeugt, daß Viola diese Briefe wirklich verbrannt hat, aber ob um ihrer selbst willen oder um Franziskas willen, das werden wir auch niemals wissen. Da sie Franziska halb Montfort vermacht hat, muß sie ja einige Verantwortlichkeit, einige Schuld gefühlt haben. Das ist nur fair — sie war Franziskas einzige Erzeugerin, könnte man sagen. Oder war es einfach Zuneigung? Und Giles, der alles für sich haben wollte — den Garten natürlich, die Abtei, aber seine Mutter noch mehr. Er wollte sie ganz für sich. Und also hat er sie so erschaffen, wie sie hätte sein sollen, sein müssen, vielleicht sogar war, in seiner Vorstellung. War es das, woran er gedacht hat, als er es tat?«

»Man darf gar nicht zuviel drüber nachdenken, nicht wahr?« sagte Alan.

Ros schüttelte den Kopf. Nein. Man durfte nicht zuviel darüber nachdenken. Ganz und gar nicht. Sie sah Giles' Gesicht vor sich, wie er sie aus den Dornen ansah. Wer hatte wen gemacht? Trotzdem, Viola war Viola, und Ros würde sie so akzeptieren müssen, wie sie war, weise und töricht, rein und korrupt — alles an ihr.

»Was wirst du jetzt tun?« sagte Alan.

Aus ihrer Träumerei aufgeschreckt sah Ros ihn an. Seine freundlichen Augen betrachteten sie jetzt ernsthaft und genau.

Sie zuckte die Achseln. »Ich weiß nicht. Wahrscheinlich nach Hause fahren. Ich habe ein halbes Jahr Urlaub und nichts zu tun.«

Alan setzte sich neben sie und griff in sein zerknautschtes Jackett. »Ich hab' was für dich.« Er hielt ihr ein dickes, längliches, mit Schleifen verschnürtes Päckchen hin.

»Das ist für dich. Etwas, womit du weitermachen kannst. Wann immer und wo immer. Wenn du möchtest.« Er stubste sie damit an, sie nahm das Päckchen und öffnete es mit zitternden Fingern. Lavendelfarbenes Papier, abgenutzt und fleckig, überzogen mit Spinnenweben aus grüner Tinte. Ungläubig, mit vorsichtiger Hoffnung, richtete sie den Blick auf das erste Blatt. Oben in der Mitte befand sich eine winzige Rosette aus grüner Tinte. Briefe. Violas Briefe.

Montfort Abbey, 11. Juni 1934

Liebste Grace (ich werde dich nicht mehr Grummel nennen, wir sind viel zu alt dafür, aber macht es dir was aus?)

Gestern haben Herbert und ich diesen lieben alten Steinhaufen in Besitz genommen, und wenn es dir recht ist, schlage ich vor, dir jeden Monat einen Brief zu schreiben, als eine Art Tagebuch ...

Ros las weiter, und Tränen brannten in ihren Augen. Sie las den ersten Brief zu Ende und blätterte dann die anderen vorsichtig durch. Erst dann sah sie Alan an.

»Es sind ungefähr zweihundert. Zwanzig Jahre lang fast einer pro Monat. Alle über den Garten, die Jahreszeiten, und wie sehr sie Montfort geliebt hat. Etwas über die Schriftstellerei, aber vorwiegend der Garten. Sonst nichts. Eine Version von Viola. Die beste.«

»Aber wo ...?«

»Grace war eine alte Freundin, und weit weg in Schottland. Sie lebt noch immer. Eines Tages solltest du sie kennenlernen.«

Ros starrte Alan an. Verständnis und Mitgefühl — sie las beides in seinem offenen und ungekünstelten Blick. Und noch etwas darüber hinaus. Er hatte diese Briefe zurückbehalten. Aber war das alles? Sie erinnerte sich, wie sie das Gefühl gehabt hatte, er hielte mit etwas hinterm Berg, sagte nicht alles, was er wüßte. Diese Reserviertheit hatte sie fast vergessen.

»Grace Godwin ist meine Tante. Ihre Freundschaft mit Viola war der Grund, warum ich hierhergezogen bin.«

Sie sah ihn vorwurfsvoll an. »Das hast du mir nie erzählt.«

»Du hast nie gefragt«, antwortete er unbeirrt. »Aber das ist wirklich nicht ganz fair. Erst dachte ich, du wüßtest es, Giles hätte etwas darüber gesagt. Aber als dann alles anfing, schief zu gehen, dachte ich, ich sollte noch ein bißchen länger schweigen. Ich wollte die Dinge zwischen uns nicht komplizieren. Danach war eigentlich keine Zeit. Aber macht es was?«

»Nein«, sagte Ros. Merkwürdigerweise fühlte sie sich erleichtert. Er hatte ja gesagt, es würde alles gut. »Und diese?« Sie deutete auf die Briefe.

»Meine Tante hat sie mir vor zwei Jahren gegeben, als Giles angefangen hatte, den Rest der Briefe zu sammeln. Sie hat sie zurückbehalten, als Giles ihr geschrieben und um ihre Korrespondenz gebeten hatte. Sie hat sich nie viel aus Giles gemacht, also schickte sie ihm ein paar frühe Briefe, aber diese nicht. Sie hat sich gedacht, daß ich sie vielleicht gern herausgeben würde, zusammen mit meinen Zeichnungen, ein Gartenbuch daraus machen. Ich hatte noch nicht den Mut gefaßt, mit Giles darüber zu sprechen, und dann brach hier die Hölle los und ich dachte, na, um so mehr Grund, sie zu behalten und abzuwarten, bis sich alles aufklärt.«

»Aber ...« Ros starrte auf den Stapel Briefe in ihrer Hand.

»Sie gehören dir. Um damit fortzufahren, wenn du möchtest. Oder um damit zu bleiben.«

Er stand auf, plötzlich ruhelos. Ros beobachtete ihn. Wieder richtete sich ihre Aufmerksamkeit auf seinen scheinbar so kompakten Körper, der sich plötzlich entfaltete und sie erneut mit seiner unerwarteten Größe, seinem Flair von Autorität, innerer Ruhe und Gelassenheit unter der lebhaften Oberfläche überraschte.

»Ich dachte, vielleicht könnten wir es zusammen machen. Eines Tages.«

Ros zwinkerte sich die Tränen aus den Augen.

»Komm mit mir nach Schottland, Ros«, sagte er weich. Seine Stimme, ihr ruhiger Ton, verfing sich bei ihrem Namen. Seine Augen, die sie ansahen, zuckten kurz, dann hielten sie still. Es war weder Forderung noch flehentliche Bitte, es war schlicht und einfach eine Einladung. Wegen des Gartenbuchs war Ros sich nicht sicher, darüber würde sie nachdenken müssen. Aber das mußte sie nicht jetzt gleich entscheiden. Sie stand auf, ließ die Briefe auf der Steinbank liegen und spazierte in seine Arme. Die schlossen sich um sie.

»Wahnsinnig gern, Alan«, sagte sie. »Und ich habe sehr viel Zeit.«

1992 — ARIADNE WIRD IMMER UNBESCHEIDENER ...

... und macht das Dutzend voll. In diesem Jahr bauen zwölf Krimis unsere Reihe weiter aus und sorgen für schlaflose Nächte. Die immer weiter wachsende Nachfrage verstehen wir auch als Auftrag, die schon eingeführten Autorinnen mit ihren weiteren Büchern in unserer Reihe fortlaufend zu veröffentlichen. So erschienen im ersten Halbjahr 1992 die jeweils zweiten Krimis von Cannell, Wilson und Magezis sowie der dritte von Forrest. Dazu haben wir auch Krimis neuer Autorinnen vorgestellt: *Rufmord* von Joan Hess mit der sarkastischen Heldin Claire Malloy, Buchhändlerin und Mutter einer halbwüchsigen Tochter, sowie *Ohne Delores* von Sarah Schulman, ein Krimi über Leben und Subkultur auf den Straßen New Yorks. Die bisherigen Reaktionen auf dieses Buch sind sehr verschieden — manche finden Schulmans Schreibweise hart und erschreckend, aber viele schrieben uns auch, es sei der beste und faszinierendste unserer Krimis.

Nun, im Spätsommer, kommen Susan Kenney und Mary Wings hinzu. Kenneys Krimi *Zuchtrosen* ist trotz der eher klassischen Schreibweise sehr eigen, die Autorin verwebt Literarisches und Botanisches zu einem unheimlichen Hintergrundszenario. Mary Wings wiederum schreibt inmitten der Bewegung und schickt ihre Heldin Emma in *Sie kam zu spät* nicht nur in einen Kriminalfall, sondern zugleich durch die Hochburgen der Bostoner Frauenpolitik.

Außerdem liegen inzwischen die ersten beiden Bücher der *edition ariadne* vor. Die Idee, zusätzlich zu den Krimis eine solche Reihe zu beginnen, kam uns, als sowohl Sarah Schulman als auch kurz darauf Barbara Wilson größere Romane von sich schickten und somit zeigten, daß sie die Grenzen zwischen den Genres nicht ernst nahmen. Diese Erfahrung begeisterte uns ebenso wie die Romane selbst. In ihnen nutzen beide Autorinnen das breitere, nicht durch den Krimistandpunkt eingegrenzte Feld dazu, Lebensweisen von Frauen vorzustellen, die selbst ihr Leben verändert haben. Neue Frauen in alten gesellschaftlichen Verhältnissen, die darum um so eindringlicher ihre Unlebbarkeit zeigen.

Wir beginnen mit Sarah Schulmans *Leben am Rand* und Barbara Wilsons *Unbescheidene Frauen*. Jährlich werden zwei neue Romane erscheinen. Wir versuchen, die Preise so gering wie möglich zu halten, die ersten beiden kosten 25 DM und 27 DM. Die *edition ariadne* ist wie die Krimis in den Buchläden erhältlich. Zusätzlich kann sie auch (zum Ladenpreis) beim Verlag abonniert werden.

Auch die erste Ausgabe unserer lange geplanten Zeitschrift, das *Ariadne Forum*, ist in diesem Jahr endlich fertig geworden. Es enthält Leserinnenbeiträge, Autorinnenporträts, Tips und Tadel zu verschiedenen frauenkulturellen Bereichen sowie den Beginn der Stoner-Debatte. Das Forum kostet 5 DM und ist natürlich auch im Buchladen erhältlich.

Es gilt noch immer: Schreibt uns, macht mit.

Frigga Haug, Else Laudan

Ariadne Redaktion (Else Laudan)
Argument Verlag · Rentzelstraße 1 · 2000 Hamburg 13

In der Ariadne-Reihe sind bisher erschienen:

Ariadne 1001 Anthony Gilbert: Das Geheimnis der alten Jungfer
Ariadne 1002 Marion Foster: Wenn die grauen Falter fliegen
Ariadne 1003 Joy Magezis: Untergetaucht
Ariadne 1004 Anthony Gilbert: Fette Beute
Ariadne 1005 Lauren Wright Douglas: Lauernde Bestie
Ariadne 1006 Jessica Mann: Das Gewerbe der Mrs. Knox
Ariadne 1007 Katherine V. Forrest: Die Tote hinter der Nightwood Bar
Ariadne 1008 Josephine Bell: Mord im Ruhestand
Ariadne 1009 J.R. Hulland: Der Tod studiert mit
Ariadne 1010 Masako Togawa: Der Hauptschlüssel
Ariadne 1011 Sarah Dreher: Stoner McTavish
Ariadne 1012 P.M. Carlson: Vorspiel zum Mord
Ariadne 1013 Val McDermid: Die Reportage
Ariadne 1014 Kim Småge: Die weißen Handschuhe
Ariadne 1015 Katherine V. Forrest: Amateure
Ariadne 1016 Dorothy Cannell: Die dünne Frau
Ariadne 1017 Kim Engels: Zur falschen Zeit am falschen Ort
Ariadne 1018 Dolores Komo: Clio Browne, Privatdetektivin
Ariadne 1019 Barbara Wilson: Der Porno-Kongreß
Ariadne 1020 Sonja Lasserre: Gestern, heute und kein Morgen
Ariadne 1021 Val McDermid: Das Nest
Ariadne 1022 P.M. Carlson: Sicher ist nur Mord
Ariadne 1023 Sarah Dreher: Schatten (Stoner McTavish 2)
Ariadne 1024 Joan Hess: Rufmord
Ariadne 1025 Sarah Schulman: Ohne Delores
Ariadne 1026 Dorothy Cannell: Der Witwenclub
Ariadne 1027 Barbara Wilson: Ein Nachmittag mit Gaudí
Ariadne 1028 Joy Magezis: Schüttelfrost
Ariadne 1029 Katherine V. Forrest: Beverly Malibu
Ariadne 1030 Susan Kenney: Zuchtrosen
Ariadne 1031 Mary Wings: Sie kam zu spät

Feministische Literatur in der edition ariadne

Wir haben die edition ariadne gegründet, um feministische Literatur zu veröffentlichen, die Frauen in Auseinandersetzung mit gesellschaftlichen Verhältnissen zeigt. Kühne, aufregende Romane von Sarah Schulman, Barbara Wilson, Marge Piercy und anderen führen Aufbruch als Zusammenstoß vor, in dem die Leidenschaften, Taten und Haltungen von Frauen ins Zentrum des Geschehens rücken.

Sarah Schulman

Leben am Rand

edition ariadne

270 Seiten. Gebunden. ISBN 3-88619-450-7, DM 25,-

»Sarah Schulman ist die spannendste Neuentdeckung aus Amerika. Leben am Rand ist ein Roman über AIDS, über das Leben der Obdachlosen in New York und über drei Menschen, einen Mann, seine Frau und deren Geliebte. Geschrieben in einem atemlosen Tempo, mit witzigen Dialogen und politischen Aktionen zum Nachahmen. Sehr empfehlenswert.«   *Xantippe*

Barbara Wilson

Unbescheidene Frauen

edition ariadne

320 Seiten. Gebunden. ISBN 3-88619-451-5, DM 27,-

»Beeindruckend die Dichte und Intensität der drei Charaktere, die — trotz ihrer Stellvertreterinnenfunktion für typische Frauenrollen — nie plakativ werden. Beeindruckend auch der Spannungsbogen der Geschichte, der die sachlich-reale Story zum Politthriller macht ... Ein faszinierender Roman, eine reine Lesefreude und wieder Futter für Verstand und Herz.«   *Antenne Ruhr*

edition ariadne bei Argument
Rentzelstraße 1 · 2000 Hamburg 13

Frigga Haug
Erinnerungsarbeit

256 Seiten. ISBN 3-88619-383-7. DM 22,-

Erinnerungsarbeit ist die Methode, Erfahrungen von Frauen zu nutzen, um die blinden Flecken in den vorhandenen Sozialisationstheorien zu entfernen. Ihr liegt die Annahme zugrunde, daß die einzelnen Menschen im Laufe ihrer Geschichte ihre Persönlichkeit so bauen, daß eine stimmige Realität für sie entsteht. Dafür wählen sie aus der Fülle des Erlebten einzelnes aus, bewerten es als bedeutungsvoll, verdrängen und vergessen anderes. In diesem Buch geht es um die begründende Fragestellung und erste Diskussionen um die Beteiligung der Frauen an ihrer Unterdrückung. Die Thematik wird durch große Bereiche von Moral und Verantwortung, von Arbeit und Politik bis ins Reich der Träume verfolgt.

»Der Ansatz der Erinnerungsarbeit traut sich zu, die Erfahrungen der einzelnen radikal ernstzunehmen, ohne sich in der Vielfalt unterschiedlicher Lebensgeschichten zu verlieren. Dieser Mut ist es, der die Erinnerungsarbeit als 'genußvolle, neue große Empirie' äußerst anziehend macht.«

Schlangenbrut

»Die Autorin versucht nicht, ihre Standpunkte und Forderungen hinter Wenn und Abers zu verwischen; ihre klare Formulierung macht sie angreifbar. Daher ein unschätzbares Buch.«

An.Schläge

Argument
Rentzelstraße 1 · 2000 Hamburg 13